Bad Romeo

Sarah J. Brooks

ISBN-13: 9781079405804

Dieses Buch ist reine Fiktion. Alle in diesem Buch geschilderten Handlungen und Personen sind frei erfunden. Ähnlichkeiten mit lebenden oder verstorbenen Personen wären zufällig und nicht beabsichtigt.

Für meine Leser

INHALT

Kapitel Eins

Hunter

Samstagabend

Der Abend war zu kalt für einen gemütlichen Spaziergang. Der Wind fegte durch die Stadt, die Straßen waren spiegelglatt und die Temperaturen fielen unter den Gefrierpunkt. Natürlich spielte das für das wohlhabende Publikum im Ballsaal des Crown Plaza Hotels keine Rolle. Die Elite der Stadt hatte sich versammelt, jedes Ticket kostete mehr als zwanzigtausend Dollar.

Ich machte mich auf den Weg durch den makellos dekorierten Raum, wobei meine schöne Freundin ihren Arm um mich geschlungen hatte. Sandra und ich ergänzten uns optisch perfekt. Unsere blonden Haare und blauen Augen waren ein echter Hingucker. Ich ließ nie eine Gelegenheit ungenutzt, um mit ihr bei einer Veranstaltung anzugeben.

Die meisten Männer hätten nie die Aufmerksamkeit einer so heißen Frau wie Sandra auf sich ziehen können, aber ich langweilte mich größtenteils mit ihr. Sie war jedoch das perfekte Accessoire und sie machte ihre Arbeit gut. Ihr schillerndes, silbernes Kleid war so tief ausgeschnitten, dass ich befürchtete, ihre Brustwarzen würden jeden Moment herausblitzen, aber ein so auffälliges Outfit sorgte dafür, dass sich die anderen Gäste uns ständig näherten. Die Gespräche begannen praktisch von selbst.

Als wir uns auf den Weg zur Bar machten, kam ein älterer Mann in einem dunkelbraunen Anzug auf uns zu. „Hunter Aimes!“

Sein Gesicht schien mir vertraut, aber ich konnte mich beim besten Willen nicht an seinen Namen erinnern.

„Was für ein schöner Anzug", sagte Sandra und lobte sein grottenhässliches Outfit. Ich fragte mich, ob sie einen Witz machte oder ob ihr wirklich gefiel, was er trug.

Das Kompliment erwischte ihn unvorbereitet und er wurde nervös. „Oh, das? Nein, das ist nichts Besonderes.“

Nur wenige Männer im Raum konnten sich lange genug zusammenreißen, um ein Gespräch mit Sandra zu führen. Sie war die Art von Frau, die einen Mann vor ihr auf die Knie fallen ließ, wenn er seine Nerven nicht unter Kontrolle hatte.

„Hunter, da bist du ja!“ Eine weitere Stimme forderte hinter mir meine Aufmerksamkeit.

„Greggs!“, schrie ich, froh, einen Kollegen zu sehen, mit dem ich gerne Zeit verbrachte.

Ich war nicht gerade bekannt für meinen Umgang mit anderen Menschen. Man konnte kein erfolgreicher Firmenanwalt sein und gleichzeitig viele Freunde finden. Glücklicherweise hatte Greggs in meiner Firma gearbeitet, seit er die juristische Fakultät abgeschlossen hatte, sodass wir nie gegeneinander an einem Fall gearbeitet hatten.

„Oh, Sandra. Ich habe dich gar nicht gesehen“, sagte er nicht sehr überzeugend, während er meine Freundin anstarrte.

Ich hatte gesehen, wie er sie von der anderen Seite des Raumes aus ansah, genau wie jeder andere Mann hier. Es machte mir nichts aus. Sie war nur hier, um Aufmerksamkeit zu erregen. Je mehr Männer es also wagten, ein Gespräch anzufangen, desto besser.

„Hi, ähm.“ Sandra stockte kurz. Sie war noch nie gut darin, sich an Namen zu erinnern, und war im Allgemeinen eher schlecht im Merken von Dingen.

„Greggs!“, sagte er etwas zu eifrig. „Erinnerst du dich? Wir haben uns auf dem Firmenmeeting getroffen?“

Sandra sah mich verwirrt an. Wir wussten beide, dass sie sich nicht an ihn erinnerte, und es war nicht das erste Mal, dass sie sich trafen.

„Mach dir keinen Kopf. Es ist schön, dich wiederzusehen. Du siehst wie immer fantastisch aus.“ Er lächelte und ich hatte Angst, dass ihm der Sabber aus dem Mund laufen würde.

„Wir gehen zur Bar.“ Ich nickte und entschuldigte uns.

„Danke, Greggs. Schön, dich wiederzusehen.“ Sandra konnte nicht anders, als sich in der Aufmerksamkeit zu sonnen, aber ich brauchte sie, um neue, erfolgreiche Männer anzuziehen und ein kleines Gespräch übers Geschäft zu beginnen.

Die Leute dachten, diese Veranstaltungen würden stattfinden, um der Wohltätigkeitsorganisation zu dienen, für die sie abgehalten wurden, aber sie lagen falsch. Niemand im Raum war hier, um einer guten Sache zu helfen. Ich konnte mich ehrlich gesagt nicht einmal daran erinnern, wofür überhaupt Geld gesammelt werden sollte.

Der Ticketpreis war ein Tropfen auf den heißen Stein für jemanden, der Millionen von Dollar im Jahr verdiente, aber der einzige Grund, warum ich jemals einen fünfstelligen Betrag ausgeben würde, war, um noch mehr Geld zu verdienen. Das Abendessen war eine Investition gewesen, und meinen Berechnungen zufolge müsste ich zwei neue Kunden gewinnen, um die Vierzigtausend, die ich für unsere Tickets ausgegeben hatte, zurückzugewinnen.

Während ich Sandras zierliche Hand hielt, manövrierte ich uns durch den überfüllten Ballsaal, nickte vertrauten Gesichtern zu und grinste über wütende Blicke. Man konnte in so einer mörderischen Branche nie erfolgreich werden, ohne sich ein paar Feinde zu machen.

Gesellschaftsrecht war nichts für Schwache. Zu meinem Glück war ich alles andere als das. Es war mir egal, was nötig war, um einen Job zu erledigen. Nichts lag über meinen Fähigkeiten oder unter meinen moralischen Maßstäben. Ethik war für Feiglinge, die zu viel Angst hatten, sich die Hände schmutzig zu machen, und das Leben hatte mich gelehrt, dass Feiglinge von Anfang an die Hölle auf Erden erlebten.

„Hunter! Wir müssen reden. Und wer ist diese schöne Dame?“ John Richards wich mir aus, um Sandra direkt ansehen zu können. Sie errötete und blinzelte mit den Augen, während er sie mit seinem lüsternen Blick ansah. Ich schüttelte den Kopf und zerrte an ihrem Arm. Männer waren erbärmlich bei ihren Versuchen, bei Frauen zu landen, und ich hatte keine Zeit, mich auf etwas so Sinnloses zu konzentrieren.

„Wohin gehst du?", fragte John enttäuscht, als ich Sandra wegzog.

Ich deutete in Richtung Bar. „Wir holen uns etwas zu trinken."

Wir hatten schon in den letzten zehn Minuten versucht, dorthin zu gelangen, aber wir hatten es bisher noch nicht geschafft, auch nur zwei Schritte zu machen, ohne dass ein Mann auf Sandra zuging. Ich machte einen Schritt in Richtung der Bar, aber Sandra zog an meinen Arm und ich sah nach, was sie zurückhielt. Sie hatte sich direkt vor John gestellt.

„Du könntest mir einfach einen Drink mitbringen“, sagte sie, zuckte mit den Achseln und strahlte John mit ihren leuchtend blauen Augen an.

Genervt ließ ich ihre Hand los. Es war mir egal, ob sie die Party nach potentiellen Liebhabern abchecken wollte. Ich brauchte einen Drink. Ich nickte und sie erinnerte mich zum achten Mal in dieser Nacht daran, dass sie einen Cosmopolitan wollte.

Der Weg zur Bar gestaltete sich viel einfacher, ohne dass meine Trophäe so viel Aufmerksamkeit erregte. Gerade als ich mich auf einen Barhocker setzen wollte, setzte sich eine schöne Brünette neben mich.

„Wie geht es dir?“, fragte sie und biss sich verführerisch auf die Lippe.

Sie war die Art von Frau, die ich mit nach Hause nehmen würde, aber in dieser Umgebung war ich mir nicht sicher, ob sie allein hier war oder nicht, also spielte ich den Coolen.

„Du bist Hunter Aimes, richtig?"

„Ja. Kennen wir uns?" Ich durchsuchte mein Gedächtnis nach ihrem Gesicht, aber ich bezweifelte, dass ich vergessen würde, sie jemals getroffen zu haben.

„Nein, aber du musst dir das ansehen."

Sie legte einen weißen Umschlag neben mich auf die Bar und lächelte, während sie ihre Augenbrauen hob. Als ich den Umschlag genauer betrachtete, begann ich mich zu fragen, ob sie wohl vom Gericht kam, aber als ich wieder aufblickte, war sie verschwunden.

In der Annahme, es wäre eine weitere Vorladung für einen Gerichtsfall, öffnete ich ihn mit wenig Interesse. Die ersten Worte jedoch ließen mich wissen, dass es sich nicht um ein offizielles Dokument handelte. Unsicher, was er beinhalten würde, blickte ich über meine Schulter, um sicherzustellen, dass niemand sonst ihn lesen konnte. Dann fing ich an, den kurzen Brief zu überfliegen.

Kapitel Zwei

Nora

Samstagabend

„Nola, lass uns spielen!“, rief Christian, die Hände in die Luft haltend. Er war zu jung, um das R in meinem Namen jedes Mal richtig aussprechen zu können, sodass „Nora“ meistens eher wie ein fremder Planet in einem benachbarten Sonnensystem klang.

„Spiel weiter. Ich werde hier auf dich warten.“ Ich lächelte und beobachtete, wie er davonlief.

Es hatte einen bitteren Beigeschmack, die Kinder an einen Ort zu bringen, der mir so am Herzen lag. Sie liebten es, die verkleideten Charaktere zu sehen, die auf dem Spielfeld herumwanderten, und es war schwierig, sie von den Spielen wegzubekommen, die bei jedem Sieg Tickets ausspuckten. Ich selbst hatte jedoch eher schlechte Erinnerungen an Hunter's Village.

Nachdem so viel Zeit vergangen war, begannen die Erinnerungen glücklicherweise zu verblassen. Mein Therapeut hielt das für gesund. An mein Leben vor dem Waisenhaus konnte ich mich kaum erinnern. Egal wie sehr ich es versuchte, ich konnte nie ein klares Bild meiner Mutter zeichnen. Sie war gestorben, als ich noch sehr jung gewesen war, und ich hatte keine Erinnerungen, um sie zu beschreiben.

Als ich jünger war, gab ich ihr die Schuld an meinem Unglück, denn ihr Tod hatte meinen Vater in eine tiefe Depression gestürzt. Er vergaß oft, dass ich existierte; oder zumindest hatte ich es so empfunden. Nach ein paar Jahren, in denen er versucht hatte, mir ein Vater zu sein, während er in ein Gesicht blicken musste, in dem sich seine verlorene Liebe spiegelte, hatte mein Vater mich ohne Erklärung oder Kontaktinformationen in einem Waisenhaus abgesetzt wie einen verstoßenen, lästig gewordenen Hund.

Hunter's Village war ein bekanntes Spieleparadies im Stadtzentrum und für mich als Heranwachsende ein sicherer Zufluchtsort gewesen, so etwas wie ein Traum. Wir hatten jede Adoptionszeremonie in Hunter's Village gefeiert, bei der sich das glückliche Kind von der oft einzigen Familie verabschiedete, die es bisher gekannt hatte. Die anderen Kinder tanzten und sangen, während wir alle das Kind umarmten, das ein neues Zuhause gefunden hatte, und wünschten uns insgeheim, dass wir als nächstes an der Reihe dran sein würden.

Wenn ein Kind adoptiert wurde, wurde von ihm ein Polaroid Foto gemacht, um es mit der Momentaufnahme zu vergleichen, die sie am Tag der Ankunft des Kindes im Waisenhaus gemacht hatten. Als Kinder hatten wir ständig darüber gesprochen, wie glücklich wir auf diesem Foto dank unserer neuen Familie, die uns viel Liebe geben würde, aussehen würden.

Es war das Einzige, was dafür sorgte, dass ich mich beim Betrachten meines Polaroids vom ersten Tag im Waisenhaus weniger schlecht fühlte. Ich sah schmutzig und ausgehungert aus, mein Haar war verfilzt und meine zerfetzten Kleider fielen von meinem Körper.

Meine Sozialarbeiterin hatte mir versprochen, dass dies ein Rückschlag war, der für eine bessere Zukunft sorgen würde, und wie sehr ich mich freuen würde, wie weit ich gekommen war, wenn ich endlich eine neue Familie finden würde. Aber dieser Tag kam nie. Trotz meiner mangelnden Erinnerung an meine Eltern waren sie die einzige Familie gewesen, die ich je hatte.

Glücklicherweise hatte ich eine neue Familie in den Betreuern und Waisenkindern gefunden, mit denen ich meine Kindheit und ein Zuhause teilte. Sie waren das Einzige, was mich am Leben erhalten hatte, und sie waren die Motivation für mich, meinen Sinn im Leben zu finden.

So hatte ich mich als Schülerin der High School dazu entschieden, ebenfalls Sozialarbeiterin zu werden. Ich hatte gehofft, anderen Kindern wie mir zu helfen. Doch eine Chance, die ich in meinem letzten Studienjahr bekam, hatte mich größer denken lassen: Nach einem Praktikum beim Sozialamt beschloss ich, eine Vermittlung von Pflegefamilien zu eröffnen, um den Kindern die Familie zu geben, die ich selbst immer so sehr gewollt hatte.

Es hatte sich immer wie ein unerreichbarer Traum angefühlt, aber wenn alles gut lief, würde ich die Pflegefamilienvermittlung in wenigen Tagen eröffnen können. Alles, wovon ich je geträumt hatte, würde sich früher erfüllen, als ich es mir vorgestellt hatte, und es fühlte sich unglaublich gut an.

„Nola! Sieh mal!“ Christian lief mir in die Beine und hielt einen Stapel Tickets in der Hand, die er an einem Automaten gewonnen hatte.

Ich hielt mir die Hände an die Wangen und täuschte einen Schock vor. „Wow! Hast du die alle selbst gewonnen?“

„Ja! Jetzt lass uns das Spielzeug holen!“ Er zeigte auf die Glastheke, in der sich alle überteuerten Preise befanden.

Hunter's Village war eine Geldfalle für Erwachsene, da man nicht nur für den Eintritt, sondern später auch für das Spielen an den Automaten zahlen musste. Die Kinder brauchten Spielchips, um alles spielen zu können. Das Angebot reichte von Basketball bis Bowling auf kleineren Bahnen. Dann, je nachdem wie gut sie gespielt hatten, spuckten die Automaten Tickets aus, die später für Spiele, Spielzeug und Stofftiere eingelöst werden konnten.

Natürlich war ich mir dessen als Erwachsener bewusst, aber für die Kinder konnte man mit Hunter's Village nichts falsch machen. Christian war begeistert, als der Verantwortliche hinter dem Schalter seine Tickets auszählte. Dies war die effizienteste Möglichkeit, den Gewinn zu ermitteln.

„Du hast siebenhundert Punkte, junger Mann.“ Er grinste Christian an, der auf und ab sprang, als hätte er im Lotto gewonnen.

„Nola, wir sind reich!", schrie er und wir lachten beide, bevor wir um die Theke herumgingen und ich ihm erklärte, was er sich leisten konnte.

Christian war eines der jüngeren Kinder, die nicht das Privileg hatten, vor dem Waisenhaus eine Familie gehabt zu haben. Durch meine Vermittlungsstelle wollte ich ihm die erste Familie verschaffen, auf die er sich verlassen konnte. Das Wissen, dass ich ihm die Stabilität und Liebe geben könnte, nach der ich mich so sehr gesehnt hatte, als ich ein Kind war, brachte mir große Freude.

„Ich möchte den Transformer!“ Christian schrie, als er erfuhr, dass er sich die Actionfigur leisten konnte.

„Hier, bitte schön.“ Der Kassierer nahm das Spielzeug aus dem Regal und legte es lächelnd auf die Theke.

Kapitel Drei

Hunter

Samstagabend

Ich stürzte ins Badezimmer und kümmerte mich nicht darum, wen ich stören könnte. Ich knallte die Tür so fest zu, dass die Reinigungskraft, die auf einem silbernen Hocker saß, so sehr erschrak, dass sie aufsprang und ihre Hände in die Luft hielt, als würde sie ausgeraubt.

Als ich eine leere Kabine fand, schloss ich mich schnell ein. Ich zog den Brief aus meiner Hosentasche und setzte mich auf die Toilette. Ich zerbrach mir den Kopf und versuchte, mich an das Gesicht der Frau zu erinnern, die mir den verdächtigen Brief gegeben hatte, aber alles, woran ich mich erinnern konnte, war das Grinsen auf ihrem Gesicht, bevor sie gegangen war.

Sie hätte wissen müssen, dass dieser Brief mein Leben ruinieren würde, und der Gedanke machte mich wütend. Niemand hatte mich je fertig gemacht, nicht im Gerichtssaal und nicht auf der Straße. Ich war weit davon entfernt, ein Schwächling zu sein, und ich schwor mir, diese Frau dazu zu bringen, es zu bereuen, so schlechte Nachrichten überbracht zu haben, falls ich ihr jemals wieder begegnen sollte.

Der Brief war vage, aber ich wusste genau, was er bedeutete. Die Identität der Person, die ihn geschickt hatte, war mir ein völliges Rätsel, aber er wusste, welches Verbrechen ich begangen hatte. Der Zettel sagte, dass sie meine Anwaltskanzlei und die Behörden alarmieren würden, wenn ich nicht das täte, was sie brauchten.

Für ein Verbrechen erpresst zu werden, das ich als Teenager begangen hatte, klang absurd. Als ich den Brief noch einmal las, überraschte mich die Behauptung, ich hätte gedacht, ich sei mit meinem Verbrechen davongekommen. Aber es war die Wahrheit. Woher sollten sie das wissen?

Es war über ein Jahrzehnt her und in den letzten fünf Jahren hatte ich nicht einmal mehr daran gedacht. Ich war nicht der Typ Mann, der in der Vergangenheit lebte. Das war fast unmöglich, wenn man seine Taten bereute.

Nachdem ich den Brief erneut gelesen hatte, faltete ich ihn vorsichtig und steckte ihn zurück in den Umschlag, bevor ich ihn in meine Anzugjacke schob. Ich musste zur Party zurück, aber wie konnte ich jetzt so tun, als wäre alles in Ordnung, wenn mir gerade damit gedroht worden war, mein Leben zu zerstören?

Ich war es gewohnt, Menschen dazu zu bringen, sich hilflos zu fühlen, sie nervös zu machen, bevor ich alles bekam, was ich wollte. Es war schrecklich, dieses Mal auf der anderes Seite des Tisches zu sitzen. Meine Gedanken kreisten um die Frage nach dem Absender der Nachricht und ob er an der Gala teilnahm. Aber ich konnte mich jetzt nicht darauf konzentrieren.

Als ich in dem winzigen Abteil wie ein eingesperrtes Tier hin und her lief, versuchte ich meine Atmung zu beruhigen, damit ich zur Party zurückkehren konnte. In der Notiz stand, dass sich jemand mit mir in Verbindung setzen würde, um mir mitzuteilen, was ich tun müsste, um mein Geheimnis zu schützen, und ich wollte diese Anweisungen ganz bestimmt nicht an der Bar vor meinen Kollegen erhalten.

Nachdem ich gespült hatte, atmete ich ein letztes Mal tief und öffnete die Tür der Kabine. Die Reinigungskraft sah mich sowohl verwirrt als auch verängstigt an. Ich wusch meine Hände und dehnte meinen Kiefer, um mich im Spiegel auf ein gefälschtes Lächeln vorzubereiten, auch wenn ich es jetzt unter intensivem Druck tun musste. Die Reinigungskraft reichte mir ein Handtuch und ein Minzbonbon.

„Danke." Ich nahm das Handtuch an, bevor ich in meine Anzugjacke griff, um einen Hundert-Dollar-Schein herauszuholen.

„Wow. Brauchen Sie Kleingeld?", fragte er.

„Schweigen wäre besser", sagte ich und er nickte verständnisvoll.

Die Party hatte sich nicht verändert. Sie war steif und langweilig. Eine Gruppe von Damen ging an mir vorbei. Ich lächelte, als sie mir zuwinkten, und ich erinnerte mich an eine Zeit zurück, als es mir nicht so leicht gefallen war, die Aufmerksamkeit der Frauen auf sich zu ziehen.

Mein Leben als Erwachsener heutzutage war ein Kinderspiel. Ich war erfolgreich, bei meinen Freunden beliebt und bei meinen Gegnern gefürchtet. In der High School jedoch waren die Dinge anders gewesen. Ein Kerl namens Trevor schien entschlossen gewesen zu sein, mein Leben zur Hölle zu machen. Er hatte Vergnügen daran gehabt, mich zu quälen.

Als ich im zweiten Jahr war, war er im fünften Jahr. Er war älter und doppelt so groß wie ich. Eines Tages, kurz nach dem Mittagessen, hatte er mich im Waschraum in die Enge getrieben. Eine Gruppe von Typen lachte hinter ihm und wartete darauf, was er als Nächstes mit mir machen würde.

Ich sah ihn nur noch verschwommen. Blut war in meine Augen gesickert - ein Beweis dafür, wie brutal er mich bereits geschlagen hatte.

„Du siehst schmutzig aus, Hunter", hatte er mit herablassender Stimme gesagt. Seine fetten Finger stürzten sich auf mein Gesicht, bevor er mich am Kragen packte.

„Vielleicht sollten wir dich sauber machen."

Trevor schleppte mich in eine Toilettenkabine und hob mich an der Taille hoch, bevor er meinen Kopf energisch in die Toilette tauchte. Meine Schreie schmerzten, als mir das schmutzige Wasser den Rachen herunterlief. Das verzweifelte Bedürfnis zu atmen hatte mich in eine schwere Panik versetzt. Ich verlor das Bewusstsein.

Die ersten Worte, die ich von ihm hörte, als ich wieder zu mir kam, waren: „Wir hätten dich fast verloren, Hunter. Es wäre scheiße gewesen, Leute bestechen zu müssen, um zu deiner Beerdigung zu kommen, da du keine Freunde hast, die sich auch nur einen Dreck darum scheren, ob du lebst oder stirbst."

Die Gruppe seiner Anhänger lachte, als wäre mein Leben ein Witz. Kaum hatten sie den Waschraum verlassen, musste ich mich sofort übergeben und mein Mittagessen vermischte sich mit dem Toilettenwasser.

„Geht es dir gut?", kam eine Stimme aus der hintersten Kabine.

Als ich hinüberblickte, sah ich einen noch jüngeren Jungen, der neben der Toilette kauerte. Er war durchnässt wie ich, sein Gesicht war gequetscht und nass von den Tränen. Eine Folge der Erniedrigungen, die auch dieses Kind zu erleiden hatte.

Es war der letzte Strohhalm. Aus irgendeinem Grund, ich konnte es nicht erklären, war ich in der Lage, mit Trevor, der mich folterte, umzugehen. Es war falsch, aber ich konnte damit umgehen. Aber zu sehen, wie er andere Menschen quälte, war mehr, als ich bereit war, zu akzeptieren. Ich traf damals an dieser Stelle die Entscheidung, nie zuzulassen, dass er jemals wieder mich oder irgendjemand anderen quälte, kostete es, was es wollte.

„Hunter!"

Als ich meinen Namen hörte, zog es mich zurück in die Gegenwart. Ein Mann, der jünger war als ich, näherte sich von der anderen Seite des Raumes.

Es war offensichtlich, dass er nicht zu der Party passte. Er trug einen Anzug von der Stange, seine Haltung war krumm, zu gebeugt, um ihn respektieren zu können. Vor einigen Jahren hätte ich das sein können. Er war eine jüngere Version von mir, die wusste, dass er an die Spitze der Branche klettern konnte.

Ich hatte Blut, Schweiß und Tränen in meine Karriere gesteckt, und als ich mit meiner Vergangenheit abgeschlossen hatte, beschloss ich, dass ich diese harte Arbeit nicht vergeuden würde.

Ich wusste nicht, was der Erpresser von mir wollte. Also begann ich mich zu fragen, wovon ich bereit wäre, mich zu trennen. Geld, Respekt, Würde, Ruf? Alles wichtige Grundpfeiler meines Lebens. Und ich würde sie alle verlieren, wenn mein Geheimnis herauskäme.

Kapitel Vier

Nora

Samstagabend

„Kann ich mir die Stifte leisten, Ms. Nora?“, fragte Maria.

Sie war in einem katholischen Haus aufgewachsen, bevor die Kinderfürsorge sie ins Waisenhaus geschickt hatte, und sie weigerte sich, ihre Höflichkeit abzulegen. Deshalb sprach sie mich immer mit Ms. Nora an.

„Wie viele hast du?“, fragte ich und betrachtete die zerknitterten Tickets in ihrer Hand. Wir zählten die Tickets zusammen. Sie hatte Angst, zu erfahren, wie viele sie benötigte, aber ich gab ihr gerne ein paar Dollar dazu, damit sie die bekommen konnte, die sie sich wünschte.

Maria hatte großes Interesse am Schreiben und ich wollte sie dabei unterstützen, ihre Kurzgeschichten zum Leben zu erwecken. Ich umarmte das kleine Mädchen gerade, als am anderen Ende im Hunter’s Village ein Kampf ausbrach.

Ich entschuldigte mich schnell und kam gerade noch rechtzeitig zur Schlägerei. Ich sah, wie Bobby den kleinen Mickey schlug, der versuchte, sein Gesicht zu schützen. Bobby war mindestens doppelt so groß wie Mickey und er hielt ihn fest, während er auf ihn einschlug.

„Nein, Bobby! Hör auf!“, schrie ich und hielt ihn zurück.

Bobby war eines der Kinder, die in naher Zukunft in mein Pflegeheim kommen würden, also war ich mir seiner Probleme bewusst. Von zwei drogenabhängigen Eltern verlassen hatte er Anzeichen von Missbrauch und Vernachlässigung gezeigt, als er im Waisenhaus angekommen war.

Viele Leute hätten Kinder wie Bobby abgewiesen, aber ich nicht. Ich wusste, dass er es wert war, gerettet zu werden. Als ich die Reue in seinen Augen sah, erkannte ich, dass es noch einiges an Redebedarf gab.

„Ich muss mit dir reden“, sagte ich mit den Händen auf die Hüften gestützt. Die Kindertraube löste sich auf, traurig, dass der Kampf vorbei war.

„Er hat angefangen“, meckerte Bobby, als ich ihn an einen ruhigen Ort im hinteren Bereich von Hunter's Village zog. Er war immer noch so wütend, dass seine Hand zu einer Faust geballt war, als wir uns gegenübersaßen.

„Ich werde dir etwas Zeit geben, um dich zu beruhigen, aber ich will dir helfen, wenn du bereit bist, mir zu vertrauen“, sagte ich. Bobby sah mich mit spitzen Lippen an, er schwieg, aber war aufmerksam.

„Kannst du bitte einmal mit mir zusammen tief durchatmen?“, fragte ich. „Atme einfach so tief wie möglich ein, als würdest du an einem heißen Sommertag in den Pool tauchen. Bist du bereit?“

Er nickte, seine Brust hob sich, als er einen tiefen Atemzug nahm.

„Okay. Anhalten“, wies ich ihn an und zählte, bevor ich ihm erlaubte, langsam den Atem herauszulassen. Wir wiederholten diese Übung dreimal, bevor er den Anschein machte, sich beruhigt zu haben.

„Fühlst du dich jetzt besser?“, fragte ich und hoffte, dass er sich mir öffnen würde. Bobby war bekannt für seine abweisende Haltung, aber ich wollte mehr für ihn tun.

„Ja, ich schätze schon.“ Er zuckte mit den Achseln, unbeeindruckt von meinem Versuch.

„Kannst du mir sagen, was passiert ist?“, fragte ich.

Bobby schaute sich ein paar Minuten lang schweigend in Hunter's Village um und ich ließ ihn sich umsehen. Die meisten Erwachsenen versuchten Kinder dazu zu zwingen, sofort zu reden, aber in der Schule hatte ich gelernt, dass man im Umgang mit jungen, verletzten Menschen anders handeln musste. Man musste ihnen die Freiheit lassen. Sie mussten die Kontrolle über die Situation spüren, um dir zu vertrauen. Denn nachdem sie ausgenutzt worden waren, mochten sie es nicht, wenn ihnen gesagt wurde, was sie zu tun hatten oder wie sie sich fühlen sollten.

„Er hat mich besiegt“, sagte Bobby schließlich. Seine Stimme war so leise, dass ich mich über den Tisch lehnen musste, um ihn zu hören.

„Mochtest du es nicht, zu verlieren?“, fragte ich.

„Niemand verliert gerne, aber Mickey muss es einem immer unter die Nase reiben und er hat sich über mich lustig gemacht.“ Er senkte den Kopf, als er sich an die Verspottung erinnerte.

„Hat dich das böse gemacht, Bobby?“ Ich sprach leise und hoffte, eine sichere Umgebung zu schaffen.

„Es ist mir egal, ob er gewinnt, aber er soll mich nicht beschimpfen.“ Er zog seine Augenbrauen zusammen.

„Du hast Recht. Er sollte dich nicht beschimpfen und ich werde mit Mickey darüber reden. Aber kannst du versuchen zu verstehen, warum das, was du getan hast, falsch war?“

„Ich weiß“, sagte Bobby. „Ich darf ihn nicht schlagen. Er ist sowieso zu klein, um zu kämpfen. Ich werde einfach manchmal so wütend. Ich verliere die Kontrolle.“

Bobby schüttelte den Kopf, als wäre er von sich selbst enttäuscht.

„Es ist alles okay. Wir alle geraten manchmal außer Kontrolle. Das Wichtigste ist, dass wir aus unseren Fehlern lernen und uns so schnell wie möglich entschuldigen.“ Ich versuchte, ihn zum nächsten Schritt zu führen.

Bobby runzelte die Stirn. „Ich muss ihm sagen, dass es mir leidtut, oder?“

„Nun, tut es dir leid?“, fragte ich.

„Ja. Mickey ist mein Freund. Ich will ihn nicht verletzen, aber er hat meine Gefühle verletzt.“ Seine Augen weiteten sich und suchten nach Verständnis.

„Das ist ganz normal, Bobby. Viele von uns tun das. Ich werde dir helfen, andere Wege zu finden, deine Wut auszudrücken, wenn du mich lässt.“ Ich lächelte.

„Wie?“, fragte er schnell.

„Nun, mal sehen. Wie hättest du die Situation besser bewältigen können?“ Ich wandte die Frage an ihn zurück.

„Ich hätte einfach weggehen können“, sagte er traurig und wusste, dass er die ganze Zeit eine Lösung gehabt hatte.

„Ja, du hättest weggehen können, aber ehrlich gesagt, das hätte das Problem nur vermieden, nicht gelöst. Wenn Mickey dein Freund ist und du eine gesunde Beziehung zu ihm haben willst, ist es wichtig, dass du darüber redest, wie du dich mit seinem Verhalten fühlst. Aber das muss nicht direkt in diesem Moment sein.“

„Also vielleicht reden, wenn wir nach Hause kommen?“, fragte er.

„Das klingt nach einer guten Lösung.“ Ich nickte und er lächelte, stolz auf sich selbst.

Ich brachte ihn zu Mickey und die beiden Jungs umarmten sich, nachdem sich Bobby entschuldigt hatte. Er fragte, ob sie darüber reden könnten, wenn sie nach Hause kämen, und Mickey stimmte zu, bevor er ihm von einem anderen Spiel erzählte, das sie spielen konnten. Die beiden liefen zusammen weg und ich spürte, wie ich mich freute.

Das war der Beweis, dass ich das tat, was ich tun sollte. Diese Jungs brauchten mich, und ich brauchte sie genauso sehr.

Kapitel Fünf

Hunter

Samstagabend

„Entschuldigung." Ich drehte mich und versuchte mich durch einen Spalt zwischen zwei Gästen zu drücken, der viel zu klein war, um hindurchzupassen. Nach Erhalt des Briefes waren die Gäste nun ein Labyrinth bedürftiger Gesichter. Sandra war irgendwo am Flirten und ich musste so schnell wie möglich hier rauskommen. Schließlich erreichte ich den Ort, wo ich sie im Gespräch mit John zurückgelassen hatte, aber sie war nirgendwo zu finden.

„Hunter!"

Wieder wurde mein Name gerufen, diesmal von einer Stimme, die ich nie verwechseln würde.

Es war wie ein Schlag in die Magengrube, als ich die Hand meines Chefs auf der Schulter spürte. „Ich muss dir ein paar Leute vorstellen", kündigte Vincent laut an, bevor er sich auf die Zehenspitzen stellte und mir ins Ohr flüsterte. „Es geht um massig viel Geld!"

Ich drehte mich um und wandte mich der Menge der Männer in den grauen Maßanzügen zu, jeder mit einem Glas in der Hand. „Guten Abend die Herren, wie geht es Ihnen?"

„Hunter Aimes, wir haben viel von Ihnen gehört", sagte der größte der Männer und ein anderer nickte.

„Entweder sie haben von dir gehört oder sie haben das schöne Stück Arsch gesehen, das du mitgebracht hast", scherzte Vincent und alle lachten laut auf.

Wenn es darum ging, wie man als Wirtschaftsanwalt ein echter Hai war, hatte Vincent Marino den Standard gesetzt. Er war in Chicago geboren und aufgewachsen, und Gerüchte über Mafia-Verbindungen hatten seine Karriere begleitet. Er verlor nie und er hatte mich unter seine Fittiche genommen. Er hatte mir gezeigt, wie der Hase im Business lief.

„Ich will dich nicht beleidigen, Junge. Sie ist nicht deine Frau, also ist alles in Ordnung, oder?“, fügte Vincent mehr zum Wohle seiner Freunde als zu meinem hinzu. Unter vier Augen hatte er weit abschätzigere Dinge über Sandra gesagt, also wusste er, dass es mir egal war.

„Ich muss Ihnen Sandra vorstellen“, sagte ich, „aber nur, wenn Sie Ihre Herzmedikamente genommen haben. Sie ist dafür bekannt, einen auf Touren zu bringen, wenn Sie wissen, was ich meine.“

Die notgeilen Trottel waren amüsiert.

„Wir brauchen einen Drink!“, kündigte Vincent an.

Eigentlich wollte ich unbedingt die Party verlassen, aber ich wusste, was es hieß clever zu sein, wenn es um meine Karriere ging. Nichts kam vor dem Arschkriechen in der Firma, und Vincents Arsch war an dieser Stelle Gold wert. Als er also sagte, dass ich springen sollte, fragte ich nicht, warum, sondern stets wie hoch. Es hatte immer zu meinen Talenten gehört, auf jede Situation passend reagieren zu können. Immer im Hinterkopf habend, dass er das als Zeichen für meine Treue zu ihm ansehen würde.

„Die Jungs mögen dich wirklich.“ Er klopfte mir auf die Schulter, als wir die Bar erreichten, und sagte mir damit unterschwellig, dass ich mich bei meiner Einführung gut gemacht hatte. Die Leute sprachen immer davon, wie wichtig der erste Eindruck war, aber für einen Anwalt war es einfach das Non-Plus-Ultra. Menschen beurteilten andere auf der Grundlage von guter Chemie und ihrer Intuition. Zu leicht beleidigt zu sein oder den Einsatz zu verpassen, über einen Witz zu lachen, konnte der kleine, aber feine Unterschied zwischen einem neuen Kunden oder aber dem Aus sein.

„Ich bin froh, das zu hören.“ Ich hob meine Hand und signalisierte dem Barkeeper, ich wolle etwas bestellen.

„Was kann ich für Sie tun?“, fragte er und sah von Vincent zu mir.

„Könnten wir bitte zwei Gläser von deinem besten Whiskey haben?“, fragte Vincent. „Wir feiern.“

„Tun wir das?", fragte ich, verwirrt von seiner Aufregung.

„Ja, das tun wir. Ich hoffe, ich habe dich nicht verärgert, als ich über Sandra gescherzt habe. Du weißt, dass alle die ganze Nacht um sie herumgeschlichen sind.“ Er fuhr sich mit den Fingern durch sein silbernes Haar.

„Keine Sorge“, sagte ich auf Kosten meiner Freundin. „Vertrau mir, sie liebt die Aufmerksamkeit.“

„Das dachte ich mir. Weißt du, es gibt eine glänzende Zukunft für dich in der Firma, Hunter.“ Er lächelte wie ein stolzer Vater.

Der Barkeeper kam zurück und stellte zwei Gläser auf die Theke.

„Hier, bitte schön.“

„Danke.“ Ich beeilte mich, ihm Trinkgeld zu geben, da Vincent nie nach seiner Brieftasche griff.

Vincent lehnte sich vor, um mir ins Ohr zu flüstern. „Es gibt eine neue Stelle als Juniorpartner“, sagte er.

„Wirklich?“, fragte ich, unsicher, wie so etwas passieren könnte. Es gab nur wenig Stellen für Partner und die Firma tat gut daran, dafür zu sorgen, dass Beförderungen nicht so einfach vonstattengingen, damit Mitarbeiter wie ich noch härter arbeiteten, um aus der Menge an Superstar-Kandidaten herauszustechen.

„Kennst du Harper Groit?“, fragte er und nahm einen Schluck von seinem Whiskey.

Ich folgte seinem Beispiel und ließ die bernsteinfarbene Flüssigkeit mein Inneres wärmen, während es in meinem Kopf ratterte. „Ich habe ihn ein paar Mal getroffen."

„Es scheint, dass er eine illegale Affäre mit einer der Praktikantinnen hatte, und jetzt behauptet sie, dass es nicht einvernehmlich war." Er schüttelte angeekelt den Kopf. Weder Vincent noch die Firma im Allgemeinen waren bereit, sich lächerlich zu machen oder für schlechte PR zu sorgen.

„Das ist schrecklich", sagte ich und war schockiert zu hören, dass Harper so etwas tun könnte. Wenn ich mich an ihn erinnerte, dachte ich nur an eine weiße Weste und seine typische milde Kriegsführung im Gerichtssaal.

„Sie verklagt die Firma."

Vincent beobachtete meine Reaktion, also zwang ich mich, mein Gesicht neutral zu halten, und wartete darauf, dass er weiterredete, bevor ich meinen Kommentar abgab.

„Das wird also für eine Stelle unter den Juniorpartnern sorgen, Hunter. Kennst du jemanden, der interessiert wäre?" Er wollte mich aus der Reserve locken, mich selbst für die Position vorzuschlagen, etwas, das ich niemals tun würde.

Man konnte die Juniorpartnerschaft nicht gewinnen, indem man große Töne spuckte. Man bekam sie aufgrund von Leistung. Meine Fähigkeiten und meinen Wert für das Unternehmen zu demonstrieren war die einzige Chance, die ich hatte.

„Ich bin mir da nicht sicher, aber ich denke, ich wäre eine große Hilfe für die Kanzlei, wenn die Sache mit Harper vor Gericht ginge. Es wäre mir eine Ehre, die Firma zu verteidigen und den Anschuldigungen auf den Grund zu gehen und nach der Wahrheit zu suchen."

Vincent starrte mich für einen langen Moment an, bevor sich seine Lippen bewegten. Er schlug mir grob auf die Schulter und kündigte ein wenig zu laut an: „Du bist ein guter Mann,

Hunter. Wir werden nochmal darüber reden."

Ich beobachtete, wie er wegging, und ich erkannte, dass meine Traumposition Jahre früher in Reichweite war, als ich es erwartet hatte. Ich hatte gedacht, dass ich noch Jahre brauchen würde, um Partner zu werden, und jetzt verhalf mir eine unerwartete offene Stelle zur Chance meines Lebens.

Und gleichzeitig war ich noch nie so nah am Abgrund gewesen. Meine Gedanken drehten sich wieder um den Brief in meinem Sakko, der mich zwang, alles zu tun, um mein Leben intakt zu halten. Plötzlich hatte ich um so viel mehr zu kämpfen und so viel mehr zu verlieren.

Kapitel Sechs

Nora

Samstagabend

„Aber, Ms. Nora, passt das denn alles überhaupt in Ihr Auto?“, fragte Maria, als ich die übrig gebliebene Pizza wegpackte, um die Kinder zurück ins Waisenhaus zu bringen. Ich wusste, wie aufregend es für sie war, anstelle des üblichen Cafeteriafraßes eine so besondere Mahlzeit zu haben.

Lucius nahm sich ein weiteres Stück vom Teller. „Nora, ich denke, wir sollten alle die gleiche Menge an Pizza bekommen. Manchmal versuchen die älteren Kinder mehr zu nehmen, also nehme ich mir jetzt auch einfach mein Stück.“

„Junger Mann, ich flehe dich an: Genieß deine letzten fünfzehn Minuten Spaß und fang nicht an dich schlecht zu benehmen“, sagte Tasha und erschien aus dem Nichts. Ihr strenger Ton wies den Jungen in seine Schranken.

„Es tut mir leid, Ms. Jackson. Ich habe Sie nicht gesehen.“ Er wich langsam vom Tisch zurück.

„Ich muss nicht hier sein und dich kontrollieren, damit du dich benimmst. Wie genau hast du sie gerade genannt?“ Sie sah mich an.

„Wen? Ms. Blanche?“, fragte er unschuldig.

„Das ist ja lustig. Ich dachte, ich hätte gehört, wie du sie bei ihrem Vornamen genannt hast, als wärt ihr beide gleichwertig. Ich bin froh zu hören, dass du weißt, dass du das nicht bist. Sie ist erwachsen und du bist ein Kind, und du verstehst den Unterschied. Habe ich da Recht, Lucius?“ Tasha starrte ihn mit zusammengepressten Lippen an.

Er nickte. „Ja, Ma'am."

„Jetzt steh gerade und zieh deine Hose hoch. Du kannst Spaß haben, ohne so auszusehen, als hättest du den Verstand verloren, hörst du?" Sie richtete den Kragen seines Hemdes und er zog seine Hose hoch, bevor er sein Haar mit den Händen nach hinten strich.

Er zuckte mit den Schultern und passte sich der neuen Passform seines Oberteils an. „Danke."

Tasha lächelte zum ersten Mal. „Hattest du Spaß?"

„Ja. Ich habe einen Teddybären für meine Schwester gewonnen." Er versuchte sich größer zu machen und hob den Brustkorb, als er sich stolz an seine Leistung erinnerte.

„Und ich bin sicher, dass sie sich besonders freuen wird, weil ihr großer Bruder ihn ihr mitgebracht hat", sagte Tasha und fütterte sein Ego, bevor sie ihn wieder zum Spielen schickte.

„Du bist so gut darin." Ich schüttelte den Kopf vor Bewunderung und sie legte ihre Arme um mich.

„Du musst verstehen, dass diese Kinder viel gesehen haben, Nora. Sie werden dich manipulieren, ohne es böse zu meinen. Der Junge war dabei, die Hälfte deiner Pizza in seine Taschen zu stecken, weil er Angst hatte, Hunger zu bekommen." Sie erinnerte mich daran, was sie mir beigebracht hatte, während ich ein Jahr lang als ihre Praktikantin gearbeitet hatte.

Ich konnte mich mit der Angst vor Hunger identifizieren, also gab ich oft nach, auch wenn ich hätte strenger sein müssen. Tasha half mir, stark zu bleiben und gegen meine eigenen Unsicherheiten anzukämpfen.

Als ältere afroamerikanische Frau bekam sie sofort Respekt, wenn die Kinder in der Nähe waren. Sie wussten, dass sie keine Tricks duldete, aber was noch wichtiger war, sie spürten die Liebe, die sie für sie empfand.

Tasha hätte den Kindern in ihrer Obhut ihr letztes Hemd gegeben und sie war das Vorbild, das mich zu meiner jetzigen Position geführt hatte. Niemand hatte sich mehr für mich eingesetzt als Tasha. Sie ging sogar so weit, dass sie alles tat, um Finanzierungen für mein eigenes Pflegeheim zu suchen. Es wäre unmöglich gewesen, dort zu sein, wo ich heute war, wenn sie nicht gewesen wäre.

„Du kannst nicht jeden retten, Baby“, sagte sie. Es war ihre übliche Predigt, die ich mindestens zweimal pro Woche hörte. Nachdem sie Jahrzehnte ihres Lebens der Hilfe für die vergessenen Kinder von Chicago gewidmet hatte, hatte Tasha mehr Ratschläge als die meisten anderen über ein Leben in der Sozialarbeit.

„Du musst standhaft bleiben“, sagte sie. „Diese Kinder können Schwäche riechen. Sie brauchen und wollen Liebe, aber ihr Bedürfnis nach Überleben übertrifft alles.“

„Ich weiß, ich weiß, ich weiß.“ Ich nickte und packte die letzten Stücke Pizza in die Boxen zum Mitnehmen.

„Bist du sicher, dass du bereit für eine solche Verpflichtung bist, Baby?“, fragte sie und forderte damit meine volle Aufmerksamkeit.

„Ich bin mir sicher, Ms. Tasha.“ Egal wie alt ich wurde, ich würde sie immer in der Höflichkeitsform ansprechen. Tasha Jackson verdiente einen Titel für all die Arbeit, die sie für die Gesellschaft geleistet hatte.

Ohne sie hätte ich zweifellos meinen Körper verkauft oder wäre in einer Gefängniszelle gelandet - wenn ich es überhaupt geschafft hätte, 22 zu werden. Viele meiner Freunde hatten dieses Schicksal erlitten, aber ich war entschlossen, die nächste Generation zu retten.

„Nun, ich schätze, das ist das Beste, denn sie werden kommen, ob es dir gefällt oder nicht“", neckte sie und wusste, dass alle Unterlagen eingereicht worden waren. Es war viel zu spät, um umzukehren. Ich würde in ein paar Tagen meine ersten eigenen Kinder aufnehmen.

„Ms. Nora, brauchen Sie Hilfe?“, fragte Maria vom anderen Ende des Tisches aus. Ich lächelte und rief die älteren Jungs. Wir alle trugen die Pizzakartons zum Gemeinschaftswagen und luden sie in den Kofferraum, bevor wir die Kinder nach Hause schickten.

Es fiel mir schwer, mich zu verabschieden, weil ich wusste, dass sie ins Waisenhaus zurückkehren würden. Ich freute mich auf den Tag, an dem ich sie mit meiner Pflegefamilienvermittlung betreuen würde, weil sie es verdient hatten, ein Zuhause und eine Familie zu haben.

Kapitel Sieben

Hunter

Samstagabend

„Da bist du ja", sagte ich, als ich Sandra endlich gefunden hatte. Ich hatte die ganze Veranstaltung nach ihr abgesucht.

„Oh, ich wusste nicht, wo du hingegangen bist." Sie lächelte und sah wie immer abwesend und distanziert aus.

Eigentlich genoss ich ihr Desinteresse, aber jetzt, da ich herausfinden musste, was mit dem Erpresserbrief geschehen sollte, hatte ich keine Lust, weiter Zeit zu verschwenden. Dem Brief zufolge hatte ich nur wenige Stunden, um zu entscheiden, was ich tun würde, bevor ich mich an einem anderen Ort für weitere Anweisungen traf.

„Cameron, du hast ja keine Ahnung!" Sandra lachte laut und berührte mit ihrer Hand leicht ihre Brust, um auf die gefälschten Doppel-Ds aufmerksam zu machen, für die ich bezahlt hatte.

„Ich muss dir etwas zeigen", sagte ich und zerrte an ihrem Arm. Es gab keine Möglichkeit, ihre Aufmerksamkeit zu bekommen, ohne ihr etwas Interessanteres zu bieten.

Sandra flirtete unverblümt, etwas, das mich vielleicht in einer anderen Nacht genervt hätte. Sie hatte Glück, dass ich größere Probleme hatte. Ich versuchte mein Bestes, um vor den Gästen der Veranstaltung den Schein zu wahren und gelassen zu wirken, während ich mir den Kopf über eine Lösung für mein Erpressungsproblem zerbrach.

In der juristischen Fakultät hatten wir gelernt, dass es immer mehr als eine Lösung für ein Problem gab. Alles, was ich tun musste, war, eine Alternative zu finden. Das konnte wohl nicht so schwer sein. Sie wussten also von etwas, das ich geheim halten wollte. Ich musste nur einen besseren Grund finden, warum das unter uns bleiben sollte. Das war aber fast unmöglich, denn ich hatte keine Ahnung, wer den Brief geschickt hatte.

Ich war frustriert und mein Blut kochte, als ich versuchte Sandra durch die Party zu schleusen. Ich hasste es, nicht die Kontrolle über meine Welt zu haben. Ich musste das Blatt so schnell wie möglich wenden, um wieder am längeren Hebel zu sitzen.

„Was machst du da?“ Sandra schüttelte mich in die Realität zurück, als wir uns den Aufzügen näherten. Sie musste gemerkt haben, dass wir die Party verlassen würden. Sie wollte immer da sein, wo alle Aufmerksamkeit auf sie gerichtet war.

„Ich muss nach Hause“, sagte ich. Es war die Wahrheit. Wenn ich nicht Zeit für mich bekäme, um einen Plan zu schmieden, hätte ich keine Chance, einen Ausweg aus diesem Durcheinander zu finden.

„Du sagtest, wir verbringen zusammen einen lustigen Abend!“ Ihre Stimme erhob sich, als sich der Aufzug öffnete.

Wir waren die einzigen, die diese teure Veranstaltung früher als nötig verließen, was uns ein wenig Privatsphäre im Aufzug bot. Niemand sonst ging in die Lobby.

„Mir ist etwas dazwischengekommen. Die Arbeit…“, sagte ich und versuchte Sandra beruhigen, aber sie war wütend.

„Es kommt immer etwas dazwischen, Hunter!“, rief sie, als der Aufzug herunterfuhr. „Ich bin nicht die Art von Frau, die zu Hause sitzt und auf einen Mann wartet. Kapierst du das nicht?“

Ich wollte sie anschreien und alle Gründe auflisten, warum ich keine Zeit für ihren Mist hatte, aber es war die Energie nicht wert. Sie würde vom ganzen rumfluchen irgendwann müde werden, also lehnte ich mich zurück und ließ sie einfach reden.

„Du denkst, das ist ein Spiel, oder? Als ob ich keinen anderen reichen Mann finde, der es liebt, mich zu ficken!“ Sie hob fragend ihre Augenbrauen, als sich die Aufzugstüren öffneten.

Ich warf ihr einen scharfen Blick zu und sie blieb stehen. Sie wusste, dass sie mich nicht vor den anderen Leuten blamieren durfte. Sie war still und schmollte neben mir herlaufend, bis unsere Limousine in die Einfahrt des Parkplatzes einfuhr. Sobald wir allein im hinteren Teil des Luxusfahrzeugs waren, geiferte sie weiter, als wäre sie nie unterbrochen worden.

„Ich kann einen anderen Anwalt haben, der mich in ein Penthouse bringt, bevor das Wochenende vorbei ist, Hunter!“, schrie sie über den Ledersitz.

Ich nahm ihre Worte gar nicht wahr. Ich konzentrierte mich nur auf die ernsthafte Bedrohung, der ich ausgesetzt war. Meine Karriere war im Begriff, in die Stratosphäre zu schießen indem ich Partner wurde, aber das alles könnte nichts bedeuten, je nachdem, was dieser Erpresser genau wusste. Ich wollte meine Karten nicht offenlegen, aber ich musste sehen, ob sie dumm genug waren, ihre Informationen preiszugeben.

Bald kamen wir in unserem Appartement an, und da Sandra mittlerweile die Luft ausgegangen zu sein schien, fuhren wir schweigend mit dem Aufzug nach oben. Als wir im obersten Stockwerk ankamen und ich die Tür zu unserer Penthouse-Wohnung öffnete, nahm ich an, dass Waffenstillstand herrschen würde. Aber ich spürte, wie das harte Leder ihres Schuhs meinen Arm traf.

Als ich sah, wie der Stiletto auf den Boden fiel, drehte ich mich um und sah sie schockiert an. „Hast du den Verstand verloren?“

„Wie kannst du es wagen, mich zu ignorieren!“, schrie sie. „Denkst du, ich bin ein austauschbares Möbelstück? Diese Männer verschwenden nur ihre Zeit mit dir, um mich anglotzen zu können!"

Mit einer Sache hatte Sandra Recht. Ich fand tatsächlich, sie sei austauschbar. So schön sie auch war, sie war ein niemand. Ohne mich wäre sie nie zu den Veranstaltungen eingeladen worden, zu denen allein ich sie gebracht hatte.

Ihr Wutanfall brachte das Fass zum Überlaufen.

Ich wusste, dass ich außer Kontrolle war, bevor meine Finger überhaupt ihre dünnen Ärmchen packten und sie an die Wand drückten.

„Oh Gott, Hunter, ist es das, was du willst?" Sie atmete die Worte ein und wickelte ihr rechtes Bein um meinen Körper, als würde ich sie im Flur nehmen wollen.

„Was zum Teufel machst du da?" Ich knurrte angewidert. Dass sie denken konnte, mich würden ihre bedürftigen Allüren anmachen.

„Dann fick dich doch!", schrie sie.

Als ich auf meine Uhr schaute, schüttelte ich den Kopf. „Weißt du was? Ich habe keine Zeit dafür. Pack deinen Scheiß, Sandra. Du bist raus!"

Sie warf mir Beleidigungen an den Kopf, aber ich war fertig mit ihr. Ich musste den Autor des Erpresserbriefes in weniger als einer Stunde treffen und das war mir im Moment fast noch lieber, als mich mit Sandra zu beschäftigen. Ich war mir sicher, dass ich sie nie wiedersehen wollte.

Der Privataufzug schloss sich, bevor sie mich erreichen konnte. In der Lobby angekommen wies ich den Sicherheitsdienst an, nach oben zu gehen und sie genau im Auge zu behalten.

„Ich will nicht, dass etwas kaputt geht, und ich will, dass sie draußen ist, bevor ich zurückkomme", sagte ich und stellte meine Forderungen klar. Der schwergewichtige Wachmann nickte, bevor er den Aufzug betrat, um meiner Anweisung zu folgen.

Ich hatte echte Probleme zu lösen und ich war bereit, mich ihnen zu stellen, kostete es, was es wollte.

Kapitel Acht

Nora

Samstagnacht

„Ms. Blanche, was machen Sie hier?“, fragte der Mann, der plötzlich an meinem Autofenster stand. Er hatte mich erschreckt. Er kannte mich offensichtlich, aber ich war mir nicht sicher, mit wem ich sprach. Er trug einen zerfledderten Overall und einen so tief ins Gesicht gezogenen Hut, dass ich seine Augen kaum sehen konnte.

„Hi“, sagte ich, als ich aus meinem Honda Accord ausstieg.

„Ich bin es, Kevin!“, sagte er und zog den Hut aus dem Gesicht, damit ich seine Augen besser sehen konnte.

Ich hatte Kevin bereits getroffen, als ich kam, um das Haus zu besichtigen. Lange bevor ich es mit den Mitteln, die Tasha mir durch Spenden und Stipendien zur Verfügung gestellt hatte, gemietet hatte. Es gab viele Förderungen für junge Frauen wie mich – Angebote des Sozialdienst-Netzwerkes für diejenigen, die einen Hochschulabschluss hatten und hofften, etwas Gutes für die Gemeinde zu tun.

„Wie geht es Ihnen?“, fragte ich und versuchte, meine Angst zu verbergen. Als ich ihn das erste Mal getroffen hatte, wurde mir gesagt, dass er die Arbeit als Landschaftsgärtner als Teil seiner Bewährungsstrafe verrichten musste. Er war zwar wegen guter Führung für das, was ich als Gewaltverbrechen bezeichnet hätte, freigelassen worden, aber trotzdem fühlte ich mich auf dem dunklen Parkplatz von Angesicht zu Angesicht ein wenig unwohl.

„Ich habe alles für Sie vorbereitet. Ich wollte, dass die Kinder ein schönes Haus haben, in das sie nach Hause kommen können, aber ich dachte, ich hätte noch ein paar mehr Tage Zeit, bevor Sie eröffnen.“ Er kam einen Schritt näher und ich ging einen zurück.

„Sie haben noch Zeit", sagte ich. „Sie werden noch eine Weile lang nicht einziehen. Ich wollte mir nur das Haus ansehen." Es war irgendwie die Wahrheit. Die Kinder würden erst in ein paar Tagen einziehen, aber ich hatte viel zu tun, um mich vorzubereiten, also wollte ich über Nacht bleiben. Das war das Besondere an meiner Pflegefamilienvermittlung: Die Kinder würden in einem Haus wohnen, was weniger als ein Waisenhaus fungierte, sondern viel mehr als ein Ort, der sie willkommen hieß. Eine Übergangsstation in ein neues Leben.

„Na dann, gute Nacht. Ich werde nach den bösen Jungs Ausschau halten!" Er lächelte und ich spürte, wie sich mein Magen ein wenig zusammenzog.

Sicher, Kevin hatte seine Strafe abgesessen, aber er war in vielerlei Hinsicht zwielichtig. Es war beunruhigend zu sehen, wie er nachts am Haus arbeitete, aber ich ging trotzdem hinein.

Es war dunkel, fast zu dunkel, um sich sicher zu fühlen. Ich schaltete meinen Laptop ein, um ein wenig Licht zu haben, da der Strom immer noch nicht funktionierte. Ich checkte meine Social-Media-Kanäle und antwortete auf ein paar Nachrichten und Kommentare, bevor ich durch meine E-Mails durchging.

Ich hatte kürzlich begonnen, nach Praktikanten zu suchen und Anzeigen auf mehreren Online-Plattformen zu schalten, und ich hatte eine Menge Anfragen erhalten. Ich war gerade mit meiner Arbeit fertig, als ich ein Geräusch hörte, das meine Aufmerksamkeit auf das Fenster lenkte.

Es war Kevin, der sein Fahrradschloss öffnete, bevor er in der Dunkelheit verschwand. Schuldgefühle überkamen mich, weil ich ihn vorhin verurteilt hatte. Kevin war die Art von Person, die ich zu retten versuchte. Er war mir sehr ähnlich. Er war wahrscheinlich den größten Teil seines Lebens allein gewesen und hatte Entscheidungen für sich selbst treffen müssen, lange bevor er dazu bereit gewesen war.

Der Gedanke führte mich zurück in meine Kindheit und zu einem langen Aufenthalt zu Hause ohne meinen Vater. Die Erinnerung war schwach und ich glaube, dass ich nur vier oder fünf Jahre alt gewesen sein musste. Er hatte mir nur einen Laib Brot übriggelassen, aber ich war klug genug gewesen, ihn langsam zu zerpflücken und ihn mir einzuteilen.

Erst am vierten Tag allein ging mir das schimmelige Brot aus. Ich war dankbar, als mein Vater durch die Tür kam, und ich war mir sicher, dass er mich von meinem großen Hunger befreien würde. Zu meiner Überraschung stürmte er schnurstracks in sein Zimmer, ohne auch nur in meine Richtung zu schauen. Er schloss die Tür ab und schlief bis zum nächsten Tag.

Viele Nächte lag ich wach und fragte mich, warum mein Vater mich nicht liebte. Was könnte einen Mann dazu bringen, ohne zu helfen an einem bedürftigen Kind vorbeizugehen? Es war eine Frage, auf die ich nie eine Antwort bekommen hatte, aber ich war entschlossen, dafür zu sorgen, dass kein anderes Kind unter meiner Aufsicht so vernachlässigt werden würde.

Leute wie Kevin waren mit mir verbunden, obwohl unsere Umstände uns auf verschiedene Wege geführt hatten. Er war ein vergessenes Kind, das nun entschlossen war, anderen wie ihm zu helfen. Ich entschied, dass er mein Verbündeter in meinem Bestreben, den Kindern zu helfen, sein würde und ich weigerte mich, jegliche Art von Angst vor ihm zu empfinden. Kevin war gut, genau wie ich.

Gemeinsam konnten wir viele Kinder retten und das war genau das, was ich tun wollte. Als ich mich im Haus umsah, versuchte ich herauszufinden, welches Zimmer welchen Zweck erfüllen würde, als meine Augen am Kühlschrank hängen blieben.

Wenn es eine Sache gab, die ich wusste, dann war es, dass ich nie wollte, dass die Kinder, die bei mir lebten, hungrig werden würden oder das Bedürfnis verspürten, nach Essen zu fragen. Sie hätten in der Küche freien Lauf, im Gegensatz zu den typischen Regeln in Pflegeheimen.

Es war üblich, den Kühlschrank und die Schränke abzuschließen, da Pflegekinder Essen horteten, um sich darauf vorzubereiten, wenn ihnen einmal aufgrund von Ungehorsam das Essen entzogen würde. Ich wollte nicht, dass sich meine Kinder darüber Gedanken machen müssten, also würde ich bereits am ersten Tag mit ihnen reden und wir würden eine Liste ihrer Lieblingsspeisen erstellen, damit ich sie immer auf Lager hatte.

Ein Lächeln erfüllte mein Gesicht, als ich Ideen aufschrieb, um mein Pflegeheim einladender zu gestalten. Es sollte ein Zufluchtsort für Kinder werden, und das gab mir ein unglaubliches Gefühl.

Kapitel Neun

Hunter

Samstagnacht

Es war kühl, als ich auf dem Parkplatz des Lebensmittelgeschäfts stand, auf den der Erpresser mich geordert hatte. Nach meiner Uhr waren sie zwanzig Minuten zu spät. Ich begann, mir Horror-Szenarien zusammenzuspinnen, die mich völlig aus dem Konzept brachten. Vielleicht waren sie getötet worden oder etwas hatte sie von ihrem Plan abgebracht und sie ließen mich in das Leben zurückkehren, für das ich so hart gearbeitet hatte.

„Hast du mal Feuer?“ Ein Mann in einer Lederjacke und Jeans tauchte neben mir auf. Er sah nicht aus wie ein Penner, aber ich fühlte mich nicht wohl dabei, dass er so nah bei mir stand.

„Nein“, antwortete ich mit angespannten Schultern und hoffte, ihn so vom weiteren Gespräch abzuhalten.

Er griff in seine Tasche, holte ein Feuerzeug heraus und zündete seine handgedrehte Zigarette an. Ich war unsicher, warum er von mir ein Feuerzeug gewollte hatte, wenn er die ganze Zeit eines in der Tasche gehabt hatte. Mein Gedanke verschwand, als ich erkannte, dass er keinen Tabak, sondern Marihuana rauchte.

„Nimm einen Zug.“ Er hielt den dünnen weißen Joint in meine Richtung.

Ich weigerte mich, mich auf ihn einzulassen. „Passt schon, danke.“

Der Mann nickte und akzeptierte meine Ablehnung. Als ich auf die Uhr sah, fragte ich mich, ob diese Leute jemals auftauchen würden. Ich hatte mein Telefon mehrmals gecheckt, obwohl ich wusste, dass ich noch keine weiteren Informationen erhalten hatte.

Vielleicht hatte ich zu viele Filme gesehen, aber ich dachte, wenn sie mich auf einer Party finden konnten, könnten sie auch meine Handynummer herausfinden und eine SMS schicken, wenn sie wollten.

„Hast du mal die Uhrzeit?“, fragte der Mann.

„Nein“, antwortete ich und log. Ich wollte ihm meine Uhr nicht zeigen und kein Gespräch anfangen.

Ein glänzender schwarzer Escalade bog auf den Parkplatz ein. Der Mann machte einen Schritt nach vorne, bevor er sich umdrehte, um mich über seine Schulter anzuschauen.

„Hunter, ich weiß, dass du die verdammte Uhrzeit hast."

Mein Herz rutschte mir in die Hose. Er gehörte zur Erpresser-Crew? Hätte ich das gewusst, hätte ich ihn allein auf dem Parkplatz in Stücke gerissen, aber jetzt hatte er Verstärkung. Mit einem Kopfnicken signalisierte er mir, dass ich ihm in den wartenden SUV folgen sollte.

„Ich steige nicht mit Leuten in Autos, die ich nicht kenne.“ Ich versuchte meinen Kiefer zu entspannen, was mir nicht sonderlich gut gelang.

„Das ist verständlich“, sagte er, bevor er an seinem Joint zog. „Aber wenn du nicht in dieses Auto steigst, wirst du von einigen Typen, die du nicht kennst, im Gefängnis vergewaltigt. Das erscheint mir viel schlimmer, wenn du mich fragst.“ Er zuckte mit den Schultern, bevor er zum schwarzen Escalade ging.

„Warte!“, rief ich. „Gib mir das.“ Ich griff nach dem Joint.

Ich hatte seit dem College kein Gras mehr geraucht, aber wenn es jemals eine Zeit zum Entspannen gegeben hatte, dann war es, bevor ich in ein Auto voller Fremder stieg, die drohten, mein Leben zu ruinieren.

Als ich auf den Rücksitz kletterte, bemerkte ich eine dunkle Gestalt hinter dem Steuer und einen großen Mann, der am anderen Ende des Autos saß. Der große Mann nickte mir zu. „Hunter.“

Er wollte nicht erkannt werden. Mit seinen ausgefallenen Kleidern und seiner großen Sonnenbrille wollte er offensichtlich sein Äußeres verbergen.

„Ich habe etwas Besseres für dich, das du anstarren kannst“, sagte er. Er reichte mir ein iPad und ich nahm das Tablet an. Der Mann mit dem Joint rückte näher. Ich war von Fremden umgeben. Die Atmosphäre war voller Spannung, als sich der Fahrer vom Parkplatz entfernte und langsam die Straße hinunterfuhr.

Zögernd dachte ich darüber nach, was auf dem Bildschirm erscheinen könnte, aber da ich wusste, dass es diesen Männern ums Geschäft ging, entschied ich, dass es keine andere Wahl gab, als sich der Wahrheit zu stellen. Als ich meine Aufmerksamkeit auf das Tablet richtete, sah ich genau das, was ich erwartet hatte. Unvermittelt stieg Wut in mir empor.

„Ich verstehe, dass man denkt, dass niemand das jemals herausfinden würde“, sagte der große Mann.

„Oh, ich habe auch schon viele Male gedacht, dass ich meine Spuren gut genug verwischt hätte, und dann sehe ich doch, wie Polizisten in den Nachrichten Beweise finden“, sagte der Mann neben mir. Er nahm einen weiteren Zug, bevor er mir den Joint anbot.

Diesmal akzeptierte ich, ohne darüber nachzudenken. Ich inhalierte tief und zermarterte mir den Kopf nach den Möglichkeiten, die ich hatte. „Was wollen Sie?“, fragte ich und fühlte mich in die Enge getrieben.

„Hier ist alles, was du wissen musst.“

Mir wurde ein weiterer Umschlag ausgehändigt. Im Inneren befand sich eine noch kürzere Botschaft. Ich zog ein Blatt mit einer Adresse und einem Namen heraus - und ein Bild einer zierlichen Frau, die etwas zu zahm aussah, um jemals ins Auge zu fallen.

„Das ist es, was wir brauchen, und da ist es, wo sie zu finden ist“, sagte der Mann neben mir als Antwort auf meine nicht gestellte Frage.

„Und was soll ich mit ihr machen?“ Ich hatte Angst davor, die Antwort zu hören.

„Halte sie einfach für ein paar Tage fest. Du wirst sie zu uns bringen, wenn wir anrufen, und dann kannst du dein Leben zurückhaben.“ Der Mann zuckte mit den Schultern, als wäre das kein bisschen zu viel verlangt.

„Oder du kannst uns ignorieren. Vielleicht denkst du, dass das hier alles ein Witz ist. Dann sieht dein Arbeitgeber, was auf dem iPad ist, und du verlierst alles. Es ist allein deine Entscheidung, Hunter.“ Der große Mann sprach in dem freundlichsten Ton, den man sich vorstellen konnte.

Bevor ich antworten konnte, fuhr das Auto an den Straßenrand. „Raus hier.“

Ich war sprachlos und fühlte mich unvorbereitet auf das, was sie gerade verlangt hatten, aber ich folgte ihren Anweisungen und stieg aus dem SUV.

„Du musst sie heute Abend erwischen. Keine Verzögerungen. Wir werden uns mit dir in Verbindung setzen, unabhängig davon, welche Möglichkeit du wählst.“

Der SUV fuhr noch schneller weg, als er gekommen war, und ich ging zurück zu meinem Auto und überlegte, was ich jetzt tun würde.

Es war nicht so, als hätte ich eine Wahl. Das wussten sie. Ich könnte ihrem Beispiel folgen oder ins Gefängnis gehen. Als ich auf dem Parkplatz des Lebensmittelgeschäfts ankam, fuhr ich zerstreut zu einem Baumarkt, von dem ich wusste, dass er bis spät in die Nacht geöffnet war.

Als ich draußen saß, fragte ich mich, ob ich das tun könnte, was sie verlangt hatten: eine Frau entführen, die dem Bild nach unschuldig und harmlos aussah.

Mein Verstand kreiste um das, was auf dem Tablet war. Sie hatten mir die Fotos gezeigt, als ob ich etwas Reue für das Geheimnis empfunden hätte, das ich versteckt hatte, um mein Leben zu erhalten. Sie lagen falsch, wenn sie dachten, dass es das wäre, was mir Angst machte. Es gab keinen Funken Schuld in mir. Alles, was ich getan hatte, war gerechtfertigt. Ich war nur nicht bereit, mein Leben, wie ich es kannte, zu opfern, um das zu beweisen. Oder war ich das doch?

Kapitel Zehn

Nora

Samstagnacht

Nach einem langen Tag duschte ich und ließ das warme Wasser auf mich einprasseln. Es floss angenehm über meinen Körper und löste meine Verspannung. Ich wusch mir die Haare und spürte, wie die Schwere meiner Entscheidung schlussendlich meine Zukunft beeinflussen würde.

Ich hatte schon immer Spaß an Dates gehabt. Ich hatte sogar einige Kandidaten ernsthaft in Betracht gezogen. Aber welcher Mann würde jemals mit einer Frau zusammen sein wollen, die für so viele Kinder verantwortlich war?

Tasha hatte mich gewarnt, dass ich mein Leben einer Sache widmete, die mir wenig Zeit für mich selbst lassen würde, aber die Kinder waren es mir wert und dass ich dafür mein Liebesleben opfern musste, war halb so wild.

Als ich aus der Dusche stieg, hüllte ich meinen dünnen Körper in eines der wenigen Handtücher, die ich von zu Hause mitgebracht hatte. Es gab so viel zu tun, bevor die Kinder ankamen. Unter anderem musste ich noch Hygieneartikel in großen Mengen besorgen, damit sie in ihrem neuen Zuhause duschen konnten.

Ich zog mir ein seidenes Nachthemd über, bevor ich mein nasses Haar zu einem Dutt knotete, und entschied mich, es über Nacht trocknen zu lassen, da ich meinen Fön nicht mitgebracht hatte. Es war keine Option, noch einmal zum Auto zu gehen.

Mein Schlafzimmer war das größte aller Zimmer, das sich auf der Rückseite des Hauses befand. Von hier aus hatte ich alle anderen Zimmer und die Kinder im Blick. Ich wollte, dass sie sich alle so fühlten, als würde ich sie beschützen, so wie es bei verlassenen Kindern eher selten der Fall war.

Ich ging ins Bett, zog mir die Decke bis zum Kinn und versuchte, eine bequeme Position zu finden. Es war meine erste Übernachtung im Haus und ich konnte einfach nicht einschlafen. Ich starrte unentwegt die Decke an, die mich von meinen Träumen abzuhalten schien.

Die Zeit wollte nicht vergehen, es fühlte sich an wie Stunden. Ich starrte ziellos in die Luft und fragte mich, was aus meinem Leben werden würde, wenn die Kinder eingezogen waren. Es gab so viel Unbekanntes. Es war schwer vorherzusagen, wie sich die Dinge entwickeln würden.

Die Kinder könnten es mögen, bei mir zu bleiben, oder sie könnten es hassen. Ich hatte mehr als genug Geschichten über Kinder gehört, die wegliefen oder die die Kontrolle über Pflegefamilien übernahmen, sodass sich die Erwachsenen eher wie Gefangene in ihrem eigenen Haus fühlten.

Alles, was ich hoffen konnte, war, dass ich den Kindern beweisen könnte, dass ich ihres Vertrauens würdig war. Ich wusste aus eigener Erfahrung, dass das sehr viel verlangt war von jedem, der ein Trauma erlebt hatte, das mit ihrem vergleichbar war.

Ich dachte an das Gefühl, das mich überkam, wann immer ich in der Lage war, ein Problem für sie zu lösen, ob groß oder klein. Ob es darum ging, ihnen bei den Hausaufgaben zu helfen oder mit ihnen an einem Mutter-Tochter-Tanz teilzunehmen, ich war immer überglücklich, wenn ich ihnen ein Lächeln aufs Gesicht zaubern konnte.

Meinen Kindern etwas zurückzugeben war immer eine Möglichkeit, der jüngeren Version von mir selbst zu helfen, die dringend einen Fürsprecher gebraucht hätte. Mit diesem Gedanken schlief ich ein, zuversichtlich, dass ich die richtige Entscheidung getroffen hatte und alles zu meinen Gunsten funktionieren würde.

Ich erwachte abrupt aus einem schrecklichen Albtraum, aber ich vergaß schnell wieder, was ich geträumt hatte. Ich war verwirrt und fühlte mich in meinem neuen Zuhause noch sehr unwohl.

Gedanken an Kevin auf dem Parkplatz begannen mir durch den Kopf zu rasen und ich bekam eine Gänsehaut. Ich hatte mich dafür entschieden, ihn als Verbündeten zu akzeptieren, aber ich hatte genug Erfahrung, um auch auf mein Bauchgefühl hören zu können. Etwas stimmte nicht mit ihm. Ich musste die Alarmanlage noch installieren, also gab es nicht viel, was ich tun konnte.

Ich schüttelte über mich selbst den Kopf, weil ich einfach so schreckhaft war. Ich war immer schnell ängstlich geworden, und die erste Übernachtung an einem neuen Ort war ein naheliegender Auslöser.

Meine Augen wurden schwer. Dann sah ich einen Schatten im Augenwinkel. Drehte ich allmählich durch?

Ich atmete tief durch und starrte die Decke an.

Aus dem Nichts schlug mir eine schwere Hand ins Gesicht und hielt mir den Mund zu. Ich versuchte, mich aufzurichten, aber die Kraft war zu stark. Über mir schwebte eine zerfetzte Halloween-Maske. Die Hand ließ von meinem Mund ab.

Ich öffnete meinen Mund und wollte zu schreien anfangen, als mir ein Knebel in den Mund gedrückt wurde. Mein Körper wurde taub vor Angst. Was würde als Nächstes passieren?

„Sag kein Wort", wies mich eine ruhige Stimme hinter der Maske an. Es war eine seltsame Stimme, die ich noch nie zuvor gehört hatte.

Der Eindringling hob mich vom Bett. Mein seidenes Nachthemd schlang sich um mich herum und ich fragte mich, was jetzt wohl mit mir geschehen würde. Alles, was ich wollte, war, Kindern aus ihrem Leben von Missbrauch und Gewalt zu helfen und jetzt wurde ich in dem Haus, in dem ich eine Familie gründen wollte, zum Schweigen gebracht.

Strampeln schien nicht zu helfen, aber ich versuchte dennoch mich aus den Fängen des Fremden zu befreien. Die Person war zu stark für mich, um sie zu überwältigen, aber ich hörte nicht auf zu kämpfen.

Mein Leben zog vor meinem inneren Auge an mir vorbei, als ich angestrengt versuchte, mit dem Knebel, der gegen meine Zunge drückte und meine Schreie dämpfte, zu atmen.

Kapitel Elf

Nora

Samstagabend

Mit einem heftigen Schlag prallte mein Kopf gegen eine harte Decke, aber sie war viel zu tief, um das Dach eines Autos zu sein. Soweit ich es beurteilen konnte, war ich im Kofferraum, aber das war schwer zu sagen mit einem Sack über dem Kopf. Das Auto fuhr sehr schnell und in scharfen Kurven, die meinen Körper von einem Ende des Innenraums zum anderen schleuderten.

Wilde Gedanken um meine Zukunft gingen mir durch den Kopf und mein Herz schlug schneller, als ich mich an die vergangenen Stunden erinnerte.

Es gab keinen Grund, mich zu entführen. Der Entführer musste ein kranker Widerling sein. Ich hatte weder Geld noch eine Familie, die bereit gewesen wäre, ein Lösegeld für mich zu zahlen. Außerdem hatte ich mir in meinem Leben noch nie einen einzigen Feind gemacht, deshalb wusste ich, dass mir niemand Schaden hätte zufügen lassen wollen. Nein, das war das Werk eines Mannes, der mich foltern und Gott weiß was mit mir tun wollte. Anders konnte ich mir das alles nicht erklären.

Die Menschen waren krank; das war Teil des Lebens, wenn man in einer Großstadt wie Chicago lebte. Chicago war bekannt dafür, eine hohe Verbrechensrate zu haben. Ich wusste, dass an jeder Ecke Gefahr lauern konnte, was unter anderem auch ein Grund dafür war, warum ich mein Pflegeheim gegründet hatte. Ich hätte niemals gedacht, dass ich diejenige sein würde, die einmal gerettet werden müsste.

Gerade als ich darüber nachdachte, wie lange ich schon im Auto war, hielt es an. Zuerst versuchte ich, jede Kurve und jedes

Geräusch zu identifizieren, in der Hoffnung, dass der Fahrtweg mir bei meiner späteren Flucht helfen würde. Meine Tränen und Schreie erschwerten meine Konzentration und dazu kam noch der Knebel, der mir das Atmen schwerfallen ließ. Es fühlte sich wie eine halbe Ewigkeit an, aber ich schätzte, dass es in Wirklichkeit nur eine etwa dreißigminütige Autofahrt gewesen sein musste.

Zunächst passierte nichts. Ich wartete darauf, dass der Mann endlich den Kofferraum öffnete. Es war noch dunkel und ich merkte einen kühlen Luftzug, der von draußen hereinkam. Er schwieg, aber ich spürte seine Gegenwart, bevor seine großen Hände an meinen Beinen zerrten. Er hob mich hoch und warf mich über seine Schulter, als wäre ich ein Sack Kartoffeln.

Sein Gang war zügig, aber kontrolliert, und ich konnte das Knirschen der Steine unter seinen Füßen hören. Dann gingen wir Stufen hoch, etwa drei oder vier, bevor ich hörte, wie sich eine Tür öffnete. Meine Herzfrequenz stieg an, und ich wusste, dass es nur noch schlimmer werden konnte, wenn wir allein in einem Raum wären. Hier musste es sein, wo er mich foltern wollte. Mein Adrenalinspiegel schoss in die Höhe.

Im Waisenhaus hatte ich gelernt, für alles zu kämpfen, denn nichts im Leben wurde einem geschenkt. Ich musste stark sein, und jetzt war es nicht viel anders. Gerade als mein Entführer mich auf den Boden legte, ergriff ich meine Chance und trat ihm mit dem Knie in seine Leiste.

Ich hörte ein leises Stöhnen, vermischt mit einem Knurren. Ich nutzte die Gelegenheit aus, um mit verbundenen Augen und mit meinen zusammengebundenen Händen ihm zu entkommen. Mit nur zwei Schritten holte er mich wieder ein und packte mich von hinten. Er warf meinen Körper auf den Boden, rollte mich auf den Rücken und hielt mich fest. Er riss mir das Tuch aus dem Gesicht. Nun konnte ich auch wieder die Halloween-Maske erkennen, die mir Schauer über den Rücken laufen ließ.

Aber diesmal entdeckte ich ein neues Detail – seine leuchtend blauen Augen hinter der Maske starrten mich weniger böse an, als ich erwartet hatte. Ich wollte mehr sehen, aber seine dumpfe Stimme unterbrach meine Gedanken.

„Sei nicht dumm. Du bist hier und du gehst hier nicht weg. Je früher du das akzeptierst, desto besser.“

Ich atmete schnell ein und aus, zum einen aus Angst und zum anderen aufgrund des Adrenalins, das durch meine Adern strömte. Ich sah mich im Raum um und suchte nach einem Ausgang oder einer Waffe, aber es gab keine. Es gab keinen Ausweg.

„Hörst du mich?“, knurrte er.

Da ich mit dem Knebel im Mund nicht sprechen konnte, nickte ich. Zufrieden mit meiner Antwort stand mein Entführer auf, sodass ich nur noch seinen Körper und nicht mehr sein Gesicht sehen konnte. Er war groß und muskulös, und er hatte mich mit Leichtigkeit über seine Schulter geworfen, bevor er mich die Treppe hinauftrug.

Er gab der dünnen Holztür mit der Spitze seines Stiefels einen Tritt. Dahinter verbarg sich wohl das Schlafzimmer. Es sah verlassen aus. Tatsächlich sah das ganze Haus so aus, als wäre es seit Jahren nicht mehr bewohnt worden. Alles war staubig und spärlich dekoriert wie in einem Geisterhaus.

Etwas grob ließ er mich auf die dünne Matratze fallen. Sofort roch ich die frisch gewaschenen Laken, die das einzig Neue im Schlafzimmer zu sein schienen.

Eine kleine Holzkommode stand an einer Wand, an der sich zwei Türen befanden. Eine sah aus, als würde sie in ein Badezimmer führen, während die andere ein Schrank zu sein schien. Es gab ein kleines Fenster neben dem Bett und ich versuchte zu sehen, ob ich es für meine Flucht nutzen könnte, falls er mich jemals allein lassen würde.

Es befand sich ganz oben an der Wand und war ein bisschen zu klein, aber es wäre definitiv einen Versuch wert, wenn ich jemals eine Chance dazu bekommen würde. Ich dachte nicht im Traum daran, mein Schicksal zu akzeptieren und seine Gefangene zu bleiben. Trotz der fast schon freundlichen Augen war dieser Mann ein Verrückter –oder gerade deshalb. Wer sonst würde ein Mädchen mit einer Halloween-Maske entführen?

„Wenn ich deinen Knebel rausnehme, versprichst du mir, ruhig zu sein?“, fragte er. Schnell nickte ich. „Nicht schreien!“, sagte er. Wieder nickte ich.

Langsam entfernte er den mit meinem Speichel durchnässten Knebel und legte ihn neben mich auf das Bett. Seine Augen schielten zu meinem Oberschenkel, jetzt, da mein seidenes Nachthemd von der ganzen Action ein wenig verrutscht war. Ich wusste, dass ich ihn ablenken musste.

„Warum tust du mir das an?“, wimmerte ich. Meine Augenfüllten sich bereits mit Tränen.

Er sah mich nicht an, als er antwortete. „Ich muss es tun.“

Er ging um das Bett herum, band meine Hände los und begann dann, das dicke Seil an die Bettpfosten zu binden. Er bewegte sich bewusst, sein Bizeps beugte sich, als er meine Handgelenke und Knöchel fest an das Holzbett band, das zur Kommode passte. *Wieso achte ich jetzt auf so etwas?* Es sah aus wie die Einrichtung eines Kinderzimmers, das viele Jahre niemand mehr benutzt hatte.

„Ich habe niemandem etwas getan“, versuchte ich zu erklären, in der Hoffnung, dass es eine Art Missverständnis gegeben haben könnte, das wir hätten aufklären können.

Ich hatte nicht verdient, was er mit mir vorhatte, und ich musste zurück zu meinem Pflegeheim, das ich in ein paar Tagen eröffnen würde. Er konnte nicht wissen, wie wichtig dieser Ort für so viele kleine Kinder sein würde, aber ich tat es und ich wollte, dass auch er es verstand.

„Hörst du mich? Ich muss zurück!“ Ich betonte das letzte Wort besonders und er unterbrach kurz seine Arbeit, um mich anzuschauen.

Die Freundlichkeit verschwand aus seinen Augen und der Verrückte kam wieder hervor. Mein Magen zog sich zusammen bei dem Gedanken, dass er mir weh tun würde. Ich brach mein Versprechen und schrie so laut ich konnte. Heulend drehte ich meinen Kopf von einer Seite zur anderen und hoffte inständig, dass ein Nachbar mich hören würde, aber er war zu schnell wieder bei mir.

„Du verdammte Lügnerin!", zischte er und drückte seine Hand auf meinen Mund. Sein schwerer Körper erdrückte mich fast ein weiteres Mal. Ich wand mich unter ihm und drehte meinen Kopf, um in seine Hand zu beißen. Er hatte nicht den widerlichen Geschmack, den ich erwartet hatte, sondern er schmeckte nach Seife oder Lotion.

Als er auf meinen Mund drückte, hatte ich Angst, dass er meine Zähne mit seiner Kraft kaputt machen würde, aber dann schob er den Knebel zurück in meinen Mund und stand genauso so schnell auf, wie er sich auf mich gestürzt hatte.

„Ich habe versucht, nett zu sein. Aber du weißt nicht, wie man ein Versprechen hält", keuchte er unter der Maske und ging am Fuße des Bettes auf und ab.

Ich beobachtete ihn genau und hoffte, dass er keinen Schritt in meine Richtung machen würde. Er war zu wütend und ich zweifelte an meinem Urteilsvermögen. Vielleicht war das Schreien nicht der beste Zug gewesen, aber ich konnte mich nicht zurückhalten, als er mich mit hasserfüllten Augen angesehen hatte.

„Du bist hier bei mir, okay? Das war's! Du gehst nicht weg!"

Ich nickte langsam, als eine dicke Träne über meine Wange lief. Ich fühlte eine Mischung aus Niederlage und Sorge und ich fragte mich, was als Nächstes kommen würde. Würde er mit mir im Zimmer bleiben? Mir wehtun? Mich vergewaltigen?

Es war absolut still im Haus, also nahm ich an, dass wir allein waren. Ich konnte nicht sicher sein, ob das etwas Gutes oder Schlechtes war. Niemand konnte mir helfen, aber es bedeutete auch, dass niemand ihm helfen konnte. Alles, was ich tun musste, war, an diesem einen Mann vorbeizukommen. Vielleicht gab es eine Chance, aus diesem Höllenloch herauszukommen.

Ich versuchte meine Atmung zu beruhigen, als er aufhörte, umher zu laufen. Ich machte mich zum Kampf bereit und zerrte an dem Seil, das mich am Handgelenk ans Bett fesselte, aber es gab keine Chance; er hatte mich so fest angebunden, dass ich nicht entkommen konnte. Ich war ihm völlig ausgeliefert, eine Hilflosigkeit, die ich in meinem Leben noch nie erlebt hatte und die mich überforderte.

Er konnte mit mir tun, was immer er wollte, und es gab nichts, was ich dagegen hätte tun können. Die einzige Frage war, was genau wollte er mit mir machen? Doch diese Frage blieb unbeantwortet.

„Wenn du lernst, dich zu benehmen, wird es besser mit uns klappen. Ich kann dich nicht gehen lassen. Also gewöhn dich daran“, knurrte er, bevor er sich wegdrehte, das Licht ausschaltete und das Schlafzimmer verließ.

Erleichterung überkam mich, als ich allein im Raum war. Es war immer noch entsetzlich, aber zumindest hatte ich nicht die ständige Gefahr vor Augen, dass er sich auf mich stürzen oder mich in irgendeiner anderen Weise verletzen würde. Ich versuchte herauszufinden, wie weit er sich vom Zimmer entfernte, und lauschte aufmerksam, während ich weiter am Seil zerrte.

Kapitel Zwölf

Hunter

Samstagabend

„Was zum Teufel?“ Ich flüsterte mir selbst zu, als ich in meinem Kinderzimmer auf und ab ging.

Es war lange her, dass ich das Haus besucht hatte, das meine Eltern zurückgelassen hatten, nachdem sie einige Jahre zuvor gestorben waren. Es gab so viele schlechte Erinnerungen, dass ich nie das Bedürfnis gehabt hatte, zurückzukehren. Aber es fühlte sich auch falsch an, es zu verkaufen, also bot ich es nie irgendwo an.

Nun, es würde eine weitere schlechte Erinnerung beherbergen - eine, die ich nie hatte kommen sehen. Wie war ich mitten in eine Entführung geraten?

Ein Teil von mir wollte einen weiteren Tag warten, um Nora zu entführen, aber ich konnte nicht riskieren, dass etwas schief ging. Ich musste sie nachts mitnehmen, und als ich sah, dass sich die Möglichkeit bot, setzte ich den Plan in die Tat um.

Sie zu entführen war einfach gewesen, fast zu einfach. Ich konnte spüren, wie sich ihr winziger Körper unter meinen Händen krümmte, als ich sie packte, und sie wehrte sich nicht einmal. Erst als wir im Haus ankamen, hatte sie mich fast auf die Knie gezwungen. Wenn sie nur einen Zentimeter weiter nach links geschlagen hätte, hätte sie meine Eier getroffen, und dann hätte sie vielleicht entkommen können.

Ich konnte immer noch vor mir sehen, wie ihr Dekolleté durch ihr seidenes Nachthemd blitzte, als ich mit meinem Knie auf beiden Seiten ihrer kleinen Taille über sie gebeugt war. Sie hatte Angst wie ein verängstigter, kleiner Vogel.

Ihre Hilflosigkeit machte mich an. Ich müsste lügen, wenn ich sagen würde, dass ich sie nicht wollte. Ich konnte ihre sanfte Haut unter meinen Fingern spüren; sie war so weich wie der Satin ihres Nachthemdes. Und so, wie sie sich unter mir wand, wollte ich sie ruhighalten.

„Argh!", stöhnte ich und fuhr mir mit den Fingern durch mein dickes Haar.

Wie war alles so schiefgelaufen? Während ich mich mit Nora beschäftigte, hatte ich meine jetzt Ex-Freundin und den Wutausbruch vergessen, der mich dazu gebracht hatte, sie aus meiner Penthouse-Wohnung zu werfen.

In nur dieser kurzen Zeit hatte ich sie auch aus meinen erotischen Gedanken verdrängt und mehr Platz für Noras blassen Körper, umgeben von ihren langen dunklen Haaren, geschaffen.

Dann hörte ich ihre Schreie durch die Wand. Ich hielt sie im Nebenraum gefangen, aber ihre Angst ließ mich nicht schwach werden. Als sie losschrie hatte sie gezeigt, dass sie nicht gehorchen konnte.

Anscheinend wollte sie sich nicht benehmen. Als ich an die Möglichkeiten dachte, sie dazu zu bringen, mir zuzuhören, wurde mein Schwanz steif. Sie war wirklich heiß in ihrer natürlichen, verletzlichen Art, aber ich musste meine Gedanken für mich behalten. Dies war nicht die Zeit, um sich von einem hübschen Mädchen ablenken zu lassen.

Ich hatte einen Job zu erledigen und ich musste konsequent sein, um meine Ware pünktlich zu übergeben. Meine Kindheit hatte mich oft genug gelehrt, für sich selbst einzustehen und für das zu kämpfen, was man verdiente.

Ich wusste, dass ich die Fotos meiner Erpresser als Beweis für mein Verbrechen brauchte, und ich brauchte Nora, um sie zu bekommen. Sie war der Schlüssel zu meiner Freiheit, zu allem, was ich hatte. Lieferte ich sie nicht aus, würde meine Welt zusammenbrechen, und das konnte ich nicht zulassen.

Das Tageslicht hatte gerade erst begonnen, durch die

Jalousien zu kriechen, als Noras Schreie endlich nachzulassen begannen. Ich stellte mir vor, dass sie eingeschlafen war, aber ich konnte nicht sicher sein; meine Gedanken waren zu sehr auf mich selbst gerichtet.

Ich war als Teenager so vorsichtig gewesen. Ich konnte nicht verstehen, wie jemand nicht nur von meinem Verbrechen erfahren, sondern auch Beweise dafür gefunden hatte und es dann für zwei Jahrzehnte für sich behalten hatte, nur um es mir wieder unter die Nase reiben zu können - das war irgendein rachsüchtiger Scheiß.

Ich dachte darüber nach, welche Leute wissen könnten, was passiert war, aber ich kam zu keinem Ergebnis. Und wie Nora sich in das Szenario einfügte, war mir ein echtes Rätsel. Was hatte sie damit zu tun?

Sie sah so unschuldig und rein aus, dass ich mir niemanden vorstellen konnte, der ihr Schaden zufügen wollte. Ich wusste, dass sie niemandem etwas getan hatte, aber es war ihr Name auf diesem Papier und ihre Adresse. Sie hatte jemanden verärgert, ob sie es wusste oder nicht. Es war nicht meine Aufgabe, Richter oder Jury zu sein – ich hatte eine Aufgabe zu erledigen und das war es, was ich tun musste.

Ich konnte jetzt sowieso nicht schlafen, also fing ich an, Liegestütze zu machen, um Spannungen und den Stress in meiner Brust abzubauen. Ich verlor den Überblick, wie intensiv ich schon trainiert hatte, als mein Trizeps unter der Belastung brannte.

Es war die einzige Erleichterung, die ich bekommen würde, also machte ich weiter mit Sit-ups. Ich bewegte mich schneller, als der Schweiß über meine Bauchmuskeln tropfte. Ich musste die Übergabe überstehen, von der ich ahnte, dass sie schwierig werden könnte.

Ich war kein Verbrecher, obwohl ich vor langer Zeit ein Verbrechen begangen hatte. Ich vertrat Kriminelle, also war es für mich seltsam, am anderen Ende des Tisches zu sitzen. Ein unangenehmes Gefühl.

Meine Gedanken wanderten zu dem, was sie von mir denken musste; gefesselt an ein Bett an einem seltsamen Ort, von einem Mann mit einer verrückten Maske, die ich in meinem Lagerraum gefunden hatte. Sie hatte keine Ahnung, wie ich aussah, und ich wollte es dabei belassen. Ich wollte sie so schnell wie möglich aus meinem Leben haben, damit ich weitermachen konnte.

Nachdem ich an ihrer Schlafzimmertür vorbeigegangen war, war ich mir sicher, dass sie schlief, also fuhr ich mit meinem Training fort, weil ich sowieso nicht hätte schlafen können.

Ich machte meine übliche Trainingsroutine, obwohl es jetzt viel schwieriger war ohne das hochmoderne Fitnessstudio, das sich in meiner Wohnung befand. Es war seltsam, dass jetzt, wenn ich an mein Leben dachte, alles wie eine Erinnerung aussah.

Mein Zuhause fühlte sich schon nach so kurzer Zeit so weit weg an wie ein Ort, an dem ich früher einmal gelebt hatte. Ich glaubte, dass das alles nur von der Angst kam, dass man mir alles, was ich hatte, wegnehmen könnte. Doch egal aus welchem Grund, es gab eine Menge zu verarbeiten.

Nora wimmerte im Schlaf, also bereitete ich mich darauf vor, sie wieder mit meiner Anwesenheit zu konfrontieren und der befehlende Entführer zu sein, den sie fürchtete und auf den sie hören würde. Ich wollte, dass sie mir vertraute und gleichzeitig so viel Angst vor mir hatte, um mich nicht zu verärgern. Ich wusste nicht, ob es etwas Gutes war, dass ich mich bereit fühlte, diese Rolle zu erfüllen.

Während meiner höllischen Kindheit und meiner beruflichen Laufbahn hatte ich gelernt, auf eine Weise für mich einzustehen, die schwächere Männer in Angst und Schrecken versetzte. Es war eine Eigenschaft, die ich zu schätzen gelernt hatte.

Kapitel Dreizehn

Nora

Sonntagmorgen

Die Sonnenstrahlen, die durch das Fenster kamen, weckten mich. Verwirrt versuchte ich zu verstehen, wo ich war. Ich wollte mir die Augen reiben, aber die Enge der Fesseln schränkte meine Bewegung ein.

Die Tür wurde blitzschnell geöffnet und mein Entführer erschien. Er trug immer noch diese beängstigende Halloween-Maske. Schweigend näherte er sich meinen Füßen. Zuerst löste er mein linkes Bein und massierte die Stelle, wo das Seil angebunden gewesen war. Seine Hände bewegten sich schnell und gezielt, als wüsste er, was er tat.

Als seine Hände um mein Knie griffen, um auch diese Stelle zu massieren, floss endlich wieder Blut durch meine Beine. Meine Mitte zog sich bei der Berührung des Unbekannten zusammen, aber aus irgendeinem Grund, gefiel es mir. Er war sexy auf eine Art, die ich nicht beschreiben konnte. Er achtete sehr auf meinen Körper, als er sich auf mein rechtes Bein zubewegte, nachdem er einen mahnenden Blick in meine Richtung geworfen hatte.

Ein leises Stöhnen entwich mir, aber zum Glück wurde es durch den Knebel in meinem Mund gedämpft. Seine Hände waren so stark und doch so sanft, und ich mochte, wie sie meinen Körper berührten.

„Lass uns einen Deal machen", begann er und bewegte sich auf dem Bett sitzend in meine Richtung, bis er letztendlich neben mir saß. „Ich werde dich losbinden, aber du musst dich benehmen, okay?" Ich nickte schnell und wollte nichts anderes, als dass er mich von meinen Fesseln befreite.

„Aber wirst du dich benehmen?“ Er neigte den Kopf und ich nickte hektisch. „Und du wirst dein Wort halten, nicht so, wie du es das letzte Mal getan hast?“ Ich nickte erneut mit dem Kopf, diesmal noch hektischer.

Langsam entfernte er den Knebel, bevor er mich vom Bett hob, nachdem er auch alle anderen Fesseln entfernt hatte. So, wie er mich trug, fühlte ich mich federleicht. Er führte mich in das kleine Badezimmer. Mein Körper war dankbar, denn ich musste dringend pinkeln. Schnell drehte ich mich um, um die Tür zu schließen, aber die Spitze seines Stiefels stoppte die Tür.

Ich zog verwirrt die Augenbrauen zusammen, aber er zeigte nur auf die Toilette. Ich konnte nicht glauben, dass er mich vor sich pinkeln lassen würde, aber zumindest gab es eine Nische im Badezimmer. Er konnte mich nicht dabei sehen, aber zu wissen, dass er es hören konnte, war demütigend genug.

Nach einer langen Nacht hatte ich viel loszuwerden. Ein tiefer Seufzer ging mir über die Lippen, als ich endlich erleichtert war. Ich stand auf und fühlte mich ein paar Pfund leichter, als ich zum Waschbecken ging.

Das Badezimmer war ganz wie der Rest des Hauses veraltet und hätte meiner Meinung nach etwas mehr Liebe und Sorgfalt gebraucht.

Das Waschbecken war alt, leicht pfirsichfarben und aus Porzellan. Ich hatte gerade erst meine Hände gewaschen, als ich daran dachte, den Medikamentenschrank zu überprüfen. Als ich über meine Schulter blickte, sah ich, dass er nicht aufpasste, also öffnete ich leise den Spiegelschrank.

Es gab ein paar kleine Flaschen Lotion in Reisegröße, Zahnpasta und eine kleine Nagelfeile. Es war vielleicht nicht das Metzgermesser, das ich gebraucht hätte, aber es wäre zumindest eine große Hilfe. Ich griff nach der verrosteten Feile und verschloss den Medizinschrank wieder fest.

Als ich wieder aufblickte, traf mich fast der Schlag. Ich war schockiert von dem neuen Anblick meines blassen Gesichts im

Spiegel und dem Mann mit der Halloween-Maske, der mich über meine linke Schulter im Spiegel anschaute.

Er hob mich mit beiden Armen hoch und stürmte zurück in den Raum, bevor er frustriert nach den Fesseln griff. Er wirkte eher enttäuscht als wütend, als ich einen Blick auf seine leuchtend blauen Augen erhaschte. Ich würde ihn wieder enttäuschen, und tief in mir fühlte ich mich schuldig.

„Nein, bitte tu das nicht. Ich werde brav sein", bettelte ich und wollte nicht wieder spüren, wie die Taubheit in meine Gliedmaßen zurückkehrte. Er sagte kein Wort, als er mich wieder fesselte.

„Bitte! Bitte! Ich verspreche es", schrie ich, meine Augen schwollen vor Tränen an.

„Du bist nicht vertrauenswürdig. Du lügst mich ständig an, also musst du jetzt damit leben." Er griff nach dem schmutzigen Knebel, bevor er ihn mir wieder in den Mund schob. Meine Zunge versuchte sich dagegen zu wehren, aber es nutzte nichts.

Er stand vom Bett auf, schaute noch einmal über seine Schulter, bevor er die Tür hinter sich schloss und mich mit meinen Gedanken allein ließ.

Ich konnte nicht begreifen, was er vorhatte. Er hatte mich lange genug festgehalten, um mit dem Plan, mich zu quälen, zu beginnen, den er im Sinn hatte, aber stattdessen fuhr er mit der gleichen Routine fort, fesselte mich und ließ mich dann allein. Welche Art von Spiel war das?

Wollte er, dass ich mich ihm unterwarf und freiwillig seine Sklavin wurde? Ich hatte einige beängstigende Dokumentarfilme gesehen, in denen es den Entführern gefiel, dass ihre Gefangenen sie liebgewonnen hatten, aber ich konnte nicht glauben, dass das zur Realität wurde, während er eine so beängstigende Maske trug.

Dann erinnerte ich mich an seine Hände, die meine Beine massierten, und an die Art und Weise, wie mein Herz von seiner Berührung geflattert hatte. Es gab etwas an ihm, das mich faszinierte, aber es war alles andere als Zuneigung.

Als ich aus dem Fenster blickte, trieben meine Gedanken weit weg von dem veralteten Haus, das sich in mein Gefängnis verwandelt hatte. Ich fragte mich, ob jemand inzwischen meine Abwesenheit bemerkt hätte.

Es musste verpasste Anrufe und SMS geben, aber vielleicht war es noch nicht lange genug her, damit sich jemand Sorgen machen konnte. Das war das Traurige daran, keine Familie zu haben – ich konnte nicht sicher sein, ob jemals jemand bemerken würde, dass ich vermisst wurde.

Plötzlich ging die Tür auf und riss mich aus meinen Gedanken. Mein Entführer trug ein weißes Tablett mit etwas, das wie Frühstück aussah, herein. Mein Magen knurrte, als er sich auf den Weg zum Bett machte und sich direkt neben mich setzte.

Meine Arme begannen zu prickeln in freudiger Erwartung, dass sie bald von den Fesseln befreit werden würden, aber zu meiner Überraschung befreite er mich nicht. Stattdessen nahm er einfach den Knebel heraus, legte ihn an die Seite, nahm eine Apfelscheibe vom Tablett und berührte damit meine Lippen.

„Ich kann selbst essen", murrte ich und zerrte an den Fesseln.

„Ich habe dir gesagt, ich kann nicht darauf vertrauen, dass du nicht wegläufst. Ich habe dir bereits zwei Chancen gegeben. Vielleicht benimmst du dich beim nächsten Mal. So, jetzt iss." Er stieß den Apfel gegen meine Lippen. Mein Magen knurrte wieder.

Ich war am Verhungern und obwohl ich so nicht essen wollte, dachte ich, ich bräuchte die Energie, um mich verteidigen zu können. Also biss ich in die Apfelscheibe. Ich konnte das Lächeln in seinen Augen sehen, als er sah, wie ich den Apfel kaute.

In der Hoffnung, die abscheuliche Maske ausblenden zu können, blickte ich in seine großen blauen Augen, die intensiver waren als zuvor. Er starrte mich an. Die Energie zwischen uns war beunruhigend. Er nahm eine weitere Apfelscheibe und dann die nächste und fütterte mich langsam.

Ich war es nicht gewohnt, von einem Mann so viel

Aufmerksamkeit zu bekommen. Als schüchternes Mädchen stand ich immer im Schatten der sexy Cheerleaderinnen, wenn es um Jungs ging. Keiner von ihnen schenkte mir jemals viel Beachtung. Aber dieser Mann ließ mich nicht aus den Augen und gleichzeitig gab er mir das Gefühl, begehrt zu sein. Das mag sich unter Anbetracht der Umstände verrückt anhören, aber es war die Wahrheit. Ein Gefühl, das ich mir mein ganzes Leben lang gewünscht hatte.

„Willst du etwas Joghurt?", fragte er, als ich die letzte Apfelscheibe gegessen hatte.

Ich nickte und starrte ihm immer noch in seine Augen, bis er sich abwandte, um das Tablett auf seinem Schoß zu platzieren. Seine Hände öffneten schnell die Verpackung und ich bemerkte, dass seine Nägel manikürt waren.

Er war überhaupt nicht der, den ich erwartet hatte, so viel konnte ich sagen, ohne viel über ihn zu wissen oder gar sein Gesicht zu sehen. Ich war noch faszinierter, als er mit dem Löffel und dem kühlen Joghurt meine Lippen berührte.

Als etwas von dem Joghurt an meinem Mund vorbeilief, benutzte er den Löffel, um den Überschuss abzuwischen und ihn mir wieder in den Mund zu stecken, als wäre ich ein Baby. Es war ein seltsames Gefühl, dass er mich zu mögen schien und sich um mich kümmerte.

Mein Körper spannte sich in der Nähe seines muskulösen Körpers an, aber es gab keine sexuellen Annäherungen von ihm. Er gab mir den Joghurt, bevor er mich fragte, ob ich das Sandwich auch noch essen wolle. Wieder nickte ich, obwohl es jetzt mehr darum ging, mehr Zeit mit ihm zu verbringen als darum, mehr zu essen.

Er hatte ein Erdnussbutter-Marmeladen-Sandwich gemacht. Ich aß es langsam und nahm jedes Detail von ihm auf, das ich sehen konnte. Er trug Designerjeans, wie man sie bei Prominenten sehen würde. Wo ich einkaufte, gab es keine so teure Kleidung, aber ich hatte sie hin und wieder gesehen, wenn ich auf der Magnificent Mile einen Schaufensterbummel gemachte hatte.

„Warum tust du das?“, fragte ich leise.

Zu meiner Überraschung wandte er sich nicht von mir ab oder schien verärgert über meine Frage zu sein. Er steckte mir einfach einen weiteren Bissen vom Sandwich in meinen Mund, bevor er antwortete.

„Ich muss es tun.“

Etwas in mir sagte mir, dass es die Wahrheit war, aber es war offensichtlich mehr dran an der Geschichte. Ich kaute schweigend, als er alles auf seinem Tablett sammelte und mich beim Runterschlucken beobachtete.

Ich wurde zwar vom Essen satt, allerdings wuchs mein Interesse an ihm. Ich wollte mehr über ihn erfahren und darüber, warum er sich in dieser Situation befand. Es war immer eine positive Eigenschaft von mir gewesen, mich mehr um andere zu kümmern als um mich selbst, und das war jetzt sicherlich auch der Fall.

Noch mehr, als ich um meine eigene Sicherheit besorgt war, wollte ich wissen, was er getan hatte, um hier zu sein. Nichtsdestotrotz wusste ich auch, dass ich nicht für alles andere herhalten wollte, was er tun musste, da ich wusste, dass diese Netter- Kerl- Masche auch zu weit unangenehmeren Handlungen führen könnte. Ich musste den Weg aus dem Haus finden, und zwar schnell.

Kapitel Vierzehn

Hunter

„Aber wer hat dich dazu gebracht?“, fragte Nora besorgt.

Sie wirkte ernsthaft interessiert, aber ich konnte nicht sicher sein, ob ihr Interesse echt oder gespielt war.

Ich hatte noch nie zuvor jemanden gefüttert. Zuerst war es seltsam, aber schließlich hatte ich den Dreh raus. Sie hatte nur kleine Bissen genommen, als sie mit ihren prallen Lippen den Löffel umschloss. Ich beobachtete sie genau, fast zu genau. Mehr als einmal hatte ich sie dabei erwischt, wie sie mir tief in die Augen sah. Es war unangenehm, fast so als ob sie an der Maske vorbeisehen und in mein Inneres schauen konnte.

„Kannst du mir sagen, ob du mir wehtun wirst?“, fragte sie mit einem Anflug von Angst in ihrer Stimme. Ich hatte ihre willkürlichen Fragen ignoriert, aber diese hatte eine Antwort verdient.

„Nicht, wenn du mir gehorchst“, antwortete ich mit der strengsten Stimme, die durch die Maske möglich war. Das Ding war unbequem und sperrig, aber ich konnte es nicht riskieren, dass sie mein Gesicht sah.

„Das werde ich. Ich will nur wissen, wer dich dazu gebracht hat, das zu tun. Will diese Person mir wehtun?“

Ich begann wieder, sie zu ignorieren, als ich sie mit der zweiten Hälfte ihres Sandwichs fütterte. Ihre Augen flehten mich an zu antworten, also musste ich wegschauen, um nicht in ihren Bann gezogen zu werden. Da war etwas an ihr, das in mir das Bedürfnis weckte, sie zu beschützen.

„Ich verspreche, ich werde es nicht sagen“, wimmerte sie.

Ich konnte mich an eine Zeit in meinem Leben erinnern, als ich um Gnade gebettelt hatte, und diese Erinnerung war eine, die ich gerne verdrängte. Ich wollte nicht dafür verantwortlich sein, dass sie die gleiche Verzweiflung empfand, die mich früher beherrscht hatte. Es war aber nicht meine Schuld, und das wiederholte ich immer wieder. Ich ignorierte jede ihrer darauffolgenden Fragen.

Ich konnte es mir nicht leisten, meine schwache Seite zu zeigen, die ich bereits vor Jahren ausgelöscht hatte. Es war eine Welt, in der es darum ging zu fressen oder gefressen zu werden, und im Moment befand sich Nora auf der Beuteliste. Aber wenn es darum ging, sie oder mich zu retten, müsste ich mich jedes Mal für mich selbst entscheiden.

Sie war süß, aber nichts war es wert, das Leben zu verlassen, das ich zu lieben gelernt hatte. Nicht sie, nicht meine Vergangenheit und verdammt nochmal sicher keine Erpresser mit ein paar belastenden Fotos.

Mit einem tiefen Atemzug ließ ich den Anschwung von Schwäche verschwinden, als Nora den letzten Bissen ihres Sandwichs beendete. Sie kaute immer noch langsam, als ich den ganzen Müll auf dem Tablett sammelte.

„Lass mich sehen", befahl ich, als sie aufhört hatte zu kauen. Ich musste sicherstellen, dass sie nicht am Essen erstickte, weil ich sie wieder knebeln musste. Sie war in der Vergangenheit zu laut gewesen. Als sie ihren Mund öffnete, streckte sie ihre Zunge raus und meine Bauchmuskeln spannten sich an vor Verlangen.

„Gutes Mädchen", knurrte ich.

Sie kämpfte nicht gegen mich an, als ich ihr den Knebel diesmal in den Mund steckte. Es war eine Erleichterung. Ich mochte es, dass sie eingesehen hatte, das zu tun, was ich ihr sagte, wenn ich es ihr sagte.

Nachdem ich ihre Fesseln überprüft hatte, packte ich das Tablett und machte mich auf den Weg zur Tür. Als ich ein letztes Mal über meine Schulter blickte, sah ich die Tränen in ihren Augen. Bevor ich ging, fragte ich mich, ob sie traurig war, dass ich ging. Aber ich schüttelte diesen Gedanken schnell aus meinem Kopf und ließ sie allein im Schlafzimmer zurück.

Natürlich würde sie mich nicht vermissen; sie hatte Angst vor mir.

Während ich unten das Geschirr spülte, ärgerte ich mich darüber, wie unvorbereitet ich gewesen war. Ich hatte nur ein paar Vorräte eingekauft, bevor ich Nora entführt hatte, und sie hatte davon gerade das meiste aufgegessen, einen kleinen Bissen nach dem anderen. Nachdem ich die Teller in das Trockengestell gestellt hatte, schaute ich mir an, was zu essen übriggeblieben war. Ich erkannte schnell, dass es nicht ausreichen würde, um die Nacht zu überstehen.

Es gab einen Beutel Chips und eine Dose Suppe, und ich wusste, dass das nicht einmal mich allein satt machen würde, geschweige denn mich und Nora. Sie allein zu lassen schien eine schlechte Idee zu sein, aber da ich ihre Fesseln überprüft hatte und eine klare Ansage gemacht hatte, war ich zuversichtlich, dass sie nicht entkommen konnte. Für einen kurzen Einkauf würde ich sie allein lassen können.

In der Nähe gab es einen kleinen Supermarkt, der auch sonntags für ein paar Stunden geöffnet hatte. Schnell packte ich meine Sachen zusammen und ging zur Tür hinaus. Alles war so ruhig, so, wie ich das Viertel in Erinnerung hatte. Als ich die Straße hinunterblickte, fragte ich mich, ob die gleichen Familien in den Häusern lebten, an die ich mich erinnerte.

Die Fahrt zum Supermarkt verlief schnell. Alles in dem kleinen Ort war in der Nähe. Auf der fünfminütigen Fahrt fuhr ich sowohl an meiner Grund- als auch an meiner Oberschule vorbei. Selbst an einem Sonntag tummelten sich Kinder auf dem Schulhof und dem Spielplatz um sich auszutoben. Diese Bilder verursachten ein seltsames Gefühl in meinem Magen. Die Schule war für mich keine schöne Erinnerung.

Was ich für weniger schwierig gehalten hatte, entpuppte sich allerdings als Hindernis – den Supermarkt zu betreten. Es gab so viele schlechte Erinnerungen, aber die, die am meisten herausstach, war der Tag, an dem ich auf Trevor traf, bevor ich mit dem Geld, das ich beim Rasenmähen verdient hatte, Süßigkeiten kaufen wollte.

Es war ein heißer Sommertag und ich schwitzte bei der Arbeit von Sonnenauf- bis Sonnenuntergang. Meine Eltern dachten nicht daran, mir ein Taschengeld zu geben, aber das hielt mich nie davon ab, selbst Geld zu verdienen. Ich war von klein auf unabhängig gewesen und hatte immer mindestens einen Nebenjob gehabt. Im Sommer mähte ich Rasen, im Herbst kehrte ich Laub zusammen, im Winter schob ich Einfahrten frei und im Frühjahr trug ich Zeitungen aus.

Alles in meiner Kindheit war einsam, also fühlte ich mich nie, als würde ich etwas verpassen. Im Gegenteil, ich suchte immer nach einem Weg, mich zu beschäftigen, damit ich nicht mehr allein sein musste.

An diesem Tag hatte ich vierzig Dollar verdient, was damals eine Menge Geld war. Ich war schon immer klug mit meinem Geld umgegangen, also hatte ich nicht vor, im Supermarkt alles auszugeben. Wenn ich es mit mir herumtrug, fühlte ich mich wie ein Erwachsener, also packte ich es in die Hosentaschen meiner Cargo-Shorts.

Trevor stand draußen vor dem Supermarkt in einem schwarzen T-Shirt mit dem Logo einer Heavy-Metal-Band, das auf die Vorderseite gedruckt war. Sein Haar hatte er wie üblich zu einem Irokesen gegelt und seine Hose war zu groß für seinen schlaksigen Körper. Als ich ihn vom Parkplatz aus sah, grübelte ich, ob ich mich aus dem Staub machen sollte, weil ich wusste, dass eine Konfrontation mit ihm nicht die Mühe wert sein würde. Aber ich hatte hart für mein Geld gearbeitet und wollte mich dafür belohnen.

Den ganzen Weg über den Parkplatz wiederholte ich genau, was ich zu ihm sagen würde. Mein Herz raste, meine Hände wurden feucht und der Schweiß lief mir mit jedem Schritt in Richtung des Jungen, der es genoss, mein Leben zur Hölle zu machen, stärker den Rücken herunter.

„Hunter! Genau der Mann, den ich sehen wollte." Trevor sang die Worte, als wären wir Freunde, aber ich konnte die Bosheit in seinem Tonfall hören.

„Nein!", schrie ich und wiederholte innerlich die kurze Rede, die ich

geübt hatte.

„Nein? Ich habe dich nicht einmal etwas gefragt", lachte Trevor.

„Was willst du?", fragte ich.

„Geld."

„Ich habe keins", log ich und mein Selbstvertrauen wurde von Sekunde zu Sekunde kleiner.

„Und warum gehst du dann in den Laden?" Er verschränkte die Arme und zog eine Augenbraue hoch.

„Ich habe kein Geld für dich, Trevor", erklärte ich mit gesenktem Kopf und starrte auf meine Schuhe. Ich wollte keinen Ärger mit Trevor, weil ich wusste, dass er mich schlagen würde, aber ich wollte ihm mein Geld auch nicht geben.

„Gut." Er zuckte mit den Achseln und hob die Hände, als ob alles in Ordnung wäre.

Ich schaute ihn noch einmal ungläubig an, bevor ich in den Laden ging. Mein Vater hatte mir immer gesagt, dass Tyrannen nur eine Sprache verstanden: Konfrontation. Er sagte, ich sollte mich durchsetzen, aber ich dachte immer, das sei Schwachsinn. An diesem Tag, als ich Reese's Cups und Snickers-Riegel ergatterte, dachte ich, mein Vater hätte Recht gehabt.

Und dann, als ich mit meinen süßen Belohnungen für einen harten Arbeitstag nach draußen kam, ging ich zunächst langsam und schaute, ob Trevor hier auf mich gewartet hatte. Als er nirgendwo in Sichtweite war, entspannten sich meine Schultern. Ich ging den ganzen Weg auf die Rückseite des Parkplatzes, bevor ich merkte, dass er mir folgte. Dann war es zu spät.

Trevor schlug mir auf den Hinterkopf und zwang mich auf die Knie, bevor er mich in meinen Rücken trat, so hart, dass er die Luft aus mir herausschlug. Mein Gesicht traf mit einem Schlag auf dem Asphalt auf und ein seltsames Geräusch ertönte in meinem Ohr.

„Gib mir den Scheiß!" Trevor knurrte und riss mir die Tasche aus der Hand.

Mein Körper war unbeweglich und lag leblos da, als er meine Taschen durchsuchte. Seine Augen leuchteten auf, als er meinen Vorrat an Bargeld entdeckte. Eine Träne rollte über mein Gesicht, als er sich nach unten lehnte und auf meine Wange spuckte, bevor er mich ein letztes Mal trat.

„Möchten Sie probieren?“ Eine süße Stimme unterbrach mich.

„Tut mir leid, was?“ Ich schüttelte den Kopf, um mich von der schrecklichen Erinnerung an Trevor zu befreien. Eine kleine rothaarige Frau, die doppelt so alt aussah wie ich, stand lächelnd da, als sie mir einen kleinen Plastikbecher hinhielt.

„Es ist Cherry Cobbler. Wollen Sie probieren?“, fragte sie noch einmal.

„Oh, nein, danke.“ Ich zwang mich zu einem kleinen Lächeln, bevor ich in einen Gang einbog.

Mein kleiner Korb füllte sich schnell, als ich ihn mit Tiefkühlprodukten, Aufschnitt, Käse, Brot und Snacks belud. Ich war noch nie der beste Koch gewesen, aber ich wusste, wie man allein überlebte. Typischerweise vergaß ich viel, die meiste Zeit arbeitete ich bis spät im Büro. Das Gute an der Arbeit für eine so große Anwaltskanzlei waren die Spesen. Fast jede Nacht gab es ein Essen auf die Firma, und wir bestellten nur in den besten Restaurants der Stadt.

Meine Gedanken kehrten zu meiner Karriere zurück, als ich meinen Korb auf das Kassenband und mich in einer Reihe anstellte. Es war seltsam, daran zu denken, wie sich das Leben aller Menschen normal abspielte, während ich mit einer so skurrilen Situation zu kämpfen hatte. Ich fragte mich, was im Büro nach der Gala geredet wurde, und beschloss meine E-Mails zu prüfen, sobald ich in das Haus zurückkehrte.

„32 Dollar und 94 Cent.“ Die Kassiererin sah mich mit ihren hellen Glubschaugen an.

Ich gab ihr einen Fünfzig-Dollar-Schein und packte meine Taschen, als sie mir mein Rückgeld gab. „Danke.“ Ich nickte, bevor ich die zerknitterten Scheine in meine Tasche stopfte.

Als ich wieder am Haus ankam, war es fast zu ruhig. Ich

stellte die Taschen auf den Esstisch und eilte die Treppe hinauf, wobei ich zwei Stufen gleichzeitig nahm. Mein Herz begann sich zu beruhigen, als ich Nora auf dem Bett sitzen sah, wo ich sie zurückgelassen hatte.

Sie murmelte etwas, aber das war mir egal. Zu wissen, dass alles wieder im Zeitplan war, reichte mir, also ließ ich sie zurück, um die Lebensmittel auszupacken.

Als ich mich an meinen Gedanken im Supermarkt erinnerte, setzte ich mich an den Esstisch und scrollte durch mein Handy, um meine E-Mails zu überprüfen. Zu meiner Überraschung gab es nicht viel Kommunikation im Büro. Normalerweise gab es keine freien Wochenenden, aber in diesem Fall kam mir eine kleine Auszeit sehr entgegen.

Nach einer Weile fing ich an, Mittagessen zu machen, indem ich ein Backblech mit Pommes Frites bedeckte und auf ein weiteres Fischstäbchen legte.

Ungeduldig wartend blickte ich wieder auf meine Uhr, bevor ich durch weitere E-Mails scrollte, um mich zu beschäftigen, bevor ich Nora wiedersehen konnte.

Kapitel Fünfzehn

Nora

Sonntag

Seine lauten Stiefel kündigten ihn immer an, wenn er durch das knarrende Haus stampfte. Mein Herz begann vor Aufregung zu rasen, in der Hoffnung, dass er mich gehen lassen würde, bevor ich mich selbst dafür verrückt erklärte, irgendeine Art von Vertrauen in einen Mann zu setzen, der eine Frau aus ihrem Haus entführt hatte.

Klar, er hatte mich bis jetzt nicht gefoltert, aber ich war mir sicher, dass das noch kommen würde. Warum sonst hätte er mich entführt, wenn es nicht darum ginge, sich an mir zu vergreifen? Allein die Ungewissheit machte mich mürbe.

Vielleicht war es das, was er wollte, mich zuerst psychisch zu quälen, bis ich meinen Verstand verlor, und dann würde er zum physischen Teil übergehen. Der Versuch, einen Fremden zu verstehen, dessen Gesicht ich noch nie gesehen hatte, war einfach zu anstrengend, also bemühte ich mich, die Gedanken abzuschalten, gerade rechtzeitig, bevor sich die Tür öffnete.

Er brachte ein weiteres Tablett herein und trug immer noch die hässliche Maske, hinter der er sich verstecken wollte. Plötzlich verlor ich meinen Wunsch, ihn zu sehen. Mich überkam ein kalter Schauer, als er sich auf den Weg zum Bett machte und sich neben mich setzte. Er hatte Fischstäbchen und Pommes gemacht, und so hungrig ich auch war, etwas in mir mochte die Abhängigkeit, die ich so schnell entwickelt hatte, nicht.

Er war meine einzige Möglichkeit, um etwas zu tun, und ich hatte ihm in unserer kurzen, gemeinsamen Zeit zu viel Macht über mich gegeben. Das musste sich ändern. Er entfernte meinen Knebel, ich dehnte meinen Mund und machte mich bereit für die unvermeidliche Auseinandersetzung. Als er die Gabel zu meinem Mund führte, drehte ich meinen Kopf weg und weigerte mich, sein Mittagessen zu essen.

Ohne ein Wort zu verlieren, befestigte er meinen Knebel wieder, nahm das Tablett und ging aus dem Raum. Er blickte nicht zurück, um das Lächeln auf meinem Gesicht zu sehen. Es spielte keine Rolle für ihn; mein kleiner Aufstand war sinnlos.

Sobald sich die Tür schloss, bereute ich sofort, was ich getan hatte. Ich verpasste nicht nur eine Mahlzeit und eine Gelegenheit, das Badezimmer zu benutzen, sondern ich hatte auch seine Gesellschaft verpasst - die einzige Gelegenheit für Gesellschaft, die ich hatte.

Mein Verstand wanderte wieder und fragte sich, ob er wirklich beabsichtigte, mir Schaden zuzufügen. Er hatte reichlich Chancen gehabt, und selbst ich war mir sicher, dass er es tun würde, als er zum ersten Mal ins Zimmer kam und mich losband. Aber das tat er nicht, stattdessen hatte er meine Beine zart massiert und mich damit bis ins Mark schockiert.

Wenn ich nur an diesen Moment zurückdachte, pressten sich meine Oberschenkel zusammen. Es war seltsam intim. Und jetzt, als ich meine Arme und Beine zur Erleichterung ausstreckte, sehnte ich mich nach mehr seiner Berührungen an meinen müden Gliedmaßen. Wie konnte er mich so lange zurücklassen, ohne mich loszubinden oder zu würgen?

Eine Träne rollte über mein Gesicht, als ich meine Strategie überdachte. Es ergab keinen Sinn, Nahrung und Wasser abzulehnen. Es war unmöglich, dass ich in einen Hungerstreik treten konnte und trotzdem stark genug war, um für meine Freiheit zu kämpfen. Also beschloss ich, alles zu essen, was er mitbringen würde, wenn er das nächste Mal ins Zimmer kam - wenn es ein nächstes Mal gab.

Es war mir nicht in den Sinn gekommen, dass er sich über mich ärgern konnte, weil ich seine Regeln nicht eingehalten hatte.

Vielleicht würde er mir für den Rest des Tages das Essen verweigern. Mein Magen knurrte vor Enttäuschung, als ich durch das Fenster schaute und langsam eindöste.

Ich erwachte durch ein lautes Geräusch von unten und sah mich panisch im Raum um, wie ich es jedes Mal tat, wenn ich in dem fremden Raum einschlief.

Mein Entführer bewegte sich, ich konnte ihn im Erdgeschoss hören. Ich war mir nicht sicher, was er tat, aber ich fürchtete, dass er mich für mein früheres Verhalten bestrafen würde. Bevor mein Verstand noch mehr aus mir herausholen konnte, hörte ich ihn die Treppe hochsteigen.

Ich fühlte, wie mein Herz pumpte, als die Tür aufging. Er trug die Maske und ein weiteres Tablett. Ich ließ den Atem heraus, von dem ich nicht bemerkt hatte, dass ich ihn angehalten hatte, als er das Tablett auf die Kommode neben dem Bett stellte. Er beugte sich nach unten und löste meine Fesseln, bevor er meinen Knebel entfernte.

Er forderte mich nicht auf, zu versprechen, diesmal nicht zu schreien, was ich seltsam fand, aber ich war zu aufgeregt, endlich den Knebel entfernt zu bekommen und Fragen stellen zu können. Mein Entführer wirkte weniger aufgewühlter als sonst, so als hätte er kürzlich schlechte Nachrichten erhalten.

Ich wartete darauf, dass er anfing, meinen Körper zu massieren, und sehnte mich nach seiner Berührung, aber er tat es nicht. Stattdessen seufzte er, bevor er mir direkt in die Augen sah. Das leuchtende Blau seiner Augen durchbohrte mich.

„Schau, es ist mir egal, ob du isst oder nicht. Ich habe dir etwas zu essen gemacht und ich werde dir erlauben, dich frei im Raum zu bewegen. Versuch nicht zu fliehen, denn ich werde dich kriegen, bevor du weit genug gekommen bist, und dann werde ich dich nicht verschonen." Er hielt inne und ich nickte, um ihm zu versichern, dass ich ihn verstanden hatte.

Ich suchte in seinen Augen nach einer Erklärung, aber es gab keine. Ich wünschte, ich hätte sein Gesicht sehen können, und hoffte, dass es eine Emotion geben würde, die ich entschlüsseln könnte, aber durch die beängstigende Maske konnte ich nichts erkennen.

Er blieb noch für einen Moment länger als nötig sitzen, bevor er wieder aufstand. Es schien alles zu einfach, wie eine Falle, aber ich war immer noch begeistert von dem kleinen Geschenk, das er mir gemacht hatte.

„Warum hast du mich entführt?“, platzte es aus mir heraus, als er die Tür erreichte. Er blieb stehen, die Muskeln in seinem Rücken versteiften sich, als er stillstand.

„Du bist ein Mittel zum Zweck“, antwortete er nach einer langen Pause, seinen Rücken mir immer noch zugewandt.

„Wirst du mir wehtun?“, fragte ich und wollte es wirklich wissen. Wenn er das vorhatte, würde ich mich lieber darauf vorbereiten wollen, als mich mit dem Gedanken daran zu quälen.

Er antwortete nicht, aber sein Körper entspannte sich. Ich konnte das kalte Verhalten nicht mehr ertragen. Er schien mir einfach nicht wie ein kaltblütiger Mörder, der mich ermorden und dann zerstückeln würde. Es gab etwas Tiefergehendes in seiner Geschichte und ich wollte wissen, was es war. Ich war zu lange im Dunkeln gelassen worden und ich wusste, wenn wir einfach etwas Zeit miteinander verbringen könnten und er mich kennenlernen würde, könnte alles anders sein.

„Kannst du bleiben und eine Weile mit mir reden?“, fragte ich, als er einen Schritt aus der Tür ging. „Bitte?“, flehte ich und meine Stimme brach vor Verlangen. Sein Körper versteifte sich wieder, aber nach einer weiteren Pause ging er aus dem Raum und schloss die Tür hinter sich. Diesmal schloss er die Tür ab.

Ich war wieder allein mit meinen Gedanken, aber diesmal konnte ich mich immerhin bewegen. Er hatte mir ein Tablett mit einem Sandwich und einer Schüssel Suppe hinterlassen. Ich stand auf und verlagerte mein Gewicht beim Essen von einem Bein auf das andere. Nachdem ich den Tag im Bett verbracht hatte, war ich froh, auf den Beinen zu sein. Das Blut schoss durch meine Adern, während ich mir das Essen in den Mund stopfte.

Als ich fertig war, schaute ich aus dem Fenster. Wo auch immer wir waren, es war ruhig und ein wenig verlassen. Vom Fenster aus war keine einzige Person sichtbar, was ein wenig enttäuschend war.

Ich ging auf die Toilette im angrenzenden Bad und entleerte meine volle Blase, nachdem ich den ganzen Tag angehalten hatte. Es war schön, sich allein bewegen zu können. Ich wusch mir die Hände, als ich mich an mein letztes Mal im Badezimmer erinnerte und an das, was ich gesehen hatte.

Er hatte einen Fehler gemacht, mich mit so viel Freiheit allein zu lassen, und ich wollte, dass er es bereuen würde, mir jemals so viel Spielraum gegeben zu haben. Ich war keine schwache, wehrlose Frau, wie er es vielleicht vermutet hatte, und er würde bald herausfinden, wozu ich fähig war. Als ich mich darauf vorbereitete, dachte ich darüber nach, mit welchen Folgen ich rechnen musste, bevor ich entschied, ob es die Sache wert war.

Soweit ich das beurteilen konnte, gab es nichts zu verlieren. Ich wollte alles tun, was nötig war, um zu meinem Haus zurückzukehren und das Pflegeheim aufzubauen, von dem ich jahrelang geträumt hatte.

Kapitel Sechzehn

Hunter

Sonntag

„Verdammt!“, fluchte ich vor mich hin. Die Frustration wurde zu stark, um sie zu ertragen.

Diese ganze Situation war verrückt. Ein Verbrechen zu begehen, um ein anderes zu vertuschen? Wie lächerlich! Aber welche Wahl hatte ich in dieser Angelegenheit?

Was ich für eine einfache Aufgabe gehalten hatte, verwandelte sich in einen Albtraum. Ich konnte es nicht ertragen, an das schüchterne Mädchen im Schlafzimmer neben mir denken zu müssen, das sich wahrscheinlich schon jetzt die Augen ausweinte. Sie sah zu unschuldig aus und ich dachte öfter an sie, als ich zugeben wollte.

Ich fragte mich, welch privilegiertes Leben sie geführt haben musste. Da sie entführt werden sollte, nahm ich an, dass es um Geld ging, weil jemand zweifellos etwas als Gegenleistung für sie haben wollte. Und sie war so hübsch, dass ich mir sicher war, dass sie als Kind noch nie so etwas erlebt hatte wie ich.

Nein, Nora war wahrscheinlich Kapitänin des Cheerleader-Teams gewesen, eines der Mädchen, die mich in der High School nicht einmal angesehen hatten. Jetzt war sie völlig unter meiner Kontrolle, unfähig, einen Schritt zu machen, ohne dass ich es zuließ. Eins musste ich zugeben: All die Kontrolle, die ich über sie besaß, machte mich an.

Sie zu füttern war seltsam erotisch gewesen und ich bemerkte meine Enttäuschung, als sie das Mittagessen vorhin abgelehnt hatte. Ich hatte mich darauf gefreut, sie wieder zu füttern. Ich mochte es, wenn sie ganz mir gehörte. Deshalb musste ich sie losbinden. Das, und weil mein Schwanz sich regte, wenn ich sie so wehrlos sah.

Ich wollte in ihr versinken, während sie an ihren Fesseln zerrte, nirgendwo hingehen konnte und mich um mehr bat. Sie war so mühelos sexy, die Art von Mädchen, die keine Ahnung hatte, was sie Männern antat, wie sie auf sie wirkte.

Ich musste sie morgen abliefern, damit ich meine Zukunft sichern konnte. Auf seltsame Weise waren wir beide aufeinander angewiesen. Nora brauchte mich zum Überleben; ich brauchte sie, um das Leben zurückzugewinnen, das ich liebte. Es war eine seltsame Dynamik, besonders weil sie keine Ahnung hatte, wofür ich sie brauchte.

Morgen würde sie aus meinem Leben verschwinden und ich könnte so tun, als hätte sie nie existiert; eine Fähigkeit, die ich mir als Kind angeeignet hatte. Mich daran zu erinnern, dass sie in ein paar Tagen eine entfernte Erinnerung sein würde, brachte wenig Erleichterung, aber es half mir, meine Triebe zu bekämpfen.

Ich riss mir die hässliche Maske aus dem Gesicht und warf sie durch den Raum. Mein Blut kochte und ich hatte das Bedürfnis, die aufgebaute Spannung zu lösen. Ohne eine Alternative zu haben ließ ich mich fallen und fing an, Liegestütze zu machen, um etwas Aggression abzubauen.

Meine Gedanken waren zu extrem, unabhängig davon, ob ich darüber nachdachte, wie ich die Menschen mit den Beweisen für mein altes Verbrechen verletzen oder was ich mit Nora machen wollte. Ich musste diese Gedanken aus meinem Kopf bekommen, denn meine Macht ihr gegenüber auszunutzen kam nicht in Frage.

Es spielte keine Rolle, ob sie mich anflehte - es ging einfach nicht, dass ich ein Mädchen fickte, das ich gefangen hielt. Sie war sexy, aber das war nicht genug. Ich war ihr Entführer, gottverdammt.

Mein Bizeps begann zu brennen, als ich meinen hundertsten Liegestütz machte, bevor ich mich auf meinen

Rücken drehte, um mit Sit-ups weiterzumachten. Durch die Bewegungen konnte ich die Gedanken ausblenden, die durch meinen Kopf schlichen.

Fertig, ausgebrannt und schweißgebadet entschied ich mich dafür, schnell unter die Dusche zu springen. Das kühle Wasser lief über meinen Körper und hinterließ Spuren auf meiner heißen Haut. Selbst die kalte Dusche konnte meine Erregung nicht dämpfen. Mein Schwanz stand felsenfest, als ich mich wusch. Unfähig, mich noch länger zurückzuhalten, griff ich mit der Hand um meine harte Latte und ein tiefes Stöhnen entkam mir, als ich mich selbst energisch anfasste.

Ich befriedigte mich gerade selbst und massierte mit dem Daumen meine Spitze, als ich einen lauten Knall aus Noras Zimmer hörte. Schlagartig wich jede Härte aus meiner Männlichkeit. Ich raste und stellte die Dusche ab, bevor ich wieder in meine Jeans sprang. Ich irrte durch mein eigenes Schlafzimmer und suchte nach meiner Maske, aber ich konnte sie nirgendwo finden. Es kam noch mehr Lärm aus ihrem Zimmer und ich wusste, dass ich keine Zeit verlieren durfte.

Ich dachte nach, durchsuchte schließlich eine Schublade und fand ein Halstuch. Ich schaute in den Spiegel, band es mir um mein Gesicht und verbarg die untere Hälfte, bevor ich in ihr Zimmer ging.

Als ich es schließlich schaffte, die Tür zu öffnen, fand ich sie beim Versuch, die Kommode in die hintere Ecke des Zimmers zu schieben. Sie hatte sie unter das Fenster geschoben und anscheinend versucht, es zu öffnen.

Eine Lampe war auf den Boden gefallen und sie sah mich an wie ein Reh im Scheinwerferlicht. Ein Träger ihres Nachthemdes war über ihre Schulter gefallen und ich konnte die Form ihrer Brust unter dem dünnen Stoff erkennen.

Es dauerte nur Sekunden, bis sich mein Schwanz wieder meldete und daran erinnerte, dass ich eben unter der Dusche nicht fertig damit geworden war, meinen Druck abzulassen. Ich wollte sie ficken, um ihr eine Lektion zu erteilen. Sie musste wissen, dass ich nicht der Mann war, den man verärgern wollte, und ich musste fühlen, wie ihre enge Muschi meinen Schwanz umschloss, während sie meinen Namen schrie.

Das Anstarren schien eine Ewigkeit zu dauern, bis meine Gedanken von Erotik zu absoluter Wut übergingen. Sie hatte mich verärgert, nachdem ich ihr so viel Freiraum gegeben hatte. Ich fühlte mich verraten, als ich durch den Raum stürmte und sie an ihrem Handgelenk festhielt, sie gegen die Wand stieß und meinen Körper gegen ihren drückte. Sie keuchte.

Verdammt, war sie sexy. Und so nah bei ihr zu sein macht mich wahnsinnig. Sie roch süß und ängstlich, und ich drückte ihre Beine auseinander, als ich mich an sie presste. Meine Erektion drohte, meine Jeans zu sprengen, als ich sie anknurrte.

„Du kannst einfach nicht tun, was man dir sagt."

„Es tut mir leid!", schrie sie und ich stellte mir vor, wie sie meinen Namen mit dieser Art von Verzweiflung schrie.

Mit der einen Hand um ihren Hals strich ich mit meiner freien Hand über ihr Schlüsselbein und beobachtete, wie eine Gänsehaut meiner Berührung folgte. Sie war verängstigt, aber so wie ihre Brustwarzen durch ihr Nachthemd stießen, konnte ich mir vorstellen, dass sie auch erregt war.

Noras Augen waren bedürftig und sie spitzte ihre Lippen, als ihre Augen mein Gesicht absuchten. Sie kannte mich nicht gut genug, um meine Gedanken zu lesen, aber das konnte man nicht daran erkennen, so wie sie mich ansah. Ich erinnerte mich daran, dass sie mehr von meinem Gesicht sehen konnte als bisher und ich wurde wütend auf sie, weil sie mich gezwungen hatte, unvorbereitet in den Raum zu kommen.

Natürlich wusste sie nicht, wie unvorbereitet ich war, denn ich war Sekunden davon entfernt, einen Lusttropfen zu verlieren, während ich daran dachte, in ihre enge Pussy einzudringen.

„Was denkst du, was ich tun soll, um dich zu bestrafen, Nora?", fragte ich, während meine Finger ihren Hals entlangfuhren.

Ich beobachtete, wie sie langsam schluckte. Ihr Körper sprach für sie, während sich ihr Becken in meine Richtung drückte. Sie wollte mich, aber sie konnte mich nicht haben. Jedenfalls nicht so.

„Was verdienst du?", fragte ich noch einmal und brachte meinen Mund so nah an ihr Ohr, dass ihr Körper zitterte.

Sie war verängstigt und erregt, eine gefährliche Kombination. Ich war wütend und erregt, eine noch schlimmere Mischung von Emotionen. Wir starrten uns schweigend an. Es fühlte sich an wie eine Ewigkeit.

Sie war unschuldig und schüchtern, ihre prallen Lippen zitterten. Ich wollte meinen Schwanz über diese Lippen reiben, damit sie schmecken konnte, wie geil sie mich machte. Sie sollte so lange an meinem Schwanz saugen, bis ich in ihrem Mund explodierte.

Was zum Teufel passierte hier gerade? Ich konnte nicht glauben, dass diese Gedanken durch meinen Kopf rasten. Das war nicht die Art von Typ, der ich war, oder etwa die Art von Sex, die ich mochte. Sandra und ich hatten nie irgendeinen wilden Scheiß gemacht und unser Sexualleben war überaus langweilig gewesen. Ich hätte nie gedacht, dass ich mich mal in einer solchen Situation wie dieser hier wiederfinden würde, aber jetzt, da ich sie hilflos unter mir sah, fühlte ich mich unfähig, mich zu beherrschen.

Es war das Erotischste, was ich je erlebt hatte. Ich wollte sie fesseln und meinen Spaß mit ihr haben, sie überall lecken. Sie war noch nie so gefickt worden, wie ich sie ficken wollte – das konnte ich daran erkennen, wie sie mich ansah.

„Nora", wiederholte ich.

Sie war erschrocken. Bis gerade hatte ich ihren Namen nie benutzt. Ihre Augen füllten sich mit Tränen, aber es war mir egal. Ich war mehr als einmal ihrer unschuldigen Art zum Opfer gefallen und jetzt musste sie wissen, wer hier das Sagen hatte.

„Ich werde nur noch einmal fragen“, warnte ich sie und sie nickte mir zum Verständnis und schluckte langsam, während sie auf die Frage wartete. „Wie soll ich dich bestrafen?“

Sie biss sich auf die Lippen, ihre Augen senkten sich in Richtung Boden und ich spürte, wie sich meine Bauchmuskeln anspannten. Ich trug kein Hemd und Wassertropfen bedeckten immer noch meine nackte Brust. Ich war mir nicht sicher, ob es ihr peinlich war, ob sie Angst hatte oder mich beobachtete. Aber ich war mir sicher, dass sie wusste, dass ich es ernst meinte.

„Antworte mir“, knurrte ich und legte meine beiden Hände um ihr Gesicht. Ich drückte nicht fest, aber der Griff allein war einschüchternd.

Schließlich bewegte sie ihre Lippen, um zu antworten, und ich spürte, wie mein Adrenalinspiegel in Erwartung stieg. Ich war aufgeregt zu erfahren, was sie dachte, was sie verdiente, unabhängig davon, ob ich es ihr geben würde oder nicht. Sie sollte wissen, wer die Kontrolle hatte.

Als sie ihren Kopf hob, sah sie mich mit verängstigten Augen an, ihre Haut war blasser als sonst.

Mein Schwanz war so steif wie ein Brett und fing an zu schmerzen, als er gegen den Stoff drückte mit dem Willen, befreit zu werden. Ich starrte Nora an, um eine Antwort zu erhalten, und drängte sie, mir zu sagen, was sie wollte.

Kapitel Siebzehn

Nora

Sonntag

Er war so groß und stark, und er drückte sich fast in mich hinein, als er mich an die Wand presste. Es war erotisch und beängstigend, die Wut in seinen Augen zu sehen. Etwas in mir mochte es, so eine Reaktion von ihm zu bekommen, nachdem ich bislang zumeist die kalte Schulter gezeigt bekommen hatte, aber jetzt war es zu viel für mich und ich fühlte, wie ich unter ihm dahinschmolz.

Ich war auf die Kommode geklettert, um die Fensteröffnung zu erreichen, aber es war zu schwer, sie zu öffnen. Dabei traf mein Ellenbogen die Lampe und sie fiel auf den Boden. Ich wusste, dass das böse enden würde.

Was ich nicht erwartet hatte, war, wie gut er riechen würde, frisch und verlockend. Seine Brust war stark und muskulös und ohne die Maske konnte ich sehen, dass er dickes blondes Haar und gebräunte Haut hatte. Er schien ziemlich attraktiv zu sein und nichts deutete auf einen Widerling hin, der herumlief und Frauen entführte.

Es war eine Menge, die ich verarbeiten musste, aber zum Glück tat er mir nicht weh, als ich mit meiner Antwort wartete.

Ich war hin- und hergerissen und hatte Angst, weil ich wusste, dass ich etwas verdient hatte, nachdem ich nicht gehorcht hatte. Jedes Mal, wenn er versuchte, mir ein wenig Freiheit zu geben, damit ich mich nicht so unwohl fühlte, tat ich genau das Gegenteil von dem, was er wollte. Er hatte das Recht, sauer zu sein; ich wollte nur nicht, dass er mich verletzte.

Ich kämpfte darum, meinen Körper zu verstehen, und

versuchte mich davon abzuhalten, ihn anzustarren. Er war so muskulös wie ein Model aus einer Zeitschrift. Und ich war erregt wie schon lange nicht mehr. Er war viel zu nah bei mir, so wie er mir gegenüberstand und mich zwischen die harte Wand und seine harte Brust drückte.

Die Hilflosigkeit verzehrte mich. Ich konnte mich überhaupt nicht bewegen. Er fühlte sich so stark und kraftvoll an verglichen mit meinem schwachen Körper.

Sein Zeigefinger hob mein Kinn an, bis wir auf Augenhöhe waren. „Nora", sagte er noch einmal. Mir gefiel die Art und Weise, wie er es sagte, langsam und bewusst, als ob jede Silbe einen Zweck erfüllte.

„Ich weiß nicht", versuchte ich mit Überzeugung zu antworten, aber ich hatte solche Angst davor, dass er wieder wütend werden würde. Meine Lippen zitterten, während ich sprach, und meine Worte waren nichts als ein hauchdünner Schrei.

„Du weißt es nicht?", fragte er und war enttäuscht von meiner Antwort.

„Es tut mir leid! Ich hätte nicht versuchen sollen zu fliehen. Es tut mir so leid! Ich wollte deine Lampe nicht zerstören. Bitte tu mir nicht weh!" Ich flehte ihn an, als eine Träne über mein Gesicht glitt und mein Herz noch schneller pumpte als sonst.

Seine blauen Augen schienen mich zu verschlingen, also ließ ich meinen Blick zu Boden senken und hoffte, ihn nicht weiter zu verärgern, indem ich ihn direkt ansah. Seine Brust war angespannt, seine Bauchmuskeln gebeugt. Ein seltsames Gefühl strömte durch mich hindurch, der Wunsch, das Wasser von seiner Brust zu lecken. Ich drückte meine Augen zu und zwang mich, die Kontrolle über mich selbst wiederzuerlangen.

Dieser Mann war mein Entführer – ich sollte mich nicht zu ihm hingezogen fühlen und ich sollte ihn definitiv nicht so wollen, wie ich es tat. Er hatte mich aus dem Leben gerissen, das ich kannte. Ich sollte ihn hassen, aber das fiel mir unerwartet schwer. Ich wollte ihn verstehen, wenn er mir nur noch einmal die Zeit dafür geben würde.

Langsam löste er seinen Griff. Eine Hand nach der anderen, bevor er einen Schritt zurückging. Er schien sich zu beruhigen, genau wie ich. Mit zitternden Fingern zog ich den Spaghettiträger meines Satin-Nachthemdes über meine Schulter.

Unsicher darüber, was er vorhatte, blieb ich auf den Boden konzentriert und versuchte, Hilflosigkeit zu vermitteln. Meine Brust hob und senkte sich beim Atmen. Ich wartete auf seine Reaktion, von der ich wusste, dass sie bald kommen würde. Er atmete so schwer, dass ich jedes Einatmen und Ausatmen hören konnte. Was seltsam war, war, dass ich seine Berührung bereits vermisste.

Als ich schließlich zu ihm nach oben sah, sah ich, wie sein Blick mich fokussierte. Er hatte etwas in sich, das wie Lust aussah. Er war ein Tier, bereit, sich auf mich zu stürzen. Ich konnte es in seiner Haltung, seinen Augen, der Art und Weise, wie angespannt seine Schläfen waren, sehen, als würde er seinen Kiefer zusammenpressen.

Seine Hand bewegte sich so schnell, dass ich mein Gesicht kaum bedecken konnte, aus Angst, dass er mich schlagen würde. Stattdessen packte er mein Handgelenk so fest, dass es wehtat, und zog mich zurück zum Bett.

„Nein! Bitte!“ Ich weinte, verängstigt von dem, was er vorhatte zu tun.

Mein Entführer war energischer als sonst und warf mich wie eine Stoffpuppe aufs Bett, bevor er das erste Seil um mein Handgelenk wickelte. Ich kämpfte mit aller Kraft gegen ihn, aber es war sinnlos. Sein starker Körper war überwältigend.

Ich konnte spüren, dass er gleichgültig wirken wollte, aber durch die Art und Weise, wie er atmete, wusste ich, dass es anders war. Seine nackte Brust hob und senkte sich intensiv, er keuchte fast. Schweiß vermischte sich mit dem Wasser aus seiner Dusche, als er über mich gelehnt war.

Ich wusste, dass er mich wollte. Ich konnte es spüren, als

seine Erektion an mich gedrückt war, während er mich gegen die Wand gepresst hatte. Aber ich stellte fest, dass ich nicht so angewidert war, wie ich es mir vorgestellt hatte. Als ich noch ein Stück mehr von seinem Gesicht sah, entspannte ich mich ein wenig. Er war attraktiv, da war ich mir sicher. Er erhob sich vom Bett und starrte mich für einen langen Moment an.

Obwohl ich immer noch mein Nachthemd trug, fühlte ich mich nackt unter seinem Blick, und meine Beine wölbten sich, als er mich mit solcher Intensität in seinen Augen beobachtete, dass ich nicht wegschauen konnte. Schließlich bewegte er sich auf die Tür zu und schaltete das Licht aus, bevor er ging. Er schlug die Tür so laut zu, dass ich vor Schreck zusammenfuhr.

Er hatte mich wieder allein gelassen, ohne mich zu verletzen. Wenn es jemals einen Zeitpunkt gegeben hatte, in dem er mich hätte verletzen können, dann wäre es jetzt gewesen. Es war unbestreitbar, dass ich versucht hatte zu fliehen. Doch er hatte sich zurückgehalten. Aus welchem Grund wusste ich nicht.

Was er nicht wusste, war, dass ich, bevor ich mich am Fenster versuchte, die Metallnagelfeile aus dem Medizinschrank geholt hatte, falls ich erwischt werden würde. Unter der Matratze versteckt könnte sie ein weiterer Weg aus dem Albtraum sein, in den er mich gebracht hatte.

Ich drehte meinen Körper und griff gegen den Willen meiner Fesseln in Richtung der Bettkante. Das Seil zerrte an meinem Arm und ich wusste, dass es schmerzhaft werden würde. Aber ich brauchte diese Feile, also zog ich weiter, bis ich sie schließlich zwischen Mittel- und Zeigefinger greifen konnte.

Mich langsam bewegend, aus Angst, sie auf den Boden fallen zu lassen, legte ich die Feile aufs Bett. Ich zwang mich, Luft zu holen, als mein Handgelenk von der Verbrennung des dicken Seils schmerzte. Mein Entführer war im Laufe der vergangenen Nacht nie gekommen, um nach mir zu sehen, also war ich ziemlich zuversichtlich, dass ich die ganze Nacht damit verbringen konnte, das Seil mit der Nagelfeile durchzusägen.

Ich wusste, dass ich leise sein musste, aber das war der

einfachste Teil. Die Feile zu bekommen war harte Arbeit gewesen, und herauszufinden, was zu tun war, sobald ich mich befreit hatte, würde noch schwieriger werden.

Ein Lächeln überkam mein Gesicht, als ich erkannte, dass ich einen Weg aus den Fesseln finden könnte. Mein Arm arbeitete schneller, als ich sah, dass es nicht unmöglich war. Ich sägte mit solcher Konzentration, dass ich die Gestalt in der Türöffnung erst bemerkte, als es zu spät war.

Er war wütend; ich konnte es erkennen, ohne sein Gesicht zu sehen. Im Dunkeln konnte ich nicht erkennen, ob er das Halstuch trug, und bevor sich meine Augen anpassen konnten, stürzte er sich auf mich.

Diesmal spreizte er meine Beine und legte meinen dünnen, schwachen Körper zwischen seine starken Oberschenkel. Seine Hand ging zu meinem Hals und ich selbst hörte, wie ich keuchte, obwohl ich nicht beabsichtigt hatte, diesen Klang aus mir herauskommen zu lassen.

„Du hörst einfach nicht zu“, knurrte er mit zusammengekniffenen Augen. Ich hatte keine Angst, aber mein ganzer Körper erstarrte und ich beobachtete ihn und wartete auf das, was er als Nächstes tun würde.

Er senkte sein Gesicht und sah mir in die Augen. Ich spürte, wie die Angst aus meiner Brust aufstieg. Er trug das Halstuch nicht, aber es war immer noch zu dunkel, um seine Gesichtszüge klar zu erkennen. Ich konnte die Wut förmlich spüren, die von seinem Körper ausging.

Was mich am meisten erschreckte war das, was sich unter meiner Angst versteckte. Es gab ein kleines Gefühl des Begehrens, das gerne unter seiner Kontrolle stand, gefesselt von seinem schweren Körper über mir, und darauf wartete zu sehen, was er mit mir machen würde. Ich spürte die Erregung zwischen meinen Beinen und ich drückte meine Oberschenkel zusammen, um den Druck zu verringern.

Er roch so gut, eine Mischung aus frischem Duschgel und

seinem natürlichen Duft. Es war berauschend und seine Augen waren so verführerisch, dass ich wegschauen musste. Er atmete wie ein Tier, hungrig und auf seine Beute starrend, als würde er darüber nachdenken, was er als Nächstes tun würde. Ich lag hilflos da und hoffte, dass das, was er tat, nicht allzu schlimm sein würde, aber ich freute mich seltsamerweise auf meine Bestrafung. Wie immer wartete ich. Aber dieses Mal war meine Erwartung von Lust durchdrungen.

Kapitel Achtzehn

Hunter

Sonntag

Wie war ich überhaupt hierhergekommen? Vor einer Woche war ich ein erfolgreicher Anwalt, der sich mit Unternehmen, Fusionen und Übernahmen beschäftigte.

Ich dachte, ich hätte mein Leben so genossen, wie es war, aber jetzt stellte ich alles in Frage. Diese wilde Tortur zwang mich, mich selbst in einem neuen Licht zu sehen. *Ob ich überhaupt in die Welt zurückkehren wollte, in der ich ein Verbrechen beging, um ein anderes zu schützen?*

Zum ersten Mal kämpfte sie gegen mich, während ich sie fesselte, und das machte mich an. Alles, was sie tat, schien mich zu erregen. Als sie endlich auf dem Bett war, musste ich mich wieder zurückhalten. Ich starrte sie vom Fuß des Bettes aus an. Sie sah so sexy aus, wie sie sich in ihrem Negligé in den Fesseln wand.

Wieder schaffte ich es, zu gehen, obwohl die Bilder von ihr in meinem Kopf blieben. Sie im Bett liegend war alles, was ich sehen konnte, ihr dünner Körper, keuchend, als sich ihre prallen Lippen für mich spitzten. Ich berührte meinen Schwanz, während ich darüber nachdachte, was ich mit ihr machen würde. Sie war so sexy und unschuldig.

Es war unmöglich, sich von ihr fernzuhalten. Mein Körper wurde von ihr angezogen wie Metall von einem Magneten, aber als mich nach einigen Minuten entschloss, noch einmal nach ihr zu sehen, hörte ich ein seltsames Geräusch. Ich öffnete die Tür leise, als sie wieder versuchte zu fliehen.

Es war alles, was ich brauchte – ein weiterer Grund, sie zu bestrafen, ihr zu zeigen, dass ich der Boss war. Mein Schwanz war so hart, dass es wehtat. Meine Hüften bewegten sich unwillkürlich nach vorne und mussten die weiche Haut einer Frau berühren. Sie hatte Angst und das gefiel mir. Die Kontrolle war berauschend, als sie mich mit flehenden Augen ansah. Doch es war noch mehr in diesen Augen. Lust.

„Du hintergehst mich immer wieder. Ich glaube, du willst das", flüsterte ich in der Dunkelheit und fuhr mit meinen Fingerspitzen über ihre weiche, blasse Haut.

Ihre Atmung wurde schwerer, als ich eine Linie von ihrem Knöchel bis zu ihren Knien zeichnete und zusah, wie sie ihren Kopf in den Nacken warf. Ich wollte wissen, was sie dachte, entschied mich aber, ihren Körper für sie sprechen zu lassen. Als ich die Innenseite ihres Oberschenkels berührte, entglitt ihr ein leises Stöhnen und ich dachte, ich würde selbst gleich kommen.

Ihr Mund öffnete sich und ihr Körper brauchte mehr Luft, als ich mit meinen Fingern ihren Körper hinaufwanderte und an ihrem Ausschnitt angekommen war. Sie war erregt, das konnte ich erkennen. Wieder verhärteten sich ihre Nippel und traten aus dem weichen Stoff ihres Nachthemdes hervor. Aber diesmal beschloss ich, etwas dagegen zu unternehmen.

Als ich unter den dünnen Stoff griff, umschloss ich ihre perfekte Brust. Es war gerade genug, um meine Hand zu füllen, und dieses Gefühl brachte mich dazu, tief in ihre enge Muschi eindringen zu wollen. Sie keuchte und ich zwirbelte ihre Brustwarze zwischen Zeigefinger und Daumen.

Gott, ich war so erregt. Es war der aufregendste Moment meines Lebens, ihr Stöhnen zu hören, gefesselt am Bett. Es gab nichts, was sie tun konnte, nirgendwo konnte sie hinlaufen. Ich wollte sie kommen lassen, bis sie es nicht mehr ertragen konnte. Mein eigenes, verzweifeltes Bedürfnis nach Befreiung war weit entfernt in meinen Gedanken. Alles, was ich tun wollte, war, sie in Ekstase zu versetzen.

„Gefällt dir das?", fragte ich, obwohl ihr Körper sie bereits verraten hatte. Ich wusste, dass sie mehr wollte. Sie wimmerte ein wenig und ich nahm das als positives Zeichen und ging zur anderen Brust über, um ihre Brustwarze zu necken, bis sie so hart war wie ein Eiszapfen.

Mir lief das Wasser im Mund zusammen. Ich wollte ihren weichen Körper schmecken, aber ich konnte mir nicht sicher sein, ob das nicht zu viel wäre. Da ich mich nicht zurückhalten konnte, nährte ich mich mit meinem Mund ihrem harten Nippel und fuhr mit meiner Zunge sanft über die erregte Haut. Sie keuchte, ihre Arme zerrten an den Fesseln.

Ich wollte mehr. Ich saugte sanft an ihrer Brust und schmeckte das Salz auf ihrer Haut, als sich ihr Körper ein wenig wand. Als ich ihre Brustwarze mit meinen Zähnen berührte, biss ich sanft zu und sie stöhnte.

Als ich sie wieder ansah, beobachtete ich, wie sich ihre Atmung verlangsamte, bevor sich ihre Aufmerksamkeit mit all den Emotionen auf ihrem Gesicht auf mich richtete. Hatte sie Angst oder war sie enttäuscht, dass ich aufgehört hatte? Das konnte ich nicht sagen.

„Gefällt es dir, mir zu gehören?", hörte ich mich fragen.

Sie zögerte für eine Sekunde, bevor sie langsam nickte. Ich brauchte sie in diesem Moment. Ich musste meinen steifen Schwanz in sie rammen, bis sie meinen Namen rief. Fuck, ich war hart und bereit, sie zu benutzen. Mein Verstand raste. Alles drehte sich darum, wie ich sie kommen lassen würde, und um die Vorstellung, wie wir eins werden würden.

Es war unbeschreiblich, wie sehr ich sie ficken wollte, während sie so hilflos war. Es ging nicht um das Vorspiel. Ich wollte sie hart nehmen, so wie sie war, ihre Beine und Arme an das Bett gefesselt, während ihre süße Pussy für mich feucht wurde. Ich musste sie ficken.

„Es gefällt dir, was?", fragte ich, meine Lippen über ihren. Wieder nickte sie, diesmal weniger ängstlich.

Ich atmete tief ein und nahm ihren Duft auf. Sie roch majestätisch, süß und bedürftig. Ihr dunkles Haar fiel in sanften Wellen über mein Gesicht, als sich mein Mund an ihr Ohr bewegte. Als ich ihr Ohrläppchen mit meiner Zunge umkreiste, küsste ich ihren Hals, bevor ich sanft zu knabbern anfing. Ein roter Streifen folgte meinen Bewegungen, als würde ich sie für mich markieren.

Sie war so sexy, so süß, so meins. Ich hatte noch nie in meinem Leben jemanden so sehr gewollt, noch war mein Schwanz jemals so hart gewesen. Sie machte mich verrückt, aber mir gefiel jede Sekunde davon.

Sie keuchte wieder, als mein Gesicht zu ihrem zurückkehrte. Ihre Haut errötete vor Verlangen, als sie mich mit lusterfüllten Augen ansah.

„Du magst es, meins zu sein, Nora?“ Meine Lippen waren nur Zentimeter von ihren prallen, rosa Lippen entfernt. Ich wollte wissen, wie sie schmeckte. Überall.

Sie nickte wieder, aber das war mir diesmal nicht gut genug. Ich wollte hören, wie sie es mir sagte.

„Sag es mir“, befahl ich.

„Ich gehöre gern nur dir“, antwortete sie nach einer kurzen Pause.

„Oh, ja?“, fragte ich und bewegte meinen Mund näher an ihren.

„Ja“, sagte sie auf meinen Lippen.

„Dann beweise es.“

Ich bedeckte ihren Mund und packte sie am Nacken, als meine Zunge an ihren Lippen vorbeiglitt, um ihre Süße zu schmecken. Sie war für eine Sekunde stocksteif gefroren und ich begann mich zu fragen, ob ich einen großen Fehler gemacht hatte, aber dann entspannte sie sich.

Mit meiner Hand, die ihren Kopf anhob, konnte ich spüren, wie ihr ganzer Körper locker wurde, als sie ihre Zunge in Wellen bewegte und meinen Kuss erwiderte.

Ein Rausch der Aufregung durchströmte mich, weil ich

wusste, dass sie mich so sehr wollte, wie ich sie wollte. Es war eine Fantasie, von der ich nicht wusste, dass ich sie gehabt hatte. Sie gehörte ganz mir, unter meiner Kontrolle, und es gefiel ihr. Ich wusste, dass sie wollte, dass ich sie fickte, aber ich hätte schon allein durch den Geschmack ihres süßen Mundes kommen können. Die Art und Weise, wie sie ihre Zunge gegen meine bewegte, ließ mich wundern, was sie sonst noch damit anstellen könnte. Alles an ihr war verführerisch, und ich wollte mehr.

Als ich mich schließlich zurückzog, keuchte sie, ihre Lippen waren etwas geschwollen. Ich starrte sie ein paar Sekunden lang an, bevor ich ihren Mund wieder nahm.

Ich konnte nicht genug davon bekommen, sie hart und leidenschaftlich zu küssen. Meine Zähne drückten gegen ihre Zunge und sie stöhnte in meinen Mund, was dazu führte, dass ein weiterer Tropfen Saft meine Schwanzspitze glasierte. Ich war außer mir vor Erregung und küsste sie, als wäre sie die wichtigste Frau der Welt.

Ich musste sie mit jedem verfügbaren Stück meines Körpers berühren, packte ihren Oberschenkel, und ihr Nachthemd rutschte bis zu ihrer Hüfte hoch. Als ich unter den dünnen Stoff griff, fuhr ich mit dem Finger den Bund ihres Tangas entlang und neckte sie. Ich konnte die Feuchtigkeit spüren, aber nichts bereitete mich auf die Glätte vor, die ich fühlte, als ich unter ihren Tanga griff. Sie war klatschnass, ihre Muschi so weich, dass ich bei diesem Gefühl fast gekommen wäre.

Ihr Körper verkrampfte sich durch meine Berührung, was mich zurück in die Gegenwart holte. Ich löste unsere Verbindung komplett auf und sprang in Panik vom Bett. Ich wollte sie nicht erschrecken oder sie dazu bringen, etwas zu tun, was sie nicht wollte, und meine größte Angst war, sie zu etwas zu drängen, das sie nicht tun wollte.

Ich schüttelte den Kopf, ging zur Tür und konnte sie dabei nicht ansehen. Gerade als ich die Tür erreichte, rief sie nach mir. „Bitte lass mich gehen“, wimmerte sie.

„Du solltest dich etwas ausruhen. Morgen ist ein großer

Tag", antwortete ich kurz und freute mich plötzlich auf die Übergabe. Was wie eine gute Sache klang, begann einen sauren Nachgeschmack zu hinterlassen, aber nichts konnte etwas daran ändern, wie unerlaubt erotisch es sich anfühlte.

„Warum? Was ist morgen?"

„Du wirst nicht mehr mir gehören."

„Was meinst du?", schrie sie, aber ich ging weg, ohne zu antworten, und zog die Tür hinter mir zu.

Als ich in mein Zimmer kam, ging ich schnurstracks zu meinem Bett, um mich endlich zu erleichtern. Sie hatte mich so aufgegeilt, dass ich nicht mehr anders konnte. Ich musste Druck ablassen. Sie hatte mich mit ihren Reizen überwältigt, ob sie es wusste oder nicht.

Sie hatte die Macht, aber ich hatte die Kontrolle. Es war eine gefährliche Kombination. Doch morgen musste alles ein Ende finden, wenn ich sie den Leuten übergab, die sie wirklich wollten.

Kapitel Neunzehn

Nora

Montag

Ich wachte auf und wollte einfach nur schreien, so laut schreien, dass ich es kaum zurückhalten konnte. Ich hatte einen schrecklichen Albtraum darüber gehabt, was heute mit mir passieren könnte. Die Sonne schien durch das Fenster, das ich nicht öffnen konnte. Ich sehnte mich danach, meine Arme und Beine endlich wieder ausstrecken zu können.

Mein Entführer hatte angekündigt, dass ich nach heute nicht mehr ihm gehören würde, aber ich hatte keine Ahnung, was das bedeutete.

In der vergangenen Nacht hatte er es fast zu weit getrieben. Über den Punkt hinaus, an dem man alles wieder hätte rückgängig machen können. Als er sich zwischen meine Beine drückte, hatte ich entschieden, dass es am besten war, sich zu unterwerfen und zu versuchen, ihn zu beruhigen, indem ich sein Spielchen mitspielte. Er glaubte mir - obwohl ich mich fragte, ob ich ihm wirklich etwas vorgetäuscht hatte.

Er war so sexy, wie er sich bewegte, und einem kleinen Teil von mir gefiel es irgendwie, gefesselt zu sein, hilflos unter seiner Kontrolle. Nichts, was er getan hatte, hatte weh getan, und ich hatte tatsächlich seine Berührung genossen. Aber es war falsch, so wahnsinnig falsch.

Er war kein Mann, der mich interessierte; er war mein Entführer, der mir die Grundbedürfnisse, wie das Badezimmer zu benutzen, verweigerte. Ich konnte mich nicht zu jemandem hingezogen fühlen, der mich entführt hatte… auf keinen Fall könnte ich ihn begehren, geschweige denn ficken! Oder könnte ich das doch? Mein Herz raste und versuchte zu verstehen, was gerade vor sich ging, aber es war sinnlos. Ich drehte mich immer wieder im Kreis.

Was würde er mit mir machen? Wenn ich nicht mehr ihm gehörte, würde er mich dann vergewaltigen? Er war gestern Abend im Bett ziemlich nah dran gewesen. Ich war sicher, er könnte sich nicht beherrschen und würde mich nehmen, aber er tat es nicht. Er schien verärgert darüber zu sein, dass ich mich verkrampfte, als er meine Muschi berührte. Aber was hatte er erwartet? Wir kannten uns nicht einmal.

Obwohl ich mich oft gefragt hatte, ob unsere Anziehung auf Gegenseitigkeit beruhte. Ab und zu nannte er mich bei meinem Namen und er wusste offensichtlich, wo ich wohnte. Wie er auf mich gekommen war, war mir immer noch ein Rätsel, aber er schien die Oberhand darüber zu haben, welche Informationen er preisgab. Hatte er mich verfolgt und gesehen, wie ich durch die Stadt schlenderte, und nur auf den perfekten Zeitpunkt gewartet, um zuzuschlagen?

Ich bekam eine Gänsehaut bei dem Gedanken, wie viel er über mich wissen könnte, aber es war egal. Alles, worauf es ankam, war das Hier und Jetzt. Er hatte die Macht über mich und er hatte sich dazu entschieden, mich nicht zu verletzen. Jetzt sagte er, dass ich nicht mehr ihm gehören würde. Bedeutete das jetzt, dass er mich töten würde? Vielleicht hatte ich ihn in Verlegenheit gebracht und er wollte sich nicht mehr mit einer Frau abgeben, die nicht tat, was ihr gesagt wurde.

In diesem Moment ging die Tür auf. Er trug wieder die hässliche Maske, die alle Gedanken an Sex, die ich bei ihm hatte, sofort verschwinden ließ. Sein Gesicht war versteckt und ich konnte mit niemandem eine Beziehung aufbauen, den ich nicht sehen konnte.

Die Angst raste durch mich hindurch, als er sich neben mich aufs Bett setzte. Ich zuckte zurück, bevor er mich berühren konnte, aber er schien davon völlig unbehelligt zu sein. Dann löste er die Fesseln von meinen Handgelenken. Nacheinander, ohne auch nur mit der Fingerspitze meine Haut zu berühren.

Ich beobachtete ihn genau, aber er würdigte mich keines Blickes. Er machte mit den Knöcheln weiter. Das Seil hatte rote Flecken auf meiner Haut hinterlassen und ich wartete darauf, dass er mich wieder massierte, um das Blut in meine Beine zurückzubringen, aber da hatte ich falsch gedacht. Stattdessen zeigte er nur auf das Badezimmer und blieb auf dem Bett sitzen.

Ich sprintete ins Badezimmer, um zu pinkeln, nachdem ich meine Blase so lange strapaziert hatte. Diesmal folgte er mir nicht, und obwohl ich mir sicher war, dass er es hören konnte, wäre es schön gewesen, zu wissen, dass er nicht vor der Tür wartete. Als ich fertig war, ging ich zum Waschbecken, um meine Hände zu waschen, erschrocken von meinem eigenen Gesicht, das ich im Spiegel sah.

Meine Augen waren rot und geschwollen von den Tränen, die ich die ganze Nacht geweint hatte. Ich hatte Augenringe und dunkle Schatten zeichneten sich ab. Ich war blasser, als ich mich je zuvor gesehen hatte, und meine Wangen schienen eingefallen zu sein. Kurz gesagt, ich sah schrecklich aus.

Sein Husten von draußen brachte mich dazu, mit dem Selbstmitleid aufzuhören, in dem ich badete. Ich machte mich schnell fertig und kehrte zurück ins Bett, in das ich mich bereitwillig legte, um bis zum Mittagessen wieder gefesselt zu werden.

Als ich wieder auf dem Bett lag, streckte ich meine Arme und Beine aus, damit er mich wieder fesseln konnte, aber stattdessen nahm er meine Hände und band sie hinter meinem Rücken zusammen. Dann ging er an den Schrank und holte einen marineblauen Cardigan-Pullover heraus, den er mir um die Schultern legte. Der Pulli roch alt und muffig, aber ich beschwerte mich nicht, denn ich wollte meinen Entführer nicht noch wütender machen.

Als Nächstes nahm er ein Paar Hausschuhe heraus und warf sie mir zu. Mit einem Nicken signalisierte er mir, ich solle sie anziehen. Danach führte er mich durch die Schlafzimmertür.

Das Haus sah anders aus, als ich es in Erinnerung hatte.

Durch die Sonnenstrahlen, die durchs Fenster kamen, erkannte ich Details, die ich nicht bemerkt hatte, als er mich mitten in der Nacht hierhergebracht hatte. Das Haus hatte einen gewissen Charme, mit schönen Parkettböden in allen Räumen. Es war ziemlich groß, viel größer als das, das ich für mein Pflegeheim gemietet hatte.

Mein Entführer schob mich durch den Flur, bis wir zu einer engen Treppe kamen. Mir tat alles weh, besonders meine Gelenke schmerzten. Bei dem Versuch, uns die Treppe hinunter zu manövrieren, stolperte ich, aber bevor ich auf den Boden fallen konnte, packte er mich und stellte mich wieder auf die Beine.

Sein Körper war angespannt und steif, aber auch beschützend und in gewisser Weise beruhigend. Ich bedankte mich leise, aber er antwortete nicht. Als wir die letzte Stufe der Treppe erreicht hatten, stieß er mich in Richtung Küche und ich sah mich genau um, um möglichst viele Räume zu sehen und mir alles einprägen zu können.

Es war komisch, wie schnell sich seine Stimmung verändern konnte. Als er gestern Abend auf mir gelegen hatte, dachte ich, da wäre etwas zwischen uns, wenn es auch nur Anziehungskraft oder Lust gewesen war. Heute war er eiskalt, abweisend und verschlossen und sagte nicht mehr als nötig, als er mit mir durch das Haus ging.

Die Hinterseite der Küche hatte eine Tür und er wies mich an, in diese Richtung zu gehen. Ich freute mich schon, dass ich nach draußen gehen und die frische Luft riechen würde, aber dieses freudige Gefühl wurde wenig später durch Angst ersetzt, als ich mich fragte, wo er mich wohl hinbringen würde.

Ich ging einen Schritt zur Seite und beobachtete ihn, wie er seinen Kopf herausstreckte, um den großen Hinterhof zu betrachten. Als er sich sicher war, dass uns niemand beobachtete, führte er mich langsam einen kleinen felsigen Pfad hinunter, der auf eine Garage zulief.

Ich hatte zu viele Horrorfilme und Fernsehsendungen mit verrückten Männern gesehen, die Folterkammern in ihren Garagen hatten. Hier musste er geplant haben, mir wehzutun.

Wahrscheinlich hätte ich um Hilfe rufen sollen, doch meine Instinkte versagten mir jegliche Dienste. Ich war zu ängstlich, um ein einziges Wort herauszubekommen. Er zerrte an meinem Ellbogen und meine Füße bewegten sich, einer nach dem anderen, fast automatisch hinein in den dunklen Raum.

Mit einem Tastendruck ging das Licht an. Zu meiner Überraschung handelte es sich um eine ganz normale Garage. Farbdosen waren in einer Ecke gestapelt, ein Fahrrad hing an einer Wand, Kisten waren überall verstreut und in der Mitte stand eine glänzend weiße BMW-Limousine.

„Steig ein", befahl er und öffnete die Beifahrertür. Es war das schönste Auto, in dem ich je gesessen hatte, aber er schob mich in den Fußraum, anstatt mich auf dem Sitz sitzen zu lassen.

„Bleib da unten."

Meine Beine fingen sofort an, sich zu verkrampfen, aber ich wollte mich nicht noch einmal mit ihm anlegen.

Schließlich setzte er sich auf den Fahrersitz und fuhr los. Ich war gespannt, endlich sein Gesicht zu sehen, nachdem ich gehört hatte, wie er die Maske abnahm – schließlich konnte er nicht in einem Halloween-Kostüm durch die Stadt fahren, ohne Aufmerksamkeit zu erregen. Von meiner Position aus konnte ich jedoch nur die untere Hälfte seines Gesichts erkennen.

Seine Lippen waren rosa und voll, sein Kinn markant wie das eines Models. Ich bekam Stielaugen, als ich sah, wie gut er aussah, aber eine scharfe Kurve unterbrach meine Sicht auf ihn, als ich mit dem Kopf gegen den Fußboden stieß.

Schließlich fuhren wir langsamer und ich hörte, wie er zu sich selbst sprach. Es war zu leise, um die genauen Worte verstehen zu können. Ich versuchte, einen weiteren Blick auf ihn zu erhaschen, aber bevor ich nach oben sehen konnte, öffnete sich seine Tür. Das laute Signal von Sirenen schallte ins Auto und ich bekam große Augen. War das meine Rettung?

Dann kehrte er zum Wagen zurück und stürzte sich aggressiv in seinen Sitz. Wieder versuchte ich, sein Gesicht zu erkennen, aber ich konnte ihn nicht sehen. Er atmete schwer, dann startete er das Auto.

„Fuck!“ Er schlug auf das Lenkrad und gab unvermittelt Gas.

Schnell wendete er, während die Polizeisirenen immer lauter wurden. Er fuhr so schnell, dass ich mir sicher war, dass wir verfolgt wurden. Hatte jemand die Behörden informiert? Würde ich gerettet werden?

Kapitel Zwanzig

Hunter

Montag

„Fuck!“, rief ich und schlug auf das Lenkrad, während ich in den Rückspiegel schaute.

Als ich am Treffpunkt ankam, war alles voller Polizeiautos. Ich musste so schnell es ging wieder verschwinden. Nicht nur, dass ich den Erpressern die Beweise für mein früheres Verbrechen nicht abnehmen konnte, ich hatte Nora immer noch als meine Gefangene im Auto. Wahrscheinlich war sie zu verängstigt gewesen, aber wenn sie klug genug war, hatte sie mein Nummernschild erkennen können. Ich war ein verdammter Krimineller und alles schien nur noch schlimmer zu werden.

Glücklicherweise hatte die Polizei früh genug gesehen und konnte umdrehen, bevor ich den Cops aufgefallen wäre. Also fuhr ich wieder zurück zum Haus meiner Eltern, mit Nora im Schlepptau. Ich hatte keine Ahnung, was los war. Hatten sie gerade die Erpresser verhaftet? Und wenn es so wäre, würden sie dann nicht die Beweise für mein damaliges Verbrechen finden? Alles könnte zusammenbrechen und meine größte Angst Realität werden.

Schlimmer noch, indem ich Nora entführt hatte, hatte ich ein zweites Verbrechen begangen. Ich hielt sie gegen ihren Willen fest. Die Dinge zwischen ihr und mir wurden so schon zu heiß, und jetzt sollte ich sie auch noch länger behalten?

Es war verrückt, darüber nachzudenken, was ich möglicherweise tun würde, wenn wir noch eine gemeinsame Nacht oder sogar mehrere zusammen verbringen würden. Ich hatte fast die Beherrschung verloren, als ich sie dabei erwischt hatte, wie sie versuchte, mit der Nagelfeile ihre Fesseln zu durchtrennen. Ich musste mich zusammenreißen, nicht sofort in sie einzudringen, nachdem ich gespürt hatte, wie nass sie für mich geworden war.

Jetzt musste ich sie zurück ins Haus bringen und sie füttern, festhalten und auf sie aufpassen, bis ich entweder von den Erpressern oder der Polizei hörte. Die Erkenntnis, dass ich verhaftet werden könnte, lag mir schwer im Magen, als ich wieder in die Garage fuhr.

Ich brauchte eine Sekunde, um ruhig zu atmen und nachzudenken, bevor ich wieder die lächerliche Rolle des Entführers einer unschuldigen Frau spielen konnte. Ich verwandelte mich in jemanden, den ich nicht kannte und, ganz ehrlich, nicht mochte. Ich mochte das Gefühl von Macht und Kontrolle, die ich über sie hatte. Aber trotzdem hatte ich mich darauf gefreut, diese ständige Versuchung loswerden zu können. Aber jetzt würde es ein noch härteres Stück Arbeit werden, mich von ihr fern zu halten.

Als ich mir die Maske wieder über mein Gesicht legte, lehnte ich mich zu Nora herüber, um an ihrem Arm zu ziehen. Sie versuchte aufzustehen, schien aber zu schwach zu sein. Es war schon eine Weile her, dass sie das letzte Mal etwas gegessen hatte, und sie sah aus wie ein Häufchen Elend, wie sie sich in den viel zu engen Fußraum gequetscht hatte. Ich hob sie aus dem BMW und führte sie auf wackeligen Beinen wieder zum Haus.

Als wir es ins Zimmer geschafft hatten, warf ich sie aufs Bett, bereit, sie dazulassen, damit ich allein sein konnte. Sie aber schien andere Pläne zu haben. Sobald ihr Rücken das Bett berührte, versuchte sie wieder aufzustehen und davonzulaufen, und ich stürzte mich mit aller Macht auf sie, um sie davon abzuhalten, wegzurennen.

„Geh runter von mir!“, schrie sie und trat mir zwischen die Beine. Sie versuchte mit aller Kraft sich gegen mich zu wehren.

„Halt deinen verdammten Mund!“, knurrte ich.

„Was ist los? Warum sind wir wieder hier?“, fragte sie und hielt ihre rechte Hand in die Luft.

„Hör auf, gegen mich zu kämpfen!“, brüllte ich sie an. Ich war genervt von diesen dummen Spielchen. Sie wusste, dass sie keine Chance gegen mich hatte, warum also fing sie überhaupt das Kämpfen an?

„Ich will wissen, was los ist. Ich habe ein Recht darauf“, brüllte sie, aber ich ignorierte sie und wandte mich ihren Knöcheln zu.

Sie hörte auf, sich zu widersetzen, als ich die Fesseln festzog und sie so zum Schweigen brachte. Ich musste herausfinden, was zur Hölle mit meinem Leben los war. Wie konnte sie mich verstehen, wenn sich ihr normales Leben wahrscheinlich nur um sie selbst drehte?

Ich begann mich zu fragen, wer sie war, nachdem ich das Polizeiaufgebot gesehen hatte. Vielleicht sollte sie bei der Übergabe an jemand anderen ausgeliefert werden und ihre Familie hatte die Polizei über ihre Entführung informiert. Zuerst dachte ich, sie käme aus einer prominenten Familie, aber nach einer schnellen Google-Suche, die keine Ergebnisse brachte, war ich erstmal beruhigt.

Jetzt jedoch schien es logisch, dass ihre Familie einen höheren Aufwand betreiben würde, um ihr kleines Mädchen sicher und gesund nach Hause zu bringen. Auch meine Erpresser meldeten sich nicht. Es herrschte Funkstille. Verdammt!

Wenn Noras Familie an ihrer Freilassung beteiligt gewesen wäre, wäre ihr Gesicht sicherlich mit Namen überall in den Nachrichten gewesen. Also schaltete ich den Fernseher ein, um zu sehen, ob über ihre Entführung berichtet wurde. Auch nichts. Ich hielt das für eine gute Nachricht, und obwohl ich keinen Plan hatte, wusste ich, dass wir beide etwas essen mussten.

Meine Lebensmittelvorräte gingen langsam zur Neige, da ich nur genug gekauft hatte, um uns bis zur Übergabe versorgen zu können. Aber für eine Mahlzeit reichte es noch. Während die Pommes frites und Chicken Nuggets im Ofen gebacken wurden, checkte ich erneut meine E-Mails. Ich hatte mir den heutigen Tag für die Übergabe freinehmen müssen und wurde jetzt von den

Nachrichten meiner Kollegen überflutet.

Einer meiner derzeitigen Fälle sollte diese Woche vor Gericht verhandelt werden und bei einem anderen benötigte ein guter Kollege noch mehr Informationen. Ich nahm einen Notizblock und einen Stift aus einer Schublade und schrieb eine Liste mit Dingen, die noch zu erledigen waren, und leitete sie per E-Mail an meinen Assistenten weiter, damit er sie für mich übernehmen konnte.

Die Zeitschaltuhr des Ofens klingelte und ich holte zwei Teller aus dem Schrank. Ich aß meine Portion zuerst, während ich die aktuellste E-Mail von der Arbeit las und nachfragte, wie viele Spenden für eine Wohltätigkeitsorganisation gesammelt worden waren. Dieser ganze Mist interessierte mich momentan kein Stück, aber ich musste so tun als sei ich ganz normal verfügbar. Wenn man eine Karriere haben wollte, wie ich sie hatte, gab es keinen Urlaub.

Nachdem ich meine amateurhaft zubereitete Mahlzeit beendet hatte, setzte ich mir wieder meine Maske auf und ging die Treppe hinauf, um Nora den zweiten Teller auf einem Tablett zu bringen. Sie wimmerte leise, als ich die Tür öffnete, und ich fühlte mich ein wenig schuldig. Nachdem ich das Tablett auf der Kommode abgestellt hatte, löste ich ihre Fesseln und sie setzte sich an die Kante des Bettes. Sie starrte mich an.

Bevor ich kapierte, was los war, stürzte sie sich auf mein Gesicht und schnappte sich die Maske. Ich erschrak mich fast zu Tode in der Angst, dass ich nie wieder zu der Anonymität zurückkehren konnte, die ich dahinter verborgen hatte. Jetzt hatte sie mein Gesicht gesehen. Ohne zu zögern schubste ich sie hart zurück auf das Bett.

„Du bist eine ignorante kleine Schlampe. Kapierst du nicht, dass ich dafür sorgen kann, dass dich nie wieder jemand zu Gesicht bekommt? Ich weiß nicht, welches privilegierte Leben du vorher geführt hast, aber das hier ist kein Wunschkonzert. Du tust, was ich sage, wenn ich es sage!“, brüllte ich. Als ich meine eigenen Worte hörte, bekam ich eine Gänsehaut. Eine einzige Träne rollte über ihre Wange und sie musste einsehen, dass sie verloren hatte.

Sie drehte ihren Kopf von mir weg und fasste sich an den Nacken, auf dem sie gelandet war. Als ich sie so sah, bereute ich meine Worte schon wieder. Was hatte ich getan? Und zu welchem Menschen war ich geworden?

Ohne sie zu fesseln drehte ich mich um und stürmte aus dem Raum. Meine Knie schlotterten und als ich die Treppe erreichte, brach ich auf der obersten Stufe zusammen. Der viele Stress schien mir den Rest zu geben.

Alles, was bei diesem Deal hätte schiefgehen können, war schiefgegangen. Den Kopf in die Hände gestützt fragte ich mich, wie ich jemals wieder aus dem Schlammassel herauskommen würde, in dem ich mich befand. Es war verständlich, dass ich frustriert war, aber das, was ich gerade getan hatte, war alles andere als okay gewesen.

Sie hatte keine Ahnung, was vor sich ging und warum. Ich wollte, konnte ihr aber nicht sagen, dass wir uns beide in einer verzwickten Lage befanden. Ich fühlte mich hilflos, obwohl ich der Entführer war.

Wieder zu meinem üblichen Tagesablauf zurückzukehren schien mir das Beste zu sein. Die Erpresser müssten sich so oder so mit mir in Verbindung setzen, um das weitere Vorgehen zu besprechen. Andererseits dachte ich mir, wenn sie mich mitten auf einer Party finden könnten, konnten sie auch meine Telefonnummer herausfinden.

Ich erinnerte mich an die Männer, mit denen ich auf der Gala gesprochen hatte, und dachte darüber nach, ob es meine Karriere aushalten würde, mir einen weiteren Tag frei zu nehmen. Es war fast unmöglich, zwei Tage auf der Arbeit zu verpassen, besonders am Anfang der Woche und gerade jetzt, wo ich wichtige Fälle hatte, die vor Gericht verhandelt werden sollten.

Verdammt! Alles ging so schnell. Ich brauchte Zeit, um nachzudenken und einen neuen Plan zu entwickeln, aber alles, an das ich denken konnte, war, dass die Bullen jeden Moment bewaffnet durch die Tür kommen könnten, um mich für gleich zwei Verbrechen zu verhaften.

Ich fühlte mich schuldig und badete in Selbstmitleid. Ich brauchte einen Drink, aber ich würde meine volle Konzentration für das brauchen, was noch kommen würde. Die einzige Frage war, ob ich stark genug wäre, den Job zu erledigen.

Apropos Job. Ich musste wieder ins Büro fahren und schauen, was dort los war.

Kapitel Einundzwanzig

Nora

Montag – Dienstag

Alles bewegte sich in Zeitlupe, seitdem er mich so hart aufs Bett geschubbt hatte, dass ich mir fast den Nacken ausgerenkt hatte. Er war wütend, aber um ehrlich zu sein, war es das wert gewesen, sein Gesicht zu sehen. Er war noch schöner, als ich es mir vorgestellt hatte und sah nicht aus wie ein Widerling, der Frauen für Sex entführen musste.

Die Polizeisirenen hatten ihn wütend gemacht, als ob sie ihn daran gehindert hätten, eine wichtige Aufgabe zu erledigen. Dann dämmerte es mir. Vielleicht hatte er nicht vor, mich zu töten oder zu vergewaltigen. Vielleicht hielt er mich fest, um mich an jemand anderen weiterzugeben. Aber was würde jemand von mir wollen? Ich hatte keine Feinde und schuldete niemandem Geld. Es ergab gar keinen Sinn, aber es war die Erklärung, die für mich am naheliegendsten war.

Wenn das der Fall wäre, dann war mein Entführer vielleicht selbst nur ein Puzzleteil in diesem merkwürdigen Spiel, das hier gespielt wurde.

Das Knurren meines Magens erinnerte mich daran, dass er mir ein Tablett mit Essen auf der Kommode hatte stehen lassen, bevor die Situation eskaliert war. Nachdem ich das Frühstück ausgelassen hatte, war ich am Verhungern, also ging ich rüber zur Kommode, um nachzusehen, was auf dem Teller war.

Es gab Hähnchen-Nuggets und Pommes frites. Beides war schon kalt, aber ich war zu hungrig, um mich darüber zu beschweren, also aß ich langsam und versuchte, jeden Bissen zu genießen. Ich stellte den Teller wieder auf das Tablett, als mir plötzlich schwarz vor Augen wurde und ich an der Kommode runterrutschte. Dabei riss ich das Tablett mit runter und das Geschirr zerbrach in tausend Teile. Es dauerte keine zehn Sekunden, dann war mein Entführer im Zimmer.

„Was ist hier los?“, fragte er.

„Mir wurde schwindelig“, erklärte ich leise und hoffte, dass ihm diese Antwort ausreichen würde. Er nickte, als ob er das nachempfinden könnte, aber trotzdem nahm er die Seile und fesselte meine Handgelenke wieder.

Diesmal machte ich keine Anstalten, mich zu wehren. Tatsächlich half ich ihm, hob meine Arme und Beine bereitwillig an und öffnete sogar meinen Mund, damit er den Knebel hineinstecken konnte.

Keine Ahnung, ob es an meiner Kraftlosigkeit oder nur an der geistigen Erschöpfung lag, aber ich wollte einfach nicht mehr gegen ihn ankämpfen.

„Ruh dich aus. Ich muss nochmal los und schaue später wieder nach dir.“

Als er fertig war, schaltete er das Licht aus, schloss die Tür und ließ mich, gefesselt ans Bett, mit meinen Gedanken allein.

Was tatsächlich nur ein paar Tage waren, fühlte sich bereits wie ein ganzes Leben an, und ich begann mich zu fragen, wer überhaupt bemerkt hatte, dass ich weg war.

Hatte jemand eine Vermisstenanzeige aufgegeben? Ich verwarf den Gedanken sofort wieder. Natürlich hatte niemand meine Abwesenheit bemerkt; niemand kannte mich gut genug und es gab auch niemanden, mit dem ich regelmäßig Kontakt hatte.

Tasha Jackson war die einzige Person, die es überhaupt kümmern würde, wenn ich vermisst würde, und sie war so beschäftigt mit all den Kindern, dass sie es wahrscheinlich noch nicht bemerkt hatte. Selbst wenn sie eine SMS geschickt und ich nicht sofort geantwortet hätte, würde sie denken, dass ich beschäftigt war, nicht dass ich vermisst wurde.

Niemand würde denken, dass ich entführt worden war, weil ich einfach nichts Besonderes war. Diese Erkenntnis brachte die Worte meines Entführers zurück. Nachdem er mich so grob aufs Bett geworfen hatte, hatte er etwas darüber gesagt, dass ich bestimmt aus einem privilegierten Leben käme. Nichts war weiter von der Wahrheit entfernt. Er hatte das falsche Mädchen, wenn es darum ging, viel Lösegeld zu erhalten.

Plötzlich konnte ich mir das Kichern nicht verkneifen. Die Vorstellung, wie enttäuscht ein Entführer sein würde, der auf ein Lösegeld gehofft hatte, war fast lächerlich.

Nora Blanche, ein Waisenkind aus dem Süden Chicagos, war weit davon entfernt, das goldene Vögelchen zu sein, mit dessen Entführung man viel Geld verdienen konnte. Mein Gelächter verwandelte sich schnell in Tränen, nachdem mir die Erkenntnis kam, in welch beschissener Situation ich mich befand. So weinte ich mich langsam in einen unruhigen, traumlosen Schlaf.

***

Kurz vor Sonnenaufgang wurde ich von meinem

Entführer unsanft geweckt. Nachdem er den Knebel aus meinem Mund gezogen hatte, hielt er mir ein Glas Orangensaft an den Mund und goss ihn in meinen Mund, noch bevor ich bereit war zu trinken.

„Was wird jetzt mit mir passieren?“, fragte ich ihn, nachdem ich das Glas leer getrunken hatte. Statt einer Antwort bekam ich nur einen kalten Blick zugeworfen, bevor er vom Bett aufstand.

„Bitte mach mich los. Ich muss pinkeln.“

Ich konnte ein kleines Lächeln in seinem Mundwinkel erkennen und er beeilte sich, mich loszubinden. In der Sekunde, in der ich frei war, sprang ich aus dem Bett und raste in Richtung der Toilettentür. Es war mir egal, dass er mich diesmal pinkeln hören konnte; ich musste einfach nur den Druck von meiner Blase bekommen.

Als ich fertig war, wusch ich mir die Hände, bevor ich ins Schlafzimmer zurückkehrte. Er bewegte sich um das Bett herum und zog die Laken von der Matratze.

„Du solltest duschen. Aber mach schnell! Ich wechsle in der Zeit die Laken. Da habe ich dir ein paar Sachen besorgt“, sagte er beiläufig und zeigte auf eine Plastiktüte.

Ich wurde unsicher und fragte mich, ob er mir gerade mitteilte, dass ich stank, aber es war mir egal. Ich konnte duschen!

In den Plastiktüten fand ich eine Flasche Shampoo, ein Stück Seife, eine Zahnbürste, eine kleine Tube Zahnpasta, einen Waschlappen und ein Handtuch. Alles war nagelneu und ich erkannte die teuren Markennamen. Ich fragte mich, ob er derjenige war, der ein privilegiertes Leben führte.

Das heiße Wasser fühlte sich unglaublich gut an auf meiner gereizten Haut und ich schäumte mein Haar ein zweites Mal ein, nur um meine Zeit allein noch ein wenig länger zu genießen. Das Designershampoo roch so gut, als könnte man es essen, und zum ersten Mal seit langem vergaß ich, dass ich eine Gefangene war.

Nachdem ich sauber war, putze ich mir die Zähne und benutzte einen kleinen Kamm, den ich im Medizinschrank gefunden hatte, dazu, um mein Haar zu entwirren, bevor ich es in zwei Zöpfen flocht. Als ich fertig war, ging ich, nur in das Handtuch gehüllt, zurück ins Schlafzimmer.

Als mein Entführer mich sah, starrte er mich einen Moment zu lange an, bevor er auf einen Stapel Klamotten auf dem Bett zeigte. Schnell nahm ich sie und kehrte zum Umziehen ins Badezimmer zurück. Er hatte mir ein T-Shirt und eine Jogginghose gegeben, die beide viel zu groß für mich waren. Es war mir egal, ob die Sachen passten oder nicht; ich war einfach glücklich, etwas mehr bedecken zu können, als mein Nachthemd verhüllt hatte.

Als ich in meinem neuen Outfit ins Schlafzimmer zurückkehrte, saß er mit einem seltsamen Blick in seinen Augen auf dem Bett. Mein Herz rutschte mir fast in die Hose, weil ich wusste, dass sich etwas geändert hatte, weil er überhaupt mit mir sprach. Ich konnte an seinem Gesicht sehen, dass es Neuigkeiten gab.

„Komm, setz dich“, befahl er und zeigte neben sich auf das Bett.

Langsam ging ich auf ihn zu, ängstlich vor dem, was er vorhatte. Wollte er aus eigenem Interesse, dass ich mich duschte? Plötzlich fühlte sich die Dusche nicht mehr so gut an wie noch vor wenigen Minuten.

Ich schaute auf den Boden, presste meine Zähne zusammen und wartete darauf, was er mir zu sagen hatte, aber nichts kam. Er saß in völliger Stille neben mir, was in vielerlei Hinsicht unangenehm war. Nachdem er mich tagelang in Unwissenheit darüber gelassen hatte, was vor sich ging, dachte ich, ich hätte endlich das Recht, mehr zu erfahren, und er schien endlich bereit zu sein, mir Informationen zu geben.

„Also, was ist los?“, fragte ich und drehte mich zu ihm um.

Kapitel Zweiundzwanzig

Hunter

Dienstag

Ab jetzt würde es schwierig werden. Ich hatte es gewusst, seitdem ich meinen neuen Plan ausgeheckt hatte. Nora würde es nicht gefallen, aber ich musste die Kontrolle behalten. Jetzt mehr denn je musste ich dafür sorgen, dass sie meine Gefangene bleiben würde.

Im Büro gestern war sie wieder aufgetaucht. Die Frau, die sich mir in dieser schicksalhaften Nacht auf der Gala so unauffällig genähert und mir einen Brief überreicht hatte.

Die Frau, die für die Erpresser arbeitete, bei der ich mir jedoch nicht sicher war, in welcher Funktion, hatte mir einen neuen Treffpunkt und einen Tag genannt, an dem die Übergabe nun stattfinden sollte. Es waren noch drei Tage bis dahin, was bedeutete, dass ich Nora viel länger als erwartet bei mir behalten musste.

Damit das funktionierte, delegierte ich sämtliche Routinearbeiten an meinen Assistenten und diverse Praktikanten. Alle wichtigeren Termine verschob ich in die kommende Woche, und meinem Chef Vincent erzählte ich von einem Deal, den ich in New York unter Dach und Fach bringen wollte, wofür ich einige Tage unterwegs sein musste.

Und das alles nur wegen Nora.

Nora. Nachdem ich sie tropfnass in ein Handtuch gewickelt gesehen hatte, war ich noch mehr hin und hergerissen zwischen meinem Plan und meiner Zuneigung zu ihr. Ich war fasziniert von ihr, so unschuldig wie sie dort stand. Ich hatte ihr nicht einmal von den Kleidern erzählen können, die ich für sie mitgebracht hatte, sondern einfach nur wortlos auf den Stapel, der auf dem Bett lag, gezeigt.

Ich hatte mich dazu entschieden, nichts zu kaufen, was mich in Versuchung bringen könnte, und hatte ihr deshalb nur ein Paar meiner Sweatshirts und ein T-Shirt mitgebracht, die ihr mindestens zwei Größen zu groß waren. Irgendwie konnte ich aber trotzdem noch etwas Attraktives an ihr finden, trotz der überdimensionalen Kleidungsstücke und ihrem nassen Haar, das in zwei Zöpfen an ihren Brüsten herunterhing. Und jetzt saß sie neben mir auf ihrem Bett.

„Also, was ist los?“ Sie drehte sich mit einem angsterfüllten Gesicht zu mir um.

Den ganzen Tag lang hatte ich mich jedes Mal schrecklich gefühlt, wenn ich daran dachte, dass ich sie so stark geschubbt hatte. Ich konnte sie heute Morgen kaum ansehen, als ich sie aufweckte, aber ich musste sie bestrafen, wenn sie nicht auf mich hörte. Es war der einzige Weg, sie zu disziplinieren.

Sie würde so lange versuchen mir auf der Nase herumzutanzen, um mich dazu zu bringen, die Regeln zu brechen, bis sie mich in meinem eigenen Auto zur Polizeistation fuhr. Das konnte ich nicht zulassen. Sie gehörte mir und das musste sie verstehen.

„Wir werden mehr Zeit miteinander verbringen müssen, als ich geplant hatte“, begann ich und beobachtete, wie verwirrt sie mich plötzlich ansah.

„Okay...“ Sie wartete darauf, dass ich fortfuhr.

„Du musst noch ein wenig bei mir bleiben und wir können nicht so weitermachen wie bisher“, erklärte ich.

„Was willst du ändern?“

„Es ist mir zu anstrengend, dich die ganze Zeit fesseln zu müssen.“

„Besonders, wenn du vergisst, mich zur Toilette gehen zu lassen.“ Sie rollte mit den Augen, was mich wütend machte.

Meine Augen müssen für mich gesprochen haben, denn sie sah schnell ängstlich weg. Ich spürte, wie Wut in mir aufstieg. Ich war schließlich unterwegs gewesen, um zu erfahren, wie es mit ihr weiterging, und nicht, um mich zu verpissen. Sie musste warten, bis der Job erledigt war.

„Also, so wird das hier von jetzt an laufen." Ich griff in meine Hosentasche, holte die Handschellen heraus und legte die eine Seite um ihr Handgelenk und die andere Seite um meins.

Ihre Augen wurden so groß wie Teller. Sie schaute langsam ihr Handgelenk an und wanderte mit ihrem Blick dann zu meinem. Ich musste mir mein Lachen verkneifen. Ich war überrascht von ihrer Reaktion. In gewisser Weise dachte ich, sie würde sich darüber freuen, mehr Zeit mit mir zu verbringen – viele Frauen versuchten das täglich. Aber natürlich musste sie so übertreiben. Als ob es deutlich besser gewesen wäre, mit ihren Handgelenken und Knöcheln gefesselt im Bett liegen zu müssen!

„Also müssen wir jetzt die ganze Zeit zusammenbleiben?", keuchte sie und starrte immer noch auf die Handschellen.

„Ja. Ich kann dir nicht trauen, dass du nicht versuchst zu fliehen, und das Risiko ist einfach zu groß. Wir werden zusammen schlafen, zusammen essen, das volle Programm. Das erinnert mich daran, dass ich uns Abendessen gebracht habe. Ich dachte, du hast vielleicht Hunger." Ich griff nach der Papiertüte und versuchte sie mit nur einer Hand zu uns zu manövrieren.

Langsam legte ich die Sandwiches für sie auf der Matratze ab, legte die Tüte auf meinen Schoß und fing an zu essen. Nora starrte so lange auf das Essen, dass ich dachte, sie würde ihren Hungerstreik fortführen, aber schließlich fing sie an, ihr eigenes Sandwich zu kauen. Sie nahm nur sehr langsam einen Bissen nach dem anderen und konnte es nicht lassen, immer wieder in meine Richtung zu schauen.

Sie war verärgert, aber es war mir egal. Ich war derjenige, der kämpfen musste. Sie war die Versuchung in Person, flanierte im Zimmer umher und verspottete mich die ganze Zeit. Der Gedanke, neben ihr zu schlafen, ohne sie berühren zu dürfen, war die reinste Qual, aber es war wahrscheinlich besser, als sich Sorgen zu machen, dass sie jeden Moment aus dem Fenster springen könnte.

Ich musste wegschauen und mich auf mein eigenes Essen konzentrieren, um ihrem verdammten Schmollmund nicht zusehen zu müssen. Sie war definitiv ein verwöhntes Kind – daran gab es keinen Zweifel. Ich hatte die Frau, die mir den neuen Übergabeort mitgeteilt hatte, gefragt, ob ihre Familie nach ihr suchte, und sie versicherte mir, dass es keinen Grund zur Sorge gäbe.

Genau das war es auch, was mich schockierte – es gab keine Berichterstattung über sie, keine einzige Schlagzeile. Anscheinend hatte sie niemand überhaupt als vermisst gemeldet.

„Kann ich etwas zu trinken haben?“, fragte Nora und zeigte auf die beiden Plastikbecher.

„Willst du Sprite oder Cola?“ fragte ich und beobachtete, wie sie ihren Mund verzog, während sie nachdachte.

„Sprite!“ Bevor ich nach dem Becher greifen konnte, platzte ihr heraus: „Nein! Cola!“

„Was denn jetzt?“, fragte ich und tat so, als wäre ich verärgert, tatsächlich aber fand ich es amüsant.

„Sprite! Ja, Sprite. Sorry“, murmelte sie, als sie sich einen weiteren Bissen in den Mund stopfte.

Während es immer noch einen Teil in meinem Inneren gab, der es hasste, sie auf diese Weise behandeln zu müssen, machte es mich auch tierisch an, wie sie sich mir unterwarf. Als ich ihr den Becher gab, weigerte sie sich, zu mir aufzuschauen, und flüsterte ein leises Dankeschön, bevor sie einen Schluck durch den Strohhalm nahm.

Als sie fertig gekaut hatte, stellte mir vor, wie sie mit diesem Mund an meinem Schwanz saugte. Ich spürte, wie all mein Blut nach unten strömte und er hart wurde. Ich musste den erotischen Gedanken in den Hintergrund schieben, um weiter zu essen, ohne sie hier und jetzt von hinten zu nehmen.

„Bist du fertig?“, fragte ich schließlich.

„Bekomme ich morgen früh etwas zum Frühstücken?“, fragte sie mit besorgter Stimme.

Mein Herz zerbrach fast bei dem Gedanken, dass sie versuchte, so viel zu essen, wie sie konnte, weil sie keine Ahnung hatte, wann sie die nächste Mahlzeit bekommen würde. Obwohl ich auch den ganzen Tag nichts gegessen hatte, dachte sie wahrscheinlich, ich würde sie zur Bestrafung hungern lassen.

„Ja“, antwortete ich mit aller Entschiedenheit und hoffte, mir nicht anmerken zu lassen, wie schuldig ich mich fühlte.

„Okay, dann bin ich fertig.“

Ich stand auf und Nora eilte hinter mir her, als mein Arm an ihrem zog. Im Flur stand ein altes Bücherregal mit Büchern, die meine Eltern im Laufe der Jahre gesammelt hatten. Keiner von beiden hatte einen guten Geschmack gehabt, aber da ich keinen Fernsehanschluss in dem Haus hatte, das ich eh nur selten besuchte, und sich anzuschweigen unerträglich gewesen wäre, dachte ich, wir müssten uns irgendwie anders unterhalten.

„Such dir ein Buch aus.“ Ich zerrte an ihrem Arm, bis sie vor dem Bücherregal stand.

Sie kniete nieder und zwang mich, dasselbe zu tun, als sie mit den Fingern über die Buchrücken streifte. Jeder Titel klang kitschiger als der andere, aber sie wählte schließlich ein Buch aus und zog es heraus. Auf dem Cover befand sich ein hemdloser Pirat. Ich rollte die Augen, bevor ich selbst ein Buch aus dem Regal meines Vaters zog. Zufrieden mit unserer Auswahl zeigte ich ihr den Weg in mein Schlafzimmer, das genauso spärlich dekoriert war wie ihres.

„Musst du auf die Toilette?", fragte ich.

Nora sah mich verwirrt an und es kam mir in den Sinn, dass sie nicht daran gedacht hatte, dass sie ihr Geschäft mit mir zusammen erledigen müsste, während ich direkt neben ihr stand. Ehrlich gesagt hatte ich das auch nicht bedacht, aber es war der einzige Weg, wie ich sicher gehen konnte, dass sie sich nach ihrem letzten Fluchtversuch nicht schlecht benehmen würde.

„Nein.“ Sie schüttelte den Kopf.

Wir gingen zusammen zum Bett und dann nickte ich ihr zu und signalisierte ihr damit, dass sie zuerst reinschlüpfen konnte. Das tat sie, und ich folgte ihr. Wir dehnten und streckten uns so lange, bis wir uns bequem nebeneinander entspannen konnten. Sie drehte sich so weit von mir weg, dass unsere Arme vor Anspannung fast in der Luft hingen. Aber das war in Ordnung für mich.

Meine neue Taktik war kein Trick, um an sie heranzukommen. Ich hatte nie ein Problem damit gehabt, Frauen zu verführen. Ich musste nur sicherstellen, dass ich immer wusste, wo sie war.

Wir hatten es uns bequem gemacht, als ich mein Buch öffnete und zu lesen begann. Der Roman ließ mich an meinen Vater denken, obwohl er die letzte Person war, die ich mir vorstellen wollte. Ich brauchte nicht zu überlegen, was er und meine Mutter von mir denken würden, wenn sie wüssten, dass ich an eine schöne Frau gefesselt auf dem Bett lag und sie in meinem Kinderzimmer gefangen hielt.

Kapitel Dreiundzwanzig

Nora

Dienstag – Mittwoch

Einen Liebesroman zu lesen, während ich mit meinem Entführer im Bett lag, war alles andere als ein kluger Schachzug gewesen. Ich fand es schwierig, mich bei jeder seiner Bewegung zu konzentrieren, da die Handschellen meinen Arm immer mitbewegten.

Als er sein Buch weglegte, war ich froh, nichts mehr über eine Liebesgeschichte lesen zu müssen, die einfach zu schön war, um wahr zu sein. So funktionierte die reale Welt nicht, und ich hatte diese Vorstellungen schon vor langer Zeit aufgegeben.

Er sagte, es wäre Zeit, schlafen zu gehen, und schaltete das Licht aus. Jetzt, wo es dunkel war, verstärkte sich meine Angst wieder. War das der Zeitpunkt für ihn, einen neuen Versuch zu wagen? Mein Herz raste voller Erwartung, aber er schien völlig uninteressiert an mir zu sein. Er lag flach auf dem Rücken und seine Atmung verlangsamte sich auf ein konstantes Tempo.

Wie er unter solchen Umständen schlafen konnte, war mir ein Rätsel. Als ich hinüberblickte, wurde mir klar, dass er einfach nur schlafen wollte, obwohl mir das fast unmöglich schien. Ich drehte mich von einer Seite zur anderen und versuchte darin Trost zu finden, dass ich wenigstens nicht allein schlafen musste, weil mein Arm an dem eines fremden Mannes befestigt war.

Es war eine Seltenheit, so lange seine Aufmerksamkeit zu haben, und ich wägte ab, ob ich das Risiko eingehen sollte, Fragen zu stellen, weil ich wusste, wie schnell seine Laune von freundlich zu grob umschlagen konnte, wenn ich mich nicht benahm.

„Warum hast du mich gewählt?“ Meine Stimme war kaum

lauter als ein Flüstern. Ich musste es wissen – es war die erste und einzige Frage, auf die ich eine Antwort brauchte. Was hatte ihn zu mir geführt? Kannte er meine Geschichte? Würde es überhaupt etwas ändern?

Ich wartete still und ahnte, wie er antworten würde, aber nichts kam. Er schwieg und schwieg, und ich fürchtete, dass die kalte und leicht frustrierte Seite von ihm zurückgekehrt war. Diese Seite war beängstigend und ich wünschte, ich hätte meine Worte ungeschehen machen können, bis ich hörte, wie er sich leicht in meine Richtung bewegte, bevor er sich räusperte.

„Ich habe dich nicht ausgewählt“, sagte er, ohne es zu erklären.

„Wer war es dann? Warum sollte mich jemand entführen wollen? Ich habe noch nie jemandem etwas getan. Hörst du? Das muss ein Fehler sein“, versuchte ich zu erklären, doch er schwieg.

Ich war mir sicher, dass er zuhörte, also beschloss ich, die Gelegenheit zu nutzen. Seine ungeteilte Aufmerksamkeit zu haben war neu und ich ergriff die Chance, ihm mehr über mich zu erzählen und mich für die Freiheit einzusetzen.

„Ich habe niemanden. Ich bin ein Waisenkind. Meine Mutter starb und mein Vater verließ mich, bevor ich mich an seinen Namen erinnern konnte.“

Als er mich ignorierte, ohne die Augen zu schließen, beschloss ich, weiterzumachen. „Da war diese Frau, Ms. Jackson – sie war meine Sachbearbeiterin, als ich ein Kind war. Weil ich keine Eltern hatte, war sie die wichtigste und einzige Person, die sich jemals wirklich für mich interessiert hat. Seit ich ein Kind war, wusste ich, dass ich für andere Kinder das sein wollte, was sie für mich war.“

Er hörte zu. Einmal dachte ich sogar, er hätte geblinzelt, schockiert von dem, was ich gesagt hatte, also machte ich weiter.

„Als ich mit meinem Abschluss in Sozialarbeit das College abschloss, ging ich zurück zu Ms. Jackson und bat sie darum, mir zu helfen. Wir haben im Laufe der Jahre nie den Kontakt verloren, denn wenn man niemanden hat, klammert man sich an die Menschen, denen man wichtig ist. Es ist wie der Sauerstoff, den man zum Atmen braucht. Ich wollte wie sie sein, aber für andere Kinder. Hoffnung und Sicherheit waren das, was mir fehlte, und ich wusste, dass ich das anderen Kindern geben konnte, wenn ich nur die Ressourcen hätte. Ms. Jackson hat mir geholfen, meinen Traum zu verwirklichen."

Ich lächelte und dachte an mein neues Haus und alles, was in den nächsten Wochen daraus hätte werden sollen, wenn dieses schreckliche Ereignis nicht eingetreten wäre.

„Sie half mir, Stipendien und Genehmigungen für die Eröffnung meiner eigenen Pflegeeinrichtung zu beantragen, und ich bekam sie letztendlich auch. Die Möbel sollen morgen geliefert werden. Und das Kabelfernsehen wird nächste Woche installiert, aber nur im Wohnzimmer. Das Letzte, was ich will, ist, dass meine Kinder viereckige Augen bekommen."

Ich schaute noch einmal zu ihm rüber, aber er reagierte nicht. Er hatte mich aber auch nicht vom Reden abgehalten und für mich war das ein kleiner Erfolg. Etwas tief in meiner Magengrube sagte mir, dass es einen Weg gäbe, seine Meinung über mich zu ändern, wenn er nur mein wahres Ich kennenlernen würde. Ich war nicht die Art von Mädchen, die hier sein sollte. Das Leben hatte mich mit genug schwierigen Situationen konfrontiert; ich brauchte neben der Einsamkeit und Armut nicht auch noch solches Unglück.

„In meinem Haus wird es daher nichts dergleichen geben. Das wichtigste für mich ist, dass sie sicher sind. Ich möchte nicht, dass sich einer von ihnen allein fühlt. Das ist meine präsenteste Erinnerung – meine Einsamkeit in der Kindheit. Zu wissen, dass niemand sich jemals für mich interessiert hat, hat mich schwer verletzt, aber Ms. Jackson hat das geändert. Und ich werde das Gleiche tun. Meine Kinder werden wissen, dass sie in meinem Haus sicher sind."

Diesmal setzte ich mich auf, um zu gewährleisten, dass er

mich hörte.

„Sie ziehen diese Woche ein. Zumindest sollen sie das. Ich schätze, jetzt muss ich sie im Stich lassen wie alle anderen auch. Es sei denn, du hilfst mir. Bitte, bitte, bitte, bitte, bitte, kannst du mich gehen lassen? Ich verspreche, niemandem etwas zu sagen!“

Ich wartete und beobachtete ihn, aber er blieb unbeeindruckt. Er war von meiner Rede nicht gerührt und ich befürchtete, dass sie ihn nicht überzeugt hatte.

Plötzlich drehte er sich zu mir, legte seine Arme um mich und zog mich an sich heran. Ein Schock fuhr durch mich hindurch und ich bekam eine Gänsehaut. Jedes Haar stand hoch in der Luft. Er war mir so nahe und wieder konnte ich riechen, wie gut er duftete.

„Schlaf jetzt“, brummte er. Sein Kinn lag auf meinem Kopf.

Mein Körper reagierte auf seine Nähe auf eine Weise, die ich nicht erwartet hatte. Ich versuchte vergeblich gegen dieses Gefühl anzukämpfen. Ich war so erregt, ich konnte fühlen, wie ich feucht wurde. Ich passte meine Atmung seiner an und schließlich schlief ich auf seiner Brust ein.

***

„Wach auf“, flüsterte er und zerrte an meinem Handgelenk. Als ich nach unten blickte, sah ich, wie er die Handschellen öffnete. „Zeit, zu duschen.“ Er nickte in Richtung einer Tür, durch die ich noch nicht gegangen war.

Sein Badezimmer war viel geräumiger als meines. Die Dusche war gefliest und verglast, und ich zog mich schnell aus, bevor ich hineinstieg. Das gleiche Designershampoo lag auf einem Regal und ich schäumte mein Haar ein, bevor ich mich einseifte.

Die Tür zur Dusche öffnete sich und ich verdeckte schnell

die wichtigsten Stellen meines Körpers mit meinen Händen, als mein Entführer in die dampfende Dusche kam.

„Was machst du da?“, schrie ich.

„Alles zusammen bedeutet alles zusammen.“ Er zuckte mit den Achseln und griff nach der Shampoo-Flasche neben mir.

Er benahm sich so, als würde er regelmäßig mit fremden Frauen duschen, aber ich hatte das noch nie zuvor getan und es war mir völlig unangenehm. Meine Augen bewunderten seinen perfekt geformten Körper. Seine Muskeln waren so gut definiert, dass man ihn auf Plakatwände drucken könnte.

Es dämmerte mir langsam, wie intim es sein würde, so viel Zeit mit ihm zu verbringen, weil er es ernst meinte, wenn er sagte, wir würden alles zusammen machen. Wir wuschen uns und ich beeilte mich, schnell aus einem so engen Raum mit ihm herauszukommen.

Als wir fertig waren, trocknete ich mich mit einem Badetuch im Schlafzimmer ab und wollte die gleichen Kleider anziehen, die ich vorher angehabt hatte, als er auf einen Schrank zeigte. „Vielleicht findest du da drin etwas?“, schlug er vor.

Der Schrank war eine Mischung aus Damen- und Herrenkleidung und ich entschied mich für ein Kleid mit Blumenmuster, das mir direkt bis unters Knie ging. Als ich mich im Badezimmer ankleidete, war ich glücklich, dass er nicht das Bedürfnis verspürte, mich dabei zu beobachten, weil ich keine Unterwäsche hatte. Dennoch war ich dankbar, dass ich sauber war und saubere Kleidung trug.

Als ich mein Haar durchkämmte, fragte ich mich, ob er über meine Worte aus der vergangenen Nacht nachgedacht hatte. Es war das erste Mal, dass ich meinen Plan jemand anderem als Ms. Jackson offenbart hatte, und dann ausgerechnet einem Mann, der mich mitten in der Nacht gefangengenommen hatte.

Wenn er kein kompletter Soziopath war, musste es etwas mit ihm gemacht haben, etwas so Intimes zu erfahren. Ich hoffte, dass dies eine Möglichkeit war, ihn irgendwie zu überzeugen, dass ich ein echter Mensch war, und jetzt war es an der Zeit, das herauszufinden.

Mein Plan war einfach: Ich würde ihm so viel wie möglich erzählen, bis sein kaltes Verhalten nachlassen und ich ihn davon überzeugen könnte, mich gehen zu lassen.

Als ich aus dem Badezimmer kam, fühlte ich mich etwas selbstbewusster und optimistischer, was meine Fähigkeit anging, meinen Entführer zu überzeugen. Er trug ein weißes T-Shirt und eine graue Jogginghose. In meiner Vorstellung konnte ich seine Bauchmuskeln noch durch die dünne Baumwolle sehen.

„Komm her“", befahl er und behielt seine strenge Art und Weise bei.

Ich kam zum Bett, wo er uns wieder mit Handschellen fesselte. Während ich nicht wusste, was er für den Tag geplant hatte, wusste ich, was ich tun musste. Er war kein schlechter Mensch – das hatte ich daran gemerkt, wie er mir zugehört hatte, bevor er mich im Arm hielt, bis ich eingeschlafen war.

Selbst wenn er vorgeben wollte, ein herzloser Mann zu sein, kaufte ich es ihm nicht ab, und ich wollte meinen Tag damit verbringen, herauszufinden, wer er war. Wie schwer konnte es sein, jemanden kennenzulernen, wenn er buchstäblich mit dir verbunden war?

Es war seltsam, wie sich meine Herzfrequenz erhöhte, wenn unsere Körper zu nahe beieinander waren. Ein wenig davon war zweifellos Angst, aber da war auch Aufregung und Lust.

Kapitel Vierundzwanzig

Hunter

Mittwoch

Mein Verstand drehte sich im Kreis nach der Dusche mit Nora. Sie sah nackt noch besser aus und ich hatte sie auch dabei erwischt, wie sie meinen Körper gemustert hatte. Ich war mir sicher, dass sie mich sexy fand, und das war alles, was ich brauchte, um den nächsten Schritt zu machen und mir die Wünsche zu erfüllen, die anfingen, mich unaufhörlich zu quälen.

Sie war so hilflos und doch so temperamentvoll, eine heiße Kombination. Die Art und Weise, wie sie sich in die Ecke zurückzog, als ich die Dusche betreten hatte, erregte mich zusätzlich und ich musste gegen mein Verlangen ankämpfen, sie zu berühren. Ob sie es wusste oder nicht, sie war mir immer nähergekommen, bis sie die Dusche verlassen hatte.

Als ich auf den Schrank gezeigte hatte, hatte ich gehofft, sie würde sich ein unauffälliges Outfit aussuchen. Etwas, das mich ein wenig entspannen ließ, aber stattdessen hatte sie ein Blümchenkleid gefunden. Es musste von einer Kleiderspende-Aktion meiner Mutter gewesen sein, da ich es nicht aus ihrer eigenen Garderobe kannte.

Trotzdem stand es Nora gut. Obwohl es bis unter ihre Knie reichte, strahlte sie immer noch Sexappeal aus, was angesichts der Passform eigentlich unmöglich war. Sie stand in der Ecke und sah ein wenig schüchtern aus, bis ich sie zum Bett rief. Glücklicherweise gab sie mir ihre Hand, ohne sich zu wehren, und ich fesselte uns ohne Probleme wieder aneinander.

„Wohin gehen wir?", fragte sie, als ich an ihrem Handgelenk zerrte und sie aus dem Schlafzimmer führte.

Sie war extrem neugierig und stellte eine Frage nach der anderen, obwohl sie bereits wusste, dass ich ihr die Antworten nicht geben würde, die sie wollte.

„Wir essen jetzt. Ich habe nicht mehr viel da, aber wir müssten etwas zum Frühstück finden", sagte ich laut, obwohl ich mehr zu mir selbst sprach als zu Nora.

„Lass mich mal sehen." Sie lehnte sich über meine Schulter und ich fühlte, wie ihre weiche Brust meinen Rücken berührte. Nur zufällig kam mir der Gedanke, dass sie keine neue Unterwäsche bekommen hatte, also musste sie unter dem Kleid nackt sein. Die Erinnerung an die Berührung ihrer weichen Muschi, die vor Lust auf mich nass war, ließ das Blut in meine untere Körperhälfte strömen.

„Ich kann ein Omelett machen", sagte sie und griff bereits nach den Zutaten.

Nachdem sie sich gegriffen hatte, was sie brauchte, und versuchte, mit zusammengebundenen Handgelenken um mich herum zu manövrieren, hielt sie die Handschellen anklagend in die Luft.

„Ich kann so nicht kochen", jammerte sie.

„Alles zusammen, Nora."

Ihr Gesicht verfinsterte sich etwas, bevor sie sich dem Herd zuwandte. Wir arbeiteten Hand in Hand, als ich nach einer großen Schale aus dem Schrank griff und ihr zeigte, wo die restlichen Utensilien waren. Sie kicherte, als sie die Eier aufschlagen musste, was mit meinem Handgelenk an ihrem Handgelenk etwas schwierig war. Ich ließ ein kleines Lächeln zu, in der Hoffnung, dass sie es nicht bemerkte.

Sicher, ich wollte, dass die nächsten Tage reibungslos verliefen und ich hätte nichts lieber gehabt, als unsere gemeinsame Zeit zu genießen, aber ich wusste, wenn ich zu freundlich wäre, würde sie mich nicht mehr respektieren, und ich musste darauf vertrauen, dass sie das tat.

In der Zeit, in der sie unser Frühstück zubereitete, kochte ich eine Kanne Kaffee, goss jedem von uns einen Becher ein und fragte sie dann, wie sie ihren Kaffee mochte. Ich hätte es mir denken können, sie wollte Milch und Zucker, also erfüllte ich ihr ihren Wunsch und beließ meine Tasse so, wie sie war, denn ich mochte meinen Kaffee schwarz.

Als sie zwei perfekte Omeletts fertig hatte, die aussahen, als wären sie direkt aus einer Restaurantküche gekommen, legte sie sie auf Teller und wir gingen zum Küchentisch. Wie üblich aß Nora langsam und nahm nur kleine Bissen, während ich mein Frühstück eilig hinunterstürzte und absichtlich darauf verzichtete, sie zu loben, obwohl das Omelett köstlich war.

Es wurde immer schwieriger für mich, ein finsteres Gesicht zu machen, da sie das süßeste Mädchen war, das ich je getroffen hatte, besonders wenn sie sich benahm. Als ich mein Handy aus meiner Tasche zog, begann ich zu glauben, dass die nächsten Tage vielleicht doch nicht so schlimm werden würden.

Ich wusste, dass Lebensmittelgeschäfte auch Lieferungen nach Hause anboten, und war dabei, über das damit verbundene Risiko nachzudenken. Das Letzte, was ich wollte, war, dass ich mit der Adresse meiner Eltern in Verbindung gebracht werden konnte, was im Wesentlichen ein zukünftiges Alibi unmöglich machen würde.

Ich sah über den Tisch und dachte darüber nach, Nora nochmal allein zu lassen, entschied mich aber schnell dagegen. Sie würde bei mir bleiben, egal was passierte. Zusammen in Handschellen einkaufen zu gehen schien mir allerdings auch keine gute Idee zu sein.

Als sie mit dem Essen fertig war, scrollte ich durch den Online-Shop für Lebensmittel und packte dies und das in meinen virtuellen Warenkorb, während ich in Gedanken ein Menü mit

Dingen zusammenstellte, die ich kochen konnte. Als ich fertig war, kaute Nora ihren letzten Bissen. Sofort erhielt ich eine E-Mail-Benachrichtigung, aus der hervorging, dass meine Lebensmittel in dreißig Minuten oder weniger vor meiner Tür sein würden. Willkommen im einundzwanzigsten Jahrhundert.

„Ist alles in Ordnung?“, fragte Nora und blickte kaum von ihrem jetzt leeren Teller auf.

„Ja.“

„Ging es um deine Belohnung für mich?“, fragte sie und erwischte mich unvorbereitet. Als ich sie nur verwirrt ansah, fuhr sie fort.

„Ich habe nur versucht, eins und eins zusammenzuzählen. Du sagst, du entführst mich als Mittel zum Zweck, aber ich spüre, dass du zumindest ein wenig meine Gesellschaft genießt.“ Sie sah mich an und ich presste meine Zähne zusammen, um mein Pokerface beizubehalten.

„Dann sagtest du, es sei für jemand anderen, was ich dir glaube, weil du überhaupt nicht die Art von Kerl zu sein scheinst, der herumläuft und einfach Mädchen entführt. Ich meine, du machst das hier offensichtlich alles relativ spontan.“

Sie hob ihr Handgelenk an, um die Handschellen zu zeigen, als ob das ein Beweis wäre.

„Dann dachte ich, warum sollte jemand in der Lage sein, dich davon zu überzeugen, das zu tun? Du scheinst ein kluger Kerl zu sein, also musst du wissen, in wie viel Ärger du bei so etwas geraten wirst. Deine Nägel sind manikürt, du fährst ein Luxusauto und du hast offensichtlich ein zweites Haus, das du nie benutzt. Es kann nicht um Geld gehen.“

„Und wenn es also kein Geld ist, was könnte dich dazu bringen, dein Leben und deine Freiheit für jemanden zu riskieren, den du nie zuvor getroffen hast? Es scheint alles nur so…“, begann sie den Satz, doch dann unterbrach sie sich selbst und ich schlug meine Faust so heftig gegen den Tisch, dass sie aufsprang und meinen Kaffeebecher fast verschüttete.

„Es reicht jetzt!“, schrie ich, genervt von den endlosen Theorien. Sie war viel klüger, als ich erwartet hatte, und es war nervig, darüber nachzudenken, wie die Dinge laufen könnten mit allem, was sie über mich und mein Leben wusste.

Es klingelte an der Tür und sie sah mich mit einer Mischung aus Aufregung und Überraschung an. Sie dachte, sie könnte gerettet werden, aber da irrte sie sich zutiefst.

„Die Lieferung ist hier. Und wenn du ein Wort sagst, wirst du es bitter bereuen. Dafür werde ich sorgen“, warnte ich sie und starrte ihr tief in die Augen, als ich die Handschellen öffnete. Nora nickte langsam und zeigte die Angst, die ich so liebte, in ihren Augen.

Ich zog an ihrem Arm, befestigte sie am Herd und starrte sie noch eine Sekunde lang an, um zu sehen, ob sie sich auch wirklich benehmen würde. Als ich mir sicher war, ging ich zur Tür.

„Hallo. Das wären vierundfünfzig Dollar und siebzig Cent“, sagte der junge Mann, der das Essen lieferte, als ich die Tür öffnete. Er war jung und neugierig und ich zog die Haustür zu, als ich bemerkte, dass er in das Haus blickte.

Als ich die vordere Veranda betrat, griff ich in meine Hosentasche, holte drei Zwanzig-Dollar-Scheine heraus und hielt sie dem Lieferboten hin.

„Danke.“ Er nahm das Geld mit einem Anflug von Scham auf seinem Gesicht an.

„Nichts zu danken“, antwortete ich knapp und drehte mich um.

„Danke für das Trinkgeld!“, rief er mir hinterher, aber ich war schon auf halbem Weg ins Haus, schloss leise die Tür hinter mir. Dann brachte ich die Einkäufe in die Küche und kettete Nora wieder an mich an. Es war Zeit, ins Bett zu gehen.

Kapitel Fünfundzwanzig

Hunter

Mittwoch

Nora starrte mich mit einer seltsamen Emotion in ihren Augen fragend an.

„Es ist Schlafenszeit", sagte ich mit aller Entschiedenheit und hoffte, so ihrem unvermeidlichen Fragenschwall zuvorzukommen.

Glücklicherweise diskutierte sie nicht, drehte sich einfach auf ihre Seite und kuschelte ihren kleinen Körper in meine Nähe, wie sie es in der Nacht zuvor auch getan hatte. Ich schaltete das Licht aus, bevor ich mich auf meine Seite des Bettes legte. Ich hatte darauf gewartet, dass es dunkel genug wurde, um die Nacht einzuläuten.

So viel Zeit mit Nora zu verbringen hatte es schwer gemacht, den Tag zu überstehen. Mein Schwanz war seit dem gemeinsamen Duschen mit ihr hart gewesen und im Geheimen zählte ich bereits die Stunden, bis ich sie wieder nackt sehen konnte.

Zu wissen, dass sie kein Höschen anhatte, war in vielerlei Hinsicht ein unfairer Nachteil gewesen, denn ich konnte mich nicht davon abhalten, ihre weiche Haut anfassen zu wollen.

Nora war nicht wie die Frauen, mit denen ich mich in meiner Vergangenheit getroffen hatte. Jeder, der mich kannte, würde sagen, dass ich einen speziellen Typ hatte, und Nora gehörte nicht dazu. Ich bevorzugte Models, groß und arrogant. Ich mochte die Art von Frau, die wusste, dass sie jeden Mann der Welt haben konnte, und deshalb so tat, als wären alle unterhalb ihres

Niveaus.

Nora war nicht so. Sie war schlank trotz ihrer Kurven. Ich war einen Kopf größer als sie und sie war dünn, wenn man ihre vollen Brüste und den süßen Arsch außer Acht ließ. Sogar ihr Haar war anders als das, was ich normalerweise bei Frauen bevorzugte, denn ich ging immer mit Blondinen aus und blieb diesem Stereotyp treu. Ich war nie mit einer Frau wegen ihrer Persönlichkeit oder Intelligenz ausgegangen. Ich arbeitete mit genug Frauen, die dachten, sie wären schlauer als Männer.

Nora war das genaue Gegenteil von allem, was ich normalerweise suchte. Plötzlich fing sie an, sich im Schlaf zu bewegen. Ich zog sie nah an mich heran und sie passte sich an die Form meines Körpers an und legte ihr Bein über meine Taille. Sie war an ihrem Handgelenk an mich gefesselt und jetzt war ich unter ihrem dünnen Bein gefangen. Ich hasste es, wie sehr ich es genoss.

Sie war nahtlos von meiner Gefangenen zu Nora übergegangen, und das war ein gefährlicher Übergang. Ich musste mich zwingen, mich an meine Pflicht zu erinnern, aber das führte immer dazu, mich zu fragen, warum jemand überhaupt wollen könnte, dass sie entführt wurde. Sie war weit davon entfernt, ein schlechter Mensch zu sein, und ich fand es schwierig zu glauben, dass sie jemals jemanden in ihrem Leben verletzt hatte. Sie war einfach zu süß.

Und sie war Sozialarbeiterin, was ihr einen besonderen Platz in meinem Herzen eingebracht hatte, weil sie wusste, wie sehr Kinder Schutz brauchten. Ihr Pflegeheimplan weckte eine Menge Schuldgefühle in mir. Ich wollte nicht der Grund sein, warum alles schief ging, aber ich hatte einen Job zu erledigen, um mein eigenes Leben zu retten.

Ich wollte helfen, aber was konnte ich tun, um sie zu retten? Dann fiel es mir wie Schuppen von den Augen – in all der gemeinsamen Zeit hatte Nora die Gelegenheit genutzt und sich entschieden, so viel wie möglich zu fragen, um ihre Situation besser zu verstehen. Ich hingegen hatte mich überhaupt nicht nach ihrem Leben erkundigt. Vielleicht war sie auch ein Drogenboss mit der Hoffnung, ihre Pflegekinder in Soldaten ihrer eigenen Straßengang zu verwandeln.

Der Gedanke ließ mich auflachen und sie erschrak im Schlaf. Ich wickelte meinen Arm um sie, zog sie näher zu mir heran und beobachtete ihr friedliches Gesicht, während sie ruhig schlief.

Ich schüttelte den Kopf und versuchte mich von den lächerlichen Gedanken zu befreien, die mir in den Sinn kamen. Ich konnte mich nicht in meine Gefangene verlieben; das ergab keinen Sinn. Sie sollte nur noch ein paar Tage Teil meines Lebens sein und dann würde mein Leben ohne sie weitergehen. Es gab keinen Grund, sich zu verschließen, aber ich merkte, dass ich sie jeden Tag, den wir zusammen verbrachten, mehr und mehr mochte.

***

Nora weckte mich auf, als sie das Badezimmer benutzen musste. Das Sonnenlicht erfüllte das ganze Schlafzimmer und ich sah auf die Uhr auf dem Nachttisch – ich hatte verschlafen.

„Es tut mir leid. Ich habe versucht zu warten, so lange ich konnte, aber ich muss wirklich dringend", bat sie in ihrem besorgten Tonfall.

Langsam schluckend sah ich auf mein Morgenholz hinunter, bevor ich sie ins Badezimmer begleitete, die Handschellen löste und die Tür hinter mir schloss.

Nora rannte zur Toilette, pinkelte bestimmt fünf Minuten lang. Als sie zurückkam, nickte ich in Richtung Dusche und sie zog sich ohne einen Ton von sich zu geben aus. Als ich ihr in die Dusche folgte, machte ich den Fehler, auf ihren Arsch zu schauen.

Sofort wurde mein Schwanz steinhart und wollte sie verzweifelt gegen die Wand drücken, ihre Beine spreizen und an ihren Doppel-Ds lutschen, bis sie mich anflehte, sie zu ficken. Gott, ich wollte es so sehr, aber das Letzte, was ich brauchte, war, die Situation noch komplizierter zu machen. Also beobachtete ich, wie sie schweigend die Seife über ihrem ganzen Körper verteilte.

Als ich mich selbst wusch, fühlte ich ihre Augen mich beobachten und sah sie sogar mehr als einmal auf meine Latte blicken. Da war Lust in ihren unschuldigen Augen und ich wusste, dass sie noch nie so gefickt wurde, wie ich sie ficken würde.

„Ich bin fertig. Darf ich rausgehen?“, fragte sie und blickte auf den Boden.

„Bleib da, wo ich dich sehen kann“, wies ich sie an und ging zur Seite, damit sie hinausgehen konnte.

Kurz bevor sie an mir vorbeikam, legte ich meine Hand auf ihren flachen Bauch und ihr ganzer Körper spannte sich an.

„Mach keine Dummheiten“, flüsterte ich mit meinem Mund ganz nahe an ihrem Ohr. Sie nickte und ich erlaubte ihr, die Dusche zu verlassen. Mein Schwanz schmerzte schon, so hart war meine Erektion.

Durch das beschlagene Glas beobachtete ich, wie ihre Silhouette sich bewegte und ich nahm meinen Schwanz in die Hand, um eine kleine Erleichterung zu spüren, bevor ich das Wasser kalt aufdrehte. Es war das Einzige, was mich runterbringen konnte. Tief seufzend fühlte ich, wie der Druck nachließ und mein Schwanz in meiner Hand weicher wurde, als das kalte Wasser über meinen Körper floss.

Wir zogen uns in verschiedenen Ecken des Raumes an und ich war dankbar für ihre Ruhe. Je weniger sie sprach, desto weniger wurde ich dazu verleitet, sie dazu zu bringen, meinen Namen zu schreien.

Als wir im Schlafzimmer fertig waren, legte ich uns wieder Handschellen an und führte uns zum Frühstück in die Küche. Nora machte wieder Omeletts und ich machte Kaffee.

Wir waren gerade mit dem Essen fertig und tranken gemütlich unseren Kaffee, als ich beschloss, dass es an der Zeit war, mit dem Verhör zu beginnen. Nora erschrak, als ich ihren

Namen rief, aber als sie mich ansah, sah ich nicht die Angst, die ich gewohnt war, in ihren Augen zu sehen.

„Woher kommst du?“, fragte ich und drehte mich so direkt zu ihr um, wie es die Handschellen erlaubten.

„Hier.“ Sie hielt inne, bevor sie hinzufügte: „Chicago. Ich bin aus Chicago.“

„Und was ist mit deiner Familie?“

„Ich erinnere mich nicht einmal wirklich daran. Meine Mutter starb, als ich noch sehr jung war, und mein Vater wollte nie etwas mit mir zu tun haben. Ich bin ein Waisenkind wie es im Buche steht, Mister.“

„Du sagtest, du bist in einem Waisenhaus aufgewachsen, oder?“ Ich erinnerte mich an etwas, was sie zuvor zu mir gesagt hatte, etwas, das sich weigerte, meinen Kopf zu verlassen, seit ich es gehört hatte.

Welche Art von Mann könnte jemals vor einer so süßen Tochter wie Nora davonlaufen? Und wie konnte sich ein Mädchen, das in einem Waisenhaus aufgewachsen war, jemals als so unschuldig und liebenswert erweisen? Die Leute, die ich kannte, die harte Kindheiten gehabt hatten, waren rau, eben die Art von Leuten, denen man im Dunklen nicht begegnen wollte. Aber Nora war nicht so.

„Ja, deshalb will ich meine eigene Pflegefamilie eröffnen. Erinnerst du dich, dass ich dir davon erzählt habe?“, flüsterte sie und ich bemerkte die Angst, die in ihren dunklen Augen auftauchte.

„Ich erinnere mich. Hattest du schon mal Pflegekinder?“, fragte ich und versuchte herauszufinden, wie ihr Leben ausgesehen hatte, bevor ich sie entführt hatte.

„Nicht langfristig, aber ich habe mein ganzes Leben lang mit Kindern gearbeitet. Und ich habe Kinder auf Wochenendreisen mitgenommen, aber meistens habe ich mit Agenturen zusammengearbeitet, um Kinder an Familien zu vermitteln." Sie lächelte.

„Bist du jemals in irgendwelche Probleme geraten? Vielleicht hast du ein Kind dem falschen Mann weggenommen? Vielleicht einem gefährlichen Mann?" Ich versuchte zu verstehen, wie sie sich Feinde gemacht haben könnte, die ihr Schaden zufügen wollten.

„Nein, ich versuche die Familien so weit wie möglich mit einzubeziehen, sofern das Gericht damit einverstanden war."

Es war unmöglich, dass jemand so perfekt sein konnte wie sie und sich trotzdem in einer so schrecklichen Situation wie dieser befand. Sogar ich hatte mir mehr Feinde gemacht, als ich zählen konnte, aber hier saß ich einer Frau gegenüber, die keinen Grund zu haben schien, gefangen gehalten zu werden. Und hier war ich – die Person, die für ihren Albtraum verantwortlich war.

Kapitel Sechsundzwanzig

Nora

Donnerstag

„Es ist nur seltsam, dass du behauptest, keine Feinde zu haben. Denn … doch bist du hier.“ Er fuhr mit seinem Verhör fort und der Zorn stieg langsam in mir hoch.

Hatte er ernsthaft angedeutet, dass ich für meine eigene Entführung verantwortlich war? Wenn ich vorher nicht schon gewusst hätte, dass er ein Arschloch war, wäre ich mir jetzt sicher gewesen. Welche Art von Mann würde eine Frau so quälen, indem er so tat, als wolle er ein Verbrechen aufklären, das eigentlich er selbst beging?

„Ich schätze, du kannst mir eher sagen, warum ich gegen meinen Willen festgehalten werde, als ich.“ Ich blickte ihn kaum an, während ich sprach.

„Also, wenn du keine Feinde hast und du noch nie etwas getan hast, um die Kinder von jemandem wegzunehmen, verstehe ich nicht, warum du in dieser Situation bist, Nora.“ Die Art und Weise, wie er meinen Namen sagte, ließ meinen Magen sich zusammenziehen. Es war zu verführerisch und verlockend; ich musste wegschauen, um zu verbergen, dass ich rot wurde.

Als ich mich schließlich wieder zu ihm umdrehte, starrte er mich an, aber nicht mit Wut – es war eher Neugierde. Das verwirrte mich.

Was könnte er über mich wissen wollen? Und war es nicht etwas zu spät, Fragen zu stellen, nachdem er mich bereits von zu Hause entführt hatte? Es war ein schrecklicher und endloser Kreislauf von Lust und Angst und ich war es leid, sein Spiel mitzuspielen.

Ich beobachtete ihn dabei, wie seine Zunge aus seinem Mund hervortrat und über seine Lippen leckte. Ich musste meine Oberschenkel zusammendrücken, um die Spannung zwischen meinen Beinen zu verringern. Er war so sexy, jetzt wo er diese gottverdammte Maske nicht mehr trug.

Seine Brust zeichnete sich durch sein Hemd ab, halb von den Muskeln und halb von den Erinnerungen aus meinem Gedächtnis. Das Duschen mit ihm war zu einer gefährlichen Routine geworden und heute Morgen hatte ich bemerkt, wie steif er gewesen war. Insgeheim hoffte ich, dass ich der Auslöser für eine solche Reaktion gewesen war.

Sein Schwanz war so hart und groß, dass ich auf die Knie fallen wollte, ihn von den Eiern bis zur Spitze lecken und die Rollen wechseln wollte, sodass er mir wie ein Sexsklave zu meinem Vergnügen zur Verfügung stand.

Ich schüttelte den Kopf und zwang mich, mir die wilden Gedanken aus dem Kopf zu schlagen. Wie konnte ich mich nach einem Mann sehnen, der mir Schaden zufügen wollte? Gerade in diesem Moment beschloss ich, dass ich nichts zu verlieren hatte. Ich musste wissen, wie weit er bereit war, zu gehen, und ich war mir sicher, dass er mir nichts antun konnte, wovon ich ohnehin nicht schon träumte.

„War dein Waisenhaus in einer schlechten Gegend?“, fragte er und rieb sich an seinem Kiefer, an dem schon wieder kleine Bartstoppeln zu sehen waren.

Ich stand auf und atmete kurz durch, bereit, ihn an seine Grenzen zu bringen. Es war ein Test, einer, den ich vielleicht nicht bestehen würde, aber ich musste es versuchen. Mein ganzer Körper war voller Angst und meine Beine und Hände zitterten.

„Ich bin es leid, zu reden. Ich möchte gehen und mein Buch lesen.“ Ich versuchte so lässig wie möglich zu klingen, aber der Ausdruck auf seinem Gesicht machte es schwierig.

Seine Augen verengten sich zu Schlitzen, er starrte mich wütend an, aber ich starrte trotzig zurück. Er zerrte grob an den Handschellen und stellte sich direkt vor mich.

„Es ist mir scheißegal, was du willst. Ich habe hier das Sagen oder hast du das bis jetzt immer noch nicht verstanden?“ Er sprach durch seine zusammengepressten Zähne, als er mich so nah an sich heranzog, dass zwischen unsere Körper nicht einmal ein Blatt Papier gepasst hätte.

Ich konnte die Umrisse seiner harten Brust an meinem Kinn spüren. Seine Bauchmuskeln drückten gegen meine Brüste und die Beule in seiner Hose berührte gerade so meinen Bauch. Er war so groß und stark, seine Augen verlangten so sehr nach mir. Er wollte mich unbedingt und ich war verärgert darüber, wie sehr ich ihn auch wollte.

Aber könnte er mich überhaupt ficken? Wenn er mich zu jemand anderem bringen müsste, gäbe es einen guten Grund, warum er sich bisher seinen offensichtlichen Trieben widersetzt und sich geweigert hatte, mit mir intim zu werden.

Es war ein noch riskanterer Zug, aber ich musste es wissen. Also legte ich meine Arme um seinen Hals und nahm sein an mir befestigtes Handgelenk mit. Als ich mein Becken an seins stoßen ließ, rieb ich mich an ihm, sah ihm tief in die Augen und schlug heftig mit den Wimpern.

„Warum musst du die ganze Zeit so gemein sein?“, fragte ich leise.

Er starrte mich an, aber ich bemerkte, wie sich sein Kiefer ein wenig lockerte, als er seine freie Hand auf meine Hüfte legte, um mich noch näher an sich zu ziehen. Er drückte mein Becken so stark gegen seins, dass es fast weh tat. Er starrte mich an, bevor er sprach.

„Was machst du da?“, knurrte er. „Versuchst du, mich zu verführen?“

Ich versuchte einen Schritt zurück zu machen, aber seine Hand packte immer noch meine Hüfte. Seine eine Hand fühlte sich stärker an als mein ganzer Körper und ich war starr vor Angst, unsicher, was ich als Nächstes tun sollte.

„Antworte mir!“, bellte er.

„Äh, nein“, wimmerte ich, aber meine Brüste sangen ein anderes Lied und ich drückte meine steifen Nippel an seine Bauchmuskeln. Etwas an der Angst, vermischt mit meinem starken Wunsch, ihm zu gefallen, sorgte dafür, dass mein Körper dumme Entscheidungen traf.

Seine Hand ließ meine Hüfte los und ich konnte immer noch den Griff spüren. Ich war sicher, dass er einen blauen Fleck hinterlassen würde. Langsam machte er sich auf den Weg zu meiner Kehle und legte seine Finger um meinen Hals.

„Denkst du, ich lasse dich gehen, wenn du mich dich ficken lässt?“, fragte er mit einem arroganten Grinsen.

„Was?“ Es war alles, was ich herausbekam. Mein Körper reagierte auf eine Weise, die ich nicht verstehen konnte.

„Verstehst du nicht, dass du mir gehörst?“ Seine Hand glitt zum Ausschnitt meines Kleides hinunter. Langsam öffnete er die Knöpfe mit seiner freien Hand, bis meine vollen Brüste aus dem Stoff fielen. Er starrte auf meine steifen Brustwarzen und leckte mit der Zunge wieder so über seine Lippen, dass meine Muschi anfing zu pochen.

„Ich nehme mir von dir, was auch immer ich will.“ Er umkreiste meine Brustwarze mit seiner Fingerspitze, bevor er sie so fest drückte, dass ich vor Schreck aufschrie.

„Halt den Mund!“, knurrte er und ich atmete scharf ein. Adrenalin schoss in einer Weise durch mich hindurch, wie ich es noch nie zuvor erlebt hatte. Ich nickte langsam und konnte kein Wort sprechen.

Ohne unseren Blickkontakt zu unterbrechen, senkte er seinen Kopf zu meiner Brust und fuhr mit seiner Zunge über die

Brustwarze, die durch seinen Atem noch steifer wurde. Das weiche und feuchte Gefühl war ein willkommener Kontrast zu den Schmerzen. Dann saugte er meine Brustwarze sanft an und starrte mir immer noch in die Augen. Ich atmete immer schneller, so wie er mir zusah, wie er mich mehr anmachte, als mir lieb war.

Ohne Vorwarnung nahm er meine Brustwarze zwischen seine Zähne und biss sanft zu. Es war alles zu viel, und ich spürte, wie meine Knie schwach wurden. Bevor ich jedoch fallen konnte, war seine freie Hand unter meinem Kleid und massierte meine Klitoris.

„Oh Gott!", schrie ich.

„Halt deinen verdammten Mund!", knurrte er und schob zwei Finger in mich hinein. Ich war so nass, dass ich spürte, wie die Feuchtigkeit über mein Bein lief, als er tiefer und tiefer eindrang. Er drückte mich zurück auf den Tisch und krümmte seine Finger, um meinen G-Punkt zu massieren.

Ein leises Stöhnen entkam mir und ich sah, wie sehr es ihn anmachte. Ich schloss die Augen und versuchte, das Vergnügen auszublenden. Ich wollte es nicht genießen; es war so falsch, aber ich konnte mich nicht dagegen wehren. Ich war Sekunden von einem Orgasmus entfernt und wenn er zusah, machte es alles noch intensiver. Ich öffnete meine Augen, um zu sehen, wie er mich beobachtete und die Reaktion auf meinem Gesicht ablas.

Es war der erotischste Moment meines Lebens, wie er zusah und mich beobachtete, während er mich mit Leichtigkeit befriedigte. Mein Körper brach in einem Orgasmus aus und ich biss mir auf die Unterlippe, um den Schrei zu unterdrücken.

Mein Entführer zog seine Finger aus mir heraus und legte sie mit einem selbstgefälligen Grinsen auf meinen Mund. Ich leckte seine Finger ab und schmeckte meine eigene Feuchtigkeit, während ich daran saugte. Es schien ihn zu überraschen.

„Soll ich dich ficken?", fragte er.

„Was auch immer du willst." Ich hörte mich die Worte sagen, obwohl ich mir selbst keine Erlaubnis dazu gegeben habe. Was hatte ich gesagt? Wer war ich? Ich war so erregt, dass mein Körper statt meines Verstandes entschieden hatte, einen weiteren Orgasmus zu wollen, während ich darum kämpfte, wieder Luft zu bekommen.

Kapitel Siebenundzwanzig

Hunter

Donnerstag

Ich wollte aufhören, weil ich wusste, dass es falsch war. Es gab nichts Gutes daran, den nächsten Schritt zu wagen, aber das Gefühl ihrer Feuchtigkeit an meinen Fingern war so elektrisierend, dass ich mehr von ihr wollte – ich brauchte mehr von ihr. Mein Schwanz war hart genug, um damit Nägel in Bretter schlagen zu können. Er musste aus meiner Jogginghose befreit werden.

Jetzt sagte sie mir, dass ich alles haben könnte, was ich wollte, und das war bereits mehr als offensichtlich. Sie war mein, und die Macht, die sie mir gab, war berauschend. Sie gehörte mir, ich konnte mit ihr machen, was ich wollte, und nichts würde mir mehr gefallen, als sie zu nehmen.

Bevor ich antworten konnte, setzte ich sie zurück auf den Tisch und benutzte meine freie Hand, um meine Jogginghose gerade so weit herunterzuziehen, dass mein Schwanz zum Vorschein kam. Ich schob die selbstbelehrenden Worte zur Seite, glitt in ihre nasse Pussy hinein und hatte das Gefühl, sofort kommen zu müssen.

Ich wollte ihre Feuchtigkeit wieder spüren, also spannte ich meinen Bauch an und drückte mich in sie hinein und wieder heraus. Sie konnte ihren Schock nicht verbergen, aber es war mir egal. Ich hörte gerne ihr Ächzen und Stöhnen. Sie war so eng, dass ich sie zuerst mit ein paar Stößen dehnen musste. Sobald sie locker war und sich meiner vollen Größe angepasst hatte, entspannte sich ihr Körper und ich ließ meine Hand auf ihren Kitzler gleiten.

Mit kreisförmigen Bewegungen rieb ich an ihrer Knospe, bis sie wieder explodierte, diesmal mit meinem Schwanze in ihr drin, und sie übte enormen Druck auf mich aus, als sie ihren Höhepunkt erreichte. Das war mehr, als ich aushalten konnte. Ich rammte sie noch dreimal hart, bevor ich ihn herauszog. Ich packte ein letztes Mal fest zu, bevor warmes, cremiges Sperma auf ihren Bauch schoss.

„Fuck!", knurrte ich mit geschlossenen Augen und melkte jeden Tropfen, den sie verdient hatte.

Als ich meine Augen öffnete, erschrak ich. Sie starrte mich entsetzt an, ihr Gesicht blass, und ihr Körper vor Angst zitternd. Was zum Teufel hatte ich getan? Ich fühlte mich schuldig und zog schnell meine Hose hoch, bevor ich sie vom Tisch hob.

Sie kämpfte nicht gegen mich, aber ich fühlte, wie angespannt ihr Körper war, als ich die schmale Treppe hinaufging, bis ich die zweite Etage erreichte. Ich betrat das Schlafzimmer und ging sofort ins Badezimmer, um ihr ein Bad einlaufen zu lassen.

Ich griff in meine Tasche, holte die Schlüssel heraus und öffnete die Handschellen, bevor ich Nora allein im Badezimmer zurückließ. Ich wusste nicht, was ich sonst noch tun sollte. Sie kletterte ins Badewasser, als ich mich umdrehte, um die Tür hinter mir zu schließen.

Ich ging zum Bett und setzte mich auf den Rand, legte meinen Kopf in meine Hände und versuchte, das Geschehene zu verarbeiten. Ich wollte sie nur nach ihrer Vergangenheit fragen, um besser zu verstehen, warum sie überhaupt ins Visier genommen wurde. Ich hatte nicht vorgehabt, sie zu ficken, aber es war unmöglich, das Geschehene jetzt zu bereuen.

Ich war noch nie so schnell oder so hart in meinem Leben gekommen und ich hatte schon eine Menge Frauen gehabt. Sie war so eng und nass, und zu wissen, dass sie völlig unter meiner Kontrolle stand, machte es nur noch erotischer. Sie gehörte mir. Gott, hatte sich das gut angefühlt.

Noras Schluchzen aus dem Badezimmer unterbrach meine Gedanken und ich ging zur Tür, um sie zu trösten. Mit der Hand am Türknauf fragte ich mich, was ich sagen oder tun würde, bevor ich mich selbst davon abhielt. Ich würde sie nicht trösten können, also kehrte ich zum Bett zurück und versuchte, das leise Wimmern ihrer Tränen auszublenden.

Was war mit mir passiert? Warum war es mir wichtig, wie sie sich fühlte, und warum hatte ich überhaupt den Gedanken, sie zu trösten? Sie war meine Gefangene, aber es war eine Lüge, so zu tun, als wäre das alles, was ich für sie empfand. Ich wollte sichergehen, dass es ihr gut ging, denn im Laufe unserer gemeinsamen Tage war etwas zwischen uns gewachsen.

Nach dem, was passiert war, gab es keine Möglichkeit, zu dem zurückzukehren, was wir vorher waren. Die Dinge waren jetzt kompliziert, die Zukunft ungewiss. Wie konnte ich sie nach dem, was ich getan hatte, ohne Reue an meine Erpresser übergeben?

Dann kehrten meine Gedanken zu unserem Gespräch zurück – oder wohl eher zur Befragung. Sie hatte mir so viele Informationen gegeben, wie ich wollte, aber trotzdem hatte ich keine bessere Vorstellung davon, warum sie in dieser Situation war. Nora hatte das alles nicht verdient und ich hatte nur zu ihrem Albtraum beigetragen.

Ich ging durchs Schlafzimmer und kämpfte darum, meine abschweifenden Gedanken zu verstehen, unfähig, mich zu konzentrieren. Und wieder kam mir der Gedanke, wie ich Nora in der Küche gefickt hatte. Ich wollte schon wieder mehr von ihr, aber ich sagte mir immer wieder, dass es falsch war. Sie war ein Opfer und ich musste mich zurückhalten.

Die Dinge würden nur komplizierter werden, wenn ich diesen Weg weiterging, aber mein Schwanz war schon wieder hart, wenn ich nur an sie dachte. Als ich mich fragte, wie sie sich fühlen musste, drückte ich mein Ohr gegen die Badezimmertür und lauschte nach weiteren Lauten, aber es gab keine.

Das Wasser lief wieder und ich war froh zu wissen, dass sie sich bewegte. Ich griff in die Schublade meines Nachttisches und holte mein Handy hervor, bevor ich durch die verpassten Anrufe und Nachrichten scrollte.

Mein Job ging ohne mich weiter, aber es gab viele Fragen über meine Abwesenheit und meine Kollegen berichteten über den neuesten Klatsch und Tratsch. Meine Assistentin warnte mich vor einer neuen Entwicklung bei der Entlassung eines Partners, aber ich hatte gerade keine Lust, übers Geschäftliche zu reden.

Ehrlich gesagt wollte ich über gar nichts reden, was mit dem Job zu tun hatte. Also beantwortete ich schnell die Fragen meiner Mitarbeiter, stellte sicher, dass meine Fälle auf Kurs waren und wollte kein Geld bei Geschäften verlieren oder Kunden enttäuschen. Aber ich tat es nicht mit dem gleichen Engagement, das ich normalerweise hatte.

Es war das erste Mal, seit ich vor einigen Tagen auf dem Empfang an die Bar gegangen war, dass ich mich um etwas anderes als meine Karriere kümmerte, und das Objekt meiner Begierde saß im Nebenraum in der Badewanne und wusch sich mein Sperma ab. Alles, was mich interessierte, war, wie sie sich fühlte und was mit ihr passieren würde.

War es möglich, dass ich bereit war, alles wegzuwerfen, um ihre Sicherheit zu gewährleisten? Es war ein Ansturm von Schutzinstinkt und Besitzgier, der unangenehm, aber irgendwie zutreffend war. Ich wollte, dass sie mir gehörte, aber ich war mir nicht sicher, was ich bereit war zu opfern, um sie zu haben.

Kapitel Achtundzwanzig

Nora

Donnerstag

Meine Tränen vermischten sich solange mit dem Badewasser, bis es anfing kalt zu werden. Endlich hatte ich ein wenig Privatsphäre, um zu verarbeiten, was zwischen uns passiert war. Ich hatte ihn provoziert und er hatte seine Chance ergriffen.

Ich hätte nie gedacht, dass es mir so viel Spaß machen würde. Seine Hände auf meinem Körper fühlten sich schon unglaublich an, aber sein Mund war noch besser. Unter seiner Kontrolle zu sein war in gewisser Weise befreiend, zumal er so darauf stand, mich so geil zu sehen, dass er dafür gesorgt hatte, mich zweimal zum Höhepunkt zu bringen. Das hatte ich noch nie zuvor erlebt.

Verwirrung war untertrieben für das, was ich fühlte. Ich wusste nicht, wie ich all die widersprüchlichen Gefühle erklären sollte, die mir durch den Kopf gingen. Einerseits wusste ich, dass es falsch war, mit meinem Entführer zu schlafen, aber andererseits fühlte ich, dass da etwas zwischen uns war.

Alles in meinem Kopf wirbelte durcheinander, als ich sein Klopfen an der Tür hörte.

„Ja?“, rief ich, meine Stimme zitterte.

Die Tür öffnete sich langsam und er betrat den Raum. Er sah fertig aus, als würde es ihm genauso schwerfallen, das Geschehene zu verarbeiten, wie mir. Als ich aus der Badewanne stieg, beobachtete ich ihn genau und wartete darauf, was er als Nächstes tun würde.

Er streckte seine Hand zu mir aus und bot mir seine Hilfe an, und ich nahm sie an. Ich stieg aus der Badewanne und wusste, dass er mich beobachtete. Seine Augen wanderten über meinen nackten Körper und ich spürte, wie seine Lust zurückkehrte. Seine Hand rutschte auf meine Hüfte und ich atmete scharf ein. Ich war noch nicht bereit für mehr von ihm.

Er massierte sanft die empfindliche Haut, die bereits blau geworden war, nachdem er mich zuvor so fest gepackt hatte. Ich sah, wie er die Haut eingehend begutachtete und die Fläche seines Daumens in kleinen Kreisen bewegte, während er mich weiter inspizierte. Als er fertig war, gab er mir ein Handtuch und wir sahen uns im Spiegel an.

Für einen Außenstehenden hätten wir wie ein Paar wirken können und für eine kurze Sekunde wünschte ich mir, wir wären es. Er war ein gutaussehender Mann und ich mochte, wie er sich über mich lustig machte, aber das hier war keine Beziehung. Es war eine Entführung, eine Tatsache, an die ich mich immer öfter erinnern musste.

Wieder ließ er mich allein, damit ich mich anziehen konnte. Ich begutachtete mich im Spiegel, bevor ich ins Schlafzimmer zurückkehrte, wo er auf dem Rand des Bettes saß und sehr nachdenklich aussah.

„Was nun?“, fragte ich.

„Lass uns fernsehen“, sagte er. Es klang wie ein Vorschlag, aber ich wusste, dass es alles andere als das war. Also folgte ich ihm ins Wohnzimmer, wo wir uns auf die Couch setzten.

Er schaltete die Nachrichten ein. Ich lehnte mich nach vorne und wartete darauf, dass ein Bericht über meine Entführung gezeigt wurde.

Ich fragte mich, ob jemand inzwischen bemerkt hatte, dass ich vermisst wurde, aber es gab keine Nachrichten von mir auf dem lokalen Sender. Wann immer ich Entführungsgeschichten gesehen hatte, gab es Teams von Freiwilligen, die die Straßen durchkämmten und versuchten, Hinweise zu finden, die zu der vermissten Person führten, aber über mich gab es nichts.

Nach rund einer Stunde stand er auf. „Zeit ins Bett zu gehen.“

Er führte mich ins Bad und wir zogen uns unsere Schlafsachen an. Nebeneinanderstehend putzten wir uns gemeinsam die Zähne. Ohne die Handschellen war es seltsam häuslich und ich fühlte mich noch mehr, als wären wir ein Paar.

„Danke, dass du das Wasser nicht überall verteilt hast.“ Er blickte auf die Badewanne und ich erinnerte mich daran, wie schlecht ich mich vorhin gefühlt hatte.

Er hielt inne, als würde er sich an etwas erinnern und abwägen, ob er es mit mir teilen sollte oder nicht. Dann, zu meiner Überraschung, sprach er.

„Als ich jünger war, habe ich in der Wanne immer Chaos angerichtet. Ich tat immer so, als wäre ich ein Taucher. Meine Mutter wurde so wütend.“ Er lächelte, als ob er sich die Situation gerade vorstellte, bevor er weitermachte.

„Aber eines Tages schwappte die Wanne über. Meine Mutter rastete völlig aus und verbot mir, ihre Badewanne jemals wieder zu benutzen, also musste ich ab diesem Zeitpunkt immer duschen."

Er fuhr unbeirrt mit seinem abendlichen Ritual fort, als ob er nicht plötzlich mehr über sich selbst verraten hätte, als er es je zuvorgetan hatte. Ich war hin und weg. Hatte er gerade verraten, dass dies das Haus war, in dem er aufgewachsen war? Es würde Sinn machen, warum er den Ort und die Nachbarschaft so gut kannte. Es war offensichtlich, dass dies nicht sein normales Haus war; es war kaum möbliert, aber es war klar, dass er damit sehr vertraut war.

„Hier bist du aufgewachsen?“, fragte ich mich laut.

Sein Gesicht rötete sich, als ob er gerade erst bemerkte, dass er einen Fehler gemacht hatte, mehr von sich preiszugeben, als er beabsichtigt hatte.

Kapitel Neunundzwanzig

Hunter

Donnerstag

Die Zeit lief.

Morgen würde ich Nora aushändigen müssen und ich musste über all diese Gefühle hinwegkommen, die in meinem Bauch wie ein Schwarm Schmetterlinge herumflatterten. Ich konnte sie nicht retten. Ich hatte ihr schon jetzt zu viel von mir verraten. Das war gefährlich.

Ihr Körper fühlte sich gut an, meinem so nah, und ich streichelte ihr Haar, während wir nebeneinander lagen.

„Ich will nicht gehen", flüsterte sie und mein ganzer Körper verkrampfte sich.

Ich wollte auch nicht, dass sie ging, aber was sollte ich tun? Es lag nicht an mir.

Plötzlich drehte ich sie ohne Vorwarnung auf ihren Rücken und zog mich auf sie. Erregung durchfuhr mich, als sie mit ihren großen braunen Augen zu mir aufblickte. Ihr Blick drückte pures Verlangen aus.

Ich zögerte kurz, doch dann entschied ich, dass es jetzt oder nie war. Sie würde morgen ausgeliefert werden und ich würde sie wahrscheinlich nie wiedersehen. Ich lehnte mich vor und küsste sie.

Sie strampelte mit ihren Beinen, aber ich küsste sie weiter, und schließlich gab sie nach und stöhnte in meinen Mund, während ich ihre Zunge liebkoste. Der minzige Geschmack ihres Mundes und die Art und Weise, wie sie mit mir spielte, mit ihren Zähnen vorsichtig auf meine Zunge biss, ließ mich schnell hart werden.

Sie war so mühelos verführerisch. Allein die Tatsache, dass sie unter mir gefangen war, brachte sie auf Touren. Ich hob ihre Hüften an und drückte ihr Becken in Richtung meiner Erektion.

„Ich weiß, was du willst", raunte ich sie an und fuhr mit meinen Fingern über ihren Oberschenkel.

Sie war so nass, dass ihr ganzer Oberschenkel feucht war, und je näher ich an ihre Muschi kam, desto weiter spreizte sie ihre Beine.

„Ich werde es dir besorgen, bis du es nicht mehr aushalten kannst", warnte ich sie und ihre Augen wurden noch größer.

Mit meinen Knien drückte ich ihre Beine nach außen und sie schluckte langsam, als ich in ihrer süßen, engen Muschi versank. Sie fühlte sich unglaublich an, noch besser, als ich es in Erinnerung hatte. Das Bett machte es einfacher und ich streckte ihr Bein mit meiner freien Hand nach oben und spreizte ihre Muschi, um mehr Platz für meinen riesigen, harten Schwanz zu schaffen.

„Ahh!", schrie sie und ich stieß tiefer in sie hinein und wollte spüren, wie tief ich vordringen konnte.

„Entspann dich", wies ich sie an, aber sie beruhigte sich nicht.

„Nora!" Ich knurrte und stieß weiter zu. Meine Hüften fanden einen stetigen Rhythmus und es wurde leichter, in sie hinein- und herauszugleiten.

„Ja!" Sie entspannte sich schließlich, doch es wirkte als würde sie sich zurückhalten müssen, um nicht durchzudrehen.

„Halt dich hier fest und lass nicht los", befahl ich und legte ihre Arme um meinen Hals. Als ich sie vom Bett hob, hielt ich sie mit meinem einen freien Arm fest, damit ich ihren Körper so kippen konnte, um genau die Stelle zu treffen, von der ich wusste, dass sie sie sicher verrückt machen würde.

Ihr Mund war so nah an meinem Ohr, dass ich ihren Atem hören konnte, ihr Körper spannte sich bei jedem Stoß weiter an. Sie war kurz vor einem Orgasmus und das machte mich an. Sie hatte keine Ahnung, wie viel Vergnügen sie mir bereitete. Ich brauchte nicht einmal zu kommen; ihr Höhepunkt war genug.

Dann explodierte sie um mich herum, ihre enge Muschi presste meinen harten Schwanz zusammen und sie wurde noch feuchter. Bevor sie fertig war, drehte ich sie auf ihren Bauch und zerrte grob an ihren Hüften, um ihren Arsch anzuheben. Ich schoss in sie hinein und schlug so hart auf ihren Arsch, dass der Schlag rote Striemen hinterließ. Das ließ meinen Schwanz noch weiter anschwellen.

„Ahh!“, schrie sie laut, und ich kam weiter in Fahrt.

„Es gefällt dir, Baby. Du weißt, dass es das tut.“ Ich wurde langsamer und hielt ihre Hüfte so fest, dass ich sie zwang, sich weiter für meinen Schwanz zu spreizen. Sie gehörte mir und ich wollte, dass sie Teile von sich spürte, von denen sie nicht wusste, dass sie existierten.

„Ohh!“, stöhnte sie, als ich anfing, in meinem eigenen Rhythmus rein- und rauszugleiten.

Gott, es war unglaublich. Ihr Körper verriet sie. Sie wollte es nicht mögen, aber sie kam wieder, ihre Muschi wurde noch saftiger, als ich mich in sie hinein rammte und meinen dicken Schwanz wieder herauszog. Sie stöhnte so laut, dass ich fast selbst gekommen wäre, aber ich wollte noch länger warten.

Ich befreite eine ihrer Hände und hielt unsere verbundenen Handgelenke hinter ihrem Rücken, während sie die andere dazu benutzte, sich vom Kopfteil des Bettes wegzudrücken und ihren Arsch noch weiter in meine Richtung stieß. Es war so heiß, dass ich wusste, dass ich es nicht mehr lange aushalten konnte.

Ich war erregter als je zuvor und sah zu, wie mein Schwanz in ihre enge Muschi hinein- und herausrutschte. Sie konnte nicht genug bekommen. In der Sekunde, in der ich aus ihr herausrutschte, drückte sie sich für mehr zu mir zurück und vermisste mich schon wieder.

„Sag mir, dass du es willst!“, schrie ich, fickte sie härter und schneller, um selbst zum Orgasmus zu kommen.

Sie blickte über ihre Schulter und beobachtete, wie sich ihr Arsch im Rhythmus zu meinem Schwanz bewegte, wobei jeder Kontakt ein lautes Klatschen erzeugte. Für eine Sekunde schlossen sich unsere Augen und ich fühlte etwas tief in mir, eine Verbindung, die ich noch nie mit einer Frau gespürt hatte.

„Fuck!“, knurrte ich, mein eigener Orgasmus stand unmittelbar bevor, aber ich wollte, dass sie zuerst nochmal kam.

Es war wild. Ich hatte mich bei den Frauen, mit denen ich geschlafen hatte, nie um einen Orgasmus bemüht. Ich hatte mich immer auf mich selbst konzentriert, aber mit Nora war alles anders. Ihr Höhepunkt war sogar noch besser als mein eigener.

„Sag mir, dass du es willst!“, stöhnte ich wieder und packte ihre Hüften noch fester.

Es war verdammt hart und rau, etwas, woran ich noch nie Freude gehabt hatte, aber jetzt konnte ich nicht genug davon bekommen. Sie rutschte mit Leichtigkeit auf und von meinem Schwanz, ihr Körper beugte und spannte sich an. Ich wusste, dass sie nah dran war, und ich war es auch.

Sie kam wieder, diesmal noch härter als beim letzten Mal. Ihre Atmung war intensiv, als hätte sie gerade einen Marathon beendet. Ich schwitzte am ganzen Körper, als ich kurz davor war, zu kommen. Ich hatte immer noch Lust auf sie, aber es war einfach zu viel.

„Sag es mir, Nora!“

„Ich will es! Ja!“, schrie sie und ich war wie berauscht. Ich stöhnte und packte sie fest an ihren Hüften, während ich ihren Arsch ritt und immer wieder tief in ihre Muschi eindrang.

Es war so intensiv, sie zu beobachten, sie zu hören, sie zu fühlen. Meine Sinne waren überwältigt, aber ich wollte nicht, dass es aufhörte. Als ich schließlich in sie explodierte, vergaß ich für einige Momente alles um mich herum.

Kapitel Dreißig

Nora

Freitag

Sex mit ihm war nicht so, wie ich es gewohnt war; die Art und Weise, wie er meinem Körper befahl, sich zu bewegen, war so aufregend. Er ließ es sich gefährlich und verboten anfühlen, was mich in gewisser Weise noch weiter anmachte.

Als er in mir gewesen war, war er völlig von mir fasziniert gewesen und achtete sehr auf meinen Körper, während er mich an Orten berührte, von denen ich nicht wusste, dass ich es mögen würde. Er hatte in der kurzen Zeit, die wir zusammen verbracht hatten, irgendwie mehr über meinen Körper gelernt als jeder andere Mann, den ich kannte.

Jetzt stieß er hart und schnell in mich hinein, nachdem er mir einige intensive Orgasmen beschert hatte. Mein Körper war müde, aber ich wollte, dass er seinen Höhepunkt erreichte. Tief im Inneren wollte ich, dass er in mir abspritzte, obwohl das verrückt war. Ich wollte ihn spüren und eine tiefere Verbindung zu ihm haben.

Er stöhnte laut, als unsere Körper aneinanderstießen. Dann kam er mit einer unglaublichen Wucht und ich konnte spüren, wie seine Beckenmuskeln immer wieder kontrahierten.

Wir keuchten beide vor Erschöpfung, aber wir sprachen kein Wort miteinander. Mir war nicht wirklich danach, mit ihm zu sprechen, aber ich suchte nicht mehr nach der äußersten Kante des Bettes, um mich hinzulegen. Stattdessen kuschelte ich mich in seine Nähe und beugte meine Beine, um mich der Form seines Körpers anzupassen.

Zum Glück stieß er mich nicht weg. Er legte seinen Arm um meine Schulter und zog mich an sich heran, sodass ich schneller einschlafen konnte, als ich zuvor gedacht hatte. Ich dachte, es würde eine weitere lange Nacht werden. Ich hatte es als schwer empfunden, neben ihm zu schlafen, aber diese Nacht war anders. Ich schlief, bevor ich überhaupt bemerkte, dass ich müde war.

Die Sonne weckte mich am nächsten Morgen, aber mein Entführer schlief noch. Es war eine seltene Gelegenheit, ihn ungestört anzusehen.

Ohne den Zorn in seinem Gesicht sah er zwanzig Jahre jünger aus und ich konnte das Kind in ihm sehen, das hier im Haus aufgewachsen war. Er erinnerte mich an eines der Kinder, das ich in einem Waisenhaus sehen würde, ein Kind mit angestauter Aggression und ohne Ventil. Ich stellte mir vor, dass er eine härtere Kindheit gehabt haben musste, als ich dachte.

Als ich ihm beim Schlafen zusah, fragte ich mich, was für ein Tag auf mich zukommen würde. Ich war wund von unseren beiden Begegnungen am Vortag, aber mein Körper wollte noch mehr. Es wäre nicht das Schlimmste, was ich mir vorstellen konnte, wenn er den ganzen Tag im Bett bleiben wollte, und doch wusste ich, wie falsch es eigentlich war. Ich begann, eine tiefe Verbindung zu einem Mann zu spüren, der ein Krimineller war.

Plötzlich begann er, im Schlaf zu zucken, bis seine Augen flatterten. Er lächelte, als seine Augen auf mich trafen, und ich fühlte, wie Schmetterlinge in meinem Bauch flatterten. Das Lächeln verblasste schnell, ersetzt durch ein Gesicht ohne Emotionen, als er sich im Bett aufsetzte, an unseren verbundenen Armen zog und mich ins Badezimmer führte.

Nachdem wir uns gewaschen hatten, gingen wir zurück ins Schlafzimmer, um uns anzuziehen. Ich wählte ein leichtes Kleid aus dem Schrank, das mir gut gefiel.

Der dunkelviolette Stoff klebte an meiner Haut und als ich

in den Spiegel sah, fühlte ich mich zum ersten Mal seit Tagen wieder hübsch. Ich flocht mein Haar zu zwei Zöpfen, setzte mich auf die Bettkante und wartete darauf, wieder in Handschellen gefesselt zu werden. Nach dem vertrauten Klicken gingen wir in die Küche, um zu frühstücken.

Kapitel Einunddreißig

Hunter

Freitag

Ich fühlte mich weiterhin schuldig, als ich ihr in der Küche gegenüber saß.

Sie war den ganzen Morgen lang ruhig gewesen und ich hatte nichts dagegen gehabt. Sie brauchte ihre Zeit, genau wie ich meine, aber was sie dachte war für mich ein völliges Rätsel. Es gab so viel in ihrem Leben, das sich in den nächsten Stunden ändern würde, und es fühlte sich falsch an, dass sie keinen Einfluss darauf nehmen konnte.

Die Dinge wurden von Minute zu Minute unberechenbarer und sie waren alle ein Teil des Kollateralschadens.

„Willst du mehr Kaffee?", fragte sie und ich erkannte, dass ich die warme Tasse Kaffee anstarrte, die vor mir stand.

„Nein, äh, ist schon okay."

Sie schaute mich besorgt an. Verständlicherweise. In ein paar Stunden würde sie an echte Kriminelle ausgeliefert werden.

„Irgendwas scheint nicht in Ordnung zu sein", sagtee sie, als wir das Geschirr abwuschen. Ich wollte ihr sagen, was los war, aber da war ein Kloß in meinem Hals, der mich daran hinderte, die Worte auszusprechen, die auf meiner Zunge lagen.

Sie brauchte einen Helden und ich war alles andere als ein Held. Diese Typen hatten mich in der Hand. Sollte ich allein gegen unbekannte Kriminelle in den Kampf ziehen? Die Vorstellung war absurd.

Doch mein innerer Staatsanwalt wollte keine Ruhe geben. Es musste eine Möglichkeit geben, um sie zu beschützen.

Der einzige Weg, sie zu retten, war, mein Leben, wie ich es kannte, wegzuwerfen und mit ihr auf die Flucht zu gehen.

Natürlich würde das nur funktionieren, wenn sie bereit war, meinem Plan zu folgen und die Stadt zu verlassen. Sie musste ihr Pflegeheim, ihren Plan und ihr bisheriges Leben vergessen.

Als wir ins Schlafzimmer gingen, checkte ich mein Handy. Als ich die SMS las, traf mich der Ernst der Lage noch härter. Meine Erpresser hatten sich gemeldet. Heute Abend sollte es soweit sein.

„Darf ich mein Buch lesen?“, fragte Nora und ich schreckte aus meinen Gedanken auf.

Es gab nichts, was ich sagen konnte, aber ich wusste, dass es etwas gab, was ich tun konnte. Ich hatte schon einmal hartgesottenen Kriminellen dabei geholfen, einer Strafverfolgung zu entkommen. Also konnte ich auch einem unschuldigen Mädchen zur Freiheit verhelfen.

„Ja, komm einfach her.“ Ich bewegte mich auf das Bett zu und setzte mich neben sie, während sie im Rhythmus meiner sich ständig ändernden Gedanken von einer Seite zur nächsten blätterte. Ich wollte ihr helfen, aber gleichzeitig auch meinen eigenen Arsch retten. Wie konnte ich gegen die Beweise vorgehen, die sie gegen mich gefunden hatten?

Die Erpresser hatten klargestellt, dass sie zur Polizei und meiner Anwaltskanzlei gehen würden und mein Geheimnis, das ich schon seit Langem erfolgreich verborgen hatte, lüften würden.

Ein klassisches Dilemma. Ohne nachzudenken zog ich Nora zu mir und die Art und Weise, wie sich ihr Körper an meinem anfühlte, ließ alle Zweifel verschwinden. Sie gehörte mir und ich wusste, dass ich sie retten musste.

„Bitte nicht bewegen“, sprach ich leise, als ich die Handschellen öffnete und sie von meinem Arm befreite.

Sie setzte sich verwirrt auf und beobachtete mich genau, aber es war noch zu früh, um ihr zu sagen, was ich vorhatte. Ihre Augen wurden weit und ich fragte mich, ob das süße Mädchen, das es geschafft hatte, mein kaltes Herz zu erwärmen, in der Lage sein würde, mit dem umzugehen, was ihr bald bevorstand.

Als ich zum Schrank ging, griff ich nach Noras Handtasche, nahm außerdem eine Reisetasche und trug die Sachen ins Badezimmer, bevor ich die Tür hinter mir schloss.

Ich musste sie in Sicherheit bringen, bevor ich etwas anderes tun konnte, doch um ein Flugzeug besteigen zu dürfen, würde sie einen Ausweis benötigen. Als ich ihre Handtasche öffnete, freute ich mich, ihre Brieftasche zu finden. Sie hatte ein paar Kreditkarten, einen Führerschein und sechsundzwanzig Dollar bei sich. Ich würde ihr mehr Geld besorgen müssen, damit sie ein paar Wochen über die Runden kommen konnte.

Mit der Handtasche ging ich zurück ins Schlafzimmer. Nora beobachtete mich genau, das Buch, das sie lesen wollte, lag neben ihr auf dem Bett.

„Was ist los?“, flüsterte sie und sah in ihre Handtasche.

„Hör zu, ich habe einen Plan, aber es wird eine Menge Arbeit von uns beiden erfordern. Wir haben nicht viel Zeit, also müssen wir einige Dinge schnell erledigen.“

Ich starrte ihr in die Augen und suchte nach einem Zeichen dafür, dass sie Blödsinn machen würde. Ich fand keines. Sie war bereit und ich wusste, dass wir es schaffen konnten, wenn wir uns an meinen Plan hielten.

Nickend kam sie dicht an mich heran, ihre rechte Hand lag sanft auf meiner linken. Sie wollte den Plan wissen und ich wollte ihn mit ihr teilen. Wir waren zum ersten Mal im selben Team und das begeisterte mich. Sie gehörte mir und ich wollte sie retten, unabhängig davon, was es für mich bedeutete. Zum ersten Mal in meinem Leben kümmerte ich mich mehr um jemand anderen als um mich selbst.

„Wenn du überleben willst, musst du genau aufpassen. Hast du verstanden?“, fragte ich.

„Ja.“

Es war eine einfache Antwort, aber die Tatsache, dass sie mit ihrer Antwort nicht gezögert hatte, ließ mich wissen, dass sie zu 100 Prozent bei mir war. Ich war bereit, sie zu befreien.

Kapitel Zweiunddreißig

Nora

Freitag

Mein Herz pumpte vor Aufregung. Mein Entführer hatte gesagt, dass er mich befreien wollte, aber was bedeutete das?

„Heute soll ich mich mit einer Gruppe von Kriminellen treffen und dich aushändigen“, begann er und mein Herz legte noch einen Gang zu.

Es ergab für mich immer noch keinen Sinn, dass mir jemand Schaden zufügen oder einen Kidnapper beauftragen würde, der mich von zu Hause entführte. Was hatte ich jemals getan, um so etwas zu verdienen? Ich hatte nie mit Kriminellen rumgehangen und hatte keinen Feind, von dem ich wusste.

„Für ein Lösegeld?“, platzte es aus mir heraus.

„Nein“, antwortete er schlichtweg, aber es klang nicht so kalt wie seine übliche Stimme. Etwas hatte sich geändert und er war anders als der Mann, der mich vor einigen Tagen entführt hatte. Es kümmerte ihn nun, was mit mir passierte.

„Was sollen wir tun?“, fragte ich und meine Hand zitterte. Er hielt meine Hand und sah mir tief in die Augen.

„Ich habe einen Plan, aber du musst genau aufpassen und tun, was ich sage. Kannst du das machen?“ Ich nickte, war aber unsicher, was das bedeuten würde.

„Muss ich jemandem weh tun?“, fragte ich, ängstlich, seine Antwort zu hören.

Er schloss die Augen und senkte den Kopf, was mich nervös machte. Als er aufblickte, gab es eine seltsame Emotion in seinen Augen, die ich nicht lesen konnte. Etwas bedrückte ihn, aber ich war mir nicht sicher, was es war.

„Du verdienst das nicht, Nora. Du bist ein guter Mensch, der anderen helfen will, und ich will nicht, dass du verletzt oder in etwas verwandelt wirst, was du nicht bist. Die Welt braucht mehr Menschen wie dich und ich habe dir schon genug angetan. Du wirst niemanden verletzen müssen und niemand wird dir wehtun, wenn ich es verhindern kann."

Ich nickte, diesmal enthusiastischer, und rutschte bis zur Bettkante vor. Er reichte mir meine Handtasche und die Reisetasche und sagte mir, ich solle noch weitere Klamotten packen. Ich machte so schnell ich konnte, dann nickte ich ihm zu. Er nahm ebenfalls eine Reisetasche an sich, allerdings ohne irgendwelchen Inhalt.

„Auf geht's", sagte er und wir verließen das Haus. Ich folgte ihm in die Garage und setzte mich auf den Vordersitz des BMWs, in dessen Fußraum ich vor einigen Tagen noch gekauert hatte.

Er fuhr zu einer Bank, was mich überraschte, aber ich stellte keine Fragen. Er hatte gesagt, ich solle seinem Plan folgen, und ich wollte genau das tun. Wir stiegen aus dem Wagen und betraten das Gebäude. Er ging mit einer leeren Reisetasche auf den Schalter zu und ich konnte die Besorgnis auf dem Gesicht des Wachmannes sehen. Ich blickte nach unten und versuchte, mich so unauffällig wie möglich zu verhalten.

Als wir es schließlich an das Ende der Schlange schafften, packte mein Entführer meine Hand, bevor er mich zur Kassiererin führte. „Sie möchte ein Bankkonto auf ihren Namen eröffnen", sagte er mit der Hand um mein Handgelenk.

Die Kassiererin lächelte mich an. „Kein Problem. Ich brauche zwei Identifizierungsnachweise."

Ich war fassungslos. Was sollte das hier werden? Ein kurzer Blick in sein Gesicht machte mir deutlich, dass ich jetzt keinen Mist bauen sollte. Also grub ich in meiner Handtasche und holte meine Brieftasche hervor, bevor ich der Kassiererin meinen

Führerschein und meinen Ausweis gab.

Ich konnte seinen Blick auf mir spüren, als ich der Kassiererin dabei zusah, wie sie auf ihrer Tastatur meine Daten eintippte und nach ihrem Drucker griff. Ich musste ein paar Dokumente unterschreiben und dann gab sie mir eine EC-Karte sowie eine Broschüre mit Informationen über mein neues Konto.

„Möchten Sie eine Einzahlung auf das Konto vornehmen, damit Sie es nutzen können? Die Mindesteinzahlung beträgt fünfundzwanzig Dollar“, erklärte sie.

Ich suchte in meiner Brieftasche und versuchte mich daran zu erinnern, ob ich noch Geld hatte, als ich meinen Entführer sprechen hörte.

„Ich möchte 25.000 Dollar von diesem Konto überweisen.“ Er schob eine Karte über den Tisch.

Ich sah ihn schockiert an und die Kassiererin klang genauso verwirrt. „Fünfundzwanzigtausend? Sie müssen nur fünfundzwanzig Dollar einzahlen.“

„Ich weiß. Fünfundzwanzigtausend, bitte“, antwortete er, ohne mich anzuschauen. Ich war sicher, dass ich unvorstellbar rot wurde.

Ich hatte angenommen, er hätte Geld, aber nicht so viel. Welche Art von Person konnte so viel Geld transferieren, ohne mit der Wimper zu zucken? Die Kassiererin begann, wieder auf der Tastatur zu tippen, bevor sie mir eine Quittung gab, die meinen neuen Kontostand anzeigte. Ich sah die Zahl ungläubig an.

„Kann ich noch etwas für Sie tun?“, fragte sie.

„Ja. Ich möchte mein Konto leeren, bitte in bar“, bat mein Entführer und schob seine Karte wieder über den Tisch. Ich konnte seinen Namen nicht erkennen, aber ich sah, dass er mit einem H begann.

„Es tut mir leid, Sir. Für einen so hohen Betrag müssen wir

Ihre Auszahlung in einem Privatzimmer vornehmen. Bitte gehen Sie nach hinten in die Bank und betreten Sie Raum 48."

Sie zeigte auf einen Flur und ich folgte meinem Entführer zur Rückseite der Bank.

Der Raum war klein und mit hochwertigen Möbeln eingerichtet, ein Teil einer Bank, den ich so noch nie zuvor gesehen hatte, aber er schien an diese Art von Behandlung gewöhnt zu sein. Er ging nervös durch den Raum, als ich ihn fasziniert beobachtete. Ich wusste nicht genau, was er tat, aber ich hatte keinen Zweifel daran, dass er es für mich tat.

Bald darauf klopfte es zweimal an der Tür und ein Mann in einer Wachuniform betrat den Raum mit einer Stahlbox. Er stellte die Kiste auf den Tisch und ging so leise, wie er erschienen war. Mein Entführer öffnete die Box und es kam mehr Geld zum Vorschein, als ich je in meinem Leben gesehen hatte.

In Fünftausend-Dollar-Bündeln gesammelt lagen da mindestens hundert Stapel. Er beeilte sich, sie in seine Reisetasche zu stecken, bevor er ein letztes Bündel in meine Handtasche legte, ohne mich überhaupt anzusehen.

„Lass uns gehen." Er nickte, bevor er die Tasche über seine Schulter legte. Ich konnte erkennen, dass sie schwer war, aber da ich wusste, wie stark er war, konnte ich das Gewicht nur erahnen.

Nach der Bank hielt er an einem Supermarkt.

„Du bleibst hier", sagte er, schloss mich im Wagen ein und verschwand im Gebäude. Nach wenigen Minuten war er mit einer Plastiktüte wieder da, die er auf den Rücksitz war.

Danach brachte er mich zu einem Schnellrestaurant. Wir hatten uns gerade hingesetzt, als eine ältere Kellnerin mit einer roten Schürze und einem kleinen Notizbuch an unserem Tisch erschien.

„Sind Sie bereit zu bestellen?", fragte sie.

„Ja. Was willst du, Nora? Du musst essen. Es wird ein langer Tag werden."

Es war, als würde er in Rätseln sprechen, weil die Kellnerin keine Ahnung hatte, was wir geplant hatten oder dass ich jetzt mehr Geld hatte als je zuvor in meinem Leben.

„Ich nehme einen Cheeseburger und Pommes frites, mit einem Erdbeermilchshake", sagte ich, ohne wirklich bei der Sache zu sein.

Die Kellnerin lächelte, bevor sie ihre Aufmerksamkeit auf meinen Entführer richtete. Er bestellte Hühnchen und Pommes frites und sie eilte davon, um unsere Bestellungen aufzugeben.

„Ich schätze, du bist glücklich, dass du mein Essen nicht mehr essen musst."

Es war seltsam, so als ob wir auf einem Date wären, trotz allem, was wir schon zusammen durchgemacht hatten.

„Du machst ein gutes Erdnussbutter- und Marmeladen-Sandwich", scherzte ich und zum ersten Mal hörte ich sein Lachen.

Das Restaurant war voller Leute, aber es fühlte sich an, als wären wir nur zu zweit. Ich war nie jemand gewesen, der blind folgen konnte, aber das war jetzt alles, was ich tun wollte. Ich brauchte ihn. Ich wusste, dass ich ihm helfen wollte und dankbar war, dass er sich entschieden hatte, mich nicht einer Gruppe von Fremden zu übergeben, die Gott wie was mit mir machen wollten.

Wir hatten gerade unser Essen beendet, als die Kellnerin mit der Rechnung zurückkam. Mein Entführer bezahlte sie, bevor er sich vom Tisch erhob. Ich folgte ihm, ging zurück zu seinem Auto und setzte mich dann auf den Vordersitz. Er saß auf dem Fahrersitz und presste seinen Kiefer zusammen, tief in Gedanken versunken, bevor er sich mir zuwandte.

„Wenn ich dir nicht vertrauen kann, wird das nicht funktionieren. Ich muss wissen, dass ich dir vertrauen kann, Nora. Kann ich das?"

Seine Augen sahen gequält aus und ich spürte, wie angespannt er war. Es geschah so viel so schnell, dass es unmöglich wurde, alles zu verarbeiten.

„Ja. Du kannst mir vertrauen“, versicherte ich ihm und griff über die Mittelkonsole, um meine Hand auf seine zu legen.

„Du kannst mit niemandem reden oder jemandem erzählen, was passiert ist. Das hier ist für dich.“

Er griff in eine Tasche aus dem Lebensmittelladen, an dem er vor dem Mittagessen angehalten hatte. Er gab mir ein Handy, zog ein weiteres aus der Tasche und legte es sich in den Schoß.

„Meine Nummer ist in deinem gespeichert. Benutz nur dieses Telefon, verstehst du?“

„Ja. Hast du meine Nummer?“, fragte ich.

„Natürlich. Bist du bereit?“, fragte er und drehte den Zündschlüssel um.

„Wohin geht es jetzt?“

„Zum Flughafen.“

Kapitel Dreiunddreißig

Hunter

Freitag

Als ich auf den Highway abbog, blickte ich in ihre Richtung. Sie hielt die Handtasche auf ihrem Schoß fest, als sie aus dem Fenster starrte. Sie war sicherlich der Typ Mensch, der sich nie über die Stadtgrenzen hinaus gewagt hatte, und ich versuchte mich selbst davon zu überzeugen, dass dieser Plan hier funktionieren würde.

„Wohin fahren wir?", fragte sie und drehte sich zu mir um, als ich auf dem Beschleunigungsstreifen Gas gab.

„Nicht wir. Du. Nach Kalifornien." Ich sah sie nicht an, aber ich konnte den Schock auf ihrem Gesicht spüren.

Ich hatte das Ticket gebucht, während wir beim Mittagessen gewesen waren und ich fragte mich immer noch, ob das eine gute Idee gewesen war.

Die Erpresser waren nicht die einzigen, die mein Leben außer Kontrolle bringen konnten; jetzt hatte Nora die gleiche Macht. Ein Schrei oder eine falsche Bewegung auf dem Flughafen und ich wäre von der Polizei umgeben und würde ins Gefängnis geschleppt werden.

„Und was ist mit dir?"

„Ich muss mich mit den Leuten treffen, die mich zu all dem gezwungen haben, und ich fürchte, wenn sie merken, dass ich dich nicht habe, werden sie jemand anderen schicken, der dich holt."

„Aber… mein Pflegeheim…", stammelte sie.

„Nora, du musst vorerst aus der Stadt verschwinden. Du kannst zurückkommen, sobald hier etwas Gras über die Sache gewachsen ist, aber für den Moment muss ich wissen, dass du in Sicherheit bist."

Es war die Wahrheit. Sie war mir wichtig, egal wie wir uns kennengelernt hatten oder was ich ihr angetan hatte. Sie war alles, woran ich denken konnte, und die Idee, dass ihr jemand wehtat, ließ Wut in mir hochkochen.

„Bist du sicher, dass du keine Feinde hast?", fragte ich.

„Ich bin mir sicher. Es muss ein Fehler sein. Vielleicht würden sie Verständnis haben, wenn ich mit den Leuten rede. Vielleicht könnten wir beide mit unserem Leben weitermachen."

„Keine Chance", antwortete ich, während ich beim Flughafen einbog.

Ich stellte den Wagen ab und ging mit ihr in Richtung Terminal. Bei allen Reisen, die ich bisher in meinem Leben unternommen hatte, hatte ich bislang nie bemerkt, wie viele Polizisten am Flughafen unterwegs waren. Sie waren überall und jeder schien mich misstrauisch anzusehen. Nora folgte mir ohne zu zögern und blickte nicht einmal in Richtung der Polizei, als wir zum Check-in-Bereich gingen.

„Gib mir deinen Führerschein", befahl ich und streckte meine Hand aus.

Nachdem sie ihn mir gegeben hatte, holte ich die Tickets ohne Zwischenfälle vom Schalter ab und wir machten uns auf den Weg zur Sicherheitskontrolle.

„Du kommst mit?", fragte Nora hoffnungsvoll.

„Nein, ich muss nur sichergehen, dass du in das Flugzeug steigst", antwortete ich zerstreut, als ich die Abflugtafel nach der Gate-Nummer durchsuchte. Das Lächeln auf ihrem Gesicht verblasste und ich konnte sehen, wie sich ihre Lippen in einen Schmollmund verwandelten.

War es möglich, dass sie mich so vermissen würde wie ich sie? Der Gedanke daran war liebenswert, aber ich konnte nicht verstehen, warum sie sich um mich scheren sollte. Ich hatte sie aus ihrem Haus entführt und jetzt zwang ich sie, sich von ihrem Pflegeheim und den Kindern abzuwenden, die sie retten wollte. Es war eine schreckliche Geschichte und größtenteils meine Schuld. Ich hoffte nur, dass sie mir eines Tages verzeihen konnte.

„Hier sind wir“, sagte ich, als wir am Gate für den Flug ankamen.

Nora sah traurig aus und ich fühlte einen Schmerz in meiner Brust, als ich mich von ihr verabschieden musste. Ich wusste, dass ich sie vielleicht nie wiedersehen würde. Der Flieger war bereit für das Boarding und zwischen ihr und dem Beginn ihres neuen Lebens, von dem ich hoffte, dass es besser sein würde als das, was sie hier durchmachte, lag nur noch eine lange Schlange.

„Du solltest einfach mit mir kommen“, drängte sie mich mit Tränen in ihren Augen.

„Ich muss die Männer treffen, die nach dir suchen, Nora. Denke nur an die Regeln. Benutze nur das Telefon, das ich dir gegeben habe, und lass mich wissen, wenn du angekommen bist. Du bist jetzt nicht mehr in meinen Händen, aber du musst dein Wort halten und das alles für dich behalten."

Ich nickte einem Polizisten zu, der den Wartebereich überwachte.

Nora folgte meiner Blickrichtung und zu meiner Überraschung schlich ein Lächeln über ihr schönes Gesicht. Sie war die bezauberndste Frau, die ich je getroffen hatte.

Sie drehte ihr Lächeln zu mir und ich spürte es in meinen Bauch.

„Irgendwann wirst du akzeptieren müssen, dass du mir vertrauen kannst.“

Es war seltsam, so starke Gefühle für jemanden zu empfinden, den ich kaum kannte, aber als sie mich umarmte, war ich mir sicher, dass das zwischen uns echt war. Sie bedeutete mir mehr, als ich zugeben wollte.

Wir lösten uns voneinander und Nora stellte sich beim Boarding an. Gerade als sie das Ende der Schlange erreichte, drehte sie sich um und rannte zu mir zurück und legte ihre Arme um meinen Hals, bevor sie meine Wange küsste.

„Dankeschön!“

Sie lächelte ein letztes Mal, bevor sie zurück zum Flugzeug ging, diesmal nur über ihre Schulter blickend, bevor sie einstieg.

Das Warten, nachdem sie durch den Tunnel verschwunden war, fühlte sich wie Stunden an. Alles, was sie tun musste, war, einer Stewardess zu erzählen, was passiert war, und ich würde ohne Frage sofort verhaftet werden.

Als das Flugzeug sich weiterhin nicht bewegte, war ich mir immer sicherer, dass sie mich verraten hatte, aber die Polizisten im Wartebereich hatten noch nicht in meine Richtung geschaut.

Ich wiederholte innerlich ihre letzte Aussage, dass ich lernen müsste, ihr zu vertrauen, und ein beruhigendes Gefühl überkam mich. Schließlich hob das Flugzeug ab und ein Gewicht schien von meinen Schultern zu fallen. Ich hatte sie erfolgreich aus Chicago herausgebracht. Alles, was ich jetzt tun musste, war, mich mit den Erpressern zu treffen und herauszufinden, was ihr Motiv war und was sie alles gegen mich in der Hand hatten.

Kapitel Vierunddreißig

Nora

Freitag

Ich hatte den Namen meines Entführers in der Bank nicht gesehen, aber ich hatte beim Sicherheits-Check-in am Flughafen genau aufgepasst. Hunter Aimes.

Mein Verstand war hin- und hergerissen zwischen dem, was ich tun sollte, und dem, was er mir antun konnte. Ich hatte keine Angst mehr vor ihm und fing tatsächlich an zu denken, dass er sich um mich sorgte, nachdem er mich freigelassen hatte. Aber als ich im Flugzeug saß, fragte ich mich, was an unserer gemeinsamen Zeit echt und was eine Lüge gewesen war.

Gab es wirklich Männer, die hinter mir her waren und ihn angeheuert hatten, um mich mit einem ausgeklügelten Plan zu entführen und zu verletzen? Oder hatte er sich das alles nur ausgedacht, um von sich abzulenken? Was, wenn er das anderen Frauen antun würde?

Egal, wie sehr ich auch versuchte mich abzulenken, meine Gedanken wanderten immer wieder zurück zu unserer gemeinsamen Nacht und zu der Art und Weise, wie er mich benutzt hatte, als er seinen harten Schwanz in mich hineingeschoben hatte. Er hatte meinen Körper besessen. Bei dem Gedanken daran wurden meine Brustwarzen sofort wieder hart. Ich hatte noch nie in meinem Leben so viele Orgasmen oder so intensiven Sex erlebt.

In gewisser Weise fühlte ich mich verpflichtet, mich an seinen Plan zu halten, trotz der Konsequenzen, die er auf mein Leben hatte.

Der Flug bedeutete, dass ich alles, was ich kannte, wegwarf. War es das wirklich wert? Der Mann neben mir gab der Stewardess ein Zeichen und ich wusste, dass dies meine Chance sein könnte. Ich könnte sie bitten, mich aus dem Flugzeug steigen zu lassen, und dann könnte ich zur Polizei gehen. Ich könnte Hunter für lange Zeit ins Gefängnis stecken lassen.

Er hatte mich gegen meinen Willen entführt, das war eindeutig. Was war mit dem Sex? War es Vergewaltigung? Ich wollte, dass es passierte, und hatte es ihm sogar gesagt. War ich überhaupt zurechnungsfähig gewesen? War ich es jetzt im Moment?

„Wir nehmen nur Bargeld“, hörte ich die Flugbegleiterin sagen und schreckte auf.

„Willst du was trinken?“, fragte mein Nachbar.

„Ähm, ja. Ich nehme eine Bloody Mary“, antwortete ich und griff in meine Handtasche.

Das Geldbündel, das mich anstarrte, überraschte mich. Ich hatte seine großzügige Spende vor der Fahrt zum Flughafen völlig vergessen.

Als die Stewardess mit meinem Drink zurückkam, beschloss ich, mir den Flug über Zeit zu geben, um über alles nachzudenken. Ich brauchte ein paar Drinks und ein paar Stunden Ruhe, um die Erlebnisse der letzten Woche ungestört durchzugehen.

Hunter Aimes. Sein Name ging mir nicht mehr aus dem Kopf, nachdem ich so viel Zeit mit ihm verbracht hatte. Es war seltsam, dass ich nicht einmal nach seinem Namen gefragt hatte. Es spielte keine Rolle und ich wusste, dass er ihn mir sowieso nicht gesagt hätte, aber jetzt, da ich ihn wusste, fühlte ich mich ihm näher.

„Das erste Mal in L.A.?“, fragte der Mann neben mir.

Er hatte so dunkle Haare, dass sie schwarz wirkten, seine Augen aber waren grau und neugierig. Bevor ich Hunter traf, hätte ich ihn für attraktiv gehalten, aber jetzt konnte er nicht mehr mithalten.

„Ja. Warst du schon mal da?", fragte ich, bevor ich meinen Drink austrank.

„Oh, ja, ich bin regelmäßig geschäftlich da. Wenn du etwas Freizeit hast, könnte ich dir die Stadt zeigen."

Er lächelte und ich fühlte einen Hauch von Schuld. Was zur Hölle war los mit mir? Ich konnte mich treffen mit wem ich wollte, schließlich war ich nicht mit Hunter zusammen.

„Ich weiß nicht", antwortete ich nach einer langen Pause. „Ein ander Mal vielleicht." Die Enttäuschung auf seinem Gesicht war deutlich, aber das war mir egal.

Den Rest des Fluges ließ er mich in Ruhe, was mir sehr entgegen kam, schließlich hatte ich genug mit mir selbst zu tun. Während ich die letzten Tage Revue passieren ließ, kam ich immer wieder zur gleichen Frage zurück: Was sollte ich nun tun?

Die Polizei zu rufen könnte mir helfen und Hunter hinter Gitter bringen, zusätzlich vielleicht auch die, für die er arbeitete. Es würde alles beenden, aber zu welchem Preis?

Wollte ich überhaupt, dass Hunter ins Gefängnis ging oder dass er für das, was zwischen uns passiert war, bestraft würde? Ich war mir nicht sicher.

Das Flugzeug leitete den Sinkflug ein, nachdem der Kapitän eine Ankündigung gemacht hatte, dass wir in Kürze landen würden.

Als ich in meine Handtasche griff, nahm ich das Handy heraus, das er mir gegeben hatte, und hoffte, dass er sich melden würde.

Ich starrte wie benommen auf mein Handy und schien die Zeit völlig vergessen zu haben, als mich eine Stimme zurück in die Wirklichkeit holte.

„Ma'am, geht es Ihnen gut?"

Ich drehte mich um, um zu sehen, dass alle bereits das Flugzeug verlassen hatten. Verloren in meinen Gedanken war ich die Letzte dort, und als ich der Flugbegleiterin in die Augen sah, wusste ich, was ich tun musste.

Hunter Aimes hatte einen großen Fehler gemacht, als er mich seinen Namen sehen ließ. Ich durfte mich nicht dazu hinreißen lassen, Gefühle für einen Kriminellen zu empfinden.

„Ja, tut mir leid."

Ich stand von meinem Platz auf und packte meine Handtasche, als ich aus dem Gang ging. Gerade als sie sich umdrehte, um in die andere Richtung zu gehen, rief ich ihr hinterher.

„Entschuldigung, Miss? Gibt es hier am Flughafen Polizeibeamte, mit denen ich sprechen kann?"

Kapitel Fünfunddreißig

Hunter

Freitagnacht

Das Blut war überall; der gesamte Rücksitz des Lieferwagens war mit der dicken roten Flüssigkeit der beiden Männer bedeckt, die damit beauftragt worden waren, mich zu töten. Als ich sie wissen ließ, dass ich Nora nicht hatte, griffen sie mich an, ohne mit der Wimper zu zucken. Mit dem Messer, das ich in den Ärmel meines Hemdes gesteckt hatte, schnitt ich ihnen ihre Kehlen durch und ließ sie auf dem Boden liegen.

Nun stand ich über dem dritten Mann, dem Kopf der Bande. Er hatte die Befehle gegeben, seit ich hier angekommen war, und als er die anderen vorschickte, um mich zu verletzen, wusste ich, dass er derjenige mit den Informationen war.

„Es ist mir scheißegal, ob ich dir wehtun muss“, versicherte ich ihm und fuhr mit der Spitze meiner Klinge über seine Wange, bis der dünne Schnitt anfing zu bluten.

Er war gefesselt, sein Gesicht gegen den Boden des Fahrzeugs gepresst, als ich meinen Schuh gegen seine Wange drückte. Folter war nicht mein Ding, aber ich war bereit, den Dingen auf den Grund zu gehen, und er war mein einziger Anhaltspunkt.

„Ich habe die Bilder nicht! Ich schwöre es dir!“, schrie er.

Ich glaubte ihm. Ich hatte nicht erwartet, dass er die Beweise dabei hatte; das wäre zu einfach gewesen. Was schockierend war, war, dass es mir fast egal war. Ich hatte nicht nur nach den Fotos gesucht.

Sie hatten die Beweise und würden damit tun, was sie wollten, aber was mir am wichtigsten war, war Nora und ihre Sicherheit. Ich musste wissen, warum sie gejagt wurde und was sie mit ihr vorhatten.

„Scheiß auf die Fotos. Was willst du von Nora?“, bellte ich und schlug mit aller Kraft auf seine Seite, bis er sich vor Schmerz krümmte.

„Es ist für ihren Vater“, schrie er, seine Stimme war schwach und er schnappte nach Luft.

Ich trat ihm in den Bauch. „Sie kennt ihren Vater nicht.“

„Sie ist nicht Nora Blanche“, flehte er, sein Gesicht war voller Blut.

„Was meinst du damit?“, schrie ich und zog an dem Seil, das um seinen Hals gebunden war, bis er bewusstlos wurde. Ich schlug mit meiner Hand in sein Gesicht und schrie wieder.

„Was hast du gesagt?“

„Sie ist nicht Nora Blanche. Nora Bianchi, so heißt sie.“ Seine Stimme war leise, aber der Klang des Namens reichte dennoch aus, um das Blut in meinen Adern gefrieren zu lassen.

Meine Anwaltskanzlei hatte an mehr Fällen gearbeitet, als ich zählen konnte, in dem Versuch, die Verbrecherbande zu bekämpfen, die für die Hälfte aller Kriminalfälle in der Stadt verantwortlich war. Ihr Anführer war Anthony Bianchi, ein rücksichtsloser Drogenbaron, der in den letzten drei Jahrzehnten so ziemlich jedes Verbrechen begangen hatte, das man sich vorstellen konnte.

Ich schüttelte den Kerl wach. „Was hat sie mit Anthony Bianchi zu tun?“

„Sie ist seine einzige Tochter“, murmelte er und ich ließ ihn wieder auf den Boden fallen. Dabei rutschte sein Ärmel nach oben und ein Tattoo kam zum Vorschein, das ich nur allzu gut kannte: Das Zeichen des Maxwell-Syndikats, der zweiten großen Mafia-Gang in dieser Stadt. So langsam aber sicher fügten sich die

Puzzleteile zusammen.

Ich ließ die drei Männer auf der Ladefläche des Trucks zurück und ging mit einem kurzen Schulterblick zurück zu meinem Auto.

Was hatte das alles zu bedeuten? Nach all der Zeit, die ich mit Nora verbracht hatte, dachte ich, ich würde sie kennen, aber die Information über ihren Vater veränderte alles.

Wie konnte sie vergessen, dass ihr Vater einer der mächtigsten Männer der Stadt war? Es war unmöglich – war sie etwa darauf aus gewesen, mich reinzulegen? Wollte das Maxwell-Syndikat die Bianchis erpressen? Oder war das alles nur inszeniert, um meine Reputation als Anwalt zu beschädigen und mich aus dem Verkehr zu ziehen?

Ich wollte das nicht glauben, aber kaum hatte mein Gehirn diesen Gedanken aufgenommen, arbeitete es kreativ daran, dieses Szenario auszuschmücken und Belege dafür zu suchen, dass Nora mich getäuscht hatte. Wahrscheinlich war sie gerade in Los Angeles und gab mein Geld aus, während sie über mich lachte, weil ich ihr das „gute Mädchen" abgekauft hatte.

Über den Hintereingang schlich ich mich in mein Wohnhaus, um sicherzustellen, dass ich keine Aufmerksamkeit auf mich zog. Meine Unterarme waren mit Schnitten und Prellungen aus dem Kampf mit den drei Gangstern verunstaltet und ich brauchte niemanden, der Fragen stellte oder misstrauisch wurde.

Die Eigentumswohnung war genauso, wie ich sie in Erinnerung hatte, obwohl sie seltsam leer aussah, ohne überall verstreuten Klamotten meiner Ex. Ich sprang unter die Dusche und versuchte, meine Gedanken unter dem heißen Wasser zu ordnen.

Als ich zusah, wie das Blut den Abfluss hinuntergespült wurde, dachte ich an Nora und wie sie mich manipuliert hatte, zu glauben, dass sie so unschuldig war, obwohl sie anscheinend die Thronfolgerin des größten Verbrechers der Stadt war. Eine wahre Mafia-Prinzessin.

Trotz meiner Wut machten die Gedanken an sie mich unglaublich geil. Ich packte meinen Schwanz fest und dachte daran, wie ich sie bestrafen würde und wie sie lernen würde, sich richtig zu verhalten. Niemand verarschte mich, besonders nicht Nora. Als ich meine Männlichkeit massierte, stellte ich mir ihren weichen, zierlichen Körper vor, mit dem sie sich mir hingegeben hatte. Ich schloss meine Augen, erinnerte mich daran, wie ihre Haut sich auf meiner angefühlt hatte.

Ich kam und rief ihren Namen, als ich schwor, sie um jeden Preis zurückzubekommen, wenn auch nur um ihr eine Lektion zu erteilen.

Als ich aus der Dusche trat, packte ich ein Handtuch und band es grob um meine Taille. Selbst ein Orgasmus reichte nicht aus, um mich zu beruhigen. Ich brauchte Nora, und nichts konnte das ersetzen, was sie mir gab.

Ich wusste, dass ich sie schnell finden musste, denn die Mafia würde jetzt alles in Bewegung setzen, um sie aufzuspüren. Ich wollte nicht, dass sie jemand vor mir fand, aber ich hatte den großen Vorteil, zu wissen, wo sie sich momentan aufhielt.

Ihr Telefon war mehr als nur eine Möglichkeit, sie zu kontaktieren. Ich hatte eine Tracking-Software eingerichtet, damit ich sie finden konnte, egal wohin sie ging. Ich öffnete meinen Computer, checkte den Tracker, und kaufte mir ein Flugticket.

Ich packte eine Tasche und ärgerte mich, weil ich so dumm gewesen war, ihr zu vertrauen. Sie hatte mich zum Narren gehalten und Wut baute sich in meiner Brust auf, als ich ein Seil und Klebeband in meine Tasche warf. Ich musste sichergehen, dass ich alle Antworten bekam, die ich benötigte. Und sollte sich mein Verdacht bestätigen, konnte sich Miss Bianchi auf etwas gefasst machen. Nora dazu zu bringen, dafür zu bezahlen, würde Spaß machen und ich freute mich darauf, sie zu finden und jeden Tropfen Unschuld aus ihrem sexy Körper zu ficken.

Schnell hatte ich ein paar E-Mails an Kollegen geschickt. Sie reagierten sofort wie gewohnt und mir wurde versichert, dass bei der Arbeit nichts passiert war, was bedeutete, dass sie nicht über meine Verbrechen informiert worden waren. Es war nur eine Frage der Zeit, bis die Erpresser herausfanden, was ich ihren Männern angetan hatte, und dann könnte die Sache schon wieder ganz anders aussehen.

Ich wusste nicht, ob das bedeuten würde, dass sie mich bei meiner Firma oder der Polizei anschwärzten oder ob sie mich persönlich verfolgen wollten, aber ich wusste, dass ich mich auf beides vorbereiten musste.

Die Fahrt zum Flughafen war lang, und ich brauchte die Zeit, um den endlosen Strom von Gedanken durchzuarbeiten, der mir durch den Kopf ging.

Die Erpresser würden sich bald mit mir in Verbindung setzen, also musste ich mir eine Geschichte für sie ausdenken. Vielleicht würde ich die ganze Sache Nora zuschieben oder vielleicht so tun, als hätte ich sie aufgegeben. Vielleicht würde ich es so aussehen lassen, als wären die Männer von einer rivalisierenden Gang überfallen worden. Das schien glaubwürdig, zumindest für eine Weile, um mir etwas Zeit zu verschaffen.

Nora war der einzige Weg, der Sache auf den Grund zu gehen, und wenn ich sie wiederhatte, konnte ich mit beiden Mafiabanden bessere Bedingungen aushandeln.

Ich tippte auf mein Smartphone, um eine E-Mail an einen Kollegen zu senden, den ich durch ein Strafverfahren gegen die Mafia kannte, und ich bat ihn, mich mit Anthony Bianchi in Kontakt zu bringen. Ich musste alles vorbereiten, falls ich mich entschied, die Dinge anders anzugehen.

Als wir am Flughafen ankamen, war ich bereit, für mein Leben zu kämpfen. Ich gab dem Fahrer ein Trinkgeld und machte mich auf den Weg zum Check-in-Schalter, um Nora zu finden.

„Hunter Aimes." Ich lächelte die hübsche Mitarbeiterin an, als ich meinen Führerschein über die Theke schob.

Sie tippte auf ihrer Tastatur, bevor sie eine Bordkarte ausdruckte und ein paar Routinefragen zu meinem Gepäck und meinen Flugdaten stellte. Ich nickte, als ob ich zuhören würde, obwohl ich an nichts anderes als an Nora dachte und was ich mit ihr machen würde, wenn ich sie endlich sah.

„Ich wünsche Ihnen eine gute Reise, Sir."

Die Mitarbeiterin überreichte mir mein Ticket in einem bunten Faltblatt. Ich stopfte es in meine Gesäßtasche und lächelte.

„Oh, die werde ich definitiv haben."

Kapitel Sechsunddreißig

Nora

„So, da wären wir", kündigte der Taxifahrer an, als er vor meinem Haus vorfuhr.

Es fühlte sich surreal an, wieder da zu sein, nachdem ich einen halben Tag in Flughäfen und Flugzeugen verbracht hatte. Hunter Aimes. Das war der Name, den ich immer wieder in meinem Kopf wiederholt hatte, seit er mich in ein Flugzeug nach Kalifornien gesteckt hatte. Er hatte mich von meinem zu Hause weggebracht, vor dem ich jetzt stand, zu verängstigt, um hineinzugehen. Ich fragte mich, ob ich in das Leben zurückkehren könnte, das ich einst kannte, nachdem so viel passiert war.

Die Sonne ging gerade unter, aber das Haus schien dunkler, als ich es in Erinnerung hatte. Das Haus, für das ich so hart gearbeitet hatte, fühlte sich jetzt seltsam und fremd an. In der vergangenen Woche war so viel passiert, und von dem Poststapel, den ich auf meinem Weg hinein mitgenommen hatte, war so viel noch zu bearbeiten.

Es war alles zu viel, um es sofort anzugehen, also legte ich die Briefe auf den Couchtisch und ging vorsichtig zum Badezimmer. Ich drehte mich bei jedem kleinsten Geräusch um vor Angst, Hunter würde jeden Moment aus einem Schrank springen. Was natürlich Unsinn war, hier befand sich niemand außer mir.

Ich zog mich aus und kletterte in die Dusche, die sich größer anfühlte als sonst, nachdem ich mir mit Hunter während unserer letzten gemeinsamen Tage immer die Dusche geteilt hatte.

Ich hatte wirklich das Gefühl, ihn kennenzulernen, und ich glaubte ihm, als er gestand, dass seine Beteiligung an meiner Entführung nur dazu diente, mich zu einer anderen Gruppe von Kriminellen zu bringen. Ich war in das Flugzeug nach Kalifornien eingestiegen mit der Absicht, den vielen Anweisungen zu folgen, die er mir gegeben hatte. Ich rief niemanden an, den ich kannte, und ich benutzte nur das Bankkonto, das er für mich eingerichtet hatte. Damit kaufte ich auch das Flugticket zurück nach Chicago, sobald ich gelandet war.

Ein kleiner Teil von mir wollte Los Angeles erkunden, weil ich noch nie außerhalb des Ortes gewesen war, in dem ich aufgewachsen war, aber letztlich überwog die Vernunft. Ich hatte hier eine Aufgabe, die auf mich wartete. Also traf ich eine Entscheidung.

Als ich in der Stadt der Engel gelandet war, hatte ich tatsächlich vorgehabt, ihn bei der Polizei anzuzeigen. Doch bevor ich die Polizeistation betreten hatte, fühlte ich, wie Zweifel in mir aufstiegen.

Hunter war eine gequälte Seele, so wie viele der Kinder, die ich im Waisenhaus gesehen hatte.

Es gab nicht einen Beweis für seine Behauptung, dass irgendjemand mich entführen, geschweige denn jemand anderen beauftragen würde, um mich gegen meinen Willen festzuhalten. Die Tatsache, dass ich in einem Waisenhaus aufgewachsen war, hatte zwar dazu geführt, dass ich einsam war, verhinderte aber auch, dass ich mit eventuellen Feinden konfrontiert wurde.

Es gab keinen Grund dafür, mich zu entführen, und den ganzen Flug über zurück nach Chicago ging ich alles durch, was Hunter gesagt hatte, bevor ich zu dem Schluss kam, dass es sich um einen kranken Trip handeln musste, den er genoss. Ich konnte nicht das einzige Mädchen sein, das er entführt, gefesselt und mit dem er seinen Spaß gehabt hatte.

Ich trat aus der Dusche und nahm mir ein Handtuch zum Abtrocknen, als mein Spiegelbild meine Aufmerksamkeit erregte. Ich war nach meiner Zeit mit Hunter viel dünner geworden. Meine Hüftknochen ragten mehr als normal hervor und ich untersuchte mich selbst genau, um die verblassenden Prellungen zu sehen, die von meiner Hüfte zu meinem Hintern führten.

Ein weiteres Mal zweifelte ich an meinem Verstand.

Er war mein Entführer und doch hatte ich ihm gefallen wollen, sehnte mich danach, ihn so zu beglücken, wie er es mit mir gemacht hatte. Und die Art und Weise, wie er mich zum Höhepunkt gebracht hatte, würde den Sex mit jemandem anderem echt schwer machen. Ich hatte noch nie einen Mann erlebt, der seinen Körper so meisterhaft bewegte. Er war mit Präzision in mich hinein- und herausgestoßen und hatte sich immer mit immenser Kontrolle selbst zurückgehalten, um mich nach allen Regeln der Kunst zu ficken, bevor ich mit seinem ohrenbetäubenden Orgasmus belohnt wurde.

Es war überwältigend, ein Erlebnis, an das ich viele Stunden lang auf meiner Reise durch das Land zurückgedacht hatte. Auch wenn es verrückt klang, hatte ich mir bereits eingestanden, dass ich ihn ein wenig vermisste. Ich fragte mich schweigend, wo er war, und hoffte, dass es ihm gut ging.

Ein Nachthemd hing an meiner Badezimmertür und ich zog es an und seufzte aufgrund des Geruchs meines Parfüms, ein Duft von Zuhause.

Nachdem ich das kaum eingerichtete Haus durchsucht hatte, war ich mir sicher, dass mein Handy fehlte. Glücklicherweise hatte Hunter mir ein billiges Klapphandy gegeben, um ihn zu kontaktieren. Seltsamerweise hatte er mich noch nicht angerufen. Seine Anweisungen hatten gelautet, ihn anzurufen, sobald ich in Kalifornien gelandet war, aber ich hatte mich nicht bei ihm gemeldet.

Mein Pflegeheim hätte vor ein paar Tagen eröffnen sollen und ich wusste, dass ich die Kinder durch die Verspätung im Stich gelassen hatte, aber sie waren letztendlich der Grund, warum ich zurückgekommen war. Ich musste die Dinge hier richtigstellen. Ich schnappte mir das Handy und rief Tasha an.

Es gab so viel zu tun und ich zerbrach mir den Kopf darüber, eine Liste von Aufgaben zu erstellen, die ich noch zu erledigen hatte, bis ihre freundliche Stimme mich wieder in die Realität zurückbrachte.

„Hallo?“, antwortete sie. Ich war an ihre freudige Stimme gewöhnt, wenn sie meine Anrufe entgegennahm, aber weil sie die neue Handynummer nicht erkannte, bekam ich ihren professionellen Ton zu hören.

„Tasha! Ich bin's!“ Ich schrie fast, weil ich so aufgeregt war, ihre Stimme zu hören.

„Nora? Bist du das?“

„Ja!“

„Zum Glück! Wo warst du denn? Ich habe mir solche Sorgen um dich gemacht, Nora!“, rief sie, wie eine Mutter es tun würde. Es war wie ein Stich ins Herz, weil ich schlagartig wieder wusste, dass sich jemand um mich sorgte.

Ich hatte die Nachrichten ein paar Mal sehen können, während ich Hunters Gefangene gewesen war, und es hatte nie eine Berichterstattung über mich gegeben, aber tief im Inneren wusste ich, dass Tasha sich dafür interessieren würde, was mit mir passiert war.

„Ich musste nach einer Freundin sehen“, log ich – zu schnell für meinen Geschmack.

„Einer Freundin? Na und! Du hast einige wichtige Termine verpasst, Nora!“, schimpfte sie.

„Ich weiß. Es war eine Freundin vom College. Sie hatte eine Krise und ich musste für sie da sein“, fügte ich hinzu und hoffte, dass das ausreichen würde, um ihre Bedenken beiseite zu räumen.

„Freunde haben immer Probleme, Nora. Hättest du nicht anrufen und mir sagen können, dass es dir gut geht?“, fragte Tasha streng.

Ich sagte fast die Wahrheit, wollte sie nicht im Stich lassen oder sie enttäuschen, aber ich konnte Hunter nicht verraten.

„Ja, das hätte ich. Es tut mir leid.“

Ich hatte Angst um dich, Nora! Ich hätte dich fast als

vermisst gemeldet. Du weißt, dass du nicht einfach so verschwinden kannst, wenn die Kinder da sind. Wenn sie dich immer noch mit dem Pflegeheim durchkommen lassen. Nora, unsere Vorgesetzten werden mit dieser unerwarteten Verzögerung nicht glücklich sein."

„Ich weiß. Ich fühle mich schrecklich, aber bitte hilf mir. Ich muss die Kinder holen und die Dinge in Ordnung bringen", flehte ich und hörte ihr weiter zu.

Tasha hatte alles getan, was sie konnte, um mir zu helfen, mein Ziel zu erreichen. Ich wusste, dass sie wollte, dass ich Erfolg hatte. Nach einer langen Pause antwortete sie schließlich.

„Okay. Ich werde ein paar Telefonate führen, aber ich kann keine Versprechungen machen. Soll ich dich unter dieser Nummer zurückrufen?"

„Danke! Und ja, das ist mein neues Handy."

Wir beendeten den Anruf und ich fiel, ausgelaugt von dem Gespräch, auf die Couch, als mich ein lautes Klopfen an der Tür bis ins Mark erschreckte.

Kapitel Siebenunddreißig

Hunter

„Fahren Sie schneller!“, schrie ich vom Rücksitz des Taxis.

Ich hatte gerade den Flughafen verlassen, als ich eine Benachrichtigung von Noras Bankkonto erhalten hatte. Sie hatte einen Flug zurück nach Chicago gebucht und war so dumm gewesen, nicht bar zu bezahlen.

Ich hasste es, verarscht zu werden, und sie hatte mit all ihrem Blödsinn, in einem Waisenhaus aufgewachsen zu sein und Kinder retten zu wollen, eine filmreife Nummer abgezogen. Sie musste es lustig gefunden haben, dass ich nach zwei Tagen Ficken nach ihrer Pfeife tanzte. Wenn ich das damals alles gewusst hätte, hätte ich sie gefangen gehalten, bis ihr Gangstervater kam, um sie zurückzuholen. Er war der Grund, warum ich überhaupt in diesem Schlamassel steckte.

Aber ich konnte mich jetzt nicht auf sie konzentrieren, weil ich herausfinden musste, wer hinter mir her war. Zumindest jetzt, nachdem ich es versäumt hatte, sie an denjenigen auszuliefern, von dem ich jetzt wusste, dass er Teil des Maxwell-Street-Syndikats war. Je länger ich darüber nachdachte, umso klarer wurden mir die Dinge. Das Maxwell-Syndikat war im Krieg mit dem Bianchi-Kartell, das von niemand anderem als Noras Vater angeführt wurde, und sie hatten mich beauftragt, sie zu entführen, um Druck auf Anthony Bianchi auszuüben. Jeder wusste, wie sehr Väter ihre Töchter liebten.

Nicht nur, dass ich das Maxwell-Street-Syndikat verärgert hatte, indem ich Nora hatte gehen lassen, nein, auch das Bianchi-Kartell würde bald herausfinden, dass ich die Prinzessin entführt hatte – und dann würden sie nach mir Ausschau halten. Es war alles zu viel, um es zu verarbeiten. Es fühlte sich eher wie ein Film als wie das wirkliche Leben an.

Ich war seit meiner Schulzeit nicht mehr so verärgert gewesen, in der ich ein völliger Einzelgänger ohne Freunde gewesen war, aber plötzlich hatte sich alles verändert.

Die Kinder wollten in der Pause mit mir spielen und wann immer der Lehrer ankündigte, dass wir in Gruppen arbeiten würden, hatte ich eine Reihe von Freiwilligen an meiner Seite.

Das Leben war für ein paar Wochen schön gewesen und ich genoss die neu entdeckte Aufmerksamkeit, da Freunde für mich ein bis dato unbekannter Teil des Lebens waren. Ich war in der Schule noch nie sehr gesellig gewesen, neigte dazu, allein zu bleiben und ruhig zu arbeiten, um jegliche Konfrontation zu vermeiden. Die Mädchen fanden mich schon früh süß, aber das machte die Jungs nur eifersüchtig und ich fand mich als Opfer von Schlägereien wieder, bevor ich wusste, wie man sich richtig verteidigte.

Ein Rüpel, der insbesondere dafür lebte, mein Leben zur Hölle zu machen, war Trevor Robinson, aber selbst er zog sich zurück, als meine Popularität wuchs. Das Leben war großartig und ich dachte, es würde sich endlich etwas zum Positiven ändern.

Mein Geburtstag rückte näher und obwohl ich mich immer dafür entschieden hatte, nicht zu feiern, sagte ich meiner Mutter, dass ich in diesem Jahr alles ausprobieren wollte, da ich so viele Freunde hatte, die ich einladen konnte. Ich war den ganzen Nachmittag ängstlich gewesen, während ich auf die Ankunft meiner Gäste wartete. Ich war sicher gewesen, dass etwas schief gehen oder niemand auftauchen würde.

Aber sie alle kamen mit Geschenken, bereit zu feiern, und für ein paar Stunden hatte ich die Zeit meines Lebens. Wir tanzten, meine Mutter bestellte Pizza und mein Vater schien sich sogar für das zu interessieren, was ich tat. Es war allzu gut, um wahr zu sein, und ich hätte wissen müssen, dass es so nicht bleiben konnte. Ich schätze, ich war noch zu naiv gewesen, um zu verstehen, wie grausam das Leben sein konnte.

Nachdem meine Eltern sich ausgeklinkt hatten, um sich wieder auf ihr eigenes Leben zu konzentrieren, das immer Vorrang vor allen Dingen zu haben schien, die mich betrafen, hielten wir uns im Keller auf. Ich sah Marsha Goodman an, die blonde Schönheit, die ich seit der ersten Klasse küssen wollte. Sie lächelte in meine Richtung, als ich die Twister-Matte ausbreitete und mich fragte, ob das mein Glückstag sein würde – und ich einen heftigen Schmerz in meinem unteren Rücken spürte.

Ich wusste nicht, dass ich getreten worden war, bis ich in Trevors Augen sah, der in der Mitte des Raumes stand und eine große Schüssel Spinat-Artischockendip hielt, den meine Mutter gemacht hatte. Der ganze Raum brach in Gelächter aus, als er mir die dicke Creme über den Kopf goss. Ich wischte mir die Augen ab und kämpfte mich durch den cremigen Dip, als ich den lauten Schlag auf mein Gesicht hörte. Meine Wange wurde ganz heiß vor Schmerzen.

„Hast du wirklich gedacht, dass wir alle zu deiner dämlichen Party kommen wollten, Hunter?", fragte Trevor mit einem arroganten Unterton. Meine Sicht war klar genug, um die lachenden Gesichter aller Klassenkameraden sehen zu können, von denen ich wirklich geglaubt hatte, dass sie meine Freunde waren.

„Ich weiß, dass es für euch alle schwer war, so zu tun, als wolltet ihr mit einem solchen Verlierer befreundet sein, aber es war der einzige Weg, ihn allein zu erwischen", tönte Trevor und sah sich mit anerkennendem Blick im Raum um. Die Kinder nickten, als hätten sie gute Arbeit geleistet und ihre Aufgabe zu seiner vollsten Zufriedenheit erledigt.

Es machte alles Sinn. Sie waren nicht meine Freunde und Trevor hatte nicht plötzlich ein Gewissen entwickelt und aufgehört, mich zu schikanieren. Er hatte alle gebeten, in einem ausgeklügelten Plan mitzuwirken, um mich zu demütigen. Ich stand schweigend da, verängstigt von dem, was er als nächstes tun würde, gedemütigt, während der Dip weiter langsam aus meinem blonden Haar tropfte.

„Ich werde euch mit einer ordentlichen Show belohnen", versicherte Trevor der Menge, als er mich wie ein eingesperrtes Tier umkreiste.

Seine Faust traf so schnell auf meine Wange, dass ich den Schlag nicht hatte kommen sehen, aber ich lag auf dem Boden und sah zu ihm auf, als er auf mich einschlug. Er war viel größer als ich. Gefangen unter seinem massigen Bauch gab es nicht viel, was ich tun konnte.

„Sieht Hunter nicht hungrig aus?", fragte er und kletterte von mir herunter, als er mein Haar mit der Faust packte, bevor er meinen Kopf auf den schmutzigen, mit Dip bedeckten Teppich drückte.

„Ja! Lass es ihn essen!", hörte ich aus der Menge eine Stimme rufen,

die ich nicht erkannte.

Ich versuchte mich zu wehren und drehte meinen Kopf, um nicht mit der Nase auf den Teppich gedrückt zu werden, bis ein anderes Kind kam, um Trevor zu helfen. Bald darauf gab es vier Kinder, eines an jedem meiner Gliedmaßen, die mein Gesicht mit Gewalt in den Teppich drückten.

Tränen strömten über mein Gesicht, während das Lachen meiner Klassenkameraden immer lauter wurde. Die Mädchen bedeckten ihren Mund, während sie entsetzt zusahen. Was sie taten, war schrecklich, aber die Tatsache, dass niemand sie aufhielt, war noch schlimmer. Niemand dachte daran, um Hilfe zu rufen.

Als ich es endlich geschafft hatte, mich zu befreien, lief ich die Treppe hinauf und stürmte ins Wohnzimmer, um meiner Mutter zu erzählen, was los war. Sie saß mit meinem Vater auf der Couch und blätterte durch eine Zeitschrift, während er fernsah.

„Sie ärgern mich!", weinte ich von der Tür aus.

Meine Mutter blickte kaum in meine Richtung und kehrte schnell zu ihrem kostbaren Modemagazin zurück, bevor sie mit den Achseln zuckte. „Jungs werden sich immer so verhalten, Hunter. Hör auf, so empfindlich zu sein." Sie dachte immer, es wäre meine Schuld und fand, dass mir der Sinn für Humor fehlte. Aber es war nicht lustig, was mit mir gemacht wurde.

„Wenn du dich den Kindern entgegenstellen und aufhören würdest, so eine Pussy zu sein, würdest du nicht den Dip auf meinem verdammten Teppich verteilen", fügte mein Vater mit einer enttäuschten Stimme hinzu.

Wie meine Mutter gab er mir die Schuld für das Mobbing, das mich seit meiner Schulzeit geplagt hatte.

An diesem Tag schloss ich mich in meinem Zimmer ein und schob die Kommode vor die Tür, falls jemand mir noch mehr Schaden zufügen wollte. Es war der beschämendste Tag meines Lebens, aber ich hatte keine Ahnung, dass es noch schlimmer kommen würde. Was passiert war, würde sich als lächerlich erweisen im Vergleich zu dem, wozu Trevor noch fähig war.

„Ist es das?", fragte der Fahrer und holte mich zurück in die Gegenwart.

Wir waren vor Noras Haus. Es war alles dunkel und ich

fragte mich, ob sie überhaupt zu Hause oder vielleicht doch wieder bei ihrer Familie war und ihrem Vater alles über mich erzählte. Ich nahm mein Telefon und versuchte es noch einmal auf dem Handy, das ich ihr gegeben hatte.

Kapitel Achtunddreißig

Nora

Tief in meinem Inneren wusste ich, dass er mich suchen würde, aber jetzt, da jemand an meine Haustür klopfte und mir Schauer über den Rücken liefen, wusste ich, dass ich nicht bereit war, ihn zu sehen.

„Wer ist da?“

„Ich bin Detective Carisi. Ich suche Nora Blanche.“

Die Stimme war nicht die, die ich erwartet hatte. Sie klang ruhig und weich. Ich seufzte aus einer Mischung von Erleichterung und Enttäuschung, als ich erkannte, dass es nicht Hunter war, der vor der Tür stand.

„Wie kann ich Ihnen helfen?“, fragte ich durch die immer noch geschlossene Tür.

„Ich möchte Ihnen nur ein paar Fragen stellen.“

Ich öffnete widerwillig die Tür und dachte, der Detektiv käme aufgrund von Tashas Vermisstenanzeige. Ich nahm an, dass er nicht so leicht wieder verschwinden würde. Das Letzte, was ich brauchte, war eine Beschwerde der Polizei, die mich davon abhielt, das Pflegeheim zu eröffnen.

„Sind Sie Nora?“, fragte er und zeigte mir eine Marke, bevor ich herausfinden konnte, für welche Behörde er arbeitete.

„Ja.“

Er war weit entfernt von dem bierbäuchigen Polizisten, den ich erwartet hatte. Detective Carisi war groß und schlank, aber ich konnte erkennen, dass er regelmäßig trainierte, so wie sich sein Bizeps wölbte, als er seine Hand in meine Richtung streckte.

Ich lächelte, als ich meine zierliche Hand in seine legte. Er erwiderte das Lächeln, aber es erreichte nie seine haselnussbraunen

Augen. Irgendwas an ihm war seltsam, aber ich war mir nicht sicher, was es war.

Ich vermutete, dass er der Typ Mann war, der viele Aussagen von weiblichen Opfern und Verdächtigen erhielt, weil er sanfte Augen hatte und zugleich Selbstbewusstsein ausstrahlte. Er ließ sich selbst herein und ging in die Küche, bevor ich ihm den Weg zeigen konnte. Ich folgte ihm, nachdem ich die Tür verschlossen hatte, denn ich hatte immer noch Angst, dass Hunter auftauchte.

„Sie haben nicht viele Möbel", stellte er fest, als er sich im Wohnzimmer umsah.

„Ich bin gerade dabei, alles einzurichten." Die Worte kamen langsam über meine Lippen.

„Sie eröffnen ein Pflegeheim, richtig?"

„Ja. Ich glaube, dass viele Kinder ein besseres Leben verdient haben."

Es ist großartig, dass Sie etwas zurückgeben wollen." Er nickte, aber ich wusste, dass er nicht beeindruckt war. Er blickte auf sein Notizbuch hinunter, bevor er wieder nach oben in meine Richtung blickte. „Wo waren Sie, Nora? Sie wurden als vermisst gemeldet und ich muss der Anzeige nachgehen."

„Ja, natürlich." Ich machte einen Schritt nach rechts, weil ich ihm nicht direkt gegenüberstehen wollte. Seine Augen waren so intensiv, hervorgehoben durch den kräftigen Farbton seiner braunen Haare. Er war gut gebaut, der Typ Mann, der viel dafür tat, um gut auszusehen.

Vor zwei Wochen hätte ich mich für ihn interessiert, aber jetzt konnte ich ihn nur noch mit Hunter vergleichen. Und diesen Vergleich zu gewinnen war kaum möglich.

„Ich habe eine Freundin vom College besucht", log ich.

„Ist das so? Und wie heißt diese Freundin?"

„Das will ich nicht sagen."

Meine Antwort musste ihn stutzig gemacht haben, denn sein Kopf schnellte nach oben und er hörte auf zu schreiben. Ich beobachtete ihn genau, bevor ich weitersprach.

„Wir standen uns mal sehr nahe und sie hatte eine schwere Krise. Ich möchte nicht, dass ihr Name in irgendwelchen Berichten auftaucht.“

Er starrte mich so lange an, dass ich weggucken musste aus Angst, dass er durch mich hindurchsehen konnte. Einen Namen zu erfinden würde nur auf mich zurückfallen und ich wollte keinen meiner echten Freunde nennen, weil sie in Schwierigkeiten geraten könnten. Detective Carisi sah nicht aus wie ein Mann, der etwas übersehen würde, also war ich mir sicher, dass er jede Spur verfolgen würde, die ich ihm gab.

„Ich hatte mein Telefon ein paar Tage lang nicht an und ich weiß, dass einige Leute beunruhigt waren, aber es gibt keinen Grund zur Sorge. Ich weiß es wirklich zu schätzen, dass Sie der Anzeige nachgehen, aber ich kann Ihnen versichern, dass es mir gut geht. Alles ist in Ordnung.“ Ich zwang mich zu einem Lächeln, von dem ich wusste, dass es nicht echt war, und er nickte, bevor er seine Aufmerksamkeit wieder auf sein Notizbuch richtete.

„Lassen Sie mich beurteilen, inwiefern alles in Ordnung ist, Ms. Blanche.“ Er lächelte. Ich war nervös, da das Funkeln in seinen Augen den Eindruck vermittelte, mehr zu wissen, als er zugab.

„Sicher.“

„Also, wie lange haben Sie diese Freundin besucht?", fragte er.

„Nur ein paar Tage. Ich habe mein Handy verloren, das war also auch ein Problem.“

Wie aufs Stichwort begann das Klapphandy zu vibrieren und brummte so laut, dass es unsere Aufmerksamkeit erregte. Schnell nahm ich es und steckte es weg.

„Also, das ist nicht Ihr Handy?“, fragte Detective Carisi.

„Oh, das ist ein neues Telefon, das ich ersatzweise gekauft habe, nicht mein normales Telefon. Ich muss morgen in den Laden gehen, um vernünftigen Ersatz zu besorgen“, antwortete ich und holte das Telefon nicht aus meiner Gesäßtasche.

Das Letzte, was ich brauchte, war, dass er die Nummer hatte oder einen Weg fand, mich zu orten. Dann traf es mich wie einen Schlag: Was war, wenn Hunter das Handy benutzte, um mich zu orten?

Während der Detective weiter Fragen stellte, bekam ich eine Gänsehaut. Aber nicht wegen ihm. Ich konnte verstehen, dass er nur seinen Job machte. Viele Frauen verschwanden jeden Tag in einer so großen Stadt wie Chicago und ich war mir sicher, dass er viele Fälle hatte, die er überprüfen musste.

Ein kleiner Teil von mir fragte sich, ob ich ihm von Hunter erzählen sollte.

Gerade als ich das Gefühl hatte, das Gespräch würde gleich beendet sein, veränderte sich etwas in Carisis Blick. Wie aus dem Nichts wandte er sich mir zu und ging auf mich zu, bis ich mit dem Rücken gegen die Kücheninsel stieß und mich nicht mehr weiter zurückbewegen konnte.

Er starrte mich mit seinem intensiven Blick an, seine Augen fokussierten zuerst meine Lippen und dann meinen Hals. Er hielt inne, trat näher heran und ich keuchte vor Schreck, meine Beine wurden schwach unter mir.

Ich konnte seinen warmen Atem auf meiner Haut spüren und war dankbar, dass ich das Sweatshirt angezogen hatte und somit eine zusätzliche Schicht anhatte, um meine erregten Brustwarzen zu verstecken.

„Wissen Sie, in meiner Branche treffe ich viele Mädchen in schwierigen Situationen, Nora.“ Er ließ seine Hand über meinen Hals streichen und ich erstarrte, unfähig mich zu bewegen.

„Ich bin in keiner schwierigen Situation.“ Ich atmete tief ein.

„Oh, ich glaube schon. Sehen Sie, Sie haben blaue Flecken am Hals. Ich weiß, dass sich viele Frauen in missbräuchlichen Beziehungen schämen. Sie wollen es vor ihren Freunden und ihrer Familie verstecken. Vielleicht waren Sie gar nicht bei einer Freundin. Ich denke, Ihr Freund hat Sie ein wenig herumgeschubst und Sie haben sich versteckt und darauf gewartet, dass die blauen Flecken und Schwellungen verblassen", vermutete er und machte einen Schritt zurück, um meine Reaktion zu beobachten.

Ich wollte, dass er ging, aber ich wusste, dass ich keinen Polizisten rausschmeißen konnte. Es war seltsam, wieder unter fremder Kontrolle zu sein, obwohl es nicht wie bei Hunter war.

„Nehmen Sie meine Karte, Nora." Er gab mir eine kleine weiße Visitenkarte und ich nahm sie, ohne ihm in die Augen zu schauen.

Es war offensichtlich, dass Detective Carisi mir nicht glaubte, und ich bezweifelte, dass das unser letztes Treffen sein würde.

„Sie können mich anrufen, wenn Sie Hilfe brauchen", sagte er.

Ich fand meine Stimme wieder, als ich ihn zur Tür führte. „Okay, das werde ich. Danke, dass Sie vorbeigekommen sind."

Ich schloss die Tür hinter ihm ab und fiel auf den Boden, überwältigt von Gefühlen. Die letzte Woche war zu viel gewesen, aber jetzt, da ich meine Freunde und Fremde belügen musste für einen Mann, der mich gegen meinen Willen festgehalten hatte, sprudelte alles über.

Das war nicht, wer ich war. Aber als ich auf die Visitenkarte starrte, die noch in meiner Hand war, fragte ich mich, ob ich diejenige sein konnte, die ich sein musste, jetzt, wo ich nie wieder zu der Nora Blanche zurückkehren konnte, die ich einmal gewesen war.

Kapitel Neununddreißig

Hunter

Jahrelang in einer Anwaltskanzlei zu arbeiten hatte mir viele Feinde beschert, aber es führte auch dazu, Freunde in wichtigen Positionen kennenzulernen. Meine Polizei- und Straßenverbindungen hatten mir mehr Informationen zukommen lassen, als ich auf einmal verarbeiten konnte, und führten mich letztendlich zum Hauptsitz des Maxwell-Syndikats in den Süden der Stadt.

Noras Vater war der Chef ihrer rivalisierenden Gang, aber ich dachte, es wäre sinnlos, dem Bianchi-Kartell zu folgen. Soweit ich wusste, hatten sie keine Ahnung von der Entführung und würden daher nicht nach mir suchen. Nora war wieder in der Stadt, aber ich bezweifelte, dass sie ihren Vater alarmieren würde, nachdem ich ihr Angst eingeflößt hatte.

Andererseits hatte diese Angst sie nicht dazu bewogen, meinen Anweisungen zu folgen. Und jetzt war ihr Klapphandy ausgeschaltet, was es mir unmöglich machte, sie aufzuspüren. Ich war über alle Maßen angepisst, weil ich nicht wusste, wo sie war, aber zu ihrem Glück hatte ich mit größeren Problemen zu kämpfen. Die Maxwell-Schläger würden hinter mir her sein wegen der Vergeltung für das, was ich ihren Handlangern bei der Übergabe angetan hatte. Es war nur eine Frage der Zeit, bis sie mich fanden.

Ich musste untertauchen. Ich mietete ein Auto und blieb von meinem Job und meiner Eigentumswohnung fern, weil ich wusste, dass sie dort zuerst nach mir suchen würden. Als ich nun die Straße entlang ging, in der sich das Hauptquartier befinden sollte, stieg mein Puls langsam aber sicher an. Gerade als ich aufgeben wollte, weil ich davon ausging, dass mir mein Kontakt falsche oder veraltete Informationen gegeben hatte, bemerkte ich das Schild der angeblichen Import-Export-Firma.

Ich ging zurück zu der schwarzen Audi-Limousine, die ich gemietet hatte, und fuhr zu einer unauffälligen Stelle ganz in der Nähe, sicher, dass sie mich zwar nicht sehen konnten, ich aber einen ungehinderten Blick auf das Geschehen hatte. Ein Mann nach dem anderen kam zur Tür und schaute dann in eine Kamera, bevor ein lautes Summen die Tür öffnete.

Ich griff auf den Rücksitz und schnappte mir mein Notizbuch, um von jedem Mann markante Merkmale und die Nummernschilder ihrer schwarzen SUVs aufzuschreiben.

Mein Freund von der Strafverteidigungsabteilung hatte mir eine Mappe mit den wichtigsten Personen des Syndikats gegeben, mit einem ganzseitigen Ausdruck des Mannes, der der Anführer sein sollte. Er sah etwas älter aus, sein dunkles Haar lichtete sich und sein Bauch hing mehr über seinem Gürtel als bei den anderen, die ich beim Hinein- und Herausgehen aus dem Hauptquartier beobachtete.

Es dauerte knappe zwei Stunden, bevor ein Kerl im Anzug das Gebäude verließ, in dessen Schlepptau mehrere Männer folgten. Man brauchte kein Genie sein, um zu sehen, dass er das Sagen zu haben schien.

Ich drehte den Schlüssel in der Zündung um und bereitete mich darauf vor, ihnen zu folgen. Wenn mein Verdacht stimmte, würde er mich weiteren Informationen über das Maxwell-Syndikat führen. Plötzlich kam wie aus dem Nichts ein jüngerer Mann in einem Anzug auf die Gruppe zu. Die übrigen Männer machten sofort Platz.

Die beiden Anzugträger umarmten sich und dann überreichte der Chef dem jüngeren Mann einen Umschlag, klopfte ihm auf die Schulter und kletterte in den wartenden SUV. Ich notierte mir das Nummernschild und beobachtete, wie der jüngere Mann seinem Chef zuwinkte, bevor er über seine Schulter schaute und die Straße überquerte. Er kletterte auf den Fahrersitz eines roten Camaro und fuhr direkt auf mich zu.

Ich duckte mich, als er an mir vorbeikam, aber als ich mich danach wieder aufrichtete und umschaute, konnte ich sehen, dass er allein davonfuhr. Ich sah in meinen Rückspiegel und wartete darauf, dass er rechts abbog, bevor ich einen schnellen U-Turn machte, um ihm zu folgen.

Mein eigentlicher Plan war es gewesen, dem Chef zu folgen, aber ich dachte mir, wenn dieser Mann wichtig genug war, um direkt mit dem Chef zu sprechen, könnte er wichtig genug sein, um einige Informationen über Nora oder sogar meine Erpressung zu haben. Ich brauchte sowohl den Beweis, der mich verurteilen und auf Lebenszeit einsperren konnte, als auch den alles erklärenden Hinweis, um zu verstehen, welche Rolle Nora in allem spielte.

Seine erste Station war ein Massagesalon. Ich parkte auf der anderen Straßenseite und ich beobachtete, wie er hineinging. Er verbrachte nur wenige Minuten außerhalb meiner Sichtweite, bevor er auf die Straße zurückkehrte, einen Manila-Umschlag in der Hand haltend, und wieder zurück in den Camaro sprang.

Als Nächstes kam eine schäbige Bar, die verlassen aussah. Er wiederholte seine Routine und hielt sich dort nur wenige Minuten auf, bevor er mit einem Umschlag zurückkehrte. Nach dem fünften Halt kapierte ich schließlich, dass er nur Botengänge für den Chef machte. Er checkte, ob mit dem Geschäft alles in Ordnung war, und kassierte dann wahrscheinlich Miete oder Schutzgeld.

Die Gangs stellten den lokalen Unternehmen alles in Rechnung, wie eine Art Geschäftssteuer, und viele der Unternehmen waren einfach nur Fassaden, um die Organisation nach außen hin zu schützen. Die Massagesalons waren wahrscheinlich Prostitutionsringe und bei den Bars handelte es sich um großartige Möglichkeiten, um Geld zu waschen.

Als der mysteriöse Mann zum Hauptquartier des Maxwell-Syndikats zurückkehrte, trug er einen dicken Stapel der Umschläge bei sich und hielt sie unter seinem Arm, während er auf das Café nebenan zusteuerte. Ich beobachtete von meinem Auto aus, wie der Chef in seinem SUV vorfuhr und dann ausstieg, um den jüngeren Mann an einen kleinen runden Tisch zu begleiten.

Er öffnete einen Umschlag und schüttete das Geld auf dem Tisch aus, was meinen Verdacht nur bestätigte. Der Chef sah zufrieden aus, klopfte ihm auf den Rücken und stand auf, um zu gehen. Ich war zu weit weg, um zu hören, was sie sagten, aber ich war mir sicher, dass ich auf der richtigen Spur war.

Dem Mann, der die Runde machte, vertraute der Chef und ich musste herausfinden, wohin er mich noch führen konnte. Als ich ihn von gegenüber beobachtete, fragte ich mich, wer er war und warum er nicht im Polizeibericht über die Spitzenbosse der Bande auftauchte. Keines der Dokumente sprach von einem Stellvertreter, auf den seine Beschreibung passte.

Er war groß und muskulös, ohne dabei bedrohlich zu wirken. Wenn ich ihn auf der Straße gesehen hätte, würde ich nie denken, dass er mit dem organisierten Verbrechen in Verbindung stand, was wahrscheinlich der Grund dafür gewesen ist, dass man ihn angeheuert hatte. Die Leute würden nicht erwarten, dass ein solch hübscher Kerl in eine der tödlichsten und kriminellsten Familien des Landes verwickelt war.

Es verging eine ganze Weile, bevor er sich auf den Weg zurück zum Camaro machte und wieder folgte ich ihm, diesmal zu einem Wohnhaus.

Es war unmöglich, ihn in die Wohnung zu verfolgen, aber zumindest hatte ich das Auto. Ich parkte den Audi und machte es mir bequem, bereit, die Nacht hier zu verbringen, wenn ich musste.

Ich tippte auf mein Smartphone und rief einen Detektiv aus meiner Kanzlei an. Wie immer nahm er nach dem zweiten Klingeln ab. „Hunter! Was kann ich für dich tun?"

„Ich brauche eine Auskunft über die Halter einiger Fahrzeuge", erklärte ich, bevor ich alle Nummernschilder, die ich über den Tag aufgezeichnet hatte, herunterrasselte.

„Ruf mich in einer halben Stunde wieder an."

Ich bedankte mich und wendete mich wieder den Unterlagen über die Mafia-Bande zu. Ich studierte sie, als wäre ich wieder an der juristischen Fakultät, und sog alles in mir auf, was ich über das Maxwell-Verbrechenskonsortium herausgefunden hatte.

Als es dunkel wurde, nahm ich an, dass meine Zielperson die Nacht in der Wohnung verbringen würde, also schlief ich schnell ein.

Der Camaro war noch da, als ich einige Stunden später von meinen verspannten Muskeln in dem unbequemen Sitz geweckt wurde. Etwa eine halbe Stunde später sah ich den braunhaarigen Mann, dem ich am Vortag gefolgt war, wie er die Wohnung verließ. Ich folgte ihm mit ausreichend Abstand, durch die ruhige Nachbarschaft.

Zuerst hielt er am Maxwell-Hauptsitz an und blieb knapp eine Stunde drinnen, bevor er zu seinem Auto zurückkehrte, um weitere Botengänge zu machen. Er klapperte eine Handvoll Massagesalons, einen Friseursalon und einen Stripclub ab, bevor er in ein Wohngebiet fuhr.

Plötzlich bog er in eine Straße ein, die sich merkwürdig vertraut anfühlte, wie ein Ort, an dem ich vor langer Zeit schon einmal gewesen war. Er hielt unter einem großen Ahornbaum an und alles kam wieder hoch. Es kam mir bekannt vor, weil ich schon einmal hier gewesen war – in der Nacht, als ich Nora entführt hatte.

Aufs Stichwort öffnete sie die Tür und lächelte, bevor sie den Mann hereinbat. Mein Blut kochte und ich presste meine Zähne so fest zusammen, dass ich dachte, mein Kiefer würde gleich explodieren. Nora war nicht nur involviert, sie schlief auch mit dem Feind.

Der Gedanke, dass dieser Drecksack sie berührte, machte mich rasend.

Nora hatte nicht nur eine Rolle bei ihrer eigenen Entführung gespielt, sie arbeitete auch mit dem Feind ihres Vaters zusammen. Aber warum? Wie konnte sie so gefährlich und hinterhältig sein, aber gleichzeitig so unschuldig und ahnungslos wirken? Wenn sie das wirklich geschafft hatte, hatte sie einen Oscar verdient, denn nichts an ihr ließ mich glauben, dass sie zu dem fähig war. Aber es war jetzt offensichtlich. Dafür würde sie bezahlen.

Kapitel Vierzig

Nora

„Detective Carisi! Ich habe Sie nicht erwartet." Ich lächelte.

Mein Tag war vollgepackt mit einem Termin nach dem anderen, während ich das Haus darauf vorbereitete, sich in ein Zuhause zu verwandeln. Der Detective schien unbeeindruckt und bei Tageslicht war er noch attraktiver, als ich ihn in Erinnerung hatte.

„Ich wollte nur nach Ihnen sehen. Darf ich reinkommen?", fragte er.

Es war ein schlechter Zeitpunkt, aber er versuchte nur, seinen Job zu machen, also beschloss ich, ihn nicht abzuweisen. „Okay, aber es muss schnell gehen. Das Möbelhaus hat zugestimmt, meine Bestellung heute erneut zu liefern."

„Ich verstehe. Es dauert nicht lange."

„Also, waren Sie gerade in der Nähe oder haben Sie noch mehr Fragen?"

„Nun ja, ich habe mich gefragt, warum Sie so ein großes Haus für sich ganz allein haben? Oder ist hier noch jemand anderes?" Er blickte mit einer hochgezogenen Augenbraue auf die Treppe.

Ich kicherte über seinen Versuch, Informationen aus mir herauszulocken. Er war charmant und niedlich. Sein Haar war sehr gepflegt und er strich mit seinem Finger hindurch, als er in meine Richtung schaute. Seine haselnussbraunen Augen änderten ihre Farbe im Licht. Ich konnte spüren, wie er mich mit seinen Augen auszog, während er zusah, wie ich mich in Richtung Küche bewegte.

„Keine Sorge. Es gibt keinen gewalttätigen Freund, um den man sich Sorgen machen müsste, nur ein paar verrückte Freunde."

Ich zuckte mit den Achseln und hoffte, dass ich die Geschichte diesmal besser verkaufte.

„Also, warum der ganze Platz?“, wiederholte er.

„Ich eröffne ein Pflegeheim. Ich mache das alles für unterprivilegierte Kinder und in ein paar Tagen wird es hier viel lauter und chaotischer sein. Ich dachte, ich hätte Ihnen davon erzählt.“ Ich runzelte die Stirn und versuchte mich zu erinnern, ob ich es bei unserem ersten Besuch erwähnt hatte.

„Hmm... Vielleicht habe ich es einfach vergessen.“ Er kniff seine Augenbrauen zusammen und versuchte krampfhaft, sich zu erinnern.

Es ärgerte mich ein wenig, dass er mir nicht zugehört hatte, aber ich musste mich daran erinnern, dass ich für ihn nur ein Fall war. Detective Carisi überprüfte wahrscheinlich ein Dutzend Frauen pro Tag und tat so, als ob er an ihren Fällen interessiert wäre, bevor er ohne weiteres zum nächsten Fall überging.

Dann klingelte es an der Tür.

„Das werden die Möbelpacker sein. Ich habe wirklich viel zu tun. Kann ich Ihnen sonst noch irgendwie helfen? Denn das wird eine Weile dauern. Danke, dass Sie vorbeigekommen sind.“ Ich bewegte mich auf die Tür zu, aber Detective Carisi stand auf und zog seine Jacke aus, als wolle er eine Weile bleiben.

„Oh, ich kann Ihnen helfen. Es sieht so aus, als wäre viel zu tun.“ Er zuckte mit den Schultern.

Ein Lächeln überkam mich, als ich über das Angebot nachdachte. Er war definitiv stark – ich konnte das an der Art und Weise sehen, wie er sein Hemd ausfüllte –, aber was nützte es ihm, wenn er in meinem Haus herumhing?

„Sind Sie sicher? Das müssen Sie nicht tun“, sagte ich.

„Ich weiß, aber ich möchte es.“ Er ging die Treppe hinauf und folgte den Umzugshelfern ohne meine Erlaubnis. Er würde helfen, egal was ich sagte, also lehnte ich mich zurück und ließ es ihn tun.

Als wir schließlich mit dem Aufbau der Möbel fertig waren, waren mehrere Stunden vergangen und Detective Carisi hatte eine dünne Schicht Schweiß auf seiner Stirn. Das Haus sah nun aus, als ob dort wirklich jemand lebte, eine große Verbesserung gegenüber dem, wie es vorher ausgesehen hatte.

„Haben Sie ein Bier für mich?“, fragte Carisi.

Eigentlich hatte ich keine Zeit, mit ihm etwas zu trinken. Tasha hatte mir eine lange Liste von Aufgaben gegeben, die ich erledigen musste, bevor ich bereit sein würde, und ich konnte diesen Energieschub gut gebrauchen.

„Ich weiß nicht, ob das eine gute Idee ist.“, zögerte ich, unsicher über seine Absichten. Er hatte bereits Stunden damit verbracht, mir zu helfen, also fühlte ich mich irgendwie verpflichtet.

„Vertrauen Sie mir, ich beiße nicht.“ Ich erschrak, als er mein Handgelenk packte und mich in die Küche führte.

Ich öffnete den Kühlschrank und holte zwei Bier heraus. Dann stießen wir gemeinsam an.

„Ich bin übrigens Frank“, sagte er.

„Nora.“

„Ich weiß.“

Wir mussten beide lächeln.

„Was halten deine Eltern davon, dass du ein Haus voller Kinder übernimmst?“

„Meine Mutter ist gestorben, als ich noch jung war. Ich hoffe, ich kann nun die Mutterfigur, die ich gebraucht hätte, für andere Kinder sein.“

„Und was ist mit deinem Vater? Er muss besorgt sein“, meinte Frank.

„Ich kenne meinen Vater nicht. Ich habe ihn seit meiner Kindheit nicht mehr gesehen. Ehrlich gesagt würde ich ihn auf der

Straße nicht erkennen."

„Es tut mir leid, das zu hören." Er blickte auf sein Bier herab und ich glaubte, einen ersten Anflug von aufrichtigen Gefühlen in seinen Augen gesehen zu haben.

Nachdem wir unser Bier ausgetrunken hatten, brachte ich ihn zur Haustür. Die Sonne ging schon unter und tauchte den Himmel in eine Vielzahl von Orangetönen.

„Nun, vielen Dank für all deine Hilfe. Ich weiß das wirklich zu schätzen."

„Kein Problem. Ich wünsche dir alles Gute für dein Pflegeheim. Es ist eine wunderbare und selbstlose Tat, sein Leben anderen zu widmen." Er lächelte ein weiteres Lächeln, das seine Augen nicht erreichte.

„Danke. Vielleicht kannst du nächste Woche zu einer anderen Zeit vorbeikommen. Die Kinder sollten dann hier sein und du könntest sie kennenlernen", schlug ich vor.

„Klingt großartig." Er streckte mir seine Hände entgegen, um mich zu umarmen. Ich nahm die Umarmung an und pflanzte einen höflichen Kuss auf seine Wange, bevor ich die Tür hinter ihm zumachte.

Ich war erschöpft und hatte noch so viel zu tun, aber für heute war Feierabend. Ich beschloss, zu duschen, bevor ich mich aufs Sofa legen wollte. Mein Haus fühlte sich mit all den Möbeln wärmer an. Ich fühlte mich jünger.

Langsam ging ich die Treppe hinauf, bevor ich mich im Bad auszog und in die Dusche klettere. Das warme Wasser entspannte mich, als es über meinen Körper lief. Es war wie eine sanfte Massage für meinen Muskelkater.

Kapitel Einundvierzig

Hunter

Der Kerl ging grinsend zu seinem Auto zurück, was mich unglaublich sauer machte. Er sah aus wie ein Kind, das gerade einen Kuss von dem süßesten Mädchen der Klasse bekommen hatte. Ich konnte nicht glauben, dass er quasi den ganzen Tag bei ihr geblieben war. Ich hatte beobachtet, wie sie ihm in die Augen sah, und mich gefragt, was in aller Welt hier los war.

Es gab nur eine Person, die mir diese Frage beantworten konnte. Nora.

Es war stockdunkel, als ich über den Rasen schlich. Niemand schien mich zu bemerken, so dass ich ungestört an die Rückseite des Hauses gelangte. Im Gegensatz zum letzten Mal war das Badezimmerfenster verschlossen, doch mit einem Schraubenzieher und genug Kraft war das Schloss kein Problem. Ich zog mich mit Leichtigkeit hoch, mein Adrenalinspiegel schoss nach oben, und ich landete mit katzenartigen Reflexen in der Dusche.

Das Haus sah mittlerweile viel wohnlicher aus mit den neuen Möbeln, die vorhin angeliefert worden waren.

Ein Zimmer hatte ein Etagenbett sowie einen Schreibtisch und einen Stuhl. In einem anderen gab es eine Plastikstaffelei mit einer Tafel auf der einen Seite und Papier auf der anderen. Es wirkte wie eine kleine Schule oder ein Kindergarten, aber ich kaufte ihr ihre beschissene Geschichte über ein Pflegeheim nicht ab. Man traf sich nicht mit Gangstern, um Kinder zu retten.

Schließlich erreichte ich ihr Schlafzimmer, wo sie auf der Seite schlief, mit Blick auf die Tür, so wie sie es auch in der Nacht getan hatte, als ich sie mitgenommen hatte. Sie sah so friedlich aus, als wäre nichts passiert, seitdem ich sie das letzte Mal gesehen hatte. Nora schlief, als hätte sie mich nicht verraten.

Mein Schwanz zuckte, als ich mich ihrem Bett näherte, begierig darauf, sie nach Tagen der Trennung wieder zu spüren.

„Wach auf, Sonnenschein", flüsterte ich bedrohlich. Ihre Augen flogen auf und ich sprang auf sie, um ihren Körper zu bändigen.

Zu meiner Überraschung kämpfte sie nicht gegen mich an und schrie auch nicht. Tatsächlich hätte ich schwören können, dass ich gesehen hatte, wie sich der rechte Winkel ihrer Lippen nur ein wenig zusammenrollte, als sie mich ansah. Sie würde mich nicht noch einmal austricksen, egal wie gut sie darin war, mich mit ihrer Verführung zu manipulieren.

„Hunter!" Sie atmete meinen Namen in einem erregten Flüstern ein. Ich konnte ihren warmen, minzigen Atem auf den Lidern meiner Augen spüren, als sie durch den Schock kräftig ausatmete.

Mein Herz hüpfte, als ich hörte, wie sie zum ersten Mal meinen Namen sagte. Ich wusste nicht, woher sie den erfahren hatte, aber es war ein weiterer Grund, warum ich sie bestrafen musste. Sie wusste zu viel.

„Warum zum Teufel schläfst du mit dem Feind?", zischte ich und bewegte mein Gesicht wieder so nah an ihres heran, dass ich ihren Atem spüren konnte.

„Ich schlafe mit niemandem. Was meinst du damit?", fragte sie mit ihren großen unschuldigen Augen und die Gefühle kamen zurück.

Ich musste den Kopf schütteln, um das Mitgefühl aus meinem Kopf zu bekommen und mich daran erinnern, dass sie mich genauso ausspielte wie zuvor. Mann, sie war gut, aber ich hatte zu viel herausgefunden, um jemals wieder auf ihre Spielchen hereinzufallen.

„Ich habe gesehen, wie er dein Haus verlassen hat, Nora. Hör auf zu lügen!" Ich sprach so laut, dass sie einen Satz machte.

„Das war Detective Carisi. Meine Freundin rief die Polizei

wegen meines Verschwindens", versuchte sie zu erklären, aber ich fiel ihr ins Wort, umschlang mit meiner Hand ihren Hals, bis sie kaum noch atmen konnte. Ich wollte ihre Lügen nicht mehr hören.

„Denkst du, ich bin total bescheuert? Du solltest nicht einmal hier sein." Ich ließ meinen Griff los, blieb aber über sie gebeugt.

„Ich musste es tun, Hunter. Die Kinder", jammerte sie und ich lehnte mich ein bisschen tiefer zu ihr herunter, um sie zu berühren.

Als ich mein Becken gegen ihren weichen Körper drückte, wuchs mein Schwanz einige Zentimeter und mit jeder ihrer Berührungen wurde er härter. Ein sanftes Wimmern entwich ihr, als ich mich gegen sie presste und ihre Beine mit meinen Knien auseinanderdrückte.

„Du bist eine verdammte Lügnerin. Hier sind keine Kinder." Ich schüttelte den Kopf. Sie hatte keine Ahnung, dass ich sie beobachtet hatte. Außerdem hatte ich mir einen Überblick von dem Haus verschafft, bevor ich mich in ihr Schlafzimmer geschlichen hatte.

„Sie werden in drei -", unterbrach ich sie und schob ihr meine Zunge in den Mund. Sie war so erschrocken, dass sie in meine Zunge biss, also küsste ich sie härter. Der Geschmack meines eigenen Blutes erregte mich weiter.

„Hunter!", schrie sie, als ich endlich von ihrem Mund abließ und ihre Hände mit einer Hand über ihren Kopf hielt, während ich meine Jogginghose mit einer anderen runterzog.

„Du wirst lernen, mir zu gehorchen, Nora", knurrte ich und griff unter ihr Nachthemd.

Sie trug kein Höschen und ihr süßer Schlitz war für mich bereits feucht durchweicht. Ich konnte mich kaum zurückhalten, als ich mich über ihr positionierte, bereit, tief in ihre Muschi einzutauchen, während sie sich unter mir wand.

„Ich schwöre es! Ich habe niemandem irgendetwas gesagt. Bitte, lass uns darüber reden."

Ich hatte genug geredet und ihre beschissene Argumentation bestand nur aus Lügen, von denen sie dachte, dass ich sie weiterhin glauben würde. Ohne Vorwarnung rammte ich in sie hinein und dehnte ihre enge Pussy bis zum Anschlag aus. Jeder Verdacht, dass sie den Detective gefickt hatte, wurde schnell ausgeräumt. Es war offensichtlich, dass seit mir niemand mehr in ihr gewesen war.

Sie war noch enger als normal und ich drückte meinen Schwanz gnadenlos in sie hinein und aus ihr heraus. Ihre Schreie waren so laut, dass ich sie küssen musste, um sie zum Schweigen zu bringen. Nach vier Stößen wurde der Schock zum Vergnügen und sie stöhnte gegen meine Zunge. Ich war kurz vor dem Kommen und musste langsamer werden.

„Gott! Ja!", schrie sie, legte ihre Beine um mich und fing an, es zu genießen.

Ich hasste, wie gut sie sich unter mir fühlte. Ihr weicher Körper war wie ein Kissen. Sie fühlte sich noch besser, als ich es in Erinnerung hatte.

Ihre Augen waren geschlossen, aber ihr Körper verriet sie. Sie schaukelte in meinem Rhythmus, sie versuchte meinen Schwanz von unten zu reiten und sich so zu positionieren, dass sie ihren Kitzler an mir reiben konnte. Sie war so gierig und jagte ihrem Höhepunkt nach. Ich beobachtete sie genau und wartete auf den perfekten Moment, um mit ihrer Bestrafung zu beginnen. Ich zog mich aus ihr heraus, weil ich wusste, dass sie jeden Moment explodieren würde.

Sie riss ihre Augen vor Schreck und Enttäuschung auf, als ich auf sie herabblickte und mir ein Grinsen nicht verkneifen konnte. „Hunter", bettelte sie und versuchte, ihre Hände loszureißen, aber ich hielt sie fest über ihrem Körper.

„Oh, du dachtest, ich würde dich einfach so kommen lassen, Nora? Nein, nein, nein, nein, nein. Erinnerst du dich? Du hast mich verraten. Ich werde dir zeigen, warum du mich nicht verärgern solltest, Baby."

Mein Schwanz war so hart, dass er sich nach oben krümmte, aber ich wollte meinen Impulsen nicht nachgeben. Ich hätte fast nachgegeben, als sie so nah an ihrem Höhepunkt war, weil ich fühlen wollte, wie sie noch feuchter wurde. Ihr beim Kommen zuzusehen war fast besser als mein eigener Orgasmus, aber so schnell würde ich es heute nicht zulassen.

Als ich durch ihr Zimmer ging, fand ich einen Gürtel, den ich benutzen konnte.

Ihr kullerten dicke Tränen übers Gesicht und sie kam mit Ausreden, die ich nicht hören wollte, als ich ihre Hände ans Bett band, sodass sie breitbeinig dalag.

„Hunter, es tut mir leid! Ich wollte nichts falsch machen. Du musst mir glauben."

Kapitel Zweiundvierzig

Nora

„Du denkst, du kannst mich verraten und damit davonkommen, du kleine Schlampe?“, schrie er mich an, schob seine Finger in mich hinein und heraus, während mein Körper immer mehr wollte, aber wusste, dass es so bald keine Erlösung geben würde.

Kurz bevor ich den Höhepunkt erreichte, nahm er den Druck weg und mein Körper kühlte sich wieder ab, während sich meine Muskeln vor Verzweiflung weiter anspannten. Er hatte mir mehr Orgasmen verweigert, als ich zählen konnte. Ich sprudelte über, bereit für eine Explosion, aber es gab keine, die meine Qual erlösen könnte.

Er hatte meine Arme an das Bett gefesselt. Er hatte die Kontrolle und stand mit einem seltsamen Blick auf seinem Gesicht über mir. Er liebte es, mich so zu sehen, hilflos und wehrlos, völlig seiner Gnade ausgeliefert.

Er sagte verrückte Dinge, sowas wie, dass ich mit dem Feind schlief, und er nannte mich eine Schlampe, aber ich war mit niemandem zusammen gewesen und hatte keine Ahnung, was er meinte. Die einzige Person, die vorbeigekommen war, war der Detective, wenn man die vielen Möbellieferanten ausschloss.

Schließlich löste er meine Handgelenke vom Bett und kletterte zwischen meine Beine und schaute mir die Augen.

„Leg deine Beine um mich herum wie vorhin“, knurrte er, bevor er plötzlich in mich eindrang.

Ich war so nass von seinem harten Schwanz, mein Körper flehte verzweifelt nach dem Höhepunkt. Ich packte seinen Körper fest, schloss meine Augen langsam, als das Vergnügen seiner Länge neue Tiefen erreichte.

„Ja! Oh! Oh! Ja!“, stöhnte ich.

„Benimm dich, Nora!", knurrte er laut, als er sich in mich stieß.

„Hunter! Das tue ich! Bitte! Nicht aufhören!" Ich flehte ihn an, meine Beine um seine Taille gewickelt, als die Flutwellen des Vergnügens durch einen alles betäubenden Orgasmus auf mich hereinstürzten.

Er hörte nicht auf und fickte mich stattdessen direkt durch meinen Orgasmus. Er stieß immer tiefer und härter, bis ich kurz vor dem nächsten stand. Er war ein Meister darin, mit meinem Körper Dinge zu tun, von denen ich nicht wusste, dass sie möglich waren.

Er knurrte und bockte wie ein Tier. Meine Sinne waren überlastet. Sein Geruch und das Gefühl seines harten Körpers waren noch intensiver, als ich es mir vorgestellt hatte, und die Erinnerungen an vergangene Male kamen zurück. Endlich fand mein Körper wieder Erlösung, was in einen harten und langen Höhepunkt ausartete, bei dem ich seinen Namen rief.

Hunter fuhr fort, tief in mir zu versinken, bis er ihn herauszog und dreimal seinen pulsierenden dicken Schwanz streichelte, bevor sein warmes Sperma auf meinen Bauch schoss. Er grunzte, als seinen Samen auf meinen Bauch tropfte, bis er jeden Tropfen gemolken hatte.

Ohne ein Wort zu verlieren, kletterte er auf die andere Seite des Bettes und zog seine Jogginghose an. Er vermied es, in meine Richtung zu schauen.

Mit dem Nachthemd wischte ich mir das Sperma vom Bauch, bevor ich mich von dem Mann abwandte, der nichts anderes tat, als mich zu verwirren. Jedes Mal, wenn ich dachte, dass es eine Art Verbindung zwischen uns gäbe, erinnerte er mich daran, dass das alles nur in meinem Kopf war, und ließ mich in einem ständigen Durcheinander von Emotionen zurück.

Einen Moment lang waren Funken von Gefühlen in seinen Augen und dann war er eiskalt wie jetzt, ohne sich weiter darum zu kümmern, was ich tat. Es war eine Achterbahn der Emotionen und ich begann zu erkennen, wie viele von unseren Interaktionen ich in seiner Abwesenheit romantisiert hatte.

Hunter war ein schlechter Mensch – es gab keinen Zweifel daran. Als ich mich auf meiner Seite auf dem Bett zusammenrollte, fühlte ich mich noch einsamer, als ich es je in meinem Haus gewesen war. Ein Haus, das ich plante, mit meiner neuen Familie zu teilen. Noch vor wenigen Stunden sah alles positiv aus, aber jetzt war ich niedriger gesunken denn je zuvor und ich fragte mich, warum ich überhaupt nach Chicago zurückgekehrt war.

„Ich kann nicht glauben, dass du mich so verraten hast“, sagte er in einem so leisen Ton, dass ich nicht sicher war, ob es für mich bestimmt war.

Ich drehte mich zu ihm um und beobachtete, wie sich sein Gesicht in das eines kleinen, verlorenen Jungen verwandelte, das Gesicht, das ich in unserer gemeinsamen Zeit kennengelernt hatte. Er sah immer so gequält aus, als ob das Leben manchmal zu schwer zu ertragen wäre. Aber warum er so verärgert über mich war, konnte ich nicht verstehen.

„Ich kam nur zurück, um das Haus fertig zu machen“, versuchte ich zu erklären, aber er schüttelte den Kopf und warf mir einen Blick zu, der meine Lippen versiegelte. Ich wusste, wann er etwas von mir hören wollte, doch jetzt war es definitiv nicht der Zeitpunkt dafür. Ich beobachtete ihn schweigend und wartete darauf zu hören, worüber er noch verärgert war.

„Zurückzukommen ist nur das Geringste. Natürlich musstest du zurückkommen – das Familienunternehmen kann ohne dich nicht weitergehen, was?“, schmunzelte er finster.

Mein Magen verspannte sich vor Wut. Er konnte sauer auf mich sein, aber er musste meinen Traum deswegen nicht ins Lächerliche ziehen. Die Familie, die ich aufbaute, war wichtiger als ein Geschäft. Und er fand es lächerlich? Trotz allem, was ich geschaffen hatte, um ein Heim für Kinder aufzubauen, ohne selbst eines gehabt zu haben? Ich verschränkte trotzig meine Arme.

„Ich kann dir jetzt nicht mehr vertrauen, also kann ich dich auf keinen Fall aus den Augen lassen.“ Er zuckte mit den Achseln, als hätte er keine andere Wahl, aber ich konnte mir nicht vorstellen, wie ich meine Beziehung zu ihm so aufrechterhalten konnte, wie er es wollte, und gleichzeitig das Pflegeheim eröffnen sollte.

„Du kannst nicht hierbleiben, denn die Kinder werden in ein paar Tagen hier einziehen“, sagte ich mit zitternder Stimme und schluckte langsam.

Er starrte mich an und dann auf einen Punkt über meinem Kopf. Ich konnte seine Gedanken nicht deuten. Er blinzelte mit den Augen und kniff seine Augenbrauen zusammen, bevor er schließlich reagierte. „Die Tatsache, dass du dich mit dem Feind verschwörst – ich verstehe diesen Teil nicht, aber mach ruhig mit den Lügen weiter, Nora. Ich weiß, dass keine Kinder kommen werden.“ Er grinste und sah mir mit einem Hunger in die Augen, den ich nicht verstehen konnte.

„Es ist alles wahr, Hunter, ich schwöre es!“ Ich war verärgert, wollte schreien, aber die Worte verließen kaum meinen Mund, da hielt er ihn mir auch schon wieder mit seiner Hand zu.

„Halt die verdammte Klappe mit diesen Lügen. Ich weiß bereits, wer dein Vater ist.“ Er lächelte, als er den letzten Satz sagte, und ich spürte, wie mein Herz flatterte.

Wie konnte er wissen, wer mein Vater war, wenn ich es selbst nicht wusste? Die Dinge gerieten außer Kontrolle und ich fragte mich, ob es Hunter gut ging.

„Oh ja. Anthony Bianchi, der gefährlichste Mann der Stadt. Dein Vater ist ein Gangster und du denkst, dass er seine Schläger schickt“, knurrte er.

Seine Worte verblassten nach dem Namen, der durch meinen Kopf schlich – Anthony Bianchi. Ich konnte nicht sagen, wo ich den Namen schon einmal gehört hatte, aber Hunter war nicht die erste Person, die ihn erwähnte. Eine tiefliegende Erinnerung tauchte auf, aber sie war zu verschwommen, um sich klar zu erinnern. Ich konzentrierte mich darauf, Hunter zu beruhigen, und entschied mich, die seltsame Vertrautheit in den Hintergrund zu drängen.

„Lass uns einfach reden“, sagte ich leise und erzwang ein kleines Lächeln.

Schließlich kletterte Hunter von mir herunter und lag so nah, dass ich spürte, wie sich die Muskeln in seinem Körper mit jedem Wort, das darum ging, wie ich ihn verarschen und mit dem Feind zusammenarbeiten wollte, mehr anspannten.

Hunter zog mich näher an sich heran und küsste meine Stirn sanft, bevor er in mein Ohr knurrte. „Du bleibst besser in meiner Nähe, Nora. Wenn du auch nur daran denkst, mich wieder zu betrügen, werde ich andere Seiten aufziehen. Hast du mich verstanden?“

Ich schaute ihm in die Augen und war mir sicher, dass er es ernst meinte. Ich nickte und sah auf meine zitternden Hände herab.

Kapitel Dreiundvierzig

Hunter

Die Sonne, die durch die Jalousien schien, weckte mich früh am Morgen. Als ich neben mich blickte, sah ich Nora noch friedlich schlafen.

Unser gemeinsamer Abend war fantastisch gewesen. Sie auf den Orgasmus warten zu lassen, war das Erregendste und Erotischste, was ich je getan hatte. Jetzt, da sie meinen Namen kannte, schrie sie ihn und bettelte um mehr und es machte mich, trotz der Gefahr, die es mit sich brachte, vor allem an. Da Nora meinen Namen kannte, bedeutete das, dass sie mich verraten konnte. Aber es war die Gefahr wert, sie meinen Namen rufen zu hören, wenn sie wegen mir kam.

Ich ging auf Zehenspitzen durch ihr Zimmer und schaute mich im Haus nach Beweisen für meine Theorie um. Das Zimmer am Ende des Flurs sah es aus wie ein Büro. Ich ging hinein, öffnete leise die Schubladen und suchte nach jeder Art von Dokumenten oder Papierkram, der sie mit einer Bande in Verbindung bringen konnte. Aber ich fand nur Lieferscheine von den Firmen, die Möbel angeliefert hatten.

Eine Schublade war mit der Aufschrift Kinderbetreuung gekennzeichnet, aber es gab ein Schloss an der Schublade, für das ich den Schlüssel nirgendwo finden konnte. Ich fragte mich, ob die Geschichte, die sie mir auftischte, diejenige war, die sie immer benutzte, und ob sie deshalb so sehr an ihr festhielt. Allein aufgrund der Tatsache, dass ich den Schlüssel nicht finden konnte, während ich alle ihre Schubladen durchstöberte, setzte meine Paranoia wieder ein. Was verheimlichte sie?

Ich hob die Papiere von ihrem Schreibtisch hoch und suchte wirklich überall, aber es gab keine Spur eines Schlüssels. Ich war davon überzeugt, dass sie etwas verheimlichte, und ich war gerade drauf und dran gewesen, sie zu wecken und sie in den

Raum zu schleifen, um Antworten zu erhalten, als ihre leise Stimme meine Gedanken unterbrach.

„Suchst du etwas?“ Sie trug ein anderes Nachthemd und sie sah so sexy aus, dass ich sie einfach hätte über den Schreibtisch beugen können, um es ihr direkt noch einmal zu besorgen. Halt. Aber ich musste die Wahrheit herausfinden, also unterdrückte ich all die Gefühle und die Lust, die in mir aufstieg.

„Öffne diese Schublade!“, befahl ich und zeigte auf den verschlossenen Schreibtisch.

„Es sind nur die Informationen über das Pflegeheim“, versuchte sie zu erklären, aber ich konnte die Angst in ihrem Gesicht sehen und wusste, dass sie versuchte, etwas zu verbergen.

„Öffne die verdammte Schublade“, wiederholte ich und diesmal sprach ich langsamer.

Sie ging um den Schreibtisch herum, blieb am Drucker stehen, der auf einem Regal stand. Sie hob den Drucker an und holte einen glänzenden silbernen Schlüssel hervor, nahm ihn in ihre kleine Hand und gab ihn mir.

Knieend öffnete ich die Schublade. Dort befanden sich verschiedene Akten mit Namen und Fotos auf jeder Registerkarte. Einer davon war ein kleines Kind mit roten Haaren, das aussah, als hätte es Angst vor seinem eigenen Schatten. Ich nahm die Akte heraus, blätterte sie durch und warf sie über die Schulter auf den Boden.

„Nein! Hunter, die brauche ich noch!“, schrie sie, stürmte zu Boden, um die Dokumente wieder einzusammeln, und legte sie vorsichtig wieder in die Akte zurück, als ich die nächste Akte überflog und die Aktion wiederholte.

Sie eilte, um hinter mir aufzuräumen, bis ich jede einzelne Akte durchgegangen war. Ich war jetzt nur noch verärgerter als zu Beginn. Es gab keinerlei hilfreiche Informationen und ich war kein bisschen schlauer, um ihre Rolle in dem Chaos zu verstehen, das jetzt mein Leben war.

„Bist du jetzt glücklich?", fragte sie und packte die Akten fest zusammen.

Ich war so angepisst und sie sah so verlockend aus, dass ich sie packte, ohne nachzudenken. Sie ließ die Akten fallen und sie fielen auf den Schreibtisch. Ich schob sie beiseite, beugte sie über den Holztisch und positionierte meinen Körper über ihrem.

„Du solltest dich besser daran erinnern, wer die Kontrolle hat, Nora. Keine Alleingänge. Hast du verstanden?", knurrte ich.

„Ja", flüsterte sie.

„Wir müssen gehen, also musst du ein paar Sachen packen", wies ich sie an und beobachtete, wie sie in ihr Schlafzimmer ging. Sie stopfte Kleider in einen rosa Seesack und nahm einen Kulturbeutel aus dem Badezimmer mit. Als sie fertig war, gingen wir zum Auto und fuhren los.

„Warum hast du mich verraten?", fragte ich sie erneut.

„Ich habe es niemandem gesagt, Hunter, ich schwöre es!", wiederholte sie, aber ich wusste, dass es Schwachsinn war.

„Warum bist du dann nach Hause gekommen, Nora?" Ich blickte zu ihr hinüber, während ich das Auto wendete.

„Ich konnte die Kinder nicht im Stich lassen. Das war der einzige Grund." Sie versuchte mich mit ihren unschuldigen Augen um den Finger zu wickeln, also schaute ich demonstrativ weg.

„Und dein Handy? Warum bist du nicht ans verdammte Telefon gegangen, als ich angerufen habe?" Ich hob die Augenbrauen und wusste, dass es keine akzeptable Entschuldigung gab.

„Ich hatte Angst", flüsterte sie und weigerte sich nun selbst, in meine Richtung zu schauen.

Ich war mir sicher, dass sie etwas über Anthony Bianchi wusste, denn als ich seinen Namen in der vergangenen Nacht erwähnt hatte, leuchteten ihre Augen wie ein Weihnachtsbaum. Sie wusste viel mehr, als sie zugeben wollte.

Sie gehörte mir. Und obwohl ich genug damit zu tun hatte, dem Maxwell-Syndikat und dem Bianchi-Kartell näher zu kommen, brauchte ich zuerst mehr Zeit allein mit ihr. Sie war alles, woran ich denken konnte, und ich wollte sie spüren und hören, wie sie schrie, wenn ich sie ohne Zurückhaltung rammte.

„Magst du es nicht, wenn ich dich Hunter nenne?“, fragte sie.

Ich blickte hinüber, um in ihre großen Augen zu sehen, die mich anstarrten. Gott, sie war wunderschön. Zu wissen, dass sie zu mir gehörte, brachte meinen Schwanz in Bewegung. Ich konnte nicht genug von ihr bekommen.

„Ist mir egal“, log ich. Ich liebte es, wenn sie meinen Namen sagte; er hatte sich noch nie besser angehört, auch nicht aus dem Mund von jemandem anderem. „Es ist nicht mal mein richtiger Name.“

Ich konnte den Anschein eines Lächelns auf ihren Lippen erkennen, als sie wieder nach vorne blickte, und ich fragte mich, was sie über mich wusste. Ich hatte vergessen, sie zu fragen, wie sie meinen Namen überhaupt herausgefunden hatte, aber zu gegebener Zeit würde ich sie dazu gebracht haben, jede Frage zu beantworten, die mir einfiel. Sie hatte keine Ahnung, worauf sie sich eingelassen hatte, aber ich konnte es kaum erwarten.

Kapitel Vierundvierzig

Nora

„Ich brauche ein Zimmer", sagte Hunter zu dem übergewichtigen Mann hinter der Theke. Er sah uns an und verweilte mit seinem Blick noch ein paar Sekunden auf meinen Brüsten, bevor er seine Aufmerksamkeit auf Hunter richtete.

„Sechzig Dollar", antwortete er schließlich. Hunter nickte und grub in der Tasche seiner Lederjacke.

Als ich mich umsah, fragte ich mich, warum er mich in ein so beschissenes Hotel gebracht hatte. Es war schmutzig und die Lobby sah aus wie aus den 70er Jahren. Natürlich hatte ich nichts gesagt, aber hier war es ekeliger als in so manchem Keller. Ich stützte meine Hände in die Hüften, damit ich nichts berührte.

Hunter benahm sich normal, was für mich immer seltsam war. Es war, als könnte er einen Schalter umlegen. Im einen Moment schrie er und warf mit Sachen herum, im nächsten war er ein aufrichtiger Bürger, sozusagen Everybody's Darling.

Er hatte einen Nervenzusammenbruch. Das war die einzige vernünftige Schlussfolgerung, die ich ziehen konnte, weil nichts an seinem Verhalten Sinn machte.

„Danke", sagte Hunter, als er einen Schlüssel von dem gruseligen Mann am Empfang annahm und dann an meinem Arm zerrte.

Der Flur hatte einen schmutzigen orangenen Teppich, von dem ich wusste, dass er einige schreckliche Dinge gesehen haben musste. Die Lichter waren schwach und das ganze Motel fühlte sich einfach schmuddelig und schmutzig an. Unser Zimmer war nicht anders und als Hunter die Tür öffnete, zögerte ich, bevor ich hineinging.

„Nora, spiel nicht mit mir", flüsterte er und ich zwang

mich, einen Fuß vor den anderen zu setzten.

„Hast du Hunger?", fragte er.

„Ja."

Er bestellte uns zwei Pizzen, die direkt aufs Zimmer geliefert wurden. Als wir sie gemeinsam aßen, entschied ich mich, die ruhige Atmosphäre zu meinem Vorteil zu nutzen. „Willst du noch ein Stück?", fragte ich so freundlich ich konnte.

„Nein, kein Bedarf", antwortete er in einem freundlicheren Ton als sonst und ich wertete das als gutes Zeichen.

„Ich mag es nicht, wenn du sauer auf mich bist, Hunter. Ich schwöre, dass ich nichts falsch gemacht habe", begann ich und als er nichts sagte, fuhr ich fort. „Ich bin nur zurückgekommen, um das Pflegeheim zu eröffnen, von dem ich dir erzählt habe. Das war alles wahr. Das ist es auch, wofür die Akten in meinem Büro waren. Das sind die Kinder, die zu mir kommen."

Wieder blieb er stumm. Ich war mir nicht sicher, ob die Worte ihn erreichten, denn sein Gesicht blieb entspannt. Ihn von der Wahrheit zu überzeugen, war meine einzige Überlebenschance, also erzählte ich weiter.

„Ich weiß nichts über meinen Vater. Er setzte mich als Kind in einem Waisenhaus ab. Ich kann mich nicht einmal an ihn erinnern. Ich schwöre, das ist die Wahrheit. Ich habe ihn danach nie mehr gesehen und habe keine Ahnung, von wem du sprichst."

Als keine Antwort kam, redete ich einfach weiter.

„Du denkst, dass jeder darauf aus ist, dich zu kriegen, aber das ist nicht der Fall. Ich habe niemandem erzählt, was zwischen uns passiert ist, also wissen die Bullen nichts. Der Mann, der mich überprüfen wollte, untersuchte nur eine Vermisstenanzeige, die meine Freundin aufgegeben hat."

Er hörte zu – ich konnte es in seinen Augen sehen –, aber ich wusste nicht, ob er mir glaubte. Sein Ausdruck verhärtete sich direkt vor mir, sein Gesicht wurde zu Stein, was es unmöglich machte, seine Emotionen zu lesen, wenn er welche hatte.

„Ich weiß nichts über einen Feind oder einen Verbrecherboss. Der Mann, der zu mir nach Hause kam, war ein Detective. Er zeigte mir seine Marke. Er war bei …“ Ich hielt inne und versuchte mich daran zu erinnern, für welche Behörde er sagte, dass er arbeitete.

Endlich drehte Hunter sich zu mir. „Genug von deinen Geschichten.“

Kapitel Fünfundvierzig

Hunter

Ich hatte genug von den ganzen Lügen.

Die einzige Geschichte, die irgendeinen Sinn ergab, war der Unsinn, an dem sie festhielt: dass sie keine Ahnung von einer der beiden Banden hatte und tatsächlich das süße Mädchen war, das sie vorgab, zu sein. Ich konnte nicht glauben, dass sie so unschuldig war.

Ich musste ein paar Besorgungen machen, also schloss ich Nora im Hotelzimmer ein. Das Telefonkabel riss ich vorher aus der Wand und ihr Handy nahm ich ihr ab, damit sie nirgends anrufen konnte.

Als ich wieder da war, lag sie auf dem Bett und schaute mich an.

Ihre Blicke durchbohrten mich, also ging ich zu den Taschen, die ich mitgebracht hatte, und konzentrierte mich auf meine Besorgungen. Neugierig, wie sie war, folgte Nora mir und kniete sich neben mich hin.

„Wofür ist das alles?“, fragte sie.

„Ich habe zwei Banden, die hinter mir her sind, Nora. Ich muss vorbereitet sein“, antwortete ich und stieß auf die Kabelbinder. Fast automatisch dachte ich darüber nach, wie ich sie bei ihr einsetzen wollte.

Sie starrte mich an, als würde sie meine Gedanken lesen können, und eilte schnell ins Badezimmer. Als ich das Wasser in der Dusche laufen hörte, stand ich auf, ließ meine Einkäufe Einkäufe sein und beschloss, mich ihr anzuschließen.

Kapitel Sechsundvierzig

Nora

Das Wasser konnte nicht heiß genug werden, um die Scham von meinem Körper abzuwaschen. Jedes Mal, wenn er mich berührte, wollte ich mich so sehr von ihm angewidert fühlen, aber mit ihm wurde ich lebendig. Es war der befreiendste Moment meines Lebens, sich ihm zu unterwerfen und ihm zu erlauben, mit mir zu tun, was er wollte.

Er wusste genau, was er tat, und seine volle Aufmerksamkeit zu haben, war erregend. Ich war nie der Mittelpunkt im Leben einer anderen Person gewesen, aber es fühlte sich an, als ob sich bei Hunter alles nur um mich drehte, egal was ich tat. Er beobachtete mich so genau und konnte erkennen, was mir gefiel und was nicht, bevor ich es selbst konnte.

Es war, wie er sich nach dem Sex benahm, was sich so schrecklich anfühlte. Er schloss mich aus und ging ohne ein einziges Wort weg. Ich hasste es. Mich zu fesseln war nur schön, wenn er mich verführen oder ficken wollte. Ich hasste es, wenn er mich so verletzlich allein ließ. Es gab keine Sicherheitskräfte in dem heruntergekommenen Motel und ich wollte nicht nackt allein entdeckt werden.

Während ich meine Haut mit dem Stück Seife schrubbte, versuchte ich die Erinnerungen zu verdrängen, aber ich konnte es nicht. Die Art und Weise, wie er knurrte, wenn er in mich hineinstieß, machte mir weiche Knie.

Die Tür öffnete sich und Hunter kam ohne Hemd herein. Mein Herz rutschte mir fast in die Hose, so wie er mich ansah. Er wollte mehr, das war mir klar. Aber ich wollte nicht sein Spielzeug sein. Es wurde alles zu kompliziert und ich musste eine Entscheidung treffen.

Ein kleiner Teil von mir wollte dieses abgefuckte Spiel, das wir spielten, fortsetzen und ihm erlauben, mich weiterhin zu benutzen. Ich hätte mich selbst dafür schlagen können, dass ich das auch nur im Entferntesten in Erwägung zog.

Er beobachtete mich genau durch die Glastür und ich drehte mich um, um meinen Körper zu verbergen, aber ich konnte immer noch seine Augen auf mir spüren. Es war zu intensiv, also schaltete ich das Wasser abrupt ab und griff nach meinem Handtuch, aber es war weg.

„Suchst du etwas?", fragte er und wedelte mit meinem Handtuch vor meiner Nase herum. Ich schnappte es ihm aus der Hand, bevor ich den rauen Stoff um meinen Körper wickelte.

Hunter folgte mir aus dem Raum, sein Körper so nah, dass ich seinen Atem hören konnte. Die Wärme seiner tiefen Seufzer kitzelte mein Ohr.

„Komm her." Er zog von hinten an meiner Hüfte und drückte seine Erektion in meinen Rücken. „Spürst du das, Nora?"

Ich antwortete nicht, weil ich fürchtete, meine Stimme würde ihm verraten, wie aufgeregt ich war. Er neckte mich wieder und er wusste genau, dass mein Körper alles tat, was er tun musste, um mehr von ihm zu bekommen.

„Lass uns damit spielen." Er hielt einen Kabelbinder in die Luft, als ich mich umdrehte, um ihn anzusehen. Mein Herz rutschte wieder eine Etage tiefer. Warum war er so fest entschlossen, meinen Körper und mich verrückt zu machen? Es war, als wollte er, dass ich mich durch die vielen Orgasmen in ihn verliebte, aber das ergab keinen Sinn, wenn man bedachte, wie er mich danach behandelte.

„Hör auf, Hunter!", drohte ich ihm, aber es war sinnlos. Er war zu stark und es gab nichts, was ich tun konnte, um ihn aufzuhalten.

„Aufhören?" Er grinste, sein Gesicht so nah an meinem, dass ich Feinheiten seiner Zunge sehen konnte, als er immer näherkam und sie über seine vollen Lippen gleiten ließ. „Ich habe die Kontrolle, Nora. Erinnerst du dich?" Er hob fragend seine

Augenbrauen.

„Was willst du von mir?“ Ich schlang das Handtuch fest um meinen nackten Körper.

„Was will ich?“ Er runzelte verwirrt die Stirn.

„Ja! Was ist es, das du von mir willst?"

„Momentan wüsste ich schon etwas, das mir gefallen würde.“

„Bitte, Hunter. Ich will nicht, dass du mich wieder fesselst“, jammerte ich.

„Es ist mir egal. Siehst du, was du mit mir machst?“ Er deutete auf seine pralle Errektion.

„Du kannst nicht genug bekommen, Nora.“ Er schüttelte den Kopf, als ich versuchte, Luft zu holen.

Er zog seine Hose runter und beobachtete, wie ich auf seine beeindruckende Länge starrte. Ich wollte ihn probieren. Für eine Sekunde dachte ich, er könnte meine Gedanken lesen, als er seinen Schwanz packte und ihn langsam streichelte.

„Was wäre, wenn ich einfach für dich abspritzen und dich länger auf deinen Höhepunkt warten lassen würde? Würde dir das gefallen?“ Er streichelte sein Glied, bevor er seinen Daumen gegen die Eichel seines Schwanzes drückte.

„Bitte, Hunter“, hörte ich mich sagen.

Ich hasste die Art und Weise, wie ich ihn anflehte, aber mein Körper stand nicht unter meiner Kontrolle, wenn er mich so reizte. Ich war seins und er wusste es. Als er auf mich kletterte, grinste er vor Freude.

„Mach auf“, flüsterte er und meine Beine spreizten sich wie von allein, soweit ich konnte.

Als er in mich hineinrutschte, schmolz jeder Gedanke, jeder Plan und jedes Versprechen dahin. Es gab nichts zwischen uns und kein Gedanke konnte geformt werden, so wie er meinen

Körper singen ließ. Ich stöhnte mit jedem Stoß und genoss die Dicke seines Schwanzes.

Hunter war bei Weitem der heftigste Liebhaber meines Lebens, aber ich hatte keine Ahnung, wie berauschend Sex sein konnte, bis er es mir gab. Mein Körper wurde lebendig und ich wickelte meine Beine um ihn, unsere Körper stießen zusammen.

Ihm Freude zu bereiten, war das ultimative Aphrodisiakum und ich kam hart, als er mich lange und hart rammte. Seine Länge erreichte neue Tiefen und ich schrie seinen Namen, was ihn nur noch weiter anzutreiben schien.

„Oh, Gott!“ Ich stöhnte, als er sich in mir auftürmte, seine Füße gruben sich in die Laken, als wollte er sich in mir vergraben.

Seine Hand griff unter meinen Körper und packte meinen Arsch, als er laut in mein Ohr knurrte. Es war so erotisch und animalisch zu hören, wie er sich verlor, und so ließ ich los und erlaubte ihm, mich zu dominieren, wie er es für richtig hielt.

„Jetzt, Nora!“, bellte er und ich stöhnte, unfähig, meine Sprache zu kontrollieren, aber verwirrt, was er wollte.

"Komm! Nora! Komm! Jetzt!"

Wie aufs Stichwort fing mein Körper an, sich zu entspannen, und das Vergnügen überkam mich, als er noch dreimal tief in mich eindrang. Ich kam mit ihm in mir und durch die Intensität, mit der ich kam, zerquetschte ich ihn fast. Es machte ihn an und ich wickelte meine Beine fest um ihn.

Er knallte in mich hinein und heraus und kämpfte darum, aufstehen zu können, bevor er seine Hand um meinen Hals legte, bis ich kaum noch atmen konnte, seine Hüften wippten immer noch unerbittlich vor und zurück.

Er sprach kein Wort, nur unhörbares Grunzen, und ich ließ schließlich den Druck los, der meinen Orgasmus zu neuen Höhen führte, als das cremige, heiße Sperma über meinen Bauch spritzte.

„Verdammt, Nora! Fuck!“, schrie er und rollte sich

erschöpft neben mich.

Oh, ja. Ich musste verdammt nochmal hier raus, weil er mich abhängig machte, so wie er meinen Körper bearbeitete und mich immer um mehr betteln ließ. Es war gefährlich und ich erkannte, dass Hunter nicht der Einzige war, der Hilfe brauchte.

Kapitel Siebenundvierzig

Hunter

Es war so gut gewesen, dass ich sie festhalten und kuscheln wollte, aber das war falsch. Ich musste aus dieser Situation raus und zwar schnell. Als ich mich umsah, suchte ich nach den Kabelbindern, um ihre Handgelenke an den Bettpfosten zu binden.

„Wenn du jetzt gehen willst, kann ich mich bitte anziehen?“, fragte sie. Als sie die Verwirrung in meinem Gesicht sah, fuhr sie fort. „Wenn jemand reinkommt, will ich nicht, dass er mich so findet.“ Sie sah auf ihren Körper herab.

Sie hatte Recht und ich war mir nicht sicher, wie lange ich weg sein würde, also nickte ich und sammelte meine Kleider wieder ein, während sie aufsprang, um sich anzuziehen. Als ich mir schließlich mein Hemd über den Kopf zog, war Nora voll bekleidet und saß nervös auf dem Bett.

„Waren die Schuhe wirklich nötig?“ Ich grinste und sah auf ihre Turnschuhe.

Es spielte keine Rolle, also fesselte ich sie einfach an das Bett und packte meine Sachen, dann schaltete ich das Licht aus und ließ sie in der Dunkelheit allein.

Ich machte mich auf den Weg zu der Person, die mir die Antworten liefern konnte, die ich brauchte: Anthony Bianchi.

Ich stieg in den Audi und fuhr los. Mein Ermittler hatte mir gesagt, dass der Mafiaboss in einem italienischen Steakhouse in der Innenstadt ein und aus ging, also wollte ich dort mein Glück versuchen.

Das Restaurant war stilvoller, als ich erwartet hatte, und ich ließ meinen Blick über die Tische schweifen, während die Empfangsdame eine Menükarte für mich bereithielt. Dann sah ich ihn. Bianchi war dort und saß in einem Séparée an der Rückseite des Restaurants, drei schwarz gekleidete Männer um ihn herum. Es waren geleckte Bodyguard-Typen und ich wusste, dass es schwer sein würde, ihn allein zu bekommen.

„Was ist mit dem hier?“, fragte ich die Empfangsdame und zeigte auf einen Tisch, der mir den perfekten Blick auf die Tür und den Tisch von Bianchi, während er immer noch genug Schutz bot, um unentdeckt zu bleiben.

„Natürlich.“ Sie lächelte und legte die Speisekarte vor mir auf den Tisch. „Ihre Kellnerin wird in Kürze bei Ihnen sein.“

Ich nickte und setzte mich auf meinen Platz, während ich das Geschehen aufmerksam beobachtete. Er war ruhiger, als ich erwartet hatte, lachte und scherzte mit den drei Männern, während er eine klare Flüssigkeit aus einem Glas trank. Es war kein Wasser, also nahm ich an, dass er sich am Ende des Tages einen Drink genehmigte.

„Was darf ich zuerst bringen?“ Die Kellnerin klimperte mit den Wimpern und warf ihr langes blondes Haar über ihre Schulter.

Sie war ein süßes Mädchen, aber sie hatte nichts gemein mit Nora. Und nach dem Tag, den ich mit ihr verbracht hatte, war sie die einzige Frau, an die ich dachte.

„Was können Sie empfehlen?“, fragte ich und richtete meine Aufmerksamkeit weiterhin auf den Tisch des Mafiabosses.

„Unsere Bruschetta als Vorspeise und ich würde sie mit Pfirsich-Eistee kombinieren.“ Sie strahlte.

„Das klingt gut.“ Ich blickte in ihre Richtung und sie eilte davon.

Nach dem Bruschetta bestellte ich das Filet Mignon mit Knoblauchkartoffelpüree und gebratenem Gemüse. Es war köstlich, aber ich genoss es kaum, da meine Aufmerksamkeit nur auf den Tisch im hinteren Teil des Raumes gerichtet war. Irgendwann ging einer der Leibwächter in den hinteren Teil des Restaurants und ich fragte mich, ob es an der Zeit war, zuzuschlagen.

Obwohl er noch immer zwei Leibwächter an seiner Seite hatte, musste ich mein Glück versuchen. Ich winkte die Kellnerin ran und bezahlte meine Rechnung, bevor ich aufstehen wollte. Als ich wieder aufsah, stand plötzlich eine weitere Person mit einem vertrauten Gesicht am Tisch von Anthony Bianchi.

Vincent Marino, der Seniorpartner meiner Firma, lächelte und schlug dem gefährlichsten Mann in Chicago auf die Schulter. Mir verschlug es die Sprache. Das war mein Mentor, der Mann, der mich eingestellt und mir von der bevorstehenden Beförderung als Partner auf der Gala erzählte hatte.

Was hatte er mit der Mafia zu tun? Es schien ein Interessenkonflikt zu sein, aber ich beobachtete ihn und wünschte, ich könnte hören, worüber sie diskutierten. Doch nach einigen Minuten verschwanden sie mit Bianchis Gefolge in einem Hinterzimmer. Ich konnte hier nichts mehr tun.

Auf dem Weg zum Auto versuchte ich mir einen Reim auf das Ganze zu machen. Ein Mafiaboss und ein Partner einer Anwaltskanzlei konnten sich nur treffen, wenn sie Geschäfte miteinander machten. Aber ich hatte noch nie davon gehört, dass meine Firma an Fällen arbeitete, an denen das organisierte Verbrechen beteiligt war. Zeit, um mal im Büro nach dem Rechten zu sehen.

„Mr. Aimes!“, begrüßte mich der Wachmann, als ich durch die Lobby stürmte.

Nach all den Jahren, in denen ich mir nie einen Tag frei genommen hatte, fühlte es sich extrem seltsam an, so lange nicht hier gewesen zu sein. Als ich zum ersten Mal seit Tagen den Aufzug hinauffuhr, hatte ich nicht einmal mehr das Gefühl, dass ich noch hier arbeitete.

Ich stieg aus dem Aufzug und ging den Flur entlang. Als ich den Aktenraum erreicht hatte, fing ich an durch all die Akten zu suchen, die etwas mit dem Bianchi-Kartell zu tun hatten, und sie auf den Tisch zu legen. Unser System war digitalisiert, also musste ich nur den Namen in einen Computer eingeben und das System spuckte alle damit verbundenen Fälle und Untersuchungen aus.

Es gab mehr Dateien, als ich erwartet hatte, also beschränkte ich meine Suche auf Anthony Bianchi und überprüfte nur die Ergebnisse, die speziell seinen Namen enthielten. Ich suchte die Akten und legte sie auf den großen Mahagonitisch in der Mitte des Raumes.

Es würde eine lange Nacht werden, um herauszufinden, was hier los war, aber zumindest bestand die Hoffnung, dass, sobald es vorbei war, ich genau wissen würde, was Noras Rolle in dieser ganzen Geschichte war.

Wenn sie etwas mit der Organisation ihres Vaters zu tun hatte, müsste sie in diesen Akten aufgeführt sein.

Ich öffnete die erste Akte und mein Mund blieb offenstehen. Es war nur das erste Stück zum Puzzle, aber schon mehr, als ich verkraften konnte.

Kapitel Siebenundvierzig

Nora

Waisen- und Pflegekinder waren einem hohen Entführungsrisiko ausgesetzt, sodass ein Teil meiner Ausbildung zum Pflegeelternteil das Erlernen von Sicherheitstipps beinhaltet hatte, welche ich an die Kinder weitergeben konnte. Eine wichtige Lektion dieser Ausbildung war gewesen, wie man aus einer Kabelbinderfessel ausbrechen konnte.

Als ich diesen Kurs besucht hatte, dachte ich noch daran, wie sinnlos und unnötig das Training war, aber jetzt bereitete ich mich darauf vor, die Technik anzuwenden.

Wenn Hunter beim ersten Mal schon Kabelbinder benutzt hätte, wäre alles vielleicht gar nicht so weit gekommen.

Die Erinnerung traf einen Nerv. Das *erste* Mal, als er mich entführt hatte. Der Mann hatte mich mehr als einmal ausgenutzt und es war klar, dass er nicht damit aufhören würde. Ich war mir nicht sicher, was er von mir wollte, und ich war auch nicht daran interessiert, es herauszufinden.

Ich verrenkte mich und hielt meine Knöchel fest, um meine Schnürsenkel miteinander zu verbinden. Ich schlang die Schnüre durch die Kabelbinder und band jeden Schuh so zusammen, wie sie es uns im Selbstverteidigungskurs beigebracht hatten.

Als sie fest waren, zog ich meine Füße auseinander und benutzte all meine Kraft. Zuerst zogen sich die Schnürsenkel nur fest, aber dann platzte der Kabelbinder und ich schrie vor Aufregung und sprang aus dem Bett.

Ich hatte keine Ahnung, wie lange er weg sein würde, also beeilte ich mich so schnell ich konnte und packte meinen Seesack zusammen. Als ich die Tür öffnen wollte, stieg Verzweiflung in mir auf. Er hatte mich eingeschlossen. Dann erinnerte ich mich ans Badezimmer. Und unser Zimmer lag im Erdgeschoss.

Ich rannte ins Bad und inspizierte das kleine Fenster, welches man öffnen konnte. Hunter hätte niemals hindurch gepasst, aber ich könnte es schaffen. Ich stellte mich auf einen Hocker und warf meinen Seesack nach draußen, bevor ich mich kopfüber hinaushangelte.

Ich hätte nie geglaubt, dass ich lebend aus diesem Schlamassel rauskommen würde, also hatte ich mir auch keinen Plan zurechtgelegt. Ich war auf mich allein gestellt.

Mit gesenktem Kopf überquerte ich die Straße, bevor ich auf eine Bushaltestelle zusteuerte. Es dämmerte bereits und war kalt draußen, aber mein Adrenalin pumpte so schnell, dass ich schwitzte, während ich auf die Ankunft des Busses wartete.

Ich hatte keine Ahnung, wie spät es war, also konnte ich nicht wissen, wie lange Hunter schon unterwegs war. Es fühlte sich so an, als wäre ich stundenlang gefesselt gewesen, also nahm ich an, dass er bald zum Motel zurückkehren würde.

Schließlich kam der Bus. Ich stürmte hinein, bezahlte mein Ticket und setzte mich nach hinten.

Als wir in der Nähe der Innenstadt angekommen waren, stieg ich aus dem Bus und hielt das nächstbeste Taxi an. Ich kletterte schnell auf den Rücksitz, bevor ich dem Fahrer die Adresse zu meiner alten Wohnung gab.

Ich war vor Wochen ausgezogen, um mich auf die Eröffnung des Pflegeheims vorzubereiten, aber der Mietvertrag war noch nicht ausgelaufen. Ich hoffte, dass Hunter nichts von dieser alten Wohnung wusste.

Plötzlich erinnerte ich mich, dass Hunter mich mit dem Klapphandy orten konnte, also wühlte ich in meinem Seesack, bis ich es gefunden hatte und warf es aus dem Fenster. Ein Lächeln legte sich auf mein Gesicht, als ein anderes Auto darüberfuhr.

Hunter war mir immer zwei Schritte voraus gewesen, aber ich hatte endlich einen Plan, der mir half, von ihm wegzukommen.

Ich lehnte mich zurück und beobachtete die Stadt, die langsam an mir vorbeizog.

Ich liebte Chicago bei Nacht. Die Art und Weise, wie die Stadt leuchtete und die Geräusche sich zu einem organisierten Chaos vermischten. Hunde bellten, Autos hupten, laute Stimmen schrien und die Musik aus den Nachtclubs dröhnte. Es war nicht so sehr der Klang der Stadt, sondern der Geruch von Freiheit, der mich sprachlos und ungemein dankbar machte, nachdem ich Hunter ein weiteres Mal überlebt hatte.

Als das Taxi an meiner alten Wohnung ankam, fühlte es sich an wie eine Szene aus einem alten Film, den ich vor langer Zeit gesehen hatte. Was früher der Ort war, den ich Zuhause nannte, sah verlassen und fremd aus.

Glücklicherweise hatte ich gerade genug Geld, um den Fahrer zu bezahlen. Er fuhr los, bevor ich die Hintertür überhaupt schließen konnte, und ließ mich in der Dunkelheit allein. Ich hatte noch nie Angst in meiner alten Wohngegend gehabt, war oft spät nach draußen und allein nach Hause gegangen, aber heute fühlte es sich seltsam an, als ich die Treppe zum Mehrfamilienhaus hinaufging.

Ich schaute erst über die eine Schulter, dann über die andere und ich machte mir Sorgen, dass ich bei jedem Schritt beobachtet wurde.

Als ich meine alte Wohnung betrat, begrüßte mich ein komplettes Durcheinander. Ich war voll und ganz damit beschäftigt gewesen, den Umzug in mein Pflegeheim vorzubereiten, weshalb ich hier kaum noch für Ordnung gesorgt hatte. Ich bahnte mir meinen Weg durch halb fertig gepackte Umzugskartons, bis ich schließlich die Couch fand und mich hinlegte.

Mein Bett war bereits in das neue Haus gebracht worden – das Bett, aus dem mich Hunter zweimal entführt hatte. Es war eine dunkle Erinnerung, aber mein Körper reagierte dennoch mit Verlangen und verwirrte mich noch weiter. Die Dinge waren so kompliziert, dass ich nicht mehr erkennen konnte, ob ich Hunter wollte oder ob ich hasste, was er mir angetan hatte.

Inzwischen war er sicher wieder im Motel und hatte meine Flucht bemerkt. Was würde er tun? Und noch wichtiger: Was würde er mit mir tun, falls er mich je wiederfindet?

Mein Magen zog sich bei dem Gedanken zusammen und ich starrte an die Decke und versuchte zu entscheiden, was ich als Nächstes tun sollte. Ohne das Handy hatte ich nicht einmal eine Möglichkeit, ihn zu kontaktieren. Doch er konnte mich auch nicht orten.

Ich war frei von ihm, aber es fühlte sich nicht nach Erleichterung an. Alles, was ich tun konnte, war zu hoffen, dass er mich nie fand. Aber tief in meinem Herzen wusste ich, dass er niemals aufhören würde, mich zu suchen.

Kapitel Achtundvierzig

Hunter

Die Straße, die ich entlangfuhr, um das beschissene Motel zu erreichen, war kaum beleuchtet. Ich stieß einen Seufzer der Erleichterung aus, als ich das Neonschild langsam erkennen konnte. Ich hatte in zu kurzer Zeit zu viel herausgefunden und mein Verstand war damit überfordert, all die Puzzleteilchen zusammenzusetzen.

Meine Anwaltskanzlei war nicht das, für was ich sie all die Jahre gehalten hatte. Nach zwei Stunden Recherche im Büro war klar, dass das Bianchi-Kartell und mein Chef, Vince Marino, mehr als nur Geschäftspartner waren. Unsere Kanzlei steckte bis zum Hals im Mafiasumpf.

Mein Kofferraum war gefüllt mit Akten, in denen die Beteiligung meiner Firma an der Geldwäsche von illegalen Mafiagewinnen beschrieben wurde. Vince hatte direkt mit Anthony Bianchi zusammengearbeitet, um Briefkastenfirmen zu gründen, die schmutziges Geld waschen sollten.

Nirgends fand ich etwas über Nora oder eine Tochter mit irgendeinem Namen.

Ich schüttelte den Kopf und fuhr auf den Parkplatz des Motels. Ich musste Abstand zu ihr gewinnen, aber ich fühlte mich so von ihr angezogen, dass ich langsam zugeben musste, dass ich kaum noch zu zähmen war. Ich konnte nicht genug von ihr bekommen.

Als ich den Flur entlang ging, überlegte ich mir, wie es mit uns weitergehen sollte. Falls sie mich überzeugen konnte, dass sie tatsächlich nichts von ihrem Vater wusste, könnten wir eine Chance haben.

Ich drehte den Schlüssel um, öffnete die Tür zu unserem Hotelzimmer und alles fühlte sich seltsam an. Alle Räume waren hell erleuchtet, aber ich erinnerte mich, dass ich nur ein Licht angelassen hatte, als ich Nora vor ein paar Stunden verlassen hatte. Mein Bauchgefühl wurde mit jedem Schritt schlechter, bis ich das Bett erreichte und die zerrissenen Kabelbinder sah.

Sie war weg.

Ich durchsuchte das Badezimmer und sah das offene Fenster.

Für einen Moment lang wurde ich ganz ruhig, dann sah ich rot.

Meine Fäuste trafen eine Lampe, die auf dem dreckigen Teppich zerbrach. Meine rechte Hand stieß ein Loch in die Wand und zerbrach das billige Sperrholz mit Leichtigkeit. Als Nächstes griff ich nach allem, was ich erreichen konnte, was in diesem Fall ein kleiner Kühlschrank war. Ich warf ihn in einen Spiegel über dem Fernseher, bevor beides auf den Boden fiel.

Ich hatte gerade die Bettwäsche von der Matratze gerissen, bereit, sie auf den Boden zu schmeißen, als ich den fetten Kerl von der Rezeption bemerkte, der in der Tür stand. Seine Augen waren doppelt so groß wie normal, seine Wangen rot vor Angst. Ich konnte sehen, wie verängstigt er war, als ich ihn ansah, aber es war mir egal.

„Alter! Beruhige dich! Bitte“, bettelte er, als ich durch den Raum stürmte und ihn am Kragen packte.

„Wo ist sie?“

„Was? Wer?“, presste er gerade so mit einem kurzen Atemzug hervor.

Ohne meinen Griff zu lockern, zog ich ihn nach hinten und seinen Kopf von der Wand weg. Er bewegte sich langsam, um sein Gleichgewicht zu halten. Meine Faust schlug ein weiteres Loch in die Wand, dieses Mal neben seinem Kopf.

„Bitte!“, schrie er.

„Das Mädchen, das bei mir war! Wo ist sie hin?“ Ich

drückte seinen Hals enger zusammen.

Fett, wie er war, rutschte er aus meinem Griff und machte zwei Schritte in Richtung Tür, während er seine Hände hochhielt. „Ich schwöre, ich habe sie nicht gesehen!"

Er rannte so schnell er konnte aus dem Zimmer. Sicherlich würde er bald die Polizei rufen. Ich beeilte mich, um meine Sachen zu holen, bevor ich zum Mietwagen lief.

Ich schlug die Autotür zu und fuhr in Richtung Flughafen.

Mein Puls war auf hundertachtzig, als ich über den Highway raste und mich darauf vorbereitete, meine Spuren nach dem Auftritt im Motel zu verwischen. Der Typ würde definitiv die Behörden alarmieren und ich wollte ihnen keine Chance geben, mich zu erwischen.

„Sie sind früh zurück, Mr. Aimes. Ich hatte Sie bis zum Ende der Woche eingeplant", sagte der Angestellte der Autovermietung, als ich endlich am Ende der Schlange angekommen war.

„Ich brauche es einfach nicht mehr." Ich versuchte meine Wut zu verbergen.

„Vielen Dank! Sie sind fertig." Der Angestellte hinter dem Tresen lächelte. Ich zwang mich zu einem Lächeln, bevor ich aus dem verglasten Büro stürmte und nebenan zu ihrem Konkurrenten ging, um mir ein neues Auto zu holen.

Sobald ich in dem neuen Mietwagen saß, hatte meine Wut ein wenig nachgelassen, aber ein Blick auf die Kiste mit Akten, die ich aus meiner Anwaltskanzlei mitgenommen hatte, um das Komplott mit der Mafia zu beweisen, ließ sie wieder aufflammen. Mein Fuß drückte das Gaspedal bis zum Anschlag durch, als ich zu Noras Pflegeheim raste. Ich war mir sicher, dass sie nach Hause zurückgekehrt war, so wie sie es vorher getan hatte.

Mittlerweile war es vier Uhr morgens. Die Autobahn war in den frühen Morgenstunden frei und die Sonne ging bereits auf.

Die Lichter in Noras Haus waren aus, also parkte ich das

Auto, bereit, sie noch einmal zu überraschen. Das Fenster war nach wie vor offen, nachdem ich es beim letzten Mal aufgebrochen hatte. Nach wenigen Augenblicken war ich drin.

Im Gegensatz zu damals fühlte sich ihr Haus jetzt kalt an und obwohl ich weitersuchte, wusste ich, dass sie nicht da war, lange bevor ich das Schlafzimmer erreichte.

Mein Stolz war verletzt, weil ich wusste, dass sie sich entschieden hatte, zu gehen. Natürlich konnte sie nicht wissen, welch tiefe Gefühle ich für sie entwickelt hatte, aber ich wusste es.

Ich setzte mich auf das Bett, um mich zu sammeln, und fand bald mein Gesicht auf der weichen Baumwolle ihres Kissenbezuges wieder und inhalierte ihren süßen Duft.

Sie hatte einen Weg gefunden, mir für die Nacht zu entkommen, aber ich war entschlossen, sie zu finden, sobald der Morgen anbrach. Meine Augen schlossen sich und meine Hand lag auf meiner Hüfte. Der Geruch und das Bild von Nora reichten aus, um mich zu erregen.

Ich packte meinen Schwanz und erinnerte mich an die Kurven ihres Körpers, die Art und Weise, wie sie meinen Namen rief, bevor sie ihren Höhepunkt erreichte, und den süßen Geschmack ihrer Zunge. Es war nicht schwierig, denn sie war alles, woran ich denken konnte.

Nora machte mich mehr an als jede andere Frau. Sie machte mich süchtig und es gab keine Möglichkeit, dass ich diese Droge aufgab. Als ich meinen Schwanz streichelte, flüsterte ich leise, was ich mit ihr machen würde, so als ob sie auf der anderen Seite des Raumes sitzen und mir mit ihren großen braunen Augen zuschauen würde.

Ich wollte die Unschuld direkt aus ihrem winzigen Körper ficken. Und ich würde sicherstellen, dass es ihr gefiel.

Kapitel Neunundvierzig

Nora

Ich hatte nie bemerkt, wie knapp die Münztelefone geworden waren, bis ich eines brauchte.

Nachdem ich zwei Blocks gelaufen war, entdeckte ich schließlich eines vor einer Tankstelle und lief schneller. Ich näherte mich dem Telefon mit einer Handvoll Münzen in der Hoffnung, dass es noch funktionieren würde. Glücklicherweise war es das und ich wählte schnell Tashas Nummer.

„Hallo?“, antwortete sie mit ihrer Stimme, die für unbekannte Telefonnummern reserviert war.

„Tasha, ich bin's, Nora.“ Ich hielt das Telefon fest an mein Ohr.

„Oh, hey!“ Sie wechselte mit Leichtigkeit in ihre informelle Stimme.

„Ich kann die Kinder diese Woche nicht in Empfang nehmen. Bitte, ich brauche deine Hilfe, um einen anderen Termin zu machen“, sagte ich und drehte mein Haar um meinen Finger, weil wusste, was sie davon halten würde.

„Nora ...“ Sie hielt inne und ich fühlte mich noch schrecklicher, als ich merkte, dass ich sie im Stich ließ.

„Wenn du dir Sorgen um die Verantwortung für alles machst, sage ich dir, dass du recht damit hast. Das wird eine große Veränderung in deinem Leben sein. Ich weiß, dass du all die Bücher gelesen hast, die ich dir gegeben habe, und ich weiß, dass sie dich wahrscheinlich erschrecken. Aber was in diesen Büchern nicht steht, ist, wie diese Kinder dich zum Besseren verändern. Du hast viel durchgemacht und ich weiß, dass du dich mehr als die meisten Menschen mit den Kindern identifizieren kannst, die du retten wirst. Ich benutze dieses Wort nicht leichtfertig, das ist es, was du tun wirst: Kinder retten, die keine andere Chance haben.“

Tasha sprach schnell und ließ mir keine Zeit, sie zu unterbrechen.

„Lass uns einen Kaffee trinken und persönlich darüber sprechen.“

„Oh, nein, ich glaube nicht“, stotterte ich.

„Nun, du musst mit mir reden, Nora. Ich kann dir nicht helfen, wenn ich nicht weiß, was los ist.“

Durfte ich ihr von Hunter erzählen? Natürlich nicht. Sie würde sofort die Polizei rufen und ich war mir immer noch nicht sicher, ob es das war, was ich wollte. Hunter hatte Probleme und er brauchte Hilfe, aber ich war mir nicht sicher, ob ich ihn im Gefängnis haben wollte.

„Ich habe im Moment einfach eine Menge Chaos in meinem Leben, Tasha“, versuchte ich, sie zu überzeugen. „Es ist nicht so, als wenn ich kalte Füße bekäme“, fügte ich mit einem schlechten Gewissen hinzu.

„Weißt du was? Das ist mir egal. Du wirst mich jetzt auf einen Kaffee treffen. Sag mir den Ort.“ Ihr Tonfall ließ keinen Zweifel daran, dass sie es ernst meinte.

„Tasha, wirklich, mir geht es gut“, log ich, aber sie kaufte es mir nicht ab.

„Sag mir den Ort, Nora.“

Als ich mich umsah, entdeckte ich ein Café am Ende des Blocks.

„Café Noire“, flüsterte ich in den Hörer.

Tasha kam innerhalb von fünfzehn Minuten im Café an und schaute durch den Raum mit all den kleinen Tischen, bis sie mich entdeckte. Ich war nervös und verlegen. Tasha im Stich zu lassen, fühlte sich falsch an. Sie sah besorgt aus, als sie sich auf den Weg zum Tisch machte, bevor sie mich in ihren Arm nahm und ich aufstand, um sie zu begrüßen.

Ich umarmte sie länger als nötig. Es tat gut, sie zu sehen.

„Komm schon, setz dich. Lass uns reden." Sie bewegte sich auf die Stühle zu und ich setzte mich ihr gegenüber.

„Nora, wie ich schon am Telefon sagte, es gibt viele Bedenken, wenn man Kinder aufnimmt. Sie werden in deine Verantwortung fallen und ich weiß, dass das beängstigend sein kann, aber du musst genauso die positiven Seiten berücksichtigen." Sie griff mit der Hand über den Tisch und sah mir Verständnis suchend in die Augen.

„Tasha, das ist es nicht ..." Ich versuchte, die richtigen Worte zu finden, aber meine Stimme versagte.

„Nimm etwas Wasser." Sie schob das Glas auf dem Tisch zu mir, das von der Kellnerin zuvor gebracht worden.

„Danke", sagte ich. Das Wasser half, mich ein wenig zu entspannen.

„Atme, Nora. Du musst mit mir reden", drängte sie und lehnte sich über den Tisch, während ihre Hand auf meiner ruhte.

Ich atmete einen letzten tiefen Atemzug ein, bevor ich meine Augen öffnete, um zu sehen, wie Tasha mich mit Mitgefühl und Liebe anstarrte.

„Ich traf diesen Kerl, Tasha. Und er ist, ähm, ein bisschen anspruchsvoll." Ich hörte mich selbst, wie ich Hunters Identität verheimlichte. Tasha schwieg, sodass ich weitermachen konnte.

„Er hat mich verfolgt und zuerst dachte ich, ich könnte entkommen und in mein normales Leben zurückkehren, aber er ist verrückter, als ich dachte."

„Was meinst du mit verrückt?" Tasha sah besorgt aus und ich wusste, dass ich einige Dinge verheimlichen musste, sonst würde sie die Polizei rufen.

„Nicht so, Tasha. Er hat nur diese komische Vorstellung von mir, die wirklich keinen Sinn ergibt", erklärte ich.

„Vorstellungen wie was, zum Beispiel?", fragte sie.

„Er denkt, ich sei die Tochter eines Mafiabosses." Ich winkte ab, wurde aber von dem Schock auf Tashas Gesicht gestoppt. Ihr Körper versteifte sich und ihre Augen wandten sich zum ersten Mal von mir ab.

Es war klar, dass etwas, was ich gesagt hatte, sie verstörte, aber ich war mir nicht sicher, wie ich ihre Reaktion deuten sollte. Machte sie sich Sorgen, dass ich einen Stalker erwähnt hatte? Oder war es, wie ich vermutete, nur eine Bestätigung für die wilde Anschuldigung, die Hunter über meine Vergangenheit gemacht hatte?

„Gibt es etwas, das du mir nicht sagen willst?"

Immer noch nicht in der Lage, mich anzusehen, griff sie nach meiner Hand, als sie mit einer so leisen Stimme sprach, dass ich meinen Kopf näher bewegen musste, um ihre Worte zu verstehen.

„Wir haben versucht, dich davor zu schützen. Er war nicht gut und er wollte nichts mit dir zu tun haben." Ihre Worte trafen mich wie Kugeln aus einer Pistole und mein Atem verwandelte sich in ein Keuchen.

„Dein Vater war ein böser Mann, Nora. Aber du musstest nicht bei ihm aufwachsen und so haben wir deinen Nachnamen in Blanche geändert, um dir einen Neuanfang zu ermöglichen. Wir dachten, es wäre das Beste für alle."

Tasha schüttelte den Kopf und befreite sich von einer Erinnerung, die sie nicht mehr haben zu wollen schien. Meine Welt und alles, was ich von ihr wusste, war in Sekundenbruchteilen zerstört worden. Der Raum fühlte sich an, als würde er sich drehen.

„Nora, ich wollte es dir sagen, ich schwöre, das wollte ich. Aber es war Firmenpolitik, die Details der Eltern nicht mit den Kindern zu teilen, und als du älter wurdest, dachte ich, es sei das Beste, wenn du nichts über deine Familiengeschichte weißt. Das ist nicht, wer du bist, und du musst nicht darunter leiden, wer dein Vater ist."

Hunter hatte die Wahrheit gesagt und ich war weggelaufen und hatte gedacht, er sei durchgeknallt. Nur weil die Frau, der ich mehr vertraute als allen anderen, ein Geheimnis über meine Identität hatte, das jetzt mein Leben ruinierte.

„Tasha, ich muss los.“ Ich stand abrupt auf und ignorirte, wie sie von ihrem Stuhl sprang, um mich aufzuhalten.

„Nora, bitte tu das nicht“, sagte sie so laut, dass sich die anderen Gäste im Café neugierig zu uns wandten.

„Ich brauche etwas Zeit, um das zu verarbeiten“, sagte ich und bewegte mich möglichst schnell, damit sie mich nicht aufhalten konnte.

Zu meiner Überraschung ließ sie mich ohne weitere Einwände gehen. Ich fühlte, wie ihre Augen mir aus dem Restaurant und die Straße hinunter folgten. Es gab nichts, was ich ihr zu sagen hatte.

Kapitel Fünfzig

Hunter

Ich hatte in Noras Bett verschlafen und der Morgen war bereits vorüber. Ich hoffte, dass sie mich wecken würde, aber das Haus war genauso still wie bei meiner Ankunft. Sie war schlauer geworden und wusste, dass sie nicht in das Haus zurückkehren könnte, aus dem ich sie zweimal entführt hatte.

Nachdem ich eine Stunde lang durch ihre Nachbarschaft gefahren war, rief ich einen Privatdetektiv an, den ich aus meiner Tätigkeit in der Kanzlei kannte. Er hatte ein Händchen dafür, schier unlösbare Aufgaben zu erledigen, und konnte innerhalb weniger Stunden einen Zeugen finden, wenn wir ihn für den Prozess brauchten.

„Hunter! Wie geht es dir? Ich habe eine Weile nichts von dir gehört. Wie kann ich helfen?"

Ich kam direkt auf den Punkt und wusste, wie viel er pro Stunde verlangte. „Hey, Carl. Ich brauche eine umfangreiche Personenüberprüfung."

„Klingt einfach. Wie ist der Name?"

„Nora Blanche."

„Geburtsdatum?", fragte er. Eine Standardfrage, auf die ich keine Antwort hatte.

„Alles, was ich habe, ist der Name."

„Na fantastisch. Wann brauchst du die Infos?"

„Gestern."

„Ich verstehe. Ich meld mich, wenn ich was habe. Du kannst rüberkommen, wenn du einen Ausdruck willst, oder ich kann dir die Infos per E-Mail rüberschicken", begann er, aber ich schnitt ihm das Wort ab.

„Keine E-Mail. Ich will nicht, dass es irgendwelche Aufzeichnungen über diese Nachforschung gibt, Carl."

„Verstanden. Komm in einer Stunde zu mir", antwortete Carl nüchtern.

Ich fuhr ziellos durch die Stadt, um die Zeit herumzubekommen. Immer wieder schweiften meine Gedanken zu meiner korrupten Anwaltskanzlei oder zu Nora ab. Es war eine Erlösung, als ich schließlich meinen Wagen parkte und in Carls Büro ging.

„Pünktlich auf die Minute", grinste Carl mich an. Er war Anfang fünfzig, war für sein Alter aber ungewöhnlich gut in Form.

„Irgendwas Ungewöhnliches?"

Er zuckte mit den Achseln und gab mir einen dünnen Ordner. „Sieh selbst."

„Danke." Ich drehte mich um, um zu gehen.

„Wenn du Fragen hast oder sonst noch etwas brauchst, meld dich", rief Carl mir nach.

„Bei deinen Stundensätzen?", grinste ich über die Schulter und verließ das Gebäude.

Ich eilte zum Auto und schloss die Türen ab, bevor ich tief durchatmete und den Ordner öffnete.

Nach Carls Recherchen wurde Nora in einem Waisenhaus aufgezogen, aber ich wusste, dass solche Dinge gefälscht werden konnten. Man müsste tiefer graben, um die Wahrheit zu finden.

Was seltsam war, war, dass es vor ihrem achten Geburtstag keine Informationen über sie gab.

Ich hatte nicht die Zeit, Details zu analysieren, also legte ich den Ordner auf den Beifahrersitz und machte mich auf den Weg zu dem Ort, der als Noras letzter Job aufgeführt war. Den Recherchen zufolge hatte sie als eine Art Sachbearbeiterin gearbeitet.

Ich beobachtete das Bürogebäude knapp zwei Stunden von der anderen Straßenseite aus, doch es gab nie ein Zeichen von ihr. Ich überlegte, ob ich reingehen und nach ihr fragen sollte, aber ich wollte auch nicht mehr Aufmerksamkeit als nötig erregen – schließlich war sie vor kurzem schon als vermisst gemeldet worden.

In Carls Unterlagen fand ich die Adresse einer früheren Wohnung. Ich beschloss, mein Glück dort zu versuchen, auch wenn die Wohnung wahrscheinlich schon längst gekündigt war, jetzt, wo Nora das Pflegeheim eröffnete. Falls das wirklich stimmte.

Ich fuhr wieder quer durch die Stadt, bis ich die Adresse erreichte. Ich parkte ein Stück weit von dem Apartmentkomplex entfernt und ging zu Fuß bis zum Eingangsbereich. Auf den Klingelschildern sprang mich der Name förmlich an: Nora Blanche.

Der Anordnung der Klingeln zufolge musste sie im Erdgeschoss auf der rechten Seite wohnen. Ich schlich um das Haus und spähte durch ein Fenster.

Da war sie. Mitten in der Küche.

Ich musste mich beherrschen, um nicht direkt durch das Fenster zu springen. Stattdessen schlich ich weiter, bis ich die kleine Terrasse erreicht hatte. Die Tür zur Wohnung stand offen und ich verlor keine Zeit. Mit einem Satz war ich über den nur rund einen Meter hohen Zaun drüber und stürmte in die Küche

Nora stand nur wenige Meter entfernt an der Kücheninsel mit ihren leuchtenden und großen Augen voller Angst.

„Oh mein Gott."

„Der wird dir jetzt auch nicht helfen", zischte ich.

„Lass mich erklären." Sie hielt ihre Hände hoch, bevor sie sich zur Vordertür bewegte. Ich war bei ihr, bevor sie ein Wort herausbekommen konnte.

Es war surreal, sie so einfach wieder in meine Gewalt zu

bekommen, nachdem ich den ganzen Tag damit verbracht hatte, nach ihr zu suchen.

Sie öffnete ihren Mund und ich schlug ihr die Hand auf die Lippen, aus Angst, dass ihr erster Instinkt sein würde, zu schreien. Jetzt, mit Nachbarn auf beiden Seiten von uns, musste sie noch stiller sein als sonst.

„Denkst du, du kannst einfach vor mir weglaufen und damit durchkommen?“ Ich drückte mein Becken an ihren Körper und ließ sie meine Erregung spüren.

Sie brummte gegen meine Hand und schüttelte den Kopf, aber ich ließ nicht locker. Es gab nichts, was sie sagen konnte, was mich dazu bringen konnte, sie zu verschonen

„Es wird dir noch leid tun, dass du mich immer wieder verrätst. Wie oft muss ich dir noch sagen, dass du mir gehörst? Jetzt musst du es auf die harte Tour lernen.“

Kapitel Einundfünfzig

Nora

„Hunter, bitte hör zu“, flehte ich, aber er sah mir nicht mal in die Augen. „Ich hatte keine Ahnung, dass mein Vater ein Verbrecher ist. Ich kann mich kaum an ihn erinnern und die Erinnerungen, die ich habe, sind, dass er mich ignoriert und mich allein im Haus zurückgelassen hat.“

„Wann wirst du lernen, dass das Lügen es nur noch schlimmer macht?“

„Ich lüge nicht, ich schwöre es dir. Ich wusste bis heute nichts davon!“ Mit diesen Worten zerrte er mich durch den Raum.

Wir erreichten den Küchentisch, wo er mich über die Tischplatte beugte und seine Erektion an meinen Arsch drückte, während ich keuchte. Ich war schockiert, als ich spürte, wie er mit einer Hand mein Spitzenhöschen zerriss, während die andere gegen meinen Rücken drückte. Dann zog er mir auch die restlichen Klamotten aus.

„Hunter, bitte! Lass uns darüber reden!“, flehte ich ihn an, aber er war nicht mehr zu erreichen.

„Denkst du, du kannst mich einfach ohne Folgen im Stich lassen? Ist es das, was du denkst?“, knurrte er und rieb die Handfläche über meinen nackten Arsch.

Seine Hüften bewegten sich langsam nach vorne und drückten hart in mich hinein. Ich wusste, dass er mich wollte.

„Du erzählst besser niemandem, was zwischen dir und mir passiert.“ Er grunzte die Worte so nah an meinem Gesicht, dass ich seinen Atem spüren konnte.

Ich hatte es kaum bemerkt, wie er das Seil aus seiner

Jeanstasche zog. Erst als er mich gegen den Tisch drückte, wurde mir klar, was er tat.

Mein linker Arm wurde zurückgezogen, als er grinste und auf mein Handgelenk blickte, das er an das Tischbein band. Als nächstes band er mein anderes Handgelenk und dann meine Knöchel fest. Ich war nackt und über meinen Küchentisch ausgebreitet, als er vor mir stand und mich wie ein Jäger umkreiste, der seine Beute ansah.

Trotz seiner animalischen Art war Hunter bei weitem der attraktivste Mann, den ich je gesehen hatte. Er sah mich mit so einer Lust an, dass ich mich begehrt fühlte. Unter seinem Blick fühlte ich mich aufreizend und verführerisch, Gefühle, die ich in meinem Leben noch nie erlebt hatte.

„Du wirst lernen zuzuhören, Nora“, sagte er, viel weicher als sonst.

Mein Atem stockte, als seine Fingerspitzen über meinen Bauch glitten und mich langsam mit seiner Berührung kitzelten.

„Ich werde dir beibringen, dich zu benehmen. Und es wird dir gefallen“, flüsterte er mir nahe ans Ohr, bevor seine Lippen sanft meinen Hals berührten. Seine Zunge schoss heraus, um an meinem Schlüsselbein zu lecken. Mein Körper wand sich, um seiner Verführung zu entfliehen, aber es gab keinen Ausweg.

Ich hasste es, dass mir die Art und Weise gefiel, wie er meinen Körper zwingen konnte, alle Hemmungen zu vergessen, die ich vielleicht hatte. Wann immer Hunter über mir war, konzentrierte ich mich auf nichts anderes als ihn. Ich tat, was er wollte, wann immer er wollte.

Seine Hand griff zwischen meine Beine und ich fühlte, wie ich für ihn meine Beine spreizte. Er versenkte seine Finger in mir und ich spürte, wie sich die wohlige Wärme in mir ausbreitete.

„Ich weiß, was du magst, Nora“, flüsterte er gegen meinen Hals. Ich explodierte, ein Rausch der Ekstase durchströmte mich und ich schrie seinen Namen immer wieder. Mein Höhepunkt verschlang mich voll und ganz.

Kapitel Zweiundfünfzig

Hunter

Nora keuchte, als ihr Körper auf ihren Höhepunkt reagierte, ihre Muschi presste sich fest um meine Finger. Sie war nass und ich wollte sie schmecken, also kniete ich nieder und drückte die Knospe ihrer Klitoris sanft mit meinem Daumen, bevor ich meine Zunge in ihren Schlitz schob.

„Hunter!" Sie schrie meinen Namen, genau wie ich es mochte.

„Hunter, bitte", stöhnte sie und ich konnte es nicht mehr ertragen. Ich musste sie spüren. Als ich sie losließ, stand ich auf und öffnete meine Hose so schnell ich konnte, bevor ich mit all meiner Bedürftigkeit, die seit Tagen unterdrückt worden war, in sie eindrang.

Sofort beruhigte ich mich in ihr. Ich konnte fühlen, wie ihr weiches Fleisch mich umschloss, während sie noch von ihrem vorherigen Höhepunkt pulsierte und bereits ungeduldig auf den nächsten wartete.

Als ich nach unten griff, löste ich ihre Knöchel von der Fessel und sie wickelte ihre langen Beine um meinen Oberkörper, ohne dass eine Anweisung erforderlich war. Ich sank tiefer in sie hinein und sie stöhnte noch einmal meinen Namen.

Mein Körper beugte sich, jeder Muskel arbeitete im Einklang.

„Du weißt, was ich will, Nora!", stöhnte ich, als Schweiß über mein Gesicht tropfte und meine nackte Brust glitzerte.

„Hunter ... Ich kann nicht", wimmerte sie, aber ich wollte nichts davon hören.

Sie war so nass und eng und ihre Muschi umschlang mich wie eine zweite Haut. Ich wollte, dass der Moment nie endete, aber ich wusste, dass ich meine Emotionen in den Griff bekommen musste. Ich wurde wild und konnte mich kaum noch zügeln.

„„„Komm für mich, Nora“, drängte ich.

„Hunter, bitte“, schrie sie, ihre Lippen gruben sich in meinen Hals.

„Jetzt, Nora!“ Mein Temperament begann mit mir durchzugehen, als mein eigener Orgasmus durch die Berührung ihrer Lippen ausgelöst wurde.

„Hunter!“, schrie sie, als mein Tempo zunahm.

„Komm! Nora! Jetzt!“, stöhne ich und sie löste sich wie der Knoten eines Bandes.

Ich verlor mich in ihr und kam härter als je zuvor. Ich stöhnte laut, als das Sperma meinen Körper verließ, bevor ich aufstand, um sie von den Fesseln zu befreien. Sie zitterte am ganzen Körper.

„Hunter, warum tust du das?“, fragte sie leise.

„Weil du mir gehörst.“ Ich zuckte mit den Achseln, als ob das alles beantworten würde.

„Ich meine, warum kommst du immer wieder zu mir zurück? Warum kannst du mich nicht in Ruhe lassen?“

„Nora, du befindest dich mitten in einer Verschwörung, bei der auch mein Leben auf dem Spiel steht."

Wir beide schwiegen eine Weile, bevor sie antwortete.

„Du kannst mir vertrauen. Heute habe ich herausgefunden, dass Anthony Bianchi mein Vater ist, aber ich habe vorher nicht gelogen, weil ich es nicht wusste. Ich bin mir nicht sicher, was diese Verschwörung ist, aber ich garantiere dir, dass ich nichts damit zu tun habe.“

Ich wusste nicht, was ich darauf sagen sollte.

„Ich kann nur helfen, wenn du mir sagst wie, Hunter. Vielleicht solltest du das, was du weißt, den Behörden melden.“

„Wenn es nur so einfach wäre“, entgegnete ich.

„Warum ist es das nicht?“

Ich atmete tief durch, bevor ich antwortete.

„Nora. Ich wurde erpresst. Ich sollte dich für das Maxwell-Syndikat entführen, das dich benutzen wollte, um Lösegeld von deinem Vater zu erpressen. Übrigens ist er nicht nur *irgendein Verbrecher*. Er ist ein Superhirn und der Anführer der Unterwelt in Chicago. Um dem Ganzen die Krone aufzusetzen habe ich auch noch herausgefunden, dass meine Anwaltskanzlei mit seiner Mafia-Organisation unter einer Decke steckt.“

Nora sah mich mit großen Augen an, doch ich erzählte einfach weiter.

„Ich habe eine Kiste voller Akten im Auto, die genau das beweisen. Die Leute, die mich erpressen, haben es auf mich abgesehen, weil ich dich das erste Mal gehen lassen habe. Und jetzt versuche ich, dich zu beschützen, während ich gleichzeitig versuche, herauszufinden, was zum Teufel mit meinem Leben passiert ist!“

„Wir können zusammen zur Polizei gehen. Du kannst ihnen alles erzählen und ihnen die Akten geben. Sie werden der Sache auf den Grund gehen.“

Sie war so herrlich naiv. In ihrer rosaroten Welt hatte alles seine Ordnung: Die Polizisten sind die Guten und die Kriminellen sind die Bösen. Doch als Anwalt hatte ich sehr schnell gelernt, dass diese Annahme falsch war.

„Die Mafia besticht die Hälfte der Polizeikräfte, Nora. Ich kann nicht zu ihnen gehen. Sie werden ihnen einfach helfen, mich zu finden“, sagte ich mehr zu mir selbst als zu ihr.

Carisi arbeitete offensichtlich für beide Seiten. Und wo es einen korrupten Polizisten gab, gab es oftmals viele, die seinem Beispiel folgten. Der einzige Weg, wie ich aus dem Chaos, das mein Leben geworden war, herauskommen konnte, war, allein zu kämpfen, so wie ich es immer getan hatte.

Kapitel Dreiundfünfzig

Nora

„Was sollen wir jetzt machen?“, fragte ich schließlich.

„Ich werde dich wegbringen, irgendwo ganz weit weg“, begann Hunter. „Es war zu einfach, dich zu verfolgen, und du hast dich geweigert, wegzubleiben, als ich dich allein weggeschickt habe. Also werde ich dich irgendwohin bringen, wo niemand in der Lage sein wird, dich zu finden.“

„Warum musst du mich wegbringen?“

„Ich kann nicht zulassen, dass eine der Banden dich findet. Was glaubst du, was sie mit dir machen werden?“

„Mir weh tun“, flüsterte ich.

„Und das kann ich nicht zulassen.“ Er ging in der Küche auf und ab, bevor er weitersprach.

„Ich werde dich irgendwo unterbringen, wo dich niemand finden kann. Und dann werde ich die Dinge auf meine Art angehen.“

Ich startete einen letzten verzweifelten Versuch. „Hunter, warum gehen wir nicht zusammen zur Polizei? Es wird auch Cops geben, die nicht korrupt sind.“

„Warum, glaubst du, konnten diese Kerle mich überzeugen, dich zu entführen?“ Er sah durch mich hindurch, seine Augen verengten sich vor Frustration.

Ich fragte mich, was sie gegen ihn in der Hand haben könnten.

„Es muss etwas Schlimmes sein.“

Hunter starrte mich weiter an, ohne darauf zu antworten. Dann wandte er sich ab und blickte aus dem Fenster.

„Ich muss auf die Toilette", log ich und ging in Richtung Bad. Mein Verstand raste, als ich an der Küchenzeile vorbeikam und bemerkte, dass Hunters Handy auf der Theke lag.

Ich blickte zurück und sah nur seinen Hinterkopf, bevor ich das Telefon leise vom Tresen nahm und auf Zehenspitzen zum Badezimmer ging.

Es war eine weitere Chance zu entkommen, aber ich war mir nicht sicher, wie. Zuerst dachte ich daran, ihn zu googlen, um herauszufinden, ob Hunter die Wahrheit über seine Karriere als Anwalt gesagt hatte, was ein wesentlicher Teil seiner Geschichte war.

Dann dachte ich daran, die Polizei zu rufen, entschied mich aber schnell gegen diese Option. Falls Hunter recht hatte, konnte das alles noch schlimmer machen.

Meine Finger fingen an, Tashas Nummer zu wählen, bevor ich realisierte, was ich tat. Sie war die einzige Person, der ich vertraute, trotz unseres jüngsten Streits.

„Hallo?", antwortete sie.

„Tasha, ich bin's", flüsterte ich.

„Nora! Ich hatte gehofft, du würdest anrufen. Es tut mir wirklich leid, wie der Tag gelaufen ist", begann sie, aber ich unterbrach sie sofort.

„Das spielt keine Rolle, Tasha. Es ist in Ordnung. Ich, ähm ..." Ich hielt inne, unsicher, was ich ihr sagen konnte.

„Was ist los?", fragte sie besorgt.

„Ich…", stammelte ich.

„Nora, sag mir, was los ist", sagte sie in ihrem ruhigen Ton, der mich immer dazu brachte, mich ihr zu öffnen.

„Der Typ, von dem ich dir im Café erzählt habe, ... er ist wieder da. Er will mich wegbringen und ich bin mir nicht sicher, wohin."

Tasha stöhnte am anderen Ende. „Wir müssen die Polizei rufen. Sofort."

„Nein, keine Polizei – noch nicht. Es ist kompliziert, aber du musst mir vertrauen", erklärte ich und sprach in gedämpftem Ton. „Wenn du in drei Tagen nichts von mir hörst, ruf die Polizei."

Ich hatte die Worte kaum ausgesprochen, als die Tür aufschwang. Hunter stürmte auf mich zu und schnappte sich das Telefon aus meiner Hand.

„Ich habe nur mit Tasha telefoniert. Jemand muss doch wissen, wo ich bin", stammelte ich, aber ich konnte in Hunters Augen sehen, dass es ihn nicht interessierte.

„Halt den Mund. Wir müssen los, und zwar sofort. Pack deine Sachen."

Kapitel Vierundfünfzig

Nora

Gerade als ich meine Tasche fertig gepackt hatte, klopfte es dreimal laut an der Tür. Wir beide erstarrten.

„Was hast du getan?“ zischte Hunter mich an.

Drei weitere Klopfgeräusche kamen von der Tür und ich bemerkte, wie mein Puls stieg. Wer könnte schon vor meiner Tür stehen? Die einzige Person, die ich kontaktiert hatte, war Tasha und ich wusste, dass sie ohne meine Erlaubnis niemanden anrufen würde.

„Sag kein verdammtes Wort“, flüsterte Hunter und ich nickte langsam.

Zu meinem Entsetzen holte er aus seiner Jacke eine Pistole. Ein Schauer lief mir über den Rücken. Bevor ich etwas sagen konnte, riss er die Tür auf und zog die Person rein, die davor wartete.

„Was machst du da?“, schrie ich und ging auf die Tür zu.

Hunter blickte mich so intensiv an, dass ich ruckartig stehen blieb und ihn ziellos wie ein Reh im Scheinwerferlicht anstarrte. Er drehte die Person zu mir um und ich sah, dass es Detective Carisi war.

„Was zum Teufel machst du hier?“, fragte er den Detective und hielt ihm die Waffe an den Kopf.

Detective Carisi sah mich mit einem seltsamen Gesichtsausdruck an. Es schien, als wollte er etwas signalisieren, aber ich war mir nicht sicher, was.

„Mitkommen, Arschloch”, knurrte Hunter, bevor er ihn in Richtung Küche zog.

Schnell tastete Hunter Detective Carisi ab und nahm sein

Holster und samt Pistole an sich. Er warf die Waffe auf die Kochinsel und führte den Detektiv zu einem Stuhl am Esstisch.

„Hinsetzen."

Hunter nahm das Seil von Boden, das vor kurzem noch ganz anderen Zwecken gedient hatte. Mit den Augen auf den Detective gerichtet band er ihn am Stuhl fest. Danach holte er Klebeband aus seiner Tasche und klebte Carisi einen Streifen über den Mund.

Ich hatte Angst davor, was er als Nächstes tun würde, und stand in der Ecke des Raumes, um ein wenig Abstand zwischen uns zu halten. Er wusste, dass Carisi für die Polizei arbeitete, weil ich es ihm gesagt hatte. Ich fragte mich, ob er wusste, dass er so am Arsch war, wie ich glaubte.

Anwalt oder nicht, es gab kein Herausreden aus einer schweren Straftat, wie eine Waffe an den Kopf eines Detectives zu halten und ihn an einen Stuhl zu binden. Von nun an gab es kein Zurück mehr.

Was mich schockierte, war Detective Carisis ruhiges Verhalten. Für jemanden, der gegen seinen Willen festgehalten wurde, war er sehr ruhig, schrie nicht oder versuchte, mit Hunter zu sprechen, selbst wenn Hunter versuchte, mit ihm zu reden.

„Dieser Mann ist ein Detective – das kannst du nicht tun, Hunter", begann ich leise. Hunter ignorierte mich und ging zu seinem Seesack, bevor er mit einem Ordner zurückkehrte. Er blätterte ein paar Seiten durch und blickte zwischendurch immer wieder auf Carisi, bevor er den Ordner wieder in die Tasche schob.

Angenommen, es war eine der Akten, über die er gesprochen hatte, die er aus seiner Anwaltskanzlei hatte, fragte ich mich, was er dachte, dass er über den Detective finden würde.

Wenn ich nicht völlig den Verstand verloren hatte, dachte ich, ich hätte ein Lächeln in Carisis Augen erkannt, während er Hunter beobachtete, wie er sich durch den Raum bewegte. Wusste er etwas, was ich nicht wusste?

„Er wird dich für sehr lange Zeit ins Gefängnis stecken, Hunter. Du musst ihn gehen lassen, sonst wird die Anklage nur noch härter ausfallen", argumentierte ich.

Hunter war überhaupt nicht daran interessiert, was ich zu sagen hatte.

„Du weißt einen Scheiß", schnaufte er, bevor er sich von mir abwandte.

Kapitel Fünfundfünfzig

Hunter

Vor dem Mann stehend, den ich beobachtet hatte, wie er durch die Stadt fuhr und Schmiergelder von Unternehmen für das Maxwell-Street-Syndikat einzog, fragte ich mich, wie viel er über die Verschwörung wusste. Es war unwahrscheinlich, dass er Zugang zu den Bildern hatte, die mir von den Erpressern gezeigt worden waren, aber er konnte mir sicherlich nützlich sein.

Beim Durchsuchen seiner Taschen fand ich eine Brieftasche und schaute nach, ob ich einen Ausweis fand, der offiziell aussah. Sein Name war Frank Carisi und war Detective beim Chicago Police Department. Anscheinend nur nebenberuflich, denn ich hatte ihn Botengänge für das Maxwell-Syndikat machen sehen.

Ich riss ihm das Klebeband so heftig wie möglich vom Mund und schlug ihn mit dem Handrücken, bevor ich mich hinkniete, sodass wir auf Augenhöhe waren. Nora wimmerte, als mein Schlag in sein Gesicht klatschte.

„Wer hat dich geschickt?“

„Ich bin nur hier, um nach Nora zu sehen“, sagte er unbeeindruckt.

„Wer hat dich geschickt?“, fragte ich und schaute zwischen ihm und Nora hin und her. Carisis Augen waren auf sie gerichtet.

„Nora rief ihre alte Chefin an. Ich stand in Kontakt mit ihr und sie sagte mir, Nora hätte eine Art Stalker, und schickte mich hierher. Ich habe nur versucht, sicherzustellen, dass alles in Ordnung ist.“ Er sah Nora an, während er sprach, aber sie fing an, den Kopf zu schütteln und drehte ihre müden Augen zu mir.

„Nein, das ist nicht wahr. Ich habe Tasha nicht gesagt, wo ich bin“, sagte sie und schlug ihre Hände vor den Mund.

Ich schlug Carisi hart ins Gesicht, beobachtete zufrieden, wie er zuckte und vor Schmerzen stöhnte. Er blickte nach unten und bereitete sich auf den nächsten Schlag vor, der kurz nach dem ersten folgte.

„Ich werde gerade erst warm, Freundchen. Sag mir, wer dich geschickt hat, ansonsten wird das ein langer Abend für dich“, sagte ich und blickte ihm direkt in die Augen.

„Leck mich, Aimes.“

Für die Antwort verpasste ich ihm Nasenbluten. Zum einen, weil er mir nicht sagte, was ich hören wollte; zum anderen, weil er meinen Namen kannte.

„Ich werde dir sagen, was ich bereits weiß, Frank“, sagte ich schließlich. „Ich weiß, dass der Kartellanführer, Anthony Bianchi, eine Tochter hat und ich weiß, dass das Maxwell-Street-Syndikat nach ihr gesucht hat. Mir wurde aufgetragen, Nora zu entführen, und ich weiß, dass du mit ihnen als ihr kleiner Laufbursche zusammenarbeitest, um sie zu überwachen. Du warst zu feige, um sie zu entführen, aber ich weiß, dass du einen engen Draht zu deinem Boss hast“, erklärte ich und ein Funken Angst blitzte in Carisis Augen auf.

Er schüttelte den Kopf: „Ich weiß nicht, wovon du redest.“

„Also bist du kein Laufbursche für das Maxwell-Syndikat?“, fragte ich und ließ ihn in meine Falle laufen.

„Nein, davon weiß ich nichts. Ich arbeite für die Polizei als Detective. Ich habe Nora nur verfolgt, weil ich dachte, dass sie in Gefahr sei.“

„Und wie erklärst du das dann?“, fragte ich und hob mein Telefon auf die Höhe seines Gesichts, um ihm die Fotos zu präsentieren, die ich gemacht hatte, während ich ihm gefolgt war.

Es gab ein Bild von ihm mit dem Boss des Maxwell-Syndikats sowie andere von ihm, die zeigten, wie er in Gebäude ging oder aus Gebäuden mit Umschlägen herauskam. Nora sah mir über die Schulter und ich drehte ihr das Telefon zu und wartete auf ihre Reaktion.

Sie wirkte wirklich schockiert, als sie die Bilder sah, und ihre Augen wanderten zu Carisi zurück, um eine Erklärung dafür zu erhalten, aber seine Augen fixierten stumm seine Beine.

„Er arbeitet für den Feind, Nora." Ich beobachtete ihre Augen und hoffte, dass sie endlich anfing zu glauben, was ich ihr seit Tagen zu sagen versuchte.

„Ich weiß nicht, wovon du redest", murmelte Carisi und zuckte mit den Schultern wie der erbärmliche Feigling, der er war.

„Was hast du dann zu den Bildern zu sagen?", schrie ich, bevor ich ihm einen weiteren Schlag auf den Kiefer verpasste.

Carisi schwieg, also nahm ich mir einen Stuhl und wusste, dass dies länger dauern würde, als ich erwartet hatte.

„Hunter, ich wusste nicht, dass er etwas mit einer Gang zu tun hat, das schwöre ich." Noras Stimme war weich und süß über meiner Schulter.

„Ich weiß."

Es war alles, was ich sagen konnte, aber alles, was wichtig war. Zum ersten Mal fühlte es sich an, als wären wir auf der gleichen Seite. Sie wusste, dass ich nicht verrückt war oder lächerliche Geschichten erfunden hatte, und ich glaubte ihr, dass sie nicht der Kopf einer Verschwörung war, die mich niedermachen wollte.

Nun brauchte ich nur noch Antworten von Carisi. Ich ging zu meiner Tasche, fand den Taser und zog ihn heraus. Carisi fing an, auf dem Stuhl hin und her zu wippen, während Nora mir mit ihrer kleinen Hand auf meinem Bizeps folgte.

„Ich denke nicht, dass du das benutzen solltest. Die Dinge könnten hässlich werden", warnte sie mich, aber das war genau das, was ich wollte.

„Setz dich hin." Ich starrte sie an und sie starrte für eine lange Sekunde zurück, bevor sie tat, was ihr gesagt wurde. Ich war froh, dass sie endlich zuhörte, als ich zu Carisi hinüberging.

„Frank, es läuft folgendermaßen. Ich werde eine Frage stellen und ich denke, du kannst dir vorstellen, was passieren wird, wenn ich nicht die Wahrheit höre." Wir sahen beide den Taser in meiner Hand an.

„Bitte, hör mir zu. Ich weiß nichts über diese Bilder. Ganz ruhig", flehte er, aber ich beachtete ihn nicht.

„Ich möchte etwas über das Maxwell-Syndikat wissen, Frank. Woher oder warum haben sie Informationen über mich bekommen?", fragte ich ruhig und beobachtete, wie er den Kopf schüttelte.

„Ich weiß nichts", fing er an, bevor ihn der erste Stromschlag traf. Sein Körper zitterte, bevor er in den Stuhl zurückfiel, seine Augen waren leer.

„Ich will dir das nicht weiter antun müssen, Frank, aber du lässt mir keine Wahl", warnte ich und setzte mich auf den Stuhl gegenüber von ihm. Sabber tropfte aus seinem Mund.

„Ich will wissen, wie das Maxwell-Konsortium an Informationen über mich gekommen ist", wiederholte ich und betrachtete ihn genau.

Ich hob meine Hand, um ihm einen weiteren Stromschlag zu verpassen, und er schrie: „Warte, hör mich einfach an!"

„Was soll ich denn hören, Frank?", fragte ich ruhig.

„Ich weiß nichts ...", fing er wieder an und ich versetzte ihm einen weiteren Schlag.

Seine Brust vibrierte diesmal stärker und Nora zerrte an meinem Arm. „Hunter, auch wenn er korrupt ist, tu das nicht. Es geht zu weit."

Nora war zu lieb, um zu verstehen, wie diese Leute arbeiteten, aber ich war es nicht. Er wurde geschult, mir nicht zu antworten, bis ich ihn an seine Belastungsgrenze brachte, und ich war entschlossen, ihn dorthin zu bringen.

Er hatte Informationen, die ihre Sicherheit und meine Zukunft betrafen, also war es mir egal, wie schwer ich ihn verletzen müsste. In meinen Gedanken war er ein Bösewicht und er verdiente genau das, was er bekam.

Ich schockte Carisi erneut und zeigte ihm, dass ich es ernst meinte. Von nun an gab es niemanden, der vor mir oder Nora kam, und es war mir egal, was es brauchte, um die Wahrheit aus ihm herauszuholen.

Kapitel Sechsundfünfzig

Nora

Als Hunter den Taser zum ersten Mal herausgeholt hatte, hatte ich ihn für verrückt gehalten. Ich hatte keine Ahnung, dass er all diese Waffen besaß und war plötzlich dankbar dafür, wie er mich behandelt hatte. Das Wissen, dass er die Fähigkeit hatte, so gewalttätig zu sein, machte mich sicher, dass er mir nie etwas hatte antun wollen.

Nach einer weiteren Runde unbeantworteter Fragen fuhr Hunter damit fort, den Detective zu tasern. Schließlich hatte ich genug. Carisi schwitzte stark und sein Auge sah aus, als bräuchte es bald ernsthafte medizinische Hilfe.

„Hunter, bitte!“ Ich stellte mich vor ihn.

„Ich muss der Sache auf den Grund gehen, wenn wir jemals sicher sein wollen“, sagte er und starrte mir tief in die Augen.

Bevor ich beiseitetreten konnte, um ihm zu erlauben, das zu tun, was er für das Beste hielt, gab es Unruhe hinter mir. Hunter packte meinen Arm, um mich hinter sich zu stellen, während er nach vorne trat. Ich blickte auf, sah, wie Detective Carisi den Stuhl gegen die Wand stützte, der ein lautes Geräusch von sich gab, als die Holzbeine brachen und das Seil, das ihn festhielt, zu Boden fiel.

Hunter warf sich auf ihn, aber Carisi war erstaunlich agil. Hatte er seine Erschöpfung nur vorgetäuscht?

Beide Männer schlugen mehrfach zu, bis Hunter schließlich die Oberhand gewann. Er trat dem Detective in den Bauch, bevor er die Pistole von der Rückseite seines Hosenbundes holte.

Unerschrocken trat Carisi gegen Hunters Hand und die Waffe fiel zu Boden. Ein lauter Knall ertönte, als die Waffe beim Berühren des Bodens auslöste, und ich schrie vor Angst, unfähig zu sehen, wen sie getroffen hatte. Ein Loch in der Wand zeigte mir, wo die Kugel eingeschlagen war.

Nach einer Kombination von Schlägen schien Hunter schließlich die Oberhand über Detective Carisi zu gewinnen und hielt ihn im Schwitzkasten. Ich schlich auf die Pistole zu, bevor ich mich hinkniete, um sie aufzuheben. Ich hatte nicht erwartet, dass sie so leicht sein würde, aber die schwarze Waffe lag mit weniger als ein paar Pfund in meiner Hand.

„Gib sie mir, Nora“, befahl er und versuchte, die Kontrolle über Carisi zu behalten.

Ich gab Hunter die Pistole und er drückte Carisi auf den Boden, die Waffen nur Zentimeter von seiner Schläfe entfernt.

„Ganz dumme Idee, Frank. Ganz dumme Idee. Ich werde…“

Ich hatte gerade das Gefühl, dass es für uns einen Ausweg aus dieser schrecklichen Situation geben könnte, als ich ein lautes Dröhnen vor der Haustür hörte.

„Polizei! Es wurden Schüsse gemeldet! Öffnen Sie die Tür oder wir treten sie ein“, brüllte eine laute Stimme von draußen.

Carisi hatte ein selbstgefälliges Lächeln auf seinem Gesicht, als Hunter und ich uns überrascht anblickten.

„Wir kommen jetzt rein!“, verkündete die Stimme durch die Tür.

„Nimm die Hände hoch“, sagte Hunter zu mir und ich tat genau das, was er sagte, und hielt meine zitternden Hände in die Luft.

Er ließ die Waffe fallen und hielt seine Hände ebenfalls in der Luft, als die Vordertür aufflog und vier Polizisten in den kleinen Wohnbereich eilten.

„Hände hoch! Hände hoch!“, schrien sie alle, ihre Waffen gezogen, als sie auf uns zukamen.

Ein Polizist kam zu mir und tastete mich ab, bevor er mich zwang, mich hinzusetzen. „Was ist hier los?“, fragte er, gerade als Detective Carisi aufzustehen versuchte.

„Ich bin Detective“, sagte er und suchte seine Brieftasche, bevor er ihnen die gleiche Marke zeigte, die er mir gezeigt hatte, als er das erste Mal zu mir nach Hause gekommen war.

„Was ist hier passiert, Detective?“, fragte einer der Officer.

„Ich wollte eine Zeugin vernehmen, aber dann sind die Dinge eskaliert“, antwortete Carisi, als er die Marke, die er gezückt hatte, wieder in seine Tasche schob.

Dann krallte er seine Finger um meinen Arm und zog mich grob zur Tür. „Komm schon.“

Sein Gesicht blutete immer noch dort, wo Hunter ihn getroffen hatte, und ich fürchtete mich vor dem, was er mit mir machen würde, um sich an dem Mann zu rächen, der versucht hatte, mich zu beschützen.

„Nein! Bitte! Er ist ein korrupter Polizist! Er darf mich nicht mitnehmen!“, weinte ich und Tränen rollten aus meinem Augenwinkel.

Detective Carisi drehte abrupt meinen Arm hinter meinen Rücken und krümmte ihn so stark, dass ich vor Schmerz quietschte. Als ich nach unten blickte, sah ich Hunter, der in Handschellen gelegt wurde und dessen Augen vor Wut funkelten.

Kapitel Siebenundfünfzig

Hunter

Mit dem fest in meinen Rücken gedrückten Knie konnte ich mich kaum bewegen. Ich musste die Cops davon überzeugen, dass ich kein Verbrecher war, auch wenn Carisi mit Sicherheit dafür sorgen würde, dass die mich verhafteten.

„Los geht's, großer Junge.“ Der Officer zerrte an meinen Armen und legte mir kalte Handschellen an, die mich an meine Zeit mit Nora erinnerten.

Die frische Luft war kalt auf meinem Gesicht, als wir es endlich nach draußen geschafft hatten. Ich blickte von einem Polizeiauto zum nächsten und suchte nach Carisi, aber er war nirgendwo in Sichtweite. Er hatte Nora mitgenommen.

„Wir fahren in die Innenstadt, um das alles zu klären, Mr. Aimes“, sagte der Officer, als er mich auf den Rücksitz des Wagens führte.

Er erinnerte mich an die ganzen Leute in der High School, die nach dem Vorfall auf mich zugekommen waren. Jeder wollte hören, was passiert war, und verstehen, wie die Dinge so falsch laufen konnten. Ich hatte die Rolle des traumatisierten Teenagers gespielt und jeder hatte es mir abgekauft.

Zuerst waren da die Polizisten gewesen, denen ich die Geschichte erzählt hatte. Jeder der älteren Männer hatte mich mit Sympathie und Verständnis angesehen.

Als nächstes wollte mein Therapeut, zu dem mich meine Eltern geschickt hatten, wissen, wie es mir gefallen hatte. Ich hatte gesagt, dass es mir leid tat, was gelogen war. Er hatte es verdient; niemand konnte mich jemals dazu bringen, Reue für das zu empfinden, was ich getan hatte. Aber weil ich wusste, dass es das war, was der Therapeut hören wollte, erzählte ich ihm, wie meine Tat mich in meinen Träumen verfolgte und wie die Schuld mich innerlich auffraß.

Er kaufte es mir ebenso ab wie mein Direktor in der Schule. Obwohl er mir noch nie zuvor Aufmerksamkeit geschenkt hatte, rief er mich in sein Büro und fragte, wie es mir ging, bevor er mich wissen ließ, dass die Schule für jede Hilfe da war, die ich brauche würde.

Niemand hatte mich je als etwas anderes als ein Opfer betrachtet und ich wollte, dass es so blieb. Die Fotos, die die Erpresser gemacht hatten, würden meine ganze Geschichte wie ein Kartenhaus zusammenbrechen lassen, und ich konnte nicht zulassen, dass diese Beweise ans Licht kamen, während ich in Haft war.

Ich musste einen Weg finden, um aus dem Gefängnis zu kommen, bevor diese Beweise anonym vorgelegt wurden. Wäre ich noch in Haft, wenn mein Verbrechen von vor zwanzig Jahren herauskam, würde ich bis an den Rest meiner Tage hinter Gitter bleiben und das Maxwell-Kartell könnte mit Nora tun, was sie wollten.

Es war keine Option, dass ich der Polizei von Nora und der Erpressung erzählen konnte. Wenn ich etwas über korrupte Polizisten und die Verschwörung zweier krimineller Familien erzählen würde, würde man mich wahrscheinlich sofort einweisen lassen.

Das Auto bog in eine Tiefgarage ein und der Officer schaltete den Motor aus, nachdem er auf einen Parkplatz neben einem Metallaufzug gefahren war. Ich atmete tief durch und bereitete mich auf das Schlimmste vor.

Ich hatte mein Erwachsenenleben damit verbracht, Menschen aus dem Gefängnis fernzuhalten, und jetzt wurde ich in eines gesteckt.

Der Aufzug fuhr vier Stockwerke nach oben, bevor sich die Türen öffneten und die Sicht auf einen faden Raum in gedämpften Grautönen freigaben. Der Officer reichte einem schwergewichtigen Mann, der hinter einem Schreibtisch saß, ein

Blatt Papier und durchlief dann mit mir den Inhaftierungsprozess.

Eine Stunde später saß ich in einer Zelle.

Kapitel Achtundfünfzig

Nora

Wir hatten es kaum aus Sichtweite der anderen Officer geschafft, als Detective Carisi mich gegen die Wand drückte. Es war eine dunkle Gasse, die durch die Kälte in seinen Augen nur noch kälter wurde. Er befahl mir, ihm zu folgen, während er mir seine Waffe in die Seite drückte.

Ich war wieder gefangen, diesmal von einem echten Kriminellen.

Er drückte die Waffe so fest in meine Seite, dass ich nicht geradestehen konnte, als ich den schmalen Bürgersteig hinunterging. Schließlich kamen wir an seinem Auto an und er öffnete die Tür auf der Fahrerseite.

Wollte er, dass ich das Auto fuhr? Ich machte mir Sorgen, als ich mich hineinsetzte, aber er folgte mir ins Auto und forderte mich auf, über die Konsole zu klettern, um Platz für ihn zu schaffen. Ich sah vom Beifahrersitz aus zu ihm rüber, als er den Wagen startete.

„Wohin fahren wir?"

Er raste über eine Kreuzung und ignorierte mich, während er das Auto vor ihm anhupte. Das angetrocknete Blut, das die Hälfte seines Gesichts bedeckte, erinnerte mich an Hunter und wie er alle Register gezogen hatte, um Carisi zu entlarven.

„Wohin bringst du mich? Kannst du bitte mit mir reden?", fragte ich und er warf mir einen Blick zu, der mich bis ins Mark erschütterte – ein Blick voller Wut.

Ich hörte den Schlag, bevor ich ihn spürte, als er mir mit seinem rauen Handrücken eine Backpfeife verpasste. Danach folgte ein zweiter Schlag in meinen Bauch, so hart, dass ich mich vor Schmerzen zusammenrollte.

„Ahh!“, schrie ich und umklammerte meinen Bauch, während ich gegen den Drang ankämpfte, ins Auto zu kotzen.

„Zwing mich nicht, dich zu töten, du dumme Schlampe!“ Carisi blickte zu mir hinüber, um sicher zu gehen, dass ich von nun an meinen Mund halten würde.

Wenn dies nur die Spitze des Eisbergs war, konnte ich mir nicht vorstellen, was mir bevorstand. Hunter hatte versucht, mich von dieser Art von Gefangenschaft fernzuhalten und mich sogar ins Flugzeug gesetzt. Hätte ich nur auf ihn gehört und wäre nicht zurück gekommen.

Jetzt, in der Zeit, in der ich ihn am meisten brauchte, war Hunter hinter Gittern gefangen und sah sich schwereren Anschuldigungen ausgesetzt.

Tasha würde sicherlich in ein paar Tagen die Polizei alarmieren, weil ich ihr gesagt hatte, dass ich festgehalten wurde, bevor Hunter ins Badezimmer geplatzt war. Sie war die letzte Person, mit der ich gesprochen hatte. So wie die Dinge aussahen, war sie meine letzte Hoffnung.

Kapitel Neunundfünfzig

Nora

Als ich gegen die Tür knallte, wurde ich von Carisi wieder auf die Füße gezogen. Er war grob zu mir gewesen, seitdem er mich aus meiner alten Wohnung mitgenommen hatte. Als ich durch den Raum blickte, fragte ich mich, wohin er mich gebracht hatte. Die Wände waren dunkel, aber das Licht des einzigen Fensters im Raum schien hell hindurch und lenkte meine Aufmerksamkeit auf die hintere Wand.

Plötzlich wurde die Tür hinter mir zugeschlagen und abgeschlossen. Ich trommelte abwechselnd mit den Armen gegen die Stahltür, verzweifelt und in der Hoffnung, dass mich jemand hören würde. Es war vergebens.

Ich blickte mich in meinem neuen Gefängnis um und das helle Licht, das aus dem Fenster kam, erregte meine Aufmerksamkeit und ich machte mich übervorsichtig auf den Weg durch den Raum. Es musste einen Grund geben, warum Carisi mich mit Zugang zu einem Fenster allein ließ.

Der Grund wurde mir klar, als ich durch das schmutzige Glas nach unten blickte. Ich konnte vier Stockwerke unter mir zählen, was bedeutete, dass ich mich im fünften Stock befand.

Erschöpft legte ich mich auf den dreckigen Fußboden. Hier würde ich nicht alleine rauskommen.

Mit schwer werdenden Augen betete ich, dass Hunter an mich dachte. Ich fragte mich, ob er mich wirklich wieder retten könnte. Ich konnte nur hoffen, dass seine Gefühle so stark waren wie meine. Gefühle, die ich viel zu lange zu ignorieren versucht hatte.

Kapitel Sechzig

Hunter

Seltsame Geräusche kamen aus allen Richtungen in der überfüllten Arrestzelle, in der ich untergebracht war. Die Insassen stritten, jammerten und tauschten Horrorgeschichten aus, während das fluoreszierende Licht über ihnen leuchtete.

Mein Leben als Anwalt fühlte sich weit entfernt an, aber das hieß nicht, dass ich auf einmal all meine Fähigkeiten verloren hätte. Ich konzentrierte mich darauf, die Geräusche um mich herum auszublenden, und entwarf einen Schlachtplan. Der lukrativste Weg, einen Fall zu lösen, war, ihn abzuweisen, bevor ein einziger Anklagepunkt strittig war.

Ich tüftelte an meiner Idee, bis der Deputy schließlich eintraf und Namen aufrief, deren Besitzer er zu einer Gruppe von acht Häftlingen zur Eskorte ins Gericht versammelte.

„Aimes!" Der Deputy rief meinen Nachnamen und ich hob meine Hand so beiläufig wie möglich. Dann wurden wir hinausgeführt.

Der Gerichtssaal sah anders aus, wenn man auf der Anklagebank saß, aber als ich den Namen des Richters sah, wusste ich, dass ich Glück hatte.

„Erheben Sie sich für den ehrenwerten Richter Atkins“, ertönte eine dröhnende Stimme von der Hintertür aus und ich zeigte mein Millionen-Dollar-Lächeln beim Anblick des vertrauten Gesichts des Richters, als dieser in den Gerichtssaal ging.

„Sind Sie das, Mr. Aimes? Sie scheinen ein wenig verwirrt zu sein. Sie befinden sich auf der falschen Seite der Bank.“ Er lächelte mit dem Mundwinkel, als er sich auf seinen Stuhl setzte.

„Ja, Euer Ehren. Es scheint, als gebe es ein kleines Missverständnis.“ Ich blickte zu dem schockierten Staatsanwalt hinüber, der nicht wissen konnte, was hier vor sich ging. Laut Namensschild lautete sein Name Conelly.

Es hatte Vorteile, wenn man regelmäßig mit Richtern Golf spielte. Man bekam allerlei Klatsch und Tratsch mit, wie zum Beispiel Vorwürfe wegen häuslichen Missbrauchs. Und man erfuhr, wie die Richter tickten in Bezug auf übermäßig hohe Strafmaßfestsetzung von Verdächtigen, um sie zu einem Deal zu zwingen, den sie eigentlich nicht brauchten.

„Also, wir haben Widerstand gegen Verhaftung, ungebührliches Verhalten und Angriff auf einen Officer“, begann Richter Atkins und rollte die Augen, als er über den Rand seiner Brille auf den Staatsanwalt schaute, bevor er weitermachte. „Also, lassen Sie mich raten, Mister Conelly: Der Angeklagte fragte, warum er verhaftet werden würde, also haben Sie all das hier hinzugefügt, um sicherzustellen, dass er nicht so leicht hier rauskommt?“

„Ähm, nun, Euer Ehren“, stammelte der grauhaarige Staatsanwalt und kämpfte sich durch den Papierkram.

„Genau das ist es, Euer Ehren. Ich habe mich um eine Freundin gekümmert, die sich Sorgen wegen einer missbräuchlichen Situation gemacht hat. Es ist einfach so, dass der Mann, vor dem sie Angst hat, Polizist ist. Ich vermute, dass dieses abstruse Sammelsurium an Vorwürfen lediglich dazu dient, mich festzuhalten.“

„Ist das wahr, Mister Conelly?“, fragte der Richter.

„Nein. Natürlich nicht, Euer Ehren.“ Conelly schüttelte den Kopf und suchte erneut in seinem Berg von Papierkram nach Antworten.

„Wir könnten den Detective fragen, der behauptet, ich hätte ihn angegriffen. Er wird ja sicherlich vor Ort sein, um seine Aussage machen zu können“, sagte ich selbstbewusst und blickte durch den Raum.

Es war ein Risiko, aber ich glaubte nicht, dass Carisi hier sein würde. Zweifelsohne war er damit beschäftigt, Nora seinen

Bossen auszuliefern.

„Euer Ehren, ich glaube nicht, dass das notwendig ist." Der Staatsanwalt sah mich mit verzweifelter Wut im Gesicht an

„Eigentlich, Herr Staatsanwalt, denke ich, wird es notwendig sein. Ist der Detective, der diese Anschuldigungen erhebt, hier?" Die Stimme von Richter Atkins dröhnte durch die hohen Decken des Gerichtssaals.

„Nun, er, ähm …" Der Staatsanwalt blickte ziellos in den Gerichtssaal. Er wusste so gut wie ich, dass Carisi nirgendwo in Sichtweite war.

„Hat er Ihnen eine unterschriebene eidesstattliche Erklärung hinterlassen, die diese schwerwiegenden Anschuldigungen bezeugt, die das berufliche und persönliche Leben eines Mannes ruinieren können?", fragte der Richter, sichtlich Fahrt aufnehmend.

„Nein, Euer Ehren." Der Staatsanwalt war fertig mit der Suche nach nicht vorhandenen Antworten in seinen Akten.

Richter Atkins war in guter Form und das mit Recht. Er hatte ja keine Ahnung, dass die Anklagen gegen mich Bestand haben würden, weil ich in der Tat einen Polizisten angegriffen, mich fehlverhalten und mich der Verhaftung widersetzt hatte. Es war nur auch einfach Tatsache, dass der Mann, den ich angegriffen hatte, nicht nur Polizist, sondern auch kriminell war.

„Euer Ehren, diese Anklagepunkte müssen fallengelassen werden", sagte ich, nachdem ich genügend Zeit gelassen hatte, um allen klarzumachen, dass der Staatsanwalt keine Antworten hatte.

„Ich stimme Ihnen zu, Mr. Aimes. Haben Sie weitere Argumente vorzubringen, Mister Conelly?"

„Nein, Euer Ehren", murmelte dieser schließlich.

„Dann ist es erledigt. Mr. Aimes, Sie können gehen." Richter Atkins ließ die Anklage fallen und schwang den Hammer.

Glücklicherweise gab es einen weiteren Deputy, der darauf

wartete, freigesprochene Verdächtige aus dem Gerichtssaal zu begleiten, sodass ich nicht auf die Urteile der anderen Beschuldigten warten musste, mit denen ich eingeliefert worden war.

Kurz darauf bekam ich meine Sachen und durfte einen Anruf machen, mit dem ich mir ein Taxi rief. In weniger als dreißig Minuten, nachdem Richter Atkins meinen Fall abgewiesen hatte, saß ich in einem Auto und machte ich mich auf den Weg zu meiner Eigentumswohnung, die sich zum ersten Mal in so langer Zeit fremd anfühlte.

Kapitel Einundsechzig

Nora

Als ich aus dem Fenster schaute, fragte ich mich, wie weit ein Sturz aus fünf Stockwerken sein würde. Als ich noch jünger war und im Waisenhaus lebte, sah ich, wie Johnny Fontaine aus dem Fenster im vierten Stock sprang, um sich eines Abends hinauszuschleichen. Das Ende der Geschichte war, dass er sich beide Beine gebrochen hatte.

Johnny war auf Gras gefallen und dennoch war sein Versuch erfolglos gewesen. Ich wollte nicht wissen, was passieren würde, wenn ich auf dem Zementboden der Gasse landete. Es war unmöglich, einen solchen Sturz zu überleben.

Bevor ich weiter darüber nachdenken konnte, wurde die Tür zu dem kleinen Raum, in dem ich festgehalten wurde, geöffnet. Carisi füllte die Türöffnung aus, seine Statur war jetzt noch einschüchternder als zuvor. Er stand lange da und beobachtete mich. Ich wiederum konzentrierte mich nur auf die leere Gasse zu meinen Füßen, um nicht in seine Richtung schauen zu müssen.

„Du bist hier drin sehr ruhig. Ich hoffe, ich habe dich nicht zu sehr erschreckt." Er lächelte leicht. Mit seiner Aussage bezog er sich wohl darauf, wie er mir noch vor wenigen Stunden mit aller Kraft in den Bauch geschlagen hatte.

Als ich nicht reagierte, kam er noch einen Schritt näher, so nah, dass ich seinen heißen Atem an meinem Hals spüren konnte. Es widerte mich an.

„Weißt du, wenn wir nett zueinander sind, kann ich ein viel besserer Freund für dich sein", murmelte er, während er mit seinen Händen meine Schultern berührte. Mein Körper spannte sich an und ich dachte, ich würde ohnmächtig werden. „Vielleicht gibt es sogar ein kleines Mittagessen, wenn du dich benimmst."

Seine Hand glitt langsam und verführerisch über meinen Arm, aber ich spürte nichts als Ekel.

Ich verdrehte meine Augen, weil mein Rücken ihm zugewandt war, und fragte mich, was für ein gruseliger Mann er doch war. Es war unmöglich, dass ich mit ihm für Mittagessen schlafen würde. Ich machte zwei Schritte nach rechts und wandte mich ihm zu in der Hoffnung, dass mir das helfen würde, ihm weiter auszuweichen. Ich brauchte mehr Freiraum zwischen uns.

„Oh, du willst die Unschuldige spielen? Ich kann nicht sagen, dass mich das stört.“ Carisi grinste und folgte mir durch das kleine Zimmer.

„Ich will keinen Ärger", brachte ich gerade noch so heraus. Meine Kehle war trocken wie eine Wüste.

Er sah mich mit dem gleichen Blick an, den Hunter gehabt hatte, als er mich zum ersten Mal entführt hatte, aber tief in meinem Bauch wusste ich, dass es anders war. Carisi hatte mir bereits gezeigt, wie anders er sein konnte, und als ich sah, wie er mir durch den Raum folgte, wusste ich, dass es nur eine Frage der Zeit war, bis er entschied, dass der Punkt gekommen war, mich zu benutzen.

„Du willst keinen Ärger, was? Die Tochter eines Verbrecherfürsten will der Welt Frieden bringen“, verspottete er mich und setzte ein teuflisches Lächeln auf, bevor er auf mich zuging.

„Du kleine Schlampe“, knurrte er, als er meine Arme zusammendrückte.

„Hör auf! Du tust mir weh“, jammerte ich und kämpfte, um mich zu befreien.

Schließlich befreite ich einen Arm, was alles war, was ich brauchte. Ich hob meinen Arm an und verzog mein Gesicht, als meine Hand auf seiner Wange landete und ein lautes, knallendes Geräusch ertönte. Der Schock stand ihm ins Gesicht geschrieben, bevor er seinen eigenen Arm anhob und mich hart ins Gesicht schlug. Zuerst mit seiner Handfläche und dann mit dem

Handrücken. Er wiederholte diese Kombination zweimal, bevor er schließlich meinen Arm freigab.

Als ich zu Boden fiel, bedeckte ich mein brennendes Gesicht mit meinen Händen. Aber Carisi zeigte keine Reue, er ging in die Hocke und packte eine Handvoll meiner Haare mit der Faust. „Wenn du mich noch einmal schlägst, bringe ich dich um. Es ist mir egal, wer dein Vater ist."

Während er mich anstarrte, konnte ich erkennen, dass er über etwas nachdachte. Sein Gesicht war gerötet und sein Atem roch nach Alkohol. Unsere Lippen waren nur Zentimeter voneinander entfernt, als mir Tränen in die Augen traten.

Seine Lippen drückten schwach gegen meine und ich versuchte mein Gesicht zu drehen. Zu meiner Überraschung biss Carisi auf meine Lippe, bis ich mein eigenes Blut schmecken konnte. Ich hatte zu viel Angst, um loszuschreien, aber als ich zu seinen Augen aufblickte, war ich froh, dass ich es nicht getan hatte; er schien nur nach einem Grund zu suchen, wieder zuzuschlagen.

„Je früher du die Realität deiner Situation akzeptierst, desto besser. Du gehst nicht nach Hause und ich bin deine einzige Chance zu überleben. Ich kann dich ficken, wann immer ich will, und ich brauche deine Erlaubnis dafür nicht. Merk dir das einfach."

Er stand auf und ich sah zu seinem großen, breiten Körper auf, ängstlich, dass er mich jeden Moment treten würde.

„Vielleicht wirst du dich besser benehmen, wenn ich später vorbeikomme."

Damit ging Carisi auf die Tür zu und ich fühlte, wie eine Last von meinen Schultern fiel.

„Was zum Teufel denkt sich die Tochter eines Mafiabosses dabei, ein Pflegeheim zu eröffnen? Diese Kinder sind ohne dich besser dran", sagte Carisi gerade so laut, dass ich ihn hören konnte, bevor er die Tür zuschlug und das Riegelschloss laut klapperte.

Als ich durch den schmutzigen Raum schaute und durch das Fenster starrte, fragte ich mich, ob es das Beste wäre, die Dinge selbst in die Hand zu nehmen. Sicherlich würde Carisi zur Mittagszeit zurückkommen, wie er es mir zuvor angedroht hatte, und ich wollte ihm nicht mehr das Vergnügen bereiten, mich zu quälen. Aber würde ich den Sturz überleben?

Kapitel Zweiundsechzig

Hunter

Nach einem schier endlosen Tag erwischte ich ihn endlich. Auf dem Fahrersitz meines Mietwagens sitzend entdeckte ich Carisi schließlich auf seiner Tour, während er Schutzgelderpressungen eintrieb. Mein erster Impuls war, aus dem Auto zu springen und ihn mir auf offener Straße vorzuknöpfen, aber das würde mir nicht helfen, Nora zu retten.

Ich war schon einmal in einer Situation gewesen, in der ich mich zurückhalten musste, obwohl meine Emotionen mit mir durchgehen wollten.

Es war mein zweites Highschool-Jahr gewesen, als sich die Dinge zuspitzten. Nach jahrelangen Schikanen hatte Trevor eine Gruppe von Anhängern um sich versammelt, die ihm nur zu gerne halfen, mich bei jeder Gelegenheit fertig zu machen. Eines Tages im Sportunterricht hatte ich gesehen, wie sie sich versammelt hatten, zusammengekauert in einem geheimen Gespräch. Ich wusste, dass es um mich ging, weil Trevor mit einem Leuchten in seinen Augen in meine Richtung blickte – und das nur aufkam, wenn er mich demütigen konnte.

Es war, als würde ihm einer abgehen jedes Mal, wenn er mich fertig machen konnte. Es schien in geradezu anzumachen.

Als ich die Dusche im Umkleideraum betrat, wusste ich, dass etwas nicht stimmte. Die gesamte Dusche war leer, etwas, das nach dem Sportunterricht sonst nie der Fall war. Ich zog mich aus und machte so schnell ich konnte, dass ich unter die Dusche kam. Sie mussten mich heimlich beobachtet haben, denn in dem Moment, als ich mein Handtuch fallen ließ, kamen sie aus allen Richtungen und umzingelten mich.

Bewaffnet mit Handtüchern begannen sie, mich auszupeitschen. Der Coach musste meine Schreie gehört haben, denn er stürmte durch die Türen der Umkleide und vertrieb alle Jungen. Ich krümmte mich vor Schmerzen auf dem Boden und weinte bitterliche Tränen.

Später sah ich die leuchtend roten Striemen auf meiner Haut, die später zu Blasen wurden, und fragte mich, ob es eine Möglichkeit gab, meine Eltern davon zu überzeugen, mir zu erlauben, die Schule zu wechseln. Die Jungen wurden lediglich mit Nachsitzen bestraft, eine Entscheidung, die alles für mich nur noch schlimmer machte.

In dieser Nacht sprach ich mit meinen Eltern über den Schulwechsel, aber keiner von beiden war offen für die Idee. Meine Mutter hörte kaum zu, während mein Vater mich beschimpfte, dass ich ein verdammter Schwächling sei.

Gerade dann kam Carisi aus dem Stripclub, in den er nur wenige Minuten zuvor gegangen war, und riss mich aus der schmerzhaften Erinnerung. Ich wollte nicht länger warten. Leise verließ ich mein Auto und folgte ihm mit einigem Abstand. Ich schlich mich hinter ihn und folgte ihm, bis er an einer Gasse vorbeiging.

Mit einem wuchtigen Satz holte ich ihn ein und drückte ihn gegen eine Wand, während ich den Kolben meiner Pistole in seine Seite drückte. Der geschockte Blick in seinen Augen verblasste schnell, als er mich erkannte. Ein verzerrtes Lächeln glitt ihm über das Gesicht.

„Mr. Aimes. Ich dachte, ich wäre dich los, zumindest für fünf bis neun Jahre“, grinste er und tat so, als wäre er ruhig.

Ich zuckte mit den Achseln und drückte die Waffe weiter in seine Seite. „Die Anklage wurde abgewiesen. Ich dachte, du hättest es bereits gehört.“

„Und dann dachtest du, du könntest dein Todesurteil auch gleich selbst unterschreiben? Ich verspeise Muschis wie dich zum Frühstück“, grinste er.

„Ist das so?“, spottete ich und bewegte meine Pistole bis zu seiner Leiste. Dort, wo die Arroganz eines jeden Mannes aufhören würde. „Erzähl mir mehr darüber.“

„Ich bin Polizist, vergiss das nicht“, antwortete er plötzlich weniger selbstbewusst. Ich wusste, dass ich ihn hatte, und musste mir mein Lächeln verkneifen.

Ein dunkles Lachen entkam mir, bevor ich antwortete. „Oh ja, deine Kumpels unten auf dem Revier waren nicht gerade begeistert, mit einem Drecksack wie dir in Verbindung gebracht zu werden. Ich glaube nicht, dass sich einer von ihnen dafür interessiert, dass die Anklage fallen gelassen wurde, nur weil dich jemand an den Eiern gepackt hat."

„Scheiß auf die!", murmelte er und sah weg.

„Ja, ich schätze, ich würde das Gleiche sagen. Du weißt, was ich will, Carisi. Bring mich zu ihr", knurrte ich und lud die Waffe, um ihm zu zeigen, wie nah ich dran war, meine Drohungen wahr zu machen.

Ich zwang ihn in meinen Wagen und bedeutete ihm, sich ans Steuer zu setzen. Als ich auf dem Beifahrersitz saß, richtete ich die Waffe direkt auf ihn.

„Losfahren."

So sehr ich den Kerl auch hasste, ich musste zugeben, dass er alles andere als ein Idiot war und seine Verbindung zu einer der härtesten Banden bedeutete, dass er Verbindungen und Ressourcen hatte, die gefährlich sein könnten. Als wir durch die Innenstadt fuhren, fragte ich mich, ob er mich direkt in eine Falle führen würde, oder ob sein Leben ihm wichtig genug war, um mich zu Nora zu führen.

Nach einer Weile hielt er vor einem heruntergekommenen Gebäude. Ich fragte mich noch immer, ob es eine Falle war, aber ich zwang Carisi, vorzugehen. Die Treppe roch nach Pisse und wir mussten mehrere Stockwerke hinaufgehen, bevor er schließlich eine Tür öffnete, die in einen langen Flur führte. Am Ende des Flures blieben wir stehen.

„Dort drinnen", sagte er.

Ich signalisierte ihm, vorzugehen.

Kapitel Dreiundsechzig

Nora

Nachdem ich den Morgen damit verbracht hatte, aus dem Fenster zu starren und mich zu fragen, ob ich einen Sturz überleben könnte, hatte ich meinen Fokus auf den einzigen anderen Weg aus dieser Hölle verlagert: die verschlossene Tür. Als ich jünger war, hatte es einen älteren Jungen in meinem Waisenhaus gegeben, der wusste, wie man Schlösser knackte, und jetzt wünschte ich, ich hätte ihm mehr Aufmerksamkeit geschenkt.

Gerade als ich aufgeben wollte, hörte ich Schritte vor der Tür und ich sprang auf meine Füße. Es war unmöglich, dass ich freiwillig Sex mit Carisi haben würde, und ich wusste, dass er das wollte. Die einzige andere Möglichkeit war, zu Brei geschlagen zu werden, und obwohl ich das auch nicht wollte, war es in vielerlei Hinsicht attraktiver, als mich ihm freiwillig hinzugeben.

Als ich durch den Raum blickte und sich das Schloss in der Tür drehte, stockte mein Atem. Das Gesicht, das ich dann sah, ließ mein Herz vor Freude aufgehen.

„Hunter!", schrie ich und rannte auf ihn zu.

Doch als Hunter mich sah, streckte er Carisi mit zwei Faustschlägen zu Boden, so dass dieser bewusstlos liegen blieb. Dann nahm er mich in seine Arme.

„Er hat dich geschlagen", flüsterte Hunter und starrte auf die Wunde, die ich selbst noch nicht gesehen hatte. Ohne einen Spiegel im schäbigen Raum hatte ich keine Ahnung, wie ich aussah, aber dem Blick auf Hunters Gesicht zufolge wusste ich, dass Carisi ein Exempel an mir statuiert hatte.

Ohne nachzudenken wickelten sich meine Arme um ihn und zogen ihn an mich heran. Unsere Körper verschmolzen, als er seine Hand auf meinen Hinterkopf legte. Hunter atmete tief ein, seine Nase war in meinem Haar vergraben. Direkt in seinen

Armen zu liegen war das sicherste Gefühl, das ich je in meinem Leben erlebt hatte.

„Es tut mir so leid", flüsterte er mir ins Haar. Zu emotional, um zu antworten, schüttelte ich einfach den Kopf.

„Wir müssen hier raus", sagte Hunter, als er mein Handgelenk ergriff.

„Hunter", begann ich, aber er schnitt mir das Wort ab.

„Nicht jetzt, Nora", warnte er und ich nickte zustimmend. Dann rannten wir nach unten.

„Steig ein", sagte er, während er die Autotür für mich offenhielt.

Ich saß kaum auf meinem Sitz, als Hunter mit Vollgas davonfuhr. Ich spürte, wie sich meine Anspannung löste, je länger wir fuhren. Schließlich hielten wir vor einem Motel an, was mich vom Stil her an den heruntergekommenen Laden erinnerte, in dem Hunter mich zuletzt untergebracht hatte.

„Ich brauche ein Zimmer", sagte Hunter und legte einen Hundert-Dollar-Schein auf die Theke.

Eine ältere Frau mit gelb gefärbten Zähnen nahm das Geld und holte ein paar Scheine als Wechselgeld heraus, bevor sie sich umdrehte, um einen Schlüssel von einer Wand zu nehmen. Sie sah mich an, bevor sie Hunter den Schlüssel gab, und ich folgte ihm, als er das Geld in seine Tasche gesteckt hatte.

Mein Verlangen nach ihm wuchs mit jedem Schritt in Richtung unseres Zimmers an und als er schließlich die Tür öffnete, ging ich ungeduldig hinein. Bevor ich mich umdrehen und die Tür abschließen konnte, war Hunter schon auf mir. Er drückte meinen Körper gegen die Wand, während er den Nacken meines Halses packte und mich gierig zu sich zog.

Als meine Lippen seine berührten, kam mir ein leises Stöhnen von meinen Lippen. Seine Zunge preschte gegen meine und ich schmeckte die Salzigkeit meines eigenen Blutes, vermischt mit seinem süßen Geschmack. Wenn er mich so leidenschaftlich küsste, unterwarf ich mich ihm ganz und gar und erlaubte ihm, die Kontrolle zu übernehmen und mit mir zu tun, was auch immer er wollte.

Kapitel Vierundsechzig

Hunter

Ich küsste sie mit all der Leidenschaft, die ich aus der Tiefe meines Herzens fühlte, und schob meine Hüften nach vorne. Es gab eine Wut in mir, die ich nicht erklären konnte und die so stark war, dass sie in meinem Magen brannte.

Mein Körper verlangte nach ihr. Es war zu lange her, dass ich sie gespürt hatte. Als ihre schlanken Finger meinen Körper berührten, fühlte ich, wie ich die Kontrolle verlor. Ob sie es wusste oder nicht, Nora hatte eine unbeschreibliche Macht über mich.

Sie war gierig und versuchte bereits, ihre enge Pussy an mir zu reiben. Ich küsste ihren Hals und fühlte, wie sich ihr Körper hilflos unter mir wand, während ich immer weiter nach unten glitt, bis ich an ihrer harten Brustwarze angekommen war.

Ich fuhr mit der flachen Zunge über die empfindliche Haut und neckte sie. Der Klang ihres leisen Stöhnens schoss direkt in meinen Schwanz. Ich war steif und bereit, aber ich musste sie erst verwöhnen. Mit meinen Vorderzähnen biss ich gerade fest genug zu, um ein Quietschen von Nora zu hören.

„Hunter, bitte", bettelte sie, als ich anfing, ihr die Kleider auszuziehen.

„Was willst du?", fragte ich, meine Stimme heiser vor Lust.

„Dich", atmete sie und ihre Brust wölbte und senkte sich langsam bei jedem Atemzug.

Als ich ihren Körper hochkletterte, bedeckte ich ihre glatte Haut mit Küssen, während ich mir an ihren Beinen zu schaffen machte. An den Fesseln zerrend drückte Nora mir ihre Pussy entgegen und ich konnte die Erregung sehen, bevor ich meine Finger in ihren Schlitz schob.

„Ist es das, was du willst?", fragte ich kurz vor der Verkostung ihrer Süße. Ich massierte ihr Fleisch mit meinen beiden Mittelfingern und benutzte meine Zunge, um mit ihrem Kitzler zu spielen.

„Oh Gott", stöhnte sie, ihr Körper bewegte sich im Rhythmus meiner Zunge.

Als ich nach oben sah, sah ich, wie sie ihre Augen schloss und sich mit den Zähnen auf ihre Unterlippe biss. Auf meinen Knien balancierend hob ich ihre Hüften von der Matratze und stieß ohne Vorwarnung in sie hinein. Sie fühlte sich warm und feucht an, als ich mich herauszog, nur um wieder in sie einzutauchen.

„Ahhhhh!", schrie sie laut, ihre Hüften türmten sich bereits nach mehr auf.

„Gefällt dir das?", fragte ich sie zwischen meinen Stößen.

„Bitte, Hunter! Härter!", rief sie.

„Du wirst kommen, wenn ich es sage", erinnerte ich sie und zwang mich, gegen den Drang anzukämpfen, jetzt schon zu kommen. Sie fühlte sich noch besser an als sonst, straffer, seit wir getrennt voneinander waren. Sie war klatschnass, sodass ich mit Leichtigkeit in sie hinein- und herausstoßen konnte.

„Ja", stöhnte sie und ich verlor die Kontrolle.

„Hunter! Ja!", schrie sie laut.

Mein ganzer Körper war angespannt und pumpte hart und schnell.

„Jetzt! Komm schon, Nora!", verlangte ich und war bereit meinen eigenen Orgasmus herauszulassen.

„Ja, alles was du willst", schrie sie, ihr Körper spannte sich voller Ekstase an.

Sie kam auf mein Kommando und ich folgte ihr schnell und grunzte ihren Namen mit jedem Stoß, während mein Sperma heiß in sie hineinströmte.

Ich hielt ihren weichen Körper und fuhr mit meinen Händen an ihrem Rücken entlang, bis ihre Atmung langsamer wurde und sie sich komplett entspannt hatte. Ich liebte es, ihren noch vom Orgasmus geschwächten Körper an mir zu spüren. Noch nie in meinem Leben hatte ich mich zufriedener gefühlt als in diesem Moment. Nora schlief sorglos in meinen Armen, ohne an etwas Böses in der Welt zu denken.

„Woran denkst du?", fragte sie schließlich mit heiserer Stimme.

„Nichts", log ich und sie presste ihre Lippen zusammen, um mich wissen zu lassen, dass sie mir nicht glaubte.

„Hunter…"

„Okay. Hier ist mein Plan."

Kapitel Fünfundsechzig

Hunter

Ich fuhr durch den luxuriösen Vorort weit außerhalb der Stadt, und wie jedes Mal, wenn ich hier herkam, war ich von dem Reichtum dieser Gegend schwer beeindruckt. Hier reihte sich eine Villa an die nächste, und seitdem ich in der Firma angefangen hatte, wollte ich nur die Karriereleiter hinaufklettern, um eines Tages auch hier wohnen zu können.

Ich war auf dem Weg zu jemandem, der schon seit vielen Jahren hier lebte.

Als das Haus in Sichtweite kam, stellte ich meinen Wagen ab und ging zu Fuß bis zur knapp zwei Meter hohen Grundstücksmauer. Ich schaute mich zu allen Seiten um, doch niemand war in der Nähe. Mit einigen Metern Anlauf sprang ich an die Mauer und zog mich nach oben, bevor ich auf der anderen Seite lautlos heruntergliitt. Ich schlich mich zum hinteren Eingang, der unverschlossen war. Als ich das Haus betrat, hörte ich Geräusche aus dem Foyer. Er war zu Hause. Langsam pirschte ich mich an die Eingangshalle heran und sah, wie Vincent seinen Aktenkoffer durchforstete.

Als ich durch das großräumige Foyer blickte, war ich zuversichtlich, dass wir allein waren, da im ganzen Haus Stille herrschte. Alles in Sichtweite war weiß, ein Bild, das für mich viel zu steril gewesen wäre, aber es verwunderte mich nicht, dass Vincents Haus keinen Charakter hatte. Der Typ war schon immer ein wenig steif gewesen. Marmor, soweit das Auge reichte.

„Keine Bewegung, Arschloch!", schrie ich und stand hinter ihm.

„Bitte! Ich habe Geld im Safe!", schrie Vincent, zu ängstlich, um auch nur den Kopf zu heben und mich anzusehen.

Der Mann, zu dem ich die letzten fünf Jahre aufgeschaut hatte, war ein Feigling, der zu ängstlich war, um dem Mann ins

Auge zu sehen, der ihn bedrohte.

„Dreh dich verdammt nochmal um!“, befahl ich ihm.

„Immer mit der Ruhe! Ganz ruhig“, jammerte er und drehte sich mit den erhobenen Händen um. „Hunter? Hunter! Oh Gott! Wer hat dich dazu angestiftet?“

Die Erleichterung war ihm ins Gesicht geschrieben, als er mich erkannte und dachte, er hätte eine Chance. Was Vincent nicht wusste, war, dass ich ihn im Handumdrehen töten würde, wenn es sein müsste. Es war eine Welt von Fressen-und-gefressen-werden und ich wusste, dass ich bis zum Ende kämpfen würde.

„Was zum Teufel hast du mit der Mafia zu tun?“, bellte ich.

Seine Augen wurden doppelt so groß und ich wusste, dass ich ihn hatte. Vincent war vor Gericht für sein Pokerface bekannt, aber jetzt gab es nichts anderes als Angst, die sein Gesicht zeichnete. Im Hinterkopf hatte ich immer wieder gehofft, dass es eine logische Erklärung für das, was ich zu sehen glaubte, geben müsste, aber seinem Gesichtsausdruck nach zu urteilen war ich mir sicher, dass ich recht hatte.

Als ich an meinen Gürtel griff, zog ich meine Pistole heraus und richtete sie auf Vincents Kopf. Seine Hände zitterten und er bedeckte ungeschickt sein faltiges Gesicht. Seine Angst ekelte mich an, aber ich musste professionell bleiben. Vincent war mein Weg heraus aus diesem Schlamassel.

„Ich habe dich mit Anthony Bianchi gesehen, Vincent. Ich weiß, dass du etwas mit dem Kartell zu tun hast. Was treibst du nur, du mieses Stück Scheiße?“

Meine Wut war allgegenwärtig, Vincent konnte es deutlich erkennen. Mit hoch erhobenen Händen starrte er mich an, bevor er seine Handflächen zusammendrückte.

„Hunter, bitte hör mich an. Ich habe nach einem Ausweg gesucht“, bettelte er.

„Einen Ausweg aus was?“ Ich trat einen Schritt zurück,

ohne meine Waffe zu senken.

„Bianchi. Er hat mich in der Tasche und es gibt keinen Ausweg, Hunter. Du musst mir glauben – sehe ich aus wie der Typ, der bei einer kriminellen Organisation aus und eingeht?“, fragte er und stand auf wackeligen Beinen.

„Weißt du, wie viele Beweise ich gegen dich in der Hand habe, Vincent?", fragte ich.

„Du musst mir zuhören. Ich wollte nie in so etwas verwickelt werden. Du weißt, wie engagiert ich in der Firma war – du weißt es besser als jeder andere. Ich habe dieses Chaos geerbt, als ich die Firma übernommen habe, und ich kämpfe seitdem darum, Bianchis Fängen zu entkommen.“ Er seufzte und schüttelte den Kopf.

Mit Tränen in den Augen erzählte Vincent mir alles über seine Arbeit mit dem Kartell. Die Akten, die ich auf der Arbeit gefunden hatte, waren nur die Spitze des Eisbergs. Die Firma war nicht nur für die Geldwäsche des Kartells verantwortlich, sondern hatte auch mehrere politische Bestechungen koordiniert, um lockerere Auflagen der Nachtclub-Vorschriften zu erreichen, ein direkter Vorteil für die Mafia-Familie.

„Also, das erklärt Bianchi, Vince, aber was hast du mit dem Maxwell-Syndikat zu schaffen?“, bohrte ich weiter und benutzte den Spitznamen, den er nur engen Freunden erlaubte.

„Richtig, richtig, richtig“, nickte er, sein Mund verzog sich entweder vor Scham oder weil die Nerven mit ihm durchgingen. „Siehst du, ich dachte, ich könnte ihnen helfen und sie könnten mir Bianchi vom Hals schaffen. Es ist unmöglich, dass ich das allein schaffe, Hunter. Ehrlich gesagt bin ich froh, dass du es herausgefunden hast, denn ich musste es jemandem sagen. Du weißt, dass ich dich immer wie einen Sohn angesehen habe. Ich habe dich betreut, seit ich dich für die Firma angeheuert habe. Ich meinte es ernst, als ich sagte, dass du für Juniorpartnerschaft in Frage kommst, aber ich sehe keinen Grund, warum wir dich nicht zu einem Seniorpartner befördern können“, schlug er mit strahlenden Augen vor.

„Scheiß auf deine Almosen, Vince. Ich will den verfluchten Job nicht."

„Was willst du dann? Ich werde alles tun – aber töte mich nicht", bettelte er, schließlich lief ihm die erste Träne über sein Gesicht.

„Ich will deinen korrupten Arsch ins Gefängnis stecken und deshalb habe ich alle Akten aus dem Büro geholt, bereit, sie zum FBI zu schicken", bluffte ich.

„Bitte, Hunter." Vincent hielt seine Hände vorsichtig wieder in die Höhe. „Ich will die Firma einfach nicht ruinieren. Denk an all die Arbeitsplätze, die verloren gehen würden, an die Leben, die ruiniert würden. Lass mich den Fall allein übernehmen. Es war meine Entscheidung und ich werde die Konsequenzen tragen", flehte er.

„Ich werde die Akten erst einmal behalten. Als Lebensversicherung, sozusagen. Was ich will, sind die Bilder, mit denen sie mich erpressen." Ich beobachtete seine Reaktion genau. Ein Hauch von Enttäuschung schoss durch mich hindurch, als es keinen schuldigen Blick in seinen Augen gab. Ich bezweifelte, dass er überhaupt von meiner Beteiligung am Maxwell-Syndikat wusste, geschweige denn, was sie verwendeten, um mich zu erpressen.

„Was meinst du?", fragte er und es klang ernst gemeint.

„Scheiß drauf", knurrte ich und lud die Waffe. Es war der schnellste Weg, um herauszufinden, ob er die Wahrheit sagte oder nicht, denn ein Feigling würde immer seine Karten auf den Tisch legen, um seinen Arsch zu retten.

„Warte!", schrie er und hielt seine Hände in der Luft. Tränen strömten über sein Gesicht. „Die Fotos? Geht es hier um die Fotos?"

Also wusste er es doch. Enttäuscht schüttelte ich den Kopf.

„Ich habe sie noch nie gesehen. Du weißt, dass sie so etwas nicht mit mir teilen würden. Ich hörte zwei Typen reden und dachte, sie hätten etwas gegen dich in der Hand, aber ich war mir nicht sicher, was es war. Sind es belastende Fotos?"

„So langsam zweifele ich daran, was ich dir glauben kann, Vince."

„Ich kann sie besorgen! Ich kann sie besorgen, Hunter! Vertrau mir!", schrie er.

„Einen Scheiß kannst du."

„Ich muss mich nur mit ihnen treffen und ich kann sie davon überzeugen, einen Austausch zu machen. Du bringst die Akten aus der Firma mit und ich hole die Fotos", bettelte er mich an.

„Du hast zwei Tage, dann gehe ich zum FBI." Ich stand auf und beendete das Gespräch.

Ich konnte Vincents erbärmliche Augen auf meinem Rücken spüren, als ich durch sein makelloses Zuhause ging und es durch die Haustür verließ und zurück zu meinem Auto joggte.

Ich hoffte, dass Vince meine Drohung trotzdem ernst nahm und mir besorgte, was ich brauchte. Trotzdem wollte ich mich nicht darauf verlassen. Deshalb machte ich mich auf den Weg zu dem Mann, der die Macht hatte, diesem ganzen Wahnsinn ein Ende zu setzen.

Kapitel Sechsundsechzig

Nora

Den zweiten Tag in Folge in einem Motelzimmer gefangen zu sein, war extrem langweilig. Im Fernsehen lief nur Mist und langsam aber sicher fiel mir die Decke auf den Kopf. Nach langem Hin und Her entschied ich mich, dass ein kurzer Spaziergang niemandem schaden würde.

Ich schaute mich ein wenig im Hotel um, bis ich zu einer Ecke kam, die ein Schild als *Internet Area* auswies. Bevor ich mich selbst stoppen konnte, meldete ich mich am Computer an und loggte mich in meine E-Mails ein.

Schuldgefühle überkamen mich, als ich die fünf E-Mails von Tasha sah. Sie hatte versucht, mich zu kontaktieren, nachdem unser letztes Gespräch unterbrochen worden war. Ich hatte ihr gesagt, dass sie, wenn sie nichts von mir hörte, die Polizei alarmieren sollte und als mir diese Worte jetzt wieder in den Sinn kamen, hatte ich Angst, dass sie tun würde, was ich ihr gesagt hatte.

Meine Finger tippten eine schnelle Antwort für sie, doch dann hörte ich Hunters Stimme in meinem Kopf und erinnerte mich daran, dass ich niemandem vertrauen konnte. Tasha arbeitete zwar sicherlich nicht mit den Gangs zusammen, aber sie könnte durch mich in Gefahr kommen.

Also löschte ich die E-Mail wieder und betete, dass es Tasha gut ging.

Als ich das E-Mail-Programm schloss, surfte ich noch ein paar Minuten im Internet und versuchte, den Drang zu bekämpfen, der immer größer wurde. Ich wollte nach Hunter suchen, denn obwohl er sich mir inzwischen geöffnet hatte, wollte ich unbedingt mehr über ihn erfahren.

Meine Gefühle zu ihm waren so stark, dass ich wissen

musste, dass er mich nicht zum Narren hielt. Es war seltsam, dass ich ihm mein Leben anvertrauen konnte, aber dennoch immer noch die Bestätigung brauchte, dass Hunter derjenige war, für den er sich ausgab. Ich befand mich auf der Startseite einer Suchmaschine und meine Finger schwebten über den Tasten, während ich darüber nachdachte, seinen Namen einzugeben.

Meine Neugierde siegte und ich tippte den Namen, den ich nie vergessen würde, in das Suchfeld ein und wartete ängstlich darauf, dass die Ergebnisse auftauchten. Hunter Aimes.

Ein Bild nach dem anderen erschien. Hunters hübsches, lächelndes Gesicht und einige Bilder von ihm, auf denen er Anzüge trug, die teurer aussahen als das, was ich für meine monatliche Miete aufbringen konnte.

Während ich durch die vielen Fotos scrollte, blieben meine Augen an einer schönen blonden Frau hängen, die immer wieder auftauchte, an Hunters Arm hing und mit einem Blick in die Kamera starrte, der sagte, dass sie wusste, wie atemberaubend schön sie war. Ihr Körper war makellos und schlank im Gegensatz zu den Kurven, die ich hatte. Die Frau lächelte auf jedem Foto, während Hunter immer hinter ihr stand und seine Hand irgendwo auf ihrem Körper platziert hatte.

Die Eifersucht loderte in meinem Bauch, als ich anfing mich zu fragen, was er in mir sah. Hunter war die Art von Mann, der alles haben konnte, was er wollte. Die über ihn geschriebenen Artikel bestätigten seine Behauptung, dass er wirklich ein erfolgreicher Anwalt war.

Ich besann mich auf unsere gemeinsamen Erlebnisse der vergangenen Wochen und erinnerte mich daran, wie stark unsere Bindung mittlerweile war. Niemand würde jemals so für Hunter fühlen, wie ich es tat.

Schließlich endeten die Bilder von Hunters altem Leben. Es gab noch ein letztes Foto eines kleinen Kindes an einem Fluss und als ich mit der Maus über das Bild fuhr, klickte ich versehentlich darauf und öffnete eine Zeitungswebsite. Es war ein alter Artikel über einen kleinen Jungen, der ertrunken war.

Anscheinend hatte sein Freund versucht, ihn zu retten, aber es nicht geschafft und sich selbst kaum retten können.

Als ich die Geschichte las, empfand ich schreckliches Mitleid für den Jungen, weil ich wusste, wie verheerend es gewesen sein musste, dem Tod so nahe zu kommen, nur um später zu erfahren, dass sein bester Freund es nicht geschafft hatte. Der Artikel erzählte davon, wie am Boden zerstört der Junge gewesen war, als er die Nachricht hörte, und all das war bereits geschehen, bevor er zur High School ging.

Am Ende des Artikels fand ich das Foto, das auf der Suche nach Hunters Namen aufgetaucht war, und in diesem Moment erkannte ich etwas in den Augen des Jugendlichen, die mich anstarrten. Der Junge, der neben dem Fluss stand und die Geschichte erzählte, wie er fast ertrunken war, als er versuchte, seinen Freund zu retten, war Hunter.

Er war derjenige, der zugesehen hatte, wie sein Freund verschwand, und mein Herz zerbrach. Wahrscheinlich war das der Grund, warum er nie über seine Kindheit sprechen wollte.

Ich hatte immer gewusst, dass es etwas gab, das Hunter versteckte, ein Geheimnis, das er tief in seinem Inneren festhielt, das ihn daran hinderte, dass Leute ihm zu nahekommen konnten. Nun wusste ich genau, was es war und ich empfand sofort Mitleid für den Mann, in den ich mich verliebt hatte.

Kapitel Siebenundsechzig

Hunter

Ich war froh, wieder zu Nora zurückkehren. Doch als ich das Zimmer betrat, merkte ich sofort, dass etwas nicht stimmte.

„Hunter, bitte erklär mir das“, sagte sie mit einem ernsten Gesichtsausdruck und zeigte mir ein ausgedrucktes Foto.

Mein Herz verkrampfte, als ich das Foto erkannte, das sie in ihrer Hand hielt – ein schwarz-weißes Foto von mir am Fluss, als ich in der Highschool war. Ich hatte das Bild seit Jahren nicht mehr gesehen, erinnerte mich aber noch genau an das Interview mit der Zeitung und wie sich mein Magen umgedreht hatte, als ich meine Geschichte nacherzählte.

Alle hatten angenommen, ich hätte das Unglück nicht verhindern können, aber die Wahrheit war eine andere. Ich hatte nicht vorgehabt, an diesem Tag irgendjemandem zu helfen außer mir selbst. Monatelang hatte ich es geplant, und an diesem Tag hatte ich die Folter beendet, die mein Leben zur Hölle gemacht hatte. Der Junge, der ertrunken war, war Trevor, mein Kindheitstyrann, und sein Tod war kein Zufall gewesen.

Die Emotionen kamen zurück, als ich mich an die Wochen erinnerte, die zu diesem schicksalhaften Tag führten. Trevor war mit dem Alter hinterhältiger geworden und seine Taktik, mich zu demütigen, wurde von Tag zu Tag schlimmer. Was in der Mittelschule früher Anrempler und Hosenzieher gewesen waren, war zu Gehirnerschütterungen und psychischen Traumata eskaliert.

Eines Tages ging ich in den Biologieunterricht der siebten Klasse und durch das Schweigen in der Klasse wusste ich, dass etwas nicht stimmte. Biologie hatten wir bei einem älteren indischen Mann namens Mister Pachu, der mit einem schweren Akzent sprach und den die Schüler gerne verspotteten. In der Regel ging es in seinem Unterricht drunter und drüber, weshalb mir die

Stille an diesem Tag direkt merkwürdig vorkam.

Langsam ging ich zu meinem Platz und sah mich unsicher um. Dann fiel mir auf, dass Mister Pachu nicht da war. Gerade als ich meinen Platz verlassen wollte, spürte ich seine Hände um meinen Hals.

„Mister Pachu hat für heute Feierabend, werte Klassenkameraden“, kündigte Trevor an und zog mich an meinem Hals von meinem Platz.

Während ich versuchte zu atmen, beobachtete ich, wie meine Klassenkameraden lebendig wurden. Sie drehten sich auf ihren Sitzen zu mir um, während sie vor Aufregung lachten und Trevor beobachteten. Sie hatten alle auf mich gewartet und sich auf die Show gefreut, die Trevor den ganzen Tag versprochen haben musste.

„Ich werde für ihn einspringen. Das Thema der heutigen Stunde lautet: Der menschliche Körper!“ Trevor sprach mit verachtender Stimme, während die Klasse vor Lachen grölte.

Er schleppte mich in den vorderen Teil des Raumes und stieß mich gegen die Tafel. Alle saßen mit Vorfreude auf ihren Stühlen und beobachteten, wie Trevor mich anstarrte.

Als ich mich umsah, wog ich meine Optionen ab. Es gab zwei Türen in der Klasse, aber die Hintertür war zu weit weg, um es zu schaffen. Von der Art und Weise, wie sich die Klasse verhielt, wusste ich, dass mich jemand aufhalten würde, wenn ich versuchen würde, durch die Gänge abzuhauen. Selbst wenn ich Trevor entwischen konnte, würde mich jemand anders aufhalten. Sie waren alle involviert, weil sie an der Show teilhaben wollten. Sie würden mich nicht rauslassen, bevor sie nicht bekamen, was Trevor ihnen versprochen hatte.

Die andere Tür war nur ein paar Schritte nach links entfernt, aber Trevor beobachtete mich, als könnte er meine Gedanken lesen. Trotzdem musste ich es versuchen. Doch sobald ich losrannte, stürzte er sich auf mich und riss mich zu Boden, bevor ich den Türknauf erreichen konnte.

„Lektion eins!“, rief er laut und schwebte über mir, während er mich mit einer Hand auf den Boden presste. „Eure Intuition wird es eurem Körper immer sagen, wenn ihr in Gefahr seid. Wisst ihr, dieser Feigling hat vorausgeahnt, was mit ihm passieren wird. Ihr könnt die Angst in seinen Augen sehen, nicht wahr?“, fragte Trevor und hielt mein Gesicht zwischen

seinen fetten Finger fest, während er mein Kinn grob zusammendrückte.

„Ja!“, brüllte die Klasse.

An meinen Haaren zog mich Trevor auf die Füße und hielt mich aufrecht, während meine Klassenkameraden nur lachten.

„Wir alle haben Blut, das durch unseren Körper fließt“, fuhr Trevor fort. „Wenn man angegriffen wird, pumpt das Blut schneller, weil der Herzschlag sich erhöht. Seht her!“, schrie Trevor.

Der Schlag war so schnell und hart, dass ich ihn nicht kommen sah. Ich war mir nicht sicher, was passiert war, bis ich auf die Knie fiel. Dann kam der Schmerz von meinem linken Ohr und nahm mir die Fähigkeit, damit zu hören. Mein Kopf klingelte, als ich meine Klassenkameraden lachen sah, aber ich konnte sie nicht hören. Später stellte sich heraus, dass mein Trommelfell gerissen war.

„Oh, steh auf, du Weichei“, sagte Trevor, als mein Gehör wiederkam. Er zog mich zurück auf meine Füße und grinste, während er das Rampenlicht genoss. „Als nächstes wollen wir mal schauen, wie viel Blut durch die Nase fließen kann!“ Er holte aus, und ich bereitete mich innerlich auf die kommenden Schmerzen vor.

Ein lautes Geräusch von links brachte Trevor zum Stillstand, als die ganze Klasse zu ihren Sitzen zurückkehrte. Plötzlich herrschte Stille und alle blickten auf ihre Tische herab.

„Was in aller Welt ist hier los?“, rief die Stimme.

Ich drehte mich um und sah unsere stellvertretende Direktorin. Ich war so erleichtert, dass mir ein Lächeln über das Gesicht huschte. Trevor zog mich nahe an sich heran und umarmte mich, bevor er eine Lüge über das Halten eines Referats mit mir erzählte. Gezwungenermaßen nickte ich mit, als die stellvertretende Direktorin uns missbilligend anschaute. Als Trevor ihr erzählte, dass wir mit der Präsentation begonnen hatten, als unser Lehrer nicht erschienen war, befahl sie uns, uns auf unsere Plätze zu setzen, und kündigte an, dass sie für den Rest der Stunde übernehmen würde.

„Hunter, rede mit mir!“, schrie Nora und brachte mich dazu, wieder in die Realität zurückzukommen.

Es war ein Geheimnis, das ich zwanzig Jahre lang allein mit

mir herumgetragen hatte. Noch nie in meinem Leben hatte ich jemandem von Trevor erzählt, weder einem Freund noch einer Frau, mit der ich mich getroffen hatte. Wenn es jemanden gab, der es wissen sollte, dann Nora. Also beschloss ich, mich zum ersten Mal in meinem Leben zu öffnen.

„Ich bereue es nicht."

Kapitel Achtundsechzig

Nora

Was sollte er überhaupt bereuen?

„Ich bereue es nicht, Nora“, wiederholte er. Diesmal schaute er mir in die Augen, als er meinen Namen betonte.

„Was solltest du bereuen? Es war nicht deine Schuld.“ Ich streckte die Hand aus und massierte seine Schulter, um ihm zu helfen, sich zu entspannen. Die Anspannung war offensichtlich. Es gab so viel zu sagen, aber ich war verwirrt. Meine Intuition sagte mir, dass die Dinge nicht so waren, wie sie schienen.

„Es war meine Schuld.“ Hunters Stimme war kalt und distanziert.

„Du konntest ihn nicht retten“, sagte ich und suchte in seinem Gesicht nach Verständnis.

„Er ist nicht aus Versehen ertrunken, Nora. Es war meine Schuld.“

Ich starrte ungläubig und wartete darauf, dass Hunter weiterredete. Er konnte nicht einfach so eine Bombe platzen lassen und dann aufhören. Es musste eine Erklärung geben. Hunter schüttelte den Kopf und fuhr mit den Fingern durch sein Haar, als würde er über etwas nachdenken.

„Sein Name war Trevor“, begann er mit dem Namen, den ich in dem Artikel gelesen hatte.

„Das wusste ich schon“, gab ich zu.

„Er war böse, Nora. Wir sind zusammen zur Schule gegangen, seit wir jung waren, und seitdem hatte er mir mein Leben zur Hölle gemacht.“ Seine Lippen drückten sich zusammen, als hätte er auf eine Zitrone gebissen. Die Erinnerung an Trevor war schlecht, so viel konnte ich an seinem Gesicht ablesen.

„Was hat er getan?“

„Alles. Irgendwas. Es fing alles so unschuldig an – er hatte auf mir herumgehackt, weil er größer und ich ein Nerd war. Niemand kümmerte sich darum, was mit mir geschah, und ich schätze, das machte mich zu einem leichten Opfer."

Hunter seufzte, saß am Fuß des Bettes und seine Schultern fielen zusammen, als er sich an die Geschichte erinnerte. Die Last war sichtbar und ich hoffte, dass unser Gespräch helfen würde, etwas von dem Druck zu lösen.

„Hunter", versuchte ich zu unterbrechen, aber er hielt seine Hand in die Luft und brachte mich mit einer Bewegung zum Schweigen.

„Lass mich ausreden, Nora. Ich muss es jemandem sagen."

Mein Magen fühlte sich flau an aus Angst vor dem, was er enthüllen könnte.

„Die Dinge sind mit der Zeit immer schlimmer geworden. Schlimmer, als ich es für möglich gehalten hatte. Trevor wurde immer erbarmungsloser. Als wir Kinder waren, hat er mich verprügelt, aber als wir älter wurden, hat er mich mehr als einmal fast getötet."

Es wurde still im Raum, als ich Hunter aufmerksam zuhörte, wie er eine der spannendsten Geschichten erzählte, die ich je gehört hatte. Zuerst erzählte er die Geschichte von einer Geburtstagsfeier, die von Trevor ruiniert worden war, als er sich mit Hunters Klassenkameraden verschworen hatte.

Hunter war emotionslos, als er die Erinnerungen erzählte. Sein Gesicht wie Stein, während er roboterhaft alle Details aufzeigte. Trevor war schrecklich und mein Herz schmerzte für den jüngeren Hunter, den er als Opfer so oft ins Visier genommen hatte.

Die Highschool war hart für mich gewesen, das war aber nichts gegen die Schrecken, die Hunter beschrieb. Als er mir erzählte, dass Trevor auf ihn gepinkelt hatte, nachdem er seinen Kopf ins Klo gedrückt hatte, schüttelte ich stumm den Kopf.

„Ich habe zwei Tage gebraucht, um alles zu planen." Hunter seufzte wieder, sein Körper drehte sich auf der Bettkante.

„Was hast du getan?"

„Ein Nachbar bezahlte mich damals dafür, damit ich seinen Rasen mähte. Sein Grundstück lag direkt am Fluss. Dieser Nachbar sagte mir, ich solle in der Nähe der Grundstücksgrenze vorsichtig sein. Er sagte mir, dass es nach heftigen Regenfällen bekanntlich zu Überschwemmungen kommen konnte. Ich hatte in der Mittelstufe in der Sportklasse mitbekommen, dass Trevor nicht schwimmen konnte."

Ich starrte Hunter weiterhin gebannt an.

„Ich erinnere mich, wie die Zeit kam, in der es tagelang geregnet hatte und ich mir dachte, dass es an der Zeit war, den Plan in Gang zu setzen. Trevor hatte mich gedrängt, ihm Geld zu geben. Er drohte, mich zu demütigen, wenn ich nicht bezahlte. Nun, ich sagte ihm, ich würde ihm das Geld geben, das er wollte, und dann ließ ich ihn mich am Fluss treffen. Es regnete noch immer, als er ankam. Er sah mich nicht einmal kommen. Ich saß einfach nur da und beobachtete ihn."

„Jemand hat mich gesehen." Er sah mich an, sein Blick war intensiv.

„Woher weißt du das?"

„Damit haben sie mich erpresst. So haben sie mich dazu gebracht, dich zu entführen. Sie zeigten mir Fotos von dieser Nacht. Sie hatten Bilder von mir, wie ich ihn ins Wasser stieß, Beweise für das Verbrechen, das ich vertuscht hatte."

„Du sagst, du bereust es nicht."

„Er war ein böser Mensch, Nora", erwiderte Hunter, aber ich war mit dieser Antwort nicht zufrieden.

„Dem kann ich zustimmen. Aber warum hast du keine Hilfe gesucht, Hunter? Es musste eine bessere Lösung gegeben haben." Ich zuckte mit den Achseln und fand, dass meine Worte offensichtlich waren.

„Wem hätte ich es sagen sollen?“, fragte er mit einem ruhigen Tonfall, fast zu ruhig.

„Ich weiß nicht, vielleicht deinen Eltern?“

„Meine Mutter war nur mit sich selbst und ihren Modemagazinen beschäftigt. Mein Vater hielt mich für einen Versager und Schlappschwanz.“

Ich sah, wie der Schmerz in Hunters Augen aufstieg, als er von seinen Eltern sprach, und ich erkannte, dass wir beide Waisenkinder waren. Es gab einen Grund, warum er mich in das Haus seiner Eltern gebracht hatte, als er mich zum ersten Mal aus meinem Haus entführt hatte. Ich konnte damals das Unbehagen auf seinem Gesicht sehen und nun verstand ich, dass er keine emotionale Bindung zu diesem Haus hatte. Obwohl seine Eltern in seiner Kindheit beide zu Hause gewesen waren, war Hunter genauso ein Waisenkind wie ich.

„Nora, ich hatte ursprünglich nicht geplant, ihn zu töten. Ich wollte ihn hineinschieben und dann, in letzter Sekunde, wollte ich ihn herausziehen. Ich wollte ihm Todesangst machen, so wie er es mit mir viele Male zuvor getan hatte. Doch dann ist es außer Kontrolle geraten.“

Ich schaute Hunter gespannt an.

„Aber dann hatte Trevor eine Freundin. Ihr Name war Megan. Ich dachte, sie könnte die Veränderung sein, die er brauchte, um aufzuhören, solch ein Arschloch zu sein. Sie war ein süßes Mädchen. Sie war gerade auf unsere Schule gewechselt, also wusste sie nichts von seinem Ruf als Bad Boy.“

Ich konnte die Traurigkeit in seiner Stimme hören, als die Erinnerungen wiederkehrten. Es war nicht einfach für ihn, sich mir zu öffnen.

„Wir waren eines Tages im Englischunterricht und ich fragte mich, warum Megan mitten im Sommer einen Pullover trug. Der Raum war heiß, weil wir keine Klimaanlage hatten. Als ihr Ärmel hochrutschte, konnte ich sehen, was sie verheimlichte. Ein Blick auf die blauen Flecken an ihren Armen reichte und ich wusste genau, wer es getan hatte. Trevor hatte angefangen, sie zu missbrauchen. Es stand ihr ins Gesicht geschrieben. Wenn es eine Sache gab, die ich problemlos erkennen konnte, dann war es Elend, denn ich war selbst mittendrin. Erst dann entschied ich mich, dass Trevor den Tod verdient hatte."

Hunters Stimme verblasste, aber die Worte hingen in der Luft. Er deckte alle Karten auf und sagte mir die Wahrheit, die er tief im Inneren vergraben hatte. Er hatte den Tyrannen getötet, der sein Leben zur Hölle gemacht hatte, aber die Tat hatte nicht einmal nur dazu gedient, sich selbst zu schützen. Er wollte auch andere vor dem Zorn von Trevor schützen und wenn man bedachte, was er für mich getan hatte, dann war das nur allzu passend. Hunter hatte sein eigenes Leben aufgegeben, um mich zu beschützen. Alles, was er hätte tun müssen, war, mich der Bande zu übergeben und sie hätten ihm die Fotos von seinem Verbrechen gegeben. Aber wir waren hier. Zusammen.

Kapitel Neunundsechzig

Hunter

Nora schlief noch, als ich nervös durch das Zimmer lief, bevor ich den Anruf machte. Der Tag des Austauschs war gekommen und es war an der Zeit zu sehen, wie sich alles entwickeln würde. Alles, was ich wusste, war, dass ich am Ende des Tages frei von diesem Chaos sein würde – oder tot.

„Hallo?“ Vincent ging ans Telefon. Das starke Selbstvertrauen, das ich von meinem Chef erwartet hatte, fehlte. Ich konnte an seinem Ton spüren, dass er angespannt auf den Anruf gewartet hatte.

„Hier ist Hunter“, sagte ich.

„Ja, ja, ja. Ich, ähm …“ Vincent stotterte wie ein ängstliches Kind.

„Hältst du dich an deinen Zeitplan oder muss ich mich mit meinen Freunden vom FBI in Verbindung setzen?“

„Nein, nein, nein ... Tu das nicht.“ Er hörte sich fast schon weinerlich an.

Diese Stimme passte sogar nicht zu dem Vincent, der als nahezu unschlagbar im Gerichtssaal galt und der für viele Jahre mein Vorbild als Prozessanwalt gewesen war. Doch mittlerweile hatte ich nichts als Verachtung für ihn übrig.

Er war mit Kriminellen ein Geschäft eingegangen, die so gefährlich waren, dass er dieser ganzen Sache nicht gewachsen war. Und jetzt steckte er bis zum Hals mit drin.

„Wann und wo, Vincent?“, knurrte ich.

„Das Lagerhaus an der Neunundsiebzigsten. Ich werde in einer Stunde mit all den Fotos da sein.“

„Komm allein, Vincent“, warnte ich ihn.

„Natürlich", murmelte er, bevor er das Gespräch beendete.

Ich hatte vermutet, dass er mir eine Falle stellen würde, aber nach diesem Anruf war ich mir sicher. Was Vincent nicht wusste, war, dass ich wollte, dass er mich verriet – tatsächlich war ich sogar darauf angewiesen.

Die Bewegung im Bett erschreckte mich und ich drehte mich um, um zu sehen, wie Nora mich beobachtete.

„Bleib liegen", sagte ich trocken und packte meine Sachen.

„Ich will mit", erwiderte sie und schob ihren Kopf trotzig zur Seite.

„Es ist zu gefährlich. Sei nicht sauer auf mich", sagte ich und versuchte, sie zu besänftigen.

„Verlass mich nicht, Hunter", flüsterte sie zurück.

„Komm her." Ich winkte sie zu mir und sie kam sofort.

Ich legte meine Arme um sie und versicherte ihr, dass ich bald zurückkommen würde. Ich küsste ihre Stirn, bevor ich vielleicht meinen letzten tiefen Atemzug ihres Duftes nahm. Sie war der Grund, warum ich alles riskierte, also wollte ich mich an ihren Geruch und ihre weiche Haut erinnern.

„Sei vorsichtig", rief sie mir nach, als ich die Tür hinter mir schloss.

Es waren die letzten Worte, die ich hörte, bevor ich zu meinem Auto ging. Dann fuhr ich zu dem Lagerhaus, dem Hauptquartier des Maxwell-Syndikats. Vincent hatte das Treffen arrangiert, ohne zu wissen, dass ich den Ort überwacht hatte, als ich Carisi gefolgt war.

Nachdem ich draußen geparkt hatte, ging ich die schmale Treppe hinauf. Bevor ich die Tür öffnete, atmete ich tief durch. Dann trat ich ein.

Der große Raum war unheimlich ruhig, als ich mich langsam hineinbewegte und nach Vincent Ausschau hielt.

Er stand am Ende des Raumes mit einem schwarzen Aktenordner in der Hand. Ich ging zielstrebig auf ihn zu, um die Fotos an mich zu nehmen, aber gerade als ich nah genug dran war, um das Weiß in Vincents Augen zu sehen, öffnete er den Ordner und enthüllte ein leeres Blatt Papier. Ich beobachtete, wie es auf den Boden fiel, als sich die Mitglieder der Maxwell-Gang aus allen Ecken im Raum mit Maschinengewehren hervorschlichen.

Ich hielt meine Hände in die Luft, meine Augen fokussiert auf Vincent. Er hatte keine Ahnung, dass ich genau das erwartet hatte. Er spielte direkt in meine Karten und so hatte ich kein Problem damit, meine Pistole abzugeben, als ein Bandenmitglied mich abklopfte, bevor er die Knarre aus meinem Hosenbund nahm.

„Du dachtest ernsthaft, ich würde mein Druckmittel aufgeben, Hunter? Du musst während all der Gespräche, die wir geführt haben, nicht zugehört haben. Wenn du nur getan hättest, was man dir gesagt hat“, sprach Vincent enttäuscht.

„Was machst du mit diesen Männern, Vincent? Du arbeitest mit Bianchi und dem Maxwell-Syndikat zusammen – du weißt, dass das nicht gut enden wird“, sagte ich und blickte auf die Gesichter der Männer, um zu sehen, ob sie sich seines Verrats bewusst waren. Zu meiner Überraschung zuckten die Männer nicht zusammen, was auf die Tatsache hindeutete, dass sie in Vincents hinterhältigen Plan eingeweiht waren.

„Hunter, du enttäuschst mich. Natürlich habe ich mit Bianchi gesprochen. Er hat mich beauftragt, den Spitzel in seinem Team zu finden. Doch dazu später mehr.“ Vincent grinste mich höhnisch an. „Siehst du, alles, was du tun musstest, war, das Mädchen zu schnappen und sie zu mir zu bringen. Das war alles, was wir wollten, aber du musstest unbedingt den Superhelden spielen, nicht wahr?“

Ich runzelte die Stirn und spürte, wie Unbehagen in mir aufstieg. Ich hatte nicht geahnt, dass Vincent in die Sache mit Nora verwickelt war. Als ich ihn in seinem Haus erwischt hatte, war er viel stärker verängstigt gewesen und er hatte mich glauben lassen, dass er wie ich als Mittel zum Zweck benutzt wurde. Nun schien es, dass er eine bedeutendere Rolle in der Verschwörung spielte, und ich fragte mich, ob er es war, der mich überlistet hatte.

„Siehst du, Nora ist der Schlüssel, um Bianchi zu Fall zu bringen", erklärte Vincent.

„Du wirst Nora nie bekommen!", zischte ich und wollte auf ihn los, doch zwei der Männer hielten mich zurück.

„Da liegst du falsch, Hunter. Ich habe alles, was ich will, wann immer ich will. Und heute habe ich beschlossen, dass ich deine kleine Freundin will." Er lachte hämisch und machte eine Geste in Richtung der Tür.

Genau in dem Moment traten zwei weitere Männer ein – mit Nora. Sie kämpfte und schrie, doch ein Tuch, das in ihren Mund gestopft worden war, dämpfte ihre Schreie. Mein Herz wurde schwach und ich erkannte, dass Vincent mich verarscht hatte.

„Es war einfach, dich zu verfolgen, dank des Telefons, das du benutzt. Hast du etwa gedacht, dass ältere Handys kein GPS haben? So ein Anfängerfehler, Hunter. Ich habe Besseres von dir erwartet", grinste Vincent, als er um mich herum kreiste.

„Wir haben das Motel beobachtet. Und du hast den Köder geschluckt, um mich hier zu treffen. Mein Team ist direkt reingegangen, nachdem du gegangen warst. Es war, als würde man einem Baby Süßigkeiten wegnehmen, Hunter. Aber sie hat sich gewehrt, wie ich hörte. Ich glaube, sie mussten sie vielleicht ein wenig schlagen." Vincent zuckte mit den Achseln und ich zog an den Männern in dem verzweifelten Versuch, an den alten Mann ranzukommen.

Er hatte mich reingelegt und ich war erschüttert, dass Nora in seinen Fängen war. Alles, was ich getan und geopfert hatte, war scheinbar nicht genug gewesen, um sie zu retten.

Kapitel Siebzig

Nora

Ich war nur für ein paar Minuten eingeschlafen, als die Schläger in das Motelzimmer stürmten und mich zu Boden rissen. Sie hatten meine Hände hinter meinem Rücken gefesselt, bevor sie mich in einen Kofferraum geschoben und mich zu einem scheinbar verlassenen Lagerhaus gefahren hatten.

Ich war schockiert, Hunter zu sehen, als wir durch die Tür kamen. Meine Beine zitterten vor Angst, als der Mann mit dem silbernen Haar schnipste und einer der Schläger das Tuch aus meinem Mund nahm.

„Hallo, Nora. Es ist schön, dich kennenzulernen.

„Fick dich."

„Mein Name ist Vincent, und ich hätte da eine bessere Idee." Er lächelte diabolisch.

„Warum bist du besessen von der Tochter, die Bianchi schon vor langer Zeit entsorgt hat?", fragte Hunter und ich war erleichtert, als Vincents Augen sich von mir abwandten.

Plötzlich begann Vincent laut zu lachen, als er zu Hunter ging. „Deine kleine Freundin mag ihrem Vater nie gedient haben, aber sie wird mir und meinen Kumpels aus der Klemme helfen." Vincent zeigte durch den Raum, als er sprach, und nickte den Männern mit den Waffen zu.

„Siehst du, wir wollen, dass Bianchi verschwindet, aber wir können den Schmutz nicht an unseren Händen kleben haben. Ich meine, du weißt, wie das läuft, oder, Hunter? Manchmal muss man Leute verschwinden lassen, aber man will, dass es wie ein Unfall aussieht."

Mein Magen verkrampfte, als mir klar wurde, dass er von Hunters Geheimnis wusste. Vincent musste derjenige gewesen sein, der ihn erpresst hatte, was bedeutete, dass er derjenige war, der mich überhaupt erst wollte. Er war die böse Person, an die Hunter mich nicht übergeben wollte.

„Wir haben dich gezwungen, sie zu entführen, weil sie unser Weg zu Bianchi ist. Du hättest sie einfach absetzen sollen. Vielleicht wärst du dann jetzt nicht hier", erklärte Vincent.

„Was willst du von mir? schrie ich, zu ängstlich, seine Antwort zu hören.

„Ich bin froh, dass du fragst, Nora." Vincent lächelte in meine Richtung. „Du bist der letzte Teil in unserem Puzzle."

„Was für ein krankes Spiel spielst du?", wimmerte ich.

„Du wirst meine neue Attentäterin."

Mir wurde schlecht. Ein Attentäter? Ich? Was hatte dieser Verrückte im Sinn? Wen sollte ich töten?

„Sie ist keine verdammte Attentäterin!", knurrte Hunter.

„Nein, noch nicht. Aber wir werden sie zu einer machen." Vincent musterte mich von unten bis oben.

„Du bist komplett verrückt!", brüllte Hunter.

„Nora ist der perfekte Weg, um ihrem Vater von dem Maulwurf in seinem Team zu erzählen, mit dem sie gearbeitet hat. Sie kann diese Informationen nutzen, um sein Vertrauen zu gewinnen und die beschissene Beziehung, die sie nie hatte, wiederaufleben zu lassen. Er wird sie wieder in sein Leben lassen, und dann wird sie zuschlagen. Wie gesagt, wir brauchen ihn tot."

„Einen Scheiß werde ich für dich tun!", schrie ich.

„Entspann dich, kleines Mädchen. Du bist der perfekte Sündenbock. Bianchi ist zu wichtig, als dass wir ein Risiko eingehen können. Es werden Fragen gestellt werden, egal wie er abtritt. Aber wenn es so aussieht, als wäre es unsere Schuld, wird das Kartell hinter dem Syndikat her sein. Wir brauchen kein Blutbad. Du bist die perfekte Story für die Boulevardzeitung – ein Mädchen, das verletzt wurde, nachdem ihr Vater sie verlassen hatte. Wir müssen den Bullen eine glaubhafte Geschichte erzählen und du wirst die Hauptrolle darin spielen."

„Ich habe noch nie mit jemandem gearbeitet, der mit der Mafia zu tun hatte. Mein Vater würde mir nie glauben, wenn ich auf einmal bei ihm ankomme", versuchte ich verzweifelt zu erklären.

„Ist das dein Ernst? Sozialbetrug ist eine der größten Einnahmequellen deines Vaters", schnaufte Vincent.

„Ich werde es nicht tun!", protestierte ich und drückte meine Schultern zurück, als ich mein Kinn hob und aufrecht stand.

„Schätzchen, du wirst keine große Wahl haben, wenn wir mit dir fertig sind. Ich bin mir nicht sicher, wie freundlich Hunter war, aber ich garantiere dir, dass die Dinge mit meinen Jungs nicht so angenehm ablaufen werden", grinste er und sah sich im Raum um.

Ich fühlte einen Schauer auf meinem Rücken, als ich daran dachte, mit den Männern allein zu sein. Sie waren wie Carisi. Ihr Plan war verrückt, aber sie schienen alle zu denken, dass er brillant war.

„Nora Schätzchen, es wird alles halb so wild. Du musst nicht lange im Gefängnis bleiben, meine Anwaltskanzlei wird dich da rausholen. Keine Sorge, du wirst gut bezahlt und du wirst ein paar Jahre in einer psychiatrischen Anstalt verbringen. Keine große Sache", winkte er ab.

Das werde ich niemals tun!", schrie ich, als Tränen in meine Augen strömten. Er konnte mich nicht zwingen. Es war mir egal, was er tat.

„Denkst du, Carisi war schlimm? Du weißt gar nichts. Diese Jungs warten nur darauf, mit dir allein zu sein, Nora. Ich glaube nicht, dass es lange dauern wird, bis sie dich davon überzeugt haben, unserem Plan zuzustimmen." Vincent grinste, während mir speiübel wurde.

„Oder vielleicht sollte ich einige Kontakte deines Vaters nutzen und mich an deine alten Kollegen wenden. Ich könnte sie dazu bringen, die Kinder, die du retten willst, in ein Lager für minderjährige Straftäter zu bringen“, sagte er.

Die Tränen liefen in Sturzbächen über meine Wangen. Es war schlimm genug, dass er drohte, meine Zukunft zu ruinieren, aber jetzt hatte er es auf die Kinder abgesehen, die ich retten wollte.

„Es ist deine Entscheidung, Nora. Du kannst die Zeit absitzen oder sie können es.“

Kapitel Einundsiebzig

Hunter

Sie hatten nie ein Lösegeld vom Anführer des Bianchi-Kartells gewollt. Ihr Plan war es die ganze Zeit gewesen, seine Tochter gegen ihn zu verwenden. Aber Nora war keine Mörderin – nicht wie ich –, also würde ihr Plan nie funktionieren. Selbst wenn sie ihrem Vater nahekommen würde, würde sie nie den Mut haben, einem Mann das Leben zu nehmen. Das war nicht Nora.

Vincent hatte dennoch ihre Schwachstelle gefunden. Der weiche Kern, der mir fehlte. Die Kinder, für die sie sorgen wollte.

Vincent hatte gelogen, was den Mist über die psychiatrische Einrichtung anging. Ich wusste genau, dass er sie ermorden lassen würde, nachdem Nora ihren Vater getötet hatte. Sie würde zu viel wissen und er würde sichergehen, dass sie verschwand, bevor sie einen Deal mit den Bullen machen könnte.

„Woher hast du die Bilder?“, fragte ich plötzlich.

„Nun, das ist lustig“, begann Vincent und lachte laut, als er mit den Fingern durch sein dünnes silbernes Haar fuhr. „Erinnerst du dich an den Fall Sanchez? Es muss vor drei Jahren gewesen sein. Ein schizophrener Typ folgte Fremden und dokumentierte ihr Leben per Kamera. Seine Eltern waren im Vorstand von Wells Fargo, also haben wir die ganze Firma daran arbeiten lassen. Ich wette, du hast dich irgendwann sogar mit der Verteidigung beschäftigt. Jedenfalls sind wir ihn losgeworden und haben seine komplette Sammlung von Bildern übernommen. Ein paar Fotos fielen mir direkt auf.“

Ich schüttelte meinen Kopf langsam von einer Seite zur anderen. Der Fall war mir sehr vertraut – es war das erste Mal gewesen, dass ich eine bedeutende Rolle in einer Verteidigung gespielt hatte. Vincent hatte mich ausgewählt, um ein Team von Ermittlern zu leiten. Es hatte Tausende von Fotos zu durchstöbern gegeben.

„Als ich dich erkannte habe, wie du diesen Jungen in den Fluss stürzt, war ich mehr als überrascht. Aber ich wusste immer, dass mir dieses Wissen einmal nützlich werden würde. Ich habe die Fotos bis jetzt aufgehoben, um dich als den Bauern zu benutzen, der du immer warst."

Ich hatte das Gefühl, mich direkt übergeben zu können. Nicht nur, dass Vincent mich überlistet hatte, sondern auch all die Jahre der Planung und Aufopferung, um die Leiter meiner Anwaltskanzlei zu erklimmen, waren reine Zeitverschwendung gewesen. Der Mann, den ich unentwegt beeindrucken wollte, hatte die ganze Zeit gewusst, dass er mich nie befördern würde, sondern stattdessen zum passenden Zeitpunkt ausnutzen konnte.

Und jetzt war dieser Zeitpunkt gekommen.

Ohne das Bianchi-Kartell würde das Maxwell-Syndikat extrem wachsen. Ich wusste aus erster Hand, dass die Bande vor nichts zurückschrecken würde, um zu bekommen, was sie wollte. Sie erpressten jedes Geschäft in der Stadt und nahmen Leben, ohne Fragen zu stellen.

„Aber was macht das jetzt noch für einen Unterschied, Hunter?", fragte Vincent und brachte mich zurück in die Gegenwart. „Dein Nutzen für mich ist abgelaufen. Wir haben bekommen, was wir brauchten. Chris, nimm das Mädchen." Vincent zeigte auf einen der Männer und er zog Nora an ihren Haaren zur Tür.

„Lass sie los!" Ich kämpfte und versuchte mich aus dem Griff des Mannes zu meiner Linken zu befreien.

„Töte ihn!" Vincent zeigte in meine Richtung und ich spürte einen starken Schmerz in meiner Kniekehle, bevor ich auf die Knie fiel.

Ich war besiegt worden und Noras Schreie waren das letzte Geräusch, das ich hörte. Wie ironisch. Die Frau, deren Leben ich geschworen hatte zu beschützen, wurde herausgezerrt, als ich zum Tode verurteilt wurde. Eine Erinnerung, die mich im Jenseits verfolgen würde.

„Runter mit dir!“, hörte ich zu meiner Rechten, bevor ich von einem Tritt in meinen Rücken nach unten gedrückt wurde.

Alles ging viel zu schnell. Vincent folgte den Männern, als sie Nora zur Tür schleppten. Sie trat um sich und schrie immer noch, kämpfte auf jedem Zentimeter des Weges. Ich war stolz auf sie, aber ich wollte auch, dass sie sich beruhigte, bevor die Männer sie verletzen würden.

Ich schickte ein Stoßgebet nach oben in der Hoffnung auf ein paar Minuten mehr Zeit.

Kapitel Zweiundsiebzig

Nora

Tränen strömten über mein Gesicht, als die Männer durch die Halle zerrten. Ich riss meinen Kopf herum um Hunter zu sehen, wie er auf dem Boden lag. Er kniete vor einem Mann, der ihm eine Waffe an den Kopf hielt.

Meine Gefühle für Hunter waren zu stark. Ich konnte nicht mit ansehen, wie er mir weggenommen wurde. Ich geriet in Panik. aber es gab nichts, was ich tun konnte.

Gerade als ich anfing, bitterlich zu weinen, dröhnte Hunters Stimme durch das spärlich bestückte Lagerhaus.

„Du bist es gewohnt, andere jüngere und klügere Männer deine Arbeit machen zu lassen, Vince. Wenn du willst, dass ich verrecke, musst du dir selbst die Hände schmutzig machen, du verdammter Feigling", brüllte Hunter.

Ich hatte Angst, dass der Mann ihn erschießen würde, aber zu meiner Überraschung winkte Vincent ab, während er durch den Raum ging. Für einen älteren Mann war er recht flink auf den Beinen und ich beobachtete, wie er mit Hunter zusammenprallte und beide am Boden rangelten.

Die Männer versammelten sich um Hunter und Vincent wie Kinder auf dem Spielplatz. Sie feuerten ihren Chef an. Aber Hunter war zu stark und zu schnell, das hatte ich aus erster Hand gelernt. Kurz darauf hatte er Vincent niedergestreckt und ein weiterer Mann näherte sich den beiden, bereit einzugreifen.

Dann geschah es.

Mit einem lauten Knall flog die Eingangstür auf und dutzende von bewaffneten Männern stürmten hinein. Sie schossen wild in die Luft und schrien Männer von Vincent und dem

Maxwell-Syndikat an, sich auf den Boden zu legen.

Die völlig überrumpelten Maxwell-Söldner merkten sofort, dass Widerstand zwecklos war. Sie waren kalt erwischt worden und legten ihre Waffen nieder. Eine merkwürdige Stille legte sich in den Raum, die nur durch die donnernden Schritte auf der Außentreppe durchbrochen wurde.

Ich erkannte sein Gesicht sofort, als er durch die Tür kam. Er sah zu sehr wie mein eigenes Spiegelbild aus, als dass ich mich hätte abwenden können, und doch blickte er nicht einmal in meine Richtung. Er ging durch den Raum, bis er über Vincent stand, den Hunter am Boden hielt.

„Vincent, Vincent, Vincent, Vincent ...“, wiederholte mein Vater seinen Namen, als er den Mann an seinem Kragen auf die Füße zog und Hunter nickend zu verstehen gab, dass dieser genug getan hatte.

„Mr. Bianchi, ich wollte Sie gerade anrufen“, winselte Vincent, doch es klang erbärmlich.

„Ich wette, das wolltest du, Vincent. Ich wette, das wolltest du.“ Er hielt inne und lächelte, bevor er weitermachte: „Aber jetzt wirst du herausfinden, was passiert, wenn du mich hintergehst, du kleines Stück Scheiße!“ Ohne Vorwarnung schlug er Vincent ins Gesicht.

„Töte sie alle“, befahl mein Vater einem der Männer zu meiner Linken.

„Stop!“, rief Hunter und mein Vater drehte sich zu ihm. „Wir hatten einen Deal“, sagte er und nickte in meine Richtung.

Mein Vater blickte mir in die Augen, dann nickte er Hunter zu.

„Komm zu mir, Nora!“

Die Männer ließen mich ohne Widerstand zu ihm und ich warf mich mit klopfendem Herzen in seine Arme. Er gab mir einen Kuss und zog mich dann an der Hand hinter sich her in Richtung Ausgang. Gemeinsam rannten wir die Treppe hinunter in das Erdgeschoss, wo sein Auto wartete.

„Steig ein!", schrie er, bevor über uns das Chaos ausbrach. Ein Donnerwetter aus Maschinengewehrsalven krachte durch das Lagerhaus, während die Männer meines Vaters ihre Feinde vernichteten.

Die Stadt flog im Sturm an uns vorbei und ich musste hemmungslos weinen, während ich die ganze Zeit Hunters Hand hielt.

Alle zwei Sekunden schaute er in seine Seiten- und Rückspiegel und überprüfte, ob wir verfolgt wurden. Sein Kiefer war zusammengepresst, als wir durch die Innenstadt rasten und er sich durch den Verkehr schlängelte. Er hatte uns gerettet. Es war unmöglich, weiterhin so zu tun, als wüsste ich nicht genau, was ich für Hunter empfand.

Es war Liebe.

Es gab keine andere Möglichkeit, es zu beschreiben. Ich würde alles für ihn tun und ich wollte, dass er es wusste. Es war mir egal, wohin wir gingen, solange ich bei ihm war. Nichts anderes war wichtig. Ich konnte ohne ihn nicht leben. So viel war sicher. Nachdem ich so kurz davor gewesen war, ihn zu verlieren, wusste ich mit Sicherheit, dass ich ihn in meinem Leben haben wollte.

Ich wusste immer noch nicht, wie Hunter dafür gesorgt hatte, dass mein Vater aufgetaucht war, und ich wollte auch nicht wissen, ob er es lebend rausgeschafft hatte oder nicht. Die einzige Person, die mir wichtig war, saß neben mir, und abgesehen von ein paar Kratzern und Prellungen ging es ihm gut. Mein altes Leben war vorbei, aber mit Hunter an meiner Seite wusste ich, dass ich mir ein besseres aufbauen konnte.

Kapitel Dreiundsiebzig

Hunter

Wir hatten die Auseinandersetzung überstanden, aber die Dinge waren nicht wie erwartet verlaufen. Es war viel zu knapp gewesen und mehr als einmal hatte ich geglaubt, wir wären beide tot.

Vincent hatte mich reingelegt, aber das spielte jetzt keine Rolle mehr. Sein größter Fehler war, Anthony Bianchi reinlegen zu wollen, der nichts auf sich sitzen ließ.

Wir mussten zunächst einmal untertauchen, um unsere nächsten Schritte zu planen. Ich suchte uns ein nobles Hotel am Stadtrand, ließ den Mietwagen beim Parkservice zurück und marschierte mit Nora im Arm in die Hotellobby.

„Guten Abend, Sir. Haben Sie eine Reservierung", fragte die blonde Frau hinter der Theke.

„Nein, aber ich hatte gehofft, dass Sie ein Zimmer für die Nacht für uns haben", sagte ich höflich.

Nach ein paar Klicks auf der Tastatur lächelte die Frau uns an und verkündete, dass sie ein Zimmer frei hatte. „Es ist nur ein Doppelbett. Ist das in Ordnung?"

„Ja, danke", nickte ich und hoffte, dass ich Nora ein letztes Mal spüren würde, falls sie plante, mich zu verlassen, nachdem die Nacht vorbei war.

„Okay, geben Sie mir eine Sekunde." Die Blondine ging mit meinem Führerschein davon und machte eine Kopie, bevor sie mit einer weißen Broschüre zurückkehrte.

Nora beobachtete alles schweigend, während ihre Augen langsam durch die Lobby wanderten.

„Alles ist vorbereitet, Mr. Aimes. Ihr Zimmer liegt im zwölften Stock. Bitte benutzen Sie den Aufzug auf der linken Seite und rufen Sie an, wenn Sie Fragen haben." Sie lächelte, während sie mir das kleine Heft mit der Zimmerkarte überreichte.

„Danke." Ich nickte, bevor ich mich den Aufzügen zuwandte.

Unfähig, mich zusammenzureißen, zog ich Nora zu mir und drückte meine Lippen auf ihre, bevor sich die Aufzugstüren schließen konnten. Ich brauchte sie. Unsere Körper rasten vor Verlangen. Ich drückte sie gegen die Wand des Aufzuges und hob sie hoch, während sie ihre Beine um meine Taille wickelte.

Wir keuchten und unsere Hände tanzten entlang unserer Körper, bis sich die Aufzugstüren öffneten. Das laute Klingeln brachte uns zurück in die Realität. Ich trat einen Schritt zurück und erlaubte ihr, sich wieder hinzustellen, während sie ihr Haar mit zitternden Händen zurecht kämmte.

„Ich denke, wir sollten es etwas langsamer angehen, Hunter. Unsere Emotionen gehen gerade mit uns durch", flüsterte sie.

Ich wusste, dass sie recht hatte, also nickte ich, aber mein Körper war anderer Meinung. Ich wollte, dass sie mich so fühlte, wie nur sie es konnte.

„Lass uns heute Nacht einfach nur nebeneinander schlafen. Ich will nichts anderes tun", bat sie mich und ich nickte verständnisvoll.

Ich wollte nur, dass sie glücklich war. Ich wollte sie nie zu etwas zwingen, was sie nicht tun wollte. Ich wies ihr den Weg in das Zimmer, dann folgte ich, während sie bereits umherging und mit großen Augen das Badezimmer betrachtete.

„Ich würde gerne ein Bad nehmen", seufzte sie und ich konnte noch immer die Unschuld in ihrem Lächeln sehen. Ich zwang mich zu einem Lächeln, glücklich darüber, dass sie an der ganzen Tortur nicht vollständig zerbrochen war.

„Lass mich dich baden“, schlug ich vor.

„Mich baden?“ grinste sie.

„Ja.“

Nora lachte, bis sie verstanden hatte, dass ich es ernst meinte. Sie wartete ein paar Sekunden lang, beobachtete mich genau und dann nickte sie.

Nachdem ich das Wasser auf die perfekte Temperatur gebracht hatte, stand ich vor Nora und streifte langsam den dünnen Träger ihres Kleides über ihren Arm. Sie zitterte, als ich sie auszog und ihre nackte Brust in meine Hand nahm.

Es waren nur ein paar Stunden vergangen, seit ich ihren Körper in meinen Händen gespürt hatte, aber es fühlte sich wie eine Ewigkeit an und ich konnte spüren, dass sie genauso glücklich war, mich wieder zu spüren. Wieder musste ich mich beruhigen und sie weiter ausziehen, bevor ich sie ins warme Wasser führen konnte.

„Versuchst du, mich zu verführen, Hunter?“, fragte Nora, als ich ihr ins Wasser half.

„Ich wollte nur etwas Besonderes für dich tun“, lächelte ich sie an.

Ich griff nach dem Waschlappen, bereit, den Tag von Noras Körper zu waschen. Wie immer ließ sie mich gewähren und ich reinigte jeden Zentimeter ihres Körpers.

Ich massierte ihre Füße, als sie endlich sprach und mich aus meinen Gedanken holte. Ihre Stimme war wie eine Melodie in meinem Kopf und sagte die Worte, die ich so verzweifelt hören wollte.

„Küss mich, Hunter.“

Ohne weiteres hob ich sie aus der Wanne und trug ihren tropfenden Körper durch das Hotelzimmer, während meine Zunge mit ihrer tanzte.

Meine Hände berührten ihre Kurven, als wir endlich am

Bett angekommen waren, und ihre Hände zerrten an meinen Klamotten, während ich umgeben von ihrem Duft und gefangen von ihrer Essenz anschwoll. Nora fiel auf die weichen Leinen. Ich warf meine Kleider auf den Boden und kletterte auf sie, mein Körper kribbelte überall, bereit, ihre Wärme zu spüren und ihre Süße zu durchdringen.

Kapitel Vierundsiebzig

Nora

„Darf ich oben sein?", fragte ich, unsicher, wie er es aufnehmen würde.

Normalerweise war jede Art von Kontrolle im Schlafzimmer ein No-Go für Hunter. Nur er konnte das Sagen haben. Aber heute war alles anders. Ich konnte es spüren. Als er nickte, wusste ich, dass alle bisherigen Regeln ungültig waren. Er ließ mich die Kontrolle übernehmen, also ergriff ich die Chance und kletterte auf seinen Körper.

Meine Brüste hingen schwer, als ich mich über seine Länge bewegte und seinen festen Schwanz in mir aufnahm. Sein Stöhnen erregte mich weiter, als ich ihn tief eindringen ließ und langsam meine Hüften bewegte, um Platz für ihn zu schaffen. Mit seinen Händen auf meinen Hüften zog mich Hunter zu sich, bis meine Brust an seinem Mund angelangt war, seine Zunge umkreiste meine Brustwarze.

Er wusste genau, was zu tun war, damit ich den Verstand verlor, und selbst von unten kontrollierte er immer noch mein Vergnügen. Auf den Knien hob ich mich hoch schaukelte hin und her, fand meinen Rhythmus und kreiste meine Hüften.

Die neue Position fühlte sich unglaublich an. Meine Klitoris stieß bei jedem Stoß gegen sein Becken. Er reagierte auf meinen Körper mehr als auf alles andere und heute war es das, was ich brauchte: gehört und gefühlt zu werden.

„Langsam", drängte er mich und packte meine Hüften fest, um meinen Rhythmus zu bestimmen. Aber ich wollte nicht kontrolliert werden – ich wollte wild sein.

Im Kampf gegen seinen Griff knabberte ich an seinem Schlüsselbein entlang, bis er an meinen Haaren zerrte und meinen

Mund zu seinem zog. Hunter küsste mich mit voller Leidenschaft, drehte mich auf den Rücken und rammte noch tiefer als sonst in mich hinein, während er seine Zehen in die Matratze grub.

„Ja!" schrie ich, als er meinen G-Punkt traf.

„Ich weiß, was du magst, Nora", knurrte er. Er hatte recht. Mehr als jeder andere kannte Hunter meinen Körper. Er konnte mir das Gefühl geben, dass es Dinge gab, von denen ich nicht wusste, dass sie existierten, und er hatte eine neue Ebene der Verbindung entdeckt, ohne die ich nicht mehr leben wollte.

Als wir so miteinander verflochten waren, gab es nichts, was uns hätte trennen oder unsere Verbindung schwächen können. Unsere Körper arbeiteten zusammen, als wären wir eins, kämpfend und stoßend, während sich sein Stöhnen mit meinen Schreien vermischte. Es war unglaublich und mit nichts zu vergleichen, was ich je mit Hunter oder jemand anderem erlebt hatte. Es gab nur uns zwei, vereint.

„Sag mir, wann", stöhnte ich in sein Ohr und das schien ihn weiter anzumachen. Sein Körper spannte sich an und er fickte mich noch stärker.

„Fuck!", knurrte er, seine Hände drückten gegen meinen Körper.

„Ich komme nur, wenn du es mir sagst", atmete ich aus, sicher, dass es ihn beruhigen würde. Er musste die Kontrolle haben und so beängstigend es auch war, das zuzugeben, ich mochte es, mich ihm zu unterwerfen.

Hunter war immer um mich besorgt und er hatte alles getan, um mir zu beweisen, dass er mir nie wehtun würde oder zulassen würde, dass jemand anderes mir Schaden zufügte. Ich vertraute ihm völlig, mit meinem Körper und auch mit allem anderen. Ich würde alles tun, um ihm zu beweisen, dass ich das Mädchen sein könnte, das er wollte, aber im Moment konnte ich nur gegen den Drang ankämpfen, um ihn herum zu explodieren, während er mich völlig ausfüllte.

„Warte, Nora!", stöhnte er, als unsere Körper durch den

Schweiß, der uns bedeckte, langsam rutschig wurden.

Ich hielt mich an ihm fest, als ginge es um mein Leben, während seine Stöße schneller und härter wurden. Es war unglaublich und ich wusste, dass es nicht mehr lange dauern würde, bis ich von den Gefühlen übermannt werden würde, also genoss ich jede Sekunde und beobachtete, wie er seine Augen schloss, kurz bevor er seinen Mund an mein Ohr legte.

„Jetzt! Nora! Komm!", befahl er und ich ließ mich vollends gehen. Ich war überwältigt von der Freude. Ich schrie seinen Namen und der Höhepunkt schickte mich auf eine Reise der Ekstase.

Hunter stieß noch dreimal zu, bevor ich spürte, wie seine Länge in mir zuckte und warmes Sperma in mich schoss, während seine Hüften weiter kreisten, bis sie zum Stillstand kamen. Nicht bereit, sich zu trennen, hielt er mich fest und unsere Körper blieben verbunden, während unsere Herzen vor Aufregung rasten.

Nach einigen Minuten löste sich Hunter von mir und blickte mich an.

„Woran denkst du, Nora?", fragte er.

„Was passiert jetzt?", fragte ich, ohne um den heißen Brei herumzureden.

„Du kannst deine Pflegefamilie eröffnen, jetzt wo wir die Menschen losgeworden sind, die dir Schaden zufügen wollten", sagte er.

Es berührte mein Herz, dass meine Kinder das erste waren, woran er dachte. Er war so selbstlos wie ich – er sah es nur nicht.

„Aber was ist mit meinem Vater? Glaubst du nicht, dass er nach mir suchen wird?", fragte ich ihn. Die Frage hatte mich beschäftigt, seit wir das Lagerhaus verlassen hatten. Ich fragte mich, ob ich jemals sicher sein würde, jetzt da mein Vater wusste, wer ich war.

Noch vor ein paar Wochen dachte ich, ich hätte keine Familie. Jetzt musste ich mir Sorgen machen, dass der Mann, der mich weggegeben hatte, mein Leben ruinierte, indem seine Straßenbande damit drohte, alles zu zerstören, was ich mir so hart erarbeitet hatte.

„Ich habe alles an das FBI geschickt, als Versicherungspolice für uns. Wenn dein Vater noch nicht in Handschellen ist, kann ich mir vorstellen, dass es nur ein paar Stunden dauert, bis seine Häuser und Geschäfte durchsucht werden. Ich habe ihnen alles gegeben, was sie brauchen, um ihn für immer wegzusperren."

Meine Schultern entspannen sich ein wenig, als ich erkannte, dass es eine Chance geben könnte, mein Leben, von dem ich geträumt hatte, fortzuführen.

Dann kam mir in den Sinn, dass Hunter nicht mehr in das Leben zurückkehren konnte, das er einmal hatte. Nicht, nachdem er die Beweise, die er in der Anwaltskanzlei gefunden hatte, vorgelegt und seinen Chef als Kriminellen entlarvt hatte.

„Was wirst du jetzt tun? Kannst du zurück in die Anwaltskanzlei gehen?"

„Ich denke, die Anwaltskanzlei wird bald Geschichte sein." Er zuckte mit den Achseln und sein Gesicht entspannte sich, als ob es ihm egal wäre. „Ich habe sowieso darüber nachgedacht, etwas anderes mit meinem Leben anzufangen. Es ist Zeit für eine Veränderung."

Ich blickte ihn verunsichert an. Hunter hatte alles getan, was ich je von einem Mann erwartet hatte, und sogar noch mehr. Er hatte alles getan, um mich zu beschützen und von den Menschen fernzuhalten, die drohten, mein Leben zu ruinieren. Würden die Veränderungen in seinem Leben auch mich betreffen?

Kapitel Fünfundsiebzig

Hunter

Manchmal hatte ich geglaubt, wir würden es nie aus dem Netz der Kriminalität schaffen, in dem wir uns befunden hatten. Wir steckten zwischenzeitlich tief in den schlimmsten Vierteln Chicagos, genau zwischen der Maxwell-Bande und dem Bianchi-Kartell. Eine Konstellation, aus der man normalerweise nicht lebend herauskam.

Irgendwie hatten wir überlebt und jetzt standen wir vor einem komplett anderen Leben. Ich musste herausfinden, wie es mit meinem Leben weitergehen sollte, doch bisher wusste ich nur, dass es ein Leben ohne Nora sein musste. So sehr es mich auch schmerzte, dies musste das Ende unserer gemeinsamen Reise sein.

Ich könnte nie eine Frau wie Nora haben. Ich hatte sie nicht verdient. Sie war rein und unschuldig und ich das genaue Gegenteil. Sie hatte mich gebraucht, um die schreckliche Situation mit ihrem Vater zu überstehen, aber jetzt, da sie in Sicherheit war, war es das Beste, wenn ich sie ihr Leben allein leben ließ.

Was könnte ich Gutes tun im Leben von vernachlässigten Kindern? Das war es, was sie wollte – Kinder wie mich retten, die jemanden brauchten, der sie beschützte.

Nora brauchte einen Familienvater, jemanden, der verstand, was es bedeutete, eine Familie zu haben, und das war ich nicht.

Andererseits liebte ich Nora, da war ich mir sicher. Sie war die Luft, die ich zum Atmen brauchte.

„Also, was kommt als Nächstes für dich, Hunter Aimes?“, fragte sie und zog meinen Namen in die Länge. Es ließ mich an all die Male denken, in denen ich ihre weiche Zunge auf meiner Haut gespürt hatte.

„Ich bin mir noch nicht sicher", gab ich zu und traf eine Entscheidung. „Aber wir müssen das beenden, Nora. Ich bin nicht der richtige Mann für dich und ich glaube nicht, dass ich nur dein Freund sein kann."

„Ich glaube auch nicht, dass wir Freunde sein können, Hunter…" Sie zuckte mit den Achseln, als wäre ihr meine Entscheidung egal. „Aber ich brauche einen Partner", flüsterte sie und schaute mir tief in die Augen. Ihr Blick war intensiv, so als ob sie in meiner Seele nach Antworten suchte, von denen ich mir selbst nicht sicher war, ob ich sie hatte.

Ich blickte weg, unfähig, dem Wunsch in ihren Augen zu begegnen. „Du musst weitermachen und das alles hinter dir lassen."

Ich hatte sie verletzt und sie gegen ihren Willen festgehalten, nachdem ich sie aus ihrem Bett entführt hatte. Das war keine Basis für eine große Liebesgeschichte. Sie verdiente etwas viel Besseres als mich.

„Und wie soll ich das machen, Hunter? Du bist der Einzige, der eine Ahnung davon hat, was ich durchgemacht habe. Hör auf, deine Gefühle zu bekämpfen!" Sie kroch über das Bett, sodass nur noch Zentimeter zwischen uns waren.

„Ich versuche nur, das Beste für dich zu tun", sagte ich leise.

Es war die Wahrheit.

„Nach allem, was du für mich getan hast, weiß ich eines mit Sicherheit: Es gibt keine andere Person auf dieser Welt, der ich zutrauen würde, meine Familie zu beschützen."

Es war das größte Kompliment, dass sie mir machen konnte, auch wenn ich nicht wusste, ob ich es hören wollte. Für eine Sekunde erlaubte ich mir, mir ein Leben mit ihr vorzustellen, eigene Kinder aufzuziehen und gleichzeitig Pflegekinder mit problematischer Vergangenheit aufzunehmen. Mein ganzes Leben lang hatte ich Geld gespart, ohne einen guten Grund zu haben, für den ich es ausgeben konnte.

„Du weißt, was ich bin“, murmelte ich und konnte die Worte nicht zu laut aussprechen. Ich hasste es, mich daran zu erinnern, wer ich war, aber ich brauchte jetzt die Erinnerung daran, bevor ich Nora Versprechungen machte, die ich nicht halten konnte.

„Und ich will immer noch nicht, dass du gehst“, erwiderte sie sofort.

Sie konnte sich nicht damit abfinden, dass das zwischen uns nie funktionieren würde. Sie war zu stur, um mir zu glauben, und ich musste lachen, als ich ungläubig den Kopf schüttelte. Diese Frau wollte mich nicht aufgeben, egal was ich sagte oder tat.

„Was ist, wenn ich deine Erwartungen nicht erfülle? Was ist, wenn ich dich enttäusche? Ich will nur, dass du glücklich bist, ob das nun bei mir ist oder nicht. Du verdienst es, glücklich zu sein, und ich will, dass du diese Kinder rettest.“

„Wir sind beide am Arsch, Hunter. Aber wir können uns gegenseitig helfen, das durchzustehen. Wir müssen uns nicht von unserer Vergangenheit definieren lassen. Wir können gemeinsam eine bessere Zukunft aufbauen und vielleicht gleichzeitig einige Kinder retten. Du hast dich mir geöffnet und ich kann mir nicht vorstellen, jetzt ohne dich zu leben. Unsere Wege haben sich aus einem bestimmten Grund gekreuzt und ich glaube nicht, dass es jetzt vorbei ist. Es gibt so viel mehr, was wir gemeinsam erreichen können. Ich liebe dich – kannst du das nicht sehen?“ Ihre Worte waren wie Musik in meinen Ohren.

Ich zog sie nah an mich heran und küsste sie leidenschaftlich. Das waren die Worte, die ich von ihr hören wollte, das Versprechen, das ich brauchte. Sie fühlte genauso wie ich und es war eine Erleichterung zu wissen, dass ich nicht allein war. Ich konnte spüren, wie sich ihr Körper zu mir krümmte und sich mir unterwarf. Sie wollte mehr und ich wollte es ihr geben, aber zuerst musste ich sie wissen lassen, was ich für sie empfand.

„Ich liebe dich auch, Nora.“ Ich lächelte, als die Worte meinen Mund verlassen hatten und einen süßen Geschmack auf meiner Zunge hinterließen.

Ihre Wangen passten sich der Rötung ihrer Lippen an. Ich wollte mehr von ihr, legte meine Arme um sie und drehte sie auf das Bett, bereit, ihr zu zeigen, wie sehr ich sie liebte.

Epilog

Nora

Es war sechs Monate her, seit Hunter zum ersten Mal den Weg in das Heim gefunden hatte, in dem ich die Kinder willkommen heißen wollte. Damals war alles anders gewesen. Ich wusste nicht, was ich tat oder in welcher Welt ich Kinder großziehen würde.

Nun schallte das Lachen durch die Räume, die früher still gewesen waren. Organisiertes Chaos war zu meinem Leben geworden, nachdem ich fünf Kinder unter meine Fittiche genommen hatte. Es liefen drei Jungen und zwei Mädchen herum, entweder im Haus oder im Hinterhof.

Ich eilte in der Küche umher und schnitt Tomaten, um die Sandwiches zu belegen, die ich gemacht hatte. Als ich endlich mit dem Mittagessen zufrieden war, ging ich durch das Haus, das jetzt ein Zuhause war, und sammelte unterwegs Spielzeug ein, während ich nach den Kindern suchte, die nun zu meiner Familie gehörten.

Mein ganzes Leben lang hatte ich nach einer Familie gesucht, immer mit dem Wunsch nach der Verbindung, die viele Menschen für selbstverständlich hielten. Meine Mutter hatte mich früh verlassen und mein Vater wollte nach ihrem Tod kein Teil meines Lebens mehr sein. Ich war verwaist gewesen, lange bevor mein Vater mich auf der Treppe des Waisenhauses abgesetzt hatte.

Es hatte mich gestört, dass er nach so viele Jahre wieder von mir weggegangen war, aber am Ende war es gut so. Er wurde für all seine Verbrechen, die er in der Stadt begangen hatte, zu einer lebenslangen Haftstrafe verurteilt. Das FBI hat den größten Teil seiner Bande zerschlagen und diejenigen, die nicht verhaftet worden waren, waren in alle Himmelsrichtungen geflohen.

Das Gleiche galt für das Maxwell-Syndikat. Bei der

Schießerei, vor der uns Hunter gerettet hatte, war der Großteil der Führungsriege ums Leben gekommen. Potenzielle Nachfolger scheuten sich, die Geschäfte wieder aufzunehmen, nachdem sie gesehen hatten, was mit dem Bianchi-Kartell passiert war.

Es war eine Win-Win-Situation für mich und Hunter, denn seit dem Tag, an dem wir nur knapp dem Tod entkommen waren, waren wir von niemandem mehr zu den Geschehnissen kontaktiert worden. Es schien, als hätten wir eine zweite Chance bekommen.

„Kinder!“, rief ich und ging zur Hintertür. Die Jungs liebten es, im Hinterhof zu spielen, also war ich nicht überrascht, sie alle drei zu sehen, als ich die Tür erreichte.

Hunter stand bei ihnen und sprach mit zwei der Jungen, denen er die Hände auf die Schultern gelegt hatte.

„Ihr seid Brüder. Warum solltet ihr euch bekämpfen?“, fragte er und sah von einem Jungen zum anderen.

„Naja, aber er hat damit angefangen!“ Der Jüngere zeigte auf seinen älteren Bruder.

„Er hat mich gehänselt!“

„Es spielt keine Rolle, wer angefangen hat oder wer was zu wem gesagt hat. Ihr solltet euch umeinander kümmern und aufeinander aufpassen. Wie könnt ihr euch umeinander kümmern, wenn ihr euch gegenseitig bekämpft?“

Die beiden Jungen sahen sich verlegen an.

„Es tut mir leid“, murmelten sie beide, bevor sie sich umarmten. Ich lächelte, als ich Hunter in Aktion sah. Er hatte sich als unglaublich gute Vaterfigur herausgestellt, aber ich hatte nichts anderes erwartet.

Nachdem wir unser Leben zurückbekommen hatten, entschied sich Hunter, dass er kein Firmenanwalt mehr sein wollte. Stattdessen überlegte er, sich auf eine Stelle als Staatsanwalt zu bewerben. Er wollte gegen die bösen Jungs arbeiten und die Kriminellen einsperren, um die Stadt, die wir liebten, sicherer denn je zu machen.

Vor kurzem fragte Hunter mich, ob ich seine Frau werden wolle. Ich sagte ja, bevor er die Frage zu Ende stellen konnte. In ein paar Monaten würden wir gemeinsam mit einigen unserer besten Freunde in unserem Garten unsere Hochzeit feiern.

Für uns ging es mehr um unsere Kinder, denn die Familie war der wichtigste Teil unseres Lebens geworden. Eine Bedingung hatte es allerdings gegeben, und die war baulicher Natur: Kurz nach dem Einzug in das Haus hatte Hunter unser Schlafzimmer schalldicht machen lassen, so dass wir genau dort weitermachen konnten, wo wir aufgehört hatten. Jeden Tag kümmerte ich mich um unsere Kinder und jede Nacht ließ ich Hunter sich um mich kümmern.

Ich konnte nicht genug von ihm bekommen und es schien so, als würde ich das auch nicht. Und heute wollte ich ihm das Ergebnis davon mitteilen. Langsam ging ich auf ihn zu.

„Was ist los?“, fragte Hunter. Er warf den Jungs den Football zu, bevor er ihnen signalisierte, dass sie weiter zusammen spielen sollten, während er nach mir sah.

Ich war nervös und spürte, wie meine Hände zu zittern begannen, als er mich zu einer Bank führte. Ich wollte, dass alles perfekt war, aber in Wahrheit war es das schon.

„Du wirst rot, Baby. Geht es dir gut?“, fragte er stirnrunzelnd.

„Ich habe dich mit den Jungs gehört. Es war nett von dir, mit ihnen zu reden. Du bist so gut zu ihnen.“ Ich lächelte und versuchte, meine eigenen Nerven zu beruhigen.

„Nun, das ist kein Grund, zu hyperventilieren, Nora“, schmunzelte er.

„Was wäre, wenn wir noch ein Kind zur Familie hinzufügen würden?“, fragte ich. Hunter hielt kaum inne und ging wieder über den Hof, um das Spielzeug der Kinder aufzuheben und es in einen blauen Behälter an der Ecke des Hinterhofes zu werfen.

„Sucht Tasha nach einem Platz für ein weiteres Kind?"

Meine Mentorin hatte vor ein paar Wochen mit mir darüber gesprochen, ein weiteres Kind aufzunehmen. Hunter musste gedacht haben, dass ich das meinte, als ich fragte.

„Nein, ich meinte ein eigenes." Ich lächelte und beobachtete, wie er langsam verstand. Die Verwirrung verwandelte sich in Freude, als er mich in seine Arme nahm und mich fest umarmte, bevor er auf die Knie fiel und meinen Bauch küsste.

„Ist das dein Ernst?", fragte er.

„Ja! Bist du nicht schockiert?"

„Bist du verrückt? Warum sollte ich geschockt sein? Du bist das Beste, was mir je passiert ist!"

Ich stellte mich auf meine Zehenspitzen und küsste den Mann, der mehr für mich getan hatte als jeder andere Mensch auf dieser Welt. Hunter hatte seine Liebe bewiesen, indem er alles riskiert hatte, einschließlich seines Lebens. Gemeinsam würden wir alles schaffen, daran gab es von nun an keinen Zweifel mehr.

ENDE

Liebe Leser,

vielen Dank für das Lesen meines Buches, ich hoffe sehr, dass euch die Story gefallen hat! ;-)

Ohne begeisterte Leser wie euch wäre es für mich nicht möglich, meinen Traum zu leben und meine Fantasien in diese Romane zu packen.

Falls ihr einen kurzen Moment Zeit habt, so würde ich mich sehr freuen, wenn ihr mir eine kurze Rezension auf Amazon gebt. Da ich nicht die Werbemittel eines großen Verlages habe, bin ich auf Empfehlungen meiner Leserschaft angewiesen und dankbar für jede Bewertung! ;-)

Herzlichen Dank,

Sarah

Über Sarah

Sarah schreibt seit ihrem sechzehnten Lebensjahr und hat schon mehrere Bestseller auf Amazon veröffentlicht. Egal, ob die Männer in ihren Büchern Milliardäre, Bad Boys oder beides sind - sie liebt es über heiße Kerle zu schreiben, die gleichzeitig ihre Liebste beschützen und herausfordern; ebenso wie über die Frauen, nach denen sie sich sehnen. Ihre unterhaltsamen Geschichten sind immer heiß und aufregend, mit vielen Wendungen und einem garantierten Happy End - genau so, wie es auch nach einem wilden Ritt im Schlafzimmer sein sollte, wenn du verstehst, was ich meine ;-)

Kontaktiere Sarah direkt auf Facebook und erhalte den Liebesroman "Die Rückkehr des Milliardärs" gratis!

www.facebook.com/sjbrooksoffiziell

44127344R00195

Printed in Poland
by Amazon Fulfillment
Poland Sp. z o.o., Wrocław